香君_{향군}

향기의 소리를 듣는 자

향기의 소리를 듣는 자

서편에서 온 소녀

우에하시 나호코 지음 | 임희선 옮김

목차

진걸국

토울라이라   전로산맥

번왕국 수도 ○

서칸탈 번왕국

치
다
강

이
아
마
강

장령산맥

마잘리아 왕국

토울라이라 상세 지도

아잘레

기도의 강가

시달라 재배지

청향초의 샘

아이샤네 집

숲

Map: Yukiko Saito / Bungeishunju Ltd.

주요인물 일람

아이샤 켈루안	주인공 소녀. 특수한 후각을 가짐. 서칸탈 번왕의 손녀.
마슈 카슈가	번왕국 시찰관. 신 카슈가 가문 전 당주의 동생인 유마 카슈가의 아들.
올리애	향군. 리그달 번왕국의 작은 귀족 집안 딸.
라오 카슈가	구 카슈가 가문의 당주. 향사들의 수장인 대향사.
미지마 오르카슈가	향군궁에서 일하는 상급 향사. 라오의 작은 딸.
이르 카슈가	신 카슈가 가문의 당주. 부국대신.
유기르 카슈가	이르 카슈가의 아들.
유마 카슈가	마슈의 아버지. 마슈가 17살 때 행방불명이 됨.
아미르 카슈가	초대 황제와 함께 신의 나라 오아레마즈라에서 초대 향군을 데리고 온 남자. 카슈가 집안의 시조.
켈루안 왕	아이샤의 조부. 서칸탈 번왕이었으나 왕좌에서 쫓겨났다.
미르차 켈루안	아이샤의 남동생.

우차이	켈루안 왕의 충신. 아이샤와 미르차를 키워준 사람이며 할아범이라 불린다.
다쿠	유기노 산장에 사는 라오의 사촌. 아내 라이너와 쌍둥이 아들들이 있다.
우라일리	번왕국 시찰관. 마슈의 동료.
올람	신 카슈가 가문의 친척. 상급 향사.
오로키 무어	마슈의 부하. 충견을 데리고 다닌다.
알리키	전 충해청장. 라오의 깊은 신임을 받았고 지금도 '충해창고'에서 계속 일하고 있다.
오일라	현 충해청장. 알리키의 제자.
밀리야	오고다 번왕국 대비. 오고다 번왕인 아과의 생모.
주쿠치	서칸탈 번왕국의 번왕.
오드센	우마르 제국 황태자. 오를랑의 뒤를 이어 황제가 된다.

서장
푸른 꽃

바람이 귓가에 울리며 머리카락을 흐트러뜨렸다.

점심나절에 뿌린 소나기에 아직도 땅바닥이 축축했고 온몸으로 매달려있는 바위는 얼음장처럼 차가웠다.

"······누이!"

새된 목소리에 이어 자잘한 흙 조각이 위에서 떨어졌다.

아이샤는 순간적으로 바위에서 한 손을 떼고 저녁 어둠 속에 희끗하게 보이는 동생의 신발 뒤꿈치를 잡아주었다.

그렇게 잡자마자 몸이 한쪽으로 기우는 바람에 바위를 잡고 있던 다른 쪽 손을 놓칠 뻔했다. 죽을 힘을 다해 바위를 다시 쥐었다. 휘청거리는 몸을 간신히 바로잡고서 한숨을 내쉬는 순간 무릎이 덜덜 떨려왔다.

떨어지면 끝장이야.

동생이 바위에 홈을 파서 만들어 놓은 디딤대에 발을 올리고 몸을 지탱할 때까지 아이샤는 이를 악물고 계속 동생의 발꿈치를 잡고 있었다.

동생이 안정적인 자세를 잡은 뒤에도 아이샤는 한동안 그 자세 그대로 움직이지 못했다.

아이샤는 숨을 거칠게 몰아쉬면서 현기증이 가라앉기를 기다렸다.

이 바위를 타고 무사히 벼랑 위에 올라선다 해도 희망은 없을 것이다. 그 사실은 조금 전부터 알고 있었다. 바위산 위쪽에서 코끝을 찌를 만큼 강한 가죽과 금속과 땀 냄새가 풍겨오고 있었기 때문이다.

이 벼랑길을 아는 자는 거의 없다고 들었는데도 병사들이 이미 알고 기다린다는 것은 적들의 눈을 속이기 위한 미끼가 되어 우리를 도망치게 해 준 늙은 충신 우차이가 곧바로 잡혀버렸음을 뜻했다.

할아범이 자백했으리라는 생각은 들지 않았지만 실제로 병사들은 아이샤와 동생이 어디로 갈지를 미리 다 알고 매복하고 있었다.

'이 손을 그냥 놓아버릴까?'

눈앞에 멍하니 흙투성이가 된 동생의 신발이 보였다. 처음 그 신발을 받았을 때 동생이 얼마나 좋아했는지 모른다. 그때의 웃는 얼굴이 떠오른 아이샤의 표정이 자기도 모르게 일그러졌다.

갑자기 주변이 밝아졌다.

바람이 불어 하늘을 뒤덮었던 구름이 갈라진 것이다. 산그림자 너머로 이제 막 사라지려는 석양이 여러 갈래의 빛줄기로 바위산을 비추었다.

뜻하지 않은 그 밝은 빛 속에서 아이샤가 꽉 움켜잡은 바위 바로 위 갈라진 틈새에 작고 파란 꽃 한 송이가 피어있는 것이 보였다. 꽃은 세찬 바람에 시달리며 당장이라도 찢어지고 날려갈 듯이 흔들렸지만 그래도 버티고 있었다.

꽃의 냄새 소리가 들려왔다. 가냘프지만 탄탄한 향기가 실처럼 바람을 타고 왔다. 곧 이 향기 소리를 들은 벌레가 바람이 잦아든 틈을 타고 날아올 것이다.

"⋯⋯누이."

또다시 위에서 목소리가 들렸다. 겁에 질린 강아지처럼 두려워하는 냄새가 차가운 바람을 타고 풍겨왔다.

"정신 차려, 미르차!"

아이샤가 소리를 질렀다.

"바위를 꽉 잡고 위로 올라가! 떨어지지 않게 잡아줄 테니까!"

조금만 더 가면 바위산 위에 오른다.

동생이 다시 오르기 시작했음을 머리 위의 기척으로 느끼면서 아이샤도 천천히 발을 딛고 올라갔다.

제 **1** 장

만남

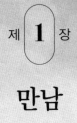

1
리탈란

조금 전까지 보이지 않던 화톳불이 어느새 푸른 어둠 속에 확연히 모습을 드러냈다.

천막을 흔들어대던 바람도 약간 잔잔해졌다.

야영지에 있는 수많은 천막에서 하얀 연기가 너울거리며 피어올라 저녁 하늘 속으로 녹아들었다. 저녁밥 짓는 냄새가 솔솔 풍겨왔다.

"졸병 놈들이 밥은 먼저 먹겠군."

강인한 외모의 남자들과 함께 접이식 의자에 털썩 자리 잡고 앉은 수염 난 남자가 낮은 소리로 투덜댔다.

마슈는 얼굴에 수염이 난 동료 우라일리를 내려다보며 피식 웃었다.

"자네까지 여기서 벌을 설 필요는 없다니까. 나 혼자서 봐도 충분하다."

우라일리는 가볍게 대꾸하려다 말고 시선을 초원으로 돌리더니 나직이 말했다.

"……나도 그러고 싶은 마음이야 굴뚝같지."

어둠 속에 가라앉은 천로산맥의 위용과 그 산자락의 드넓은 초원에서 이쪽을 향해 다가오는 십수 명의 기마병대가 들고 있는 횃불이 깜박거렸다.

"오로키."

우라일리가 고개를 꺾어 뒤에서 대기하고 있는 남자를 돌아봤다. 남자의 발치에 있던 사냥개가 자기 이름이 불린 것 마냥 고개를 들었다. 오로키는 그런 개의 머리에 손을 올리면서 대답했다.

"예!"

"적자가 여덟 살인가 그쯤이고, 그 누이가 열대여섯 정도라 그랬지?"

"적자는 아홉 살, 누이는 열다섯입니다."

우라일리가 고개를 끄덕이더니 한숨을 쉬었다.

"굳이 잡아들이지 않고 그냥 내버려 둬도 될 텐데."

우라일리가 마슈를 올려다보며 말을 이었다.

"안 그런가? 그 애들을 앞세워 뭘 하려는 세력이 있다면 또 모를까. 백성들한테 미움받아 자리에서 쫓겨나 버린 왕의 후손한테 무슨 힘이 있다고. 사실 그래서 지금껏 내버려 두고 있었을 텐데. 그런데 주쿠치는 어쩌자고 지금 와서, 게다가 한창 전쟁 중에 이런 일을 벌이는 거야?"

마슈는 그 물음에는 답하지 않고 시선을 기마병대에 고정한 채 중얼거렸다.

"역시 저쪽 방향에서 오는군."

우라일리가 눈살을 찌푸렸다.

"뭐가?"

"기마병대 말이다. 애들을 잡은 병사들이 저쪽에서 온다는 건 그 애들이 천로산맥의 토울라이로 도망치려 했다는 뜻이다."

"……."

우라일리가 자리에서 일어나 마슈와 나란히 섰다.

"역시, 라고? 그럼 자넨 알고 있었다는 건가?"

마슈가 우라일리를 흘깃 쳐다봤다.

"도망친다면 그쪽밖에 없었을 테니까."

"그건 아니지. 애들은 여태 깊은 삼림지대에 숨어 살고 있었다면서? 그럼 위험하게 산길을 오르느니 숲을 통해 모습을 숨기면서 동쪽으로 도망치는 편이 훨씬 낫잖아?"

"위험을 무릅쓰더라도 천로 쪽으로 도망쳐야 살아남을 수 있다고 여겼겠지."

"어째서?"

"아까 켈루안이 백성들한테 미움받은 왕이라고 했지? 그런데 천로에는 그 왕을 미워하지 않는 자들이 살고 있거든."

우라일리의 표정이 험악해졌다.

"……그건 금시초문인데. 천로의 산골 사람들 말인가? 어느 산골인가?"

마슈는 이제 확실히 모습을 드러낸 기마 무사들 쪽에 눈길을 고정한 채 말했다.

"자네만 몰랐던 게 아니야. 오히려 아는 사람이 얼마 없다고 봐야지."

우라일리가 의심하는 눈빛으로 물었다.

"그런 자네는 언제부터 알았어?"

마슈는 우라일리를 보며 침착하게 답했다.

"나? 난 어릴 때부터 알고 있었어."

번왕 주쿠치가 집무실로 사용하는 대천막에서 번왕의 측근 한 사람이 나왔다. 그는 어둠 속을 눈길로 헤집듯이 둘러보다가 마슈를 발견하고 재빨리 다가왔다.

"시찰관님!"

측근은 가슴 앞으로 팔을 교차시키는 경례를 하고 고개를 깊이 숙이더니 마슈를 불렀다.

"주쿠치 님의 말씀을 전해드리겠습니다. ……포로들이 이제 곧 도착하니 천막 안으로 들어와 주시기 바랍니다. 이상입니다."

마슈가 끄덕이며 짧게 말했다.

"알겠소."

측근이 다시 한번 고개를 깊이 숙이더니 두 사람을 대천막으로 안내했다.

번왕국 시찰관은 네 개의 번왕국을 지배 아래 두고 있는 우마르 제국 황제의 눈과 귀다.

번왕국의 '번'은 우마르 말로 '땅을 나누어 둘러싸고 지키는 것'을 뜻하며 '라치'가 어원이다. 번왕국은 예전에 모두 독립된 나라였고 우마르 제국의 지배 아래 있는 지금도 일정한 자치권을 인정받고 있다. 번왕은 제국 판도의 경계, 즉 번을 수호할 책무를 짊어지는 대신 예전에 자신들이 다스리던 나라에 대한 일정한 지배권을 갖고 있지만 독립된 나라의 왕은 아니었다. 서칸탈 번왕국의 번왕에 불과한 주쿠치는 마슈와 같은 시찰관들에게 모든 것을 숨김없이 공개해야 했다.

마슈와 우라일리는 호위병들을 남겨두고 푸른 어둠 속에서 한군데만 칼로 도려낸 듯 밝게 빛나는 대천막 입구 쪽으로 천천히 걸어갔다.

⁘

대천막 안쪽은 바깥에서 본 인상보다 훨씬 널찍했다.

연기배출용 천창이 커다랗게 나 있고 한가운데 있는 화로에는 빨간 불꽃이 활활 타오르고 있었다. 곳곳에 불이 밝혀져 있어 벽을 따라 앉아 있는 중신들과 씨족장들의 표정도 어느 정도 볼 수 있었다.

대천막 입구 정면 안쪽에는 붉은색과 푸른색, 그리고 금색으로 아름답게 치장된 제단이 놓여 있었다. 번왕 주쿠치는 그 제단을 등지고 놓인 커다란 의자에 앉아 곁에 있는 측근들과 뭔가 작은 소리로 이야기를 하다가 마슈가 들어서자 의자에서 일어나 인사하고 옆에 있는 의자에 앉으라는 손짓을 했다.

바깥은 밤바람이 차가웠지만 대천막 안은 후끈했다. 각자 앞에 있는 작은 탁자에는 목을 축이기 위한 과즙과 간단한 요깃거리가 되는 나무열매, 말린 과일 등이 놓여 있었다.

마슈가 자리에 앉고 얼마 후에 포로들의 도착을 알리는 종소리가 들렸다. 웅성거리는 소리가 멎으면서 대천막 안이 조용해졌다.

주쿠치는 다시 의자에 앉아 측근이 건네준 천 조각을 받아서 이마와 목덜미의 땀을 닦았다.

그는 덩치가 크지만 탄탄하게 다져진 몸과 햇볕에 그을려 까무잡잡한 피부를 가진 남자였다. 신체 구석구석이 모두 큼직큼직한데 손발은 물론이고 특히 눈썹과 눈이 큰 게 특징이었다. 그가 커다란 눈을 부라리면서 쳐다보면 상대방이 누구든 안절부절못했다.

주쿠치는 조상 중 누군가가 왕가의 핏줄이 섞인 사람이려니 싶을 정도로 적통에서 한참 먼 방계 출신이면서도 전쟁에 관해서는 특출한 직감을 가진 자로, 유사시에는 제국의 방어막이 되어 싸운다는 조건을 내걸고 황제로부터 군병을 빌렸다. 그리하여 켈루안 왕이 내쫓긴 다음 그 뒤를 이어 왕위를 차지했음에도 씨족들끼리 일으키는 분쟁을 어쩌지 못했던 이전의 왕을 무찌르고 서칸탈 번왕국의 번왕이 되었다.

다만 아직 씨족 중 하나가 주쿠치를 왕으로 인정하지 않고 있어서 서칸탈 전체를 장악했다고 할 수는 없었다. 그러나 상황이 지금 이대로 진행되면 조만간 평정되리라고 마슈는 보고 있었다.

주쿠치가 하루라도 빨리 서칸탈을 평정해 주기를 황제도 바라고 있었고 마슈 또한 같은 마음이었다.

입구에 드리워진 천이 양쪽으로 활짝 열리자 차가운 밤바람이 안으로 들이쳤다.

그 밤바람을 몰고 우락부락한 병사 두 명이 각각 어린 남자아이와 가녀린 여자아이를 데리고 들어왔다.

아이들은 묶여있지는 않았지만 병사들에게 오른팔이 꽉 잡힌 상태였다. 병사 중 하나가 한쪽 팔을 가슴에 대고 경례하고서 힘찬 목소리로 보고했다.

"하명을 받들어 켈루안의 후예를 잡아 왔습니다."

주쿠치는 고개를 끄덕이고 병사들에게 수고했다는 치하를 한 다음 물러가 보라는 손짓을 했다.

그런데 병사들이 망설이는 표정으로 머뭇거렸다.

"왜 그러느냐? 물러가도 좋다."

주쿠치가 말하자 그중 하나가 대답했다.

"황공하오나 계집아이 쪽이 순순히 항복하려 하지 않아 손을 놓으면 무슨 짓을 할지 모릅니다."

그 말을 들은 주쿠치의 굵은 눈썹이 꿈틀했다.

"그래? 알겠으니 손을 놓아도 좋다. 조심하도록 하지."

명령을 받은 병사들은 경례를 한 다음 각각 손을 놓고 한 발짝씩 뒤로 물러서기는 했지만 무슨 일이 있으면 당장 달려들 기세로 경계심 가득한 눈초리를 여자아이에게서 떼지 않았다.

그러나 여자아이는 미동도 하지 않았다. 숨도 쉬지 않는 것처럼 꼼짝하지 않고 서서 주쿠치만 쏘아보고 있었다.

주쿠치도 그 눈길을 마주 응시하면서 말했다.

"너희가 켈루안의 손주 미르차와 아이샤 맞느냐?"

여자아이가 입을 열었다.

"왕위찬탈자 따위가 어디 감히 그 이름을 입에 올리느냐?"

약간 갈라지기는 했어도 낭랑한 목소리였다.

"흠, 항복하지 않은 게 맞군."

주쿠치가 천천히 자리에서 일어나 남매를 내려다보더니 옆에 있던 칼걸이에서 장검을 칼집 채로 확 잡아채고 끄트머리로 바닥을 쾅 내리쳤다.

중신들이 깜짝 놀라 고개를 쳐들었고 남매도 움찔했다. 남자아이는 얼굴이 울상이 되더니 이내 훌쩍이기 시작했다.

"동생이 울지 않느냐."

여자아이를 내려다보면서 주쿠치가 말했다.

"상황과 처지를 파악하고 처신해야지. 네 말 한마디로 동생의 목숨이 눈앞에서 날아갈 수도 있음이다."

여자아이는 새파랗게 질린 얼굴로 주쿠치를 올려다보다가 이윽고 들릴 듯 말 듯하게 대꾸했다.

"……거짓말."

주쿠치가 그 굵은 눈썹을 치켜올렸다.

"거짓말?"

여자아이가 끄덕였다.

"어차피 우리 목숨이 내 말 한마디로 좌우되는 게 아닐 텐데."

주쿠치의 눈이 살짝 커졌다.

가만히 남매를 내려다보던 주쿠치의 입가가 씰룩거렸다.

"그럼 무엇이 너희 목숨을 좌우한다는 것이냐?"

생각해 보고 말하겠지 했던 짐작과는 달리 여자아이가 곧바로 대답했다.

"너에게 득이 되냐 손해냐겠지."

중신들이 여기저기서 움찔거렸다.

여자아이를 지켜보던 마슈가 시선을 주쿠치에게로 돌렸다.

'자, 이제 어떻게 나오려나?'

한참을 말없이 여자아이를 바라보기만 하던 주쿠치가 한숨을 푹 내쉬었다.

"나에게 득이 되냐 손해냐, 라고? ……아주 틀린 말은 아니지."

그러더니 의자에 털썩 앉았다.

그는 탁자에 손을 뻗어 짐승 뿔에 금을 입혀 만든 술잔에 든 젖술을 단숨에 들이키더니 측근이 내민 수건으로 입가를 닦고 이어서 얼굴과 목덜미의 땀까지 닦아냈다.

그리고 다시 남매 쪽으로 고개를 돌렸다.

"틀린 말은 아니나 정답도 아니다. 너희 존재는 나에게 손해라기보다 제국 전체에 손해가 된다."

동생이 그게 무슨 뜻이냐는 표정으로 누이를 올려다봤다. 누이는 그런 동생에게 눈길을 주지 않고 그저 주쿠치만 노려보고 있었다.

"너희는 천로산맥 쪽으로 도망치려 했지? 정확히 말하자면 토울라이라로 말이다."

그 말을 들은 여자아이의 표정을 본 주쿠치가 덧붙였다.

"그 늙은이의 입에서 나온 정보가 아니니 오해는 마라. 그놈은 아주 대단한 충신이더군. 다 늙은 몸으로 그렇게까지 저항할 줄 몰랐는데. 어쨌든 놈이 눈속임을 위한 미끼로 나설 가능성은 이미 염두에 두고 있었고, 그래서 처음부터 병사들을 양쪽으로 보낸 것이다."

여자아이의 표정이 굳어졌다. 그 얼굴을 보면서 주쿠치가 말했다.

"너희가 그곳으로 도망칠 수 있다고 알려주신 분은 우마르 제국의 시찰관님이시다."

우라일리가 움찔했다. 이쪽으로 눈길을 보내지는 않았지만 얼마나 놀랐는지를 온몸으로 뿜어내고 있었다. 마슈는 아무런 표정 없이 그저 주쿠치와 여자아이를 지켜보고만 있었다.

덤덤한 말투로 주쿠치가 말했다.

"너희의 존재는 서칸탈뿐만 아니라 제국 전체에도 해가 된다는 뜻이다. 왜 그런지 아느냐?"

여자아이의 얼굴이 창백하게 질렸다. 이제 어디에도 희망이 없음을 깨달은 모양이었다.

대천막 안에 주쿠치의 목소리만 쩌렁쩌렁 울렸다.

"너희 할아비 켈루안은 어리석은 사내였다. 그자 때문에 수많은 백성이 굶주림에 시달리고 목숨을 잃었다. 이 나라 사람들 대부분은 켈루안을 원수처럼 여긴다. 그리고 나도 그런 사람 중 하나다."

여자아이의 눈동자가 흔들렸다. 창백한 얼굴이 더욱 하얘졌다.

주쿠치가 술잔에 젖술을 새로 따르게 하더니 꿀꺽꿀꺽 마셨다.

"그런데 그 산골에는 너희를 옹호하는 놈들이 아직 남아 있다지? 마키시라고 불리는 자들 말이다. 얼마 되지도 않는 산골 촌놈들이고, 이 나라 패권에 야심이 있는 것 같지도 않아 여태까지는 가만히 내버려두었다만 지금은 그놈들 존재가 아주 골칫덩이가 되어 버렸다. 놈들이 차지하고 있는 자리가 문제란 말이다."

마슈 옆에 있던 우라일리가 "그런 거였군." 하고 중얼거렸다.

이번 원정에서 제압할 예정인 씨족은 천로산맥 서쪽 산기슭을 다스리고 있는데, 산속에까지 그 힘이 닿아 있지는 않았다.

그래서 그들에게는 주쿠치가 이끄는 원정군을 상대로 오랫동안 버텨낼 만한 힘은 없었다. 다만 천로산맥 넘어 넓은 영토를 다스리는 진걸국의 조력을 얻을 수 있다면 형세를 역전시킬 가능성이 남아 있었다.

서칸탈의 북쪽에서 서쪽을 에워싸듯 솟아있는 천로산맥은 산세가 험해서 진걸국 쪽에서 대군이 쳐들어올 수 있는 곳은 한정되어 있었다. 그런 요소마다 제국군과 서칸탈군은 요새를 세워 함께 수비했다.

천로산맥 서쪽에 있는 토울라이라에도 산을 잘 타는 소수 정예부대라면 진걸국 쪽에서 넘어올 만한 산길이 있는데, 그곳에는 요새가 없었다.

토울라이라 근방에는 지면 아래가 텅 비어있는 곳이 많아 자칫 발을 잘못 디뎠다가는 목숨을 잃을 수도 있기에 길을 안내하는 자 없이 산길을 넘는 것은 불가능했다.

토울라이라와 그 일대를 지배하고 있는 산사람들인 마키시, 즉 유곡 사람들이 도와주지 않는 한 진결국 군대는 서칸탈 쪽으로 내려올 수 없었다. 또한 대군이 투입되지 않으면 토울라이라를 손바닥 보듯 훤히 꿰고 있는 마키시들을 장악할 수도 없었기에 지금까지 서칸탈의 변왕도, 제국도 이 지역을 별로 중요하게 생각하지 않았다.

그러나 마키시들이 켈루안의 후손을 아직도 왕의 적통으로 간주하고 있다면 주쿠치를 적대시하는 씨족이 이 두 사람을 앞세우게 될 때 상황이 크게 바뀔 가능성이 있었다.

대천막 벽 쪽으로 나란히 앉아 있는 씨족장 중에도 현재 벌어지고 있는 일이 무슨 의미를 가지는지 이제야 알겠다는 표정을 짓는 자들이 있었다.

번왕국의 남부와 동부에서 이번 원정에 따라온 씨족장들은 천로산맥 서쪽 근방의 사정을 잘 알지 못했다. 주쿠치에게 순종하겠다는 뜻을 보인 지 얼마 되지 않은 그들이 엉뚱한 생각을 품지 않도록 일부러 자세한 사정을 알려주지 않았으리라.

"너희는 말하자면 제방에 생긴 개미구멍이다. 평소에는 내버려 두어도 무방하나 폭풍이 몰려오면 그 구멍 하나 때문에 제방 전체가 무너지고 국가에 재난이 닥친다. 나도 매정한 인간이 아니니 그자의 손주라는 사실만으로 너희 목숨을 빼앗는 게 딱하다는 생각은 든다. 허나 어쩔 수 없는 일이다. 내 밑에 두고 감시하는 방도도 있기는 하나 그러면 공연한 위험을 감수해야 한다."

거기까지 말한 주쿠치는 갑자기 피로가 몰려온 듯한 표정을 지었다.

"이제 알겠느냐. ……억울하면 그렇게 태어난 너희 혈통과 운명을 원망하라."

주쿠치가 턱으로 지시하자 대기하고 있던 아까 그 병사들이 다가와 남매의 팔을 붙잡으려고 했다.

사내아이가 겁에 질려 도움을 청하듯 누이에게 손을 뻗었다. 그런 동생의 손을 꼭 잡아준 여자아이가 주쿠치를 올려다보았다.

그 창백한 얼굴에 무언가 망설이는 표정이 어렸다. 여자아이는 입술을 달싹일 듯하다 도로 다물어버렸다.

주쿠치가 의아한 표정으로 눈살을 찌푸렸다.

"뭔가 할 말이 있느냐?"

여자아이는 잠시 생각하는 듯하더니 이윽고 결심한 얼굴로 입을 열었다.

"너는 독을 마셨다."

주쿠치는 눈을 치켜뜨고 여자아이를 노려보더니 다시 수건으로 얼굴과 목덜미의 땀을 닦았다. 그런데 땀은 수건으로 닦는 것으로는 감당이 안 될 만큼, 옆에서 보기에도 이상할 정도로 쉴 새 없이 솟아나 주쿠치의 피부를 번들번들 적셨다.

"뭐라?"

여자아이는 감정을 읽을 수 없는 눈으로 주쿠치를 바라보며 말했다.

"너에게서 저승풀 냄새가 난다. ……누군가 너에게 독을 먹였다."

중신들이 웅성웅성 떠들어댔고 자리에서 일어나는 사람도 있었다.

주쿠치는 눈으로 흘러드는 땀을 닦아내면서 겁 없는 미소를 지었다.

"마지막 발악이냐? 그 대담함은 높이 사 주겠다만 거짓말도 그럴듯하게 해야지."

"거짓말이 아니다."

"아니, 거짓이다. 저승풀 뿌리를 달여서 만든 독에서는 맛도 냄새도 나지 않는다."

여자아이가 그제야 무슨 말인지 이해가 되는 표정을 지었다.

"……그럼 끝까지 그렇게 생각하고 있던지."

여자아이는 한숨을 쉬더니 동생의 어깨를 끌어안고 주쿠치에게서 등을 돌렸다. 병사가 허둥지둥 그 팔을 붙잡고서 대천막 입구 쪽으로 데리고 갔다.

마슈가 자리에서 벌떡 일어나 그들을 향해 말했다.

"잠깐."

남매가 멈춰서더니 마슈 쪽을 돌아보았다. 주쿠치도, 중신들도 모두 '뭐지?' 하는 표정으로 마슈를 보았다.

마슈가 여자아이에게 물었다.

"아이샤 켈루안 양. ……내게서도 냄새가 나는가?"

여자아이가 가만히 마슈를 쳐다보았다. 흑요석과 같이 검은 눈동자였다. 아무 대답이 없구나, 하고 포기하려던 찰나에 여자아이가 아주 살짝 눈살을 찌푸리더니 입을 열었다.

"……당신은 ……리탈란?"

마슈의 눈이 커졌다. 미간에서부터 얼굴 전체로 차디찬 무언가가 퍼져나가는 듯했고 심장이 미친 듯이 날뛰었다.

그는 입술이 마비된 것 같았다. 그래도 아랑곳없이 입을 열어 갈라진 목소리로 물었다.

"어째서 그리 생각하나?"

여자아이가 눈살을 찌푸린 채로 대답했다.

"청향초 냄새가 나니까."

마슈가 망연자실한 표정으로 여자아이를 쳐다보았다.

"……어이, 왜 그래?"

우라일리의 물음에 대꾸도 하지 않고 마슈는 성큼성큼 주쿠치에게 다가갔다. 가까이서 보니 주쿠치의 상태가 심상치 않음을 한눈에 알 수 있었다. 눈에 초점이 없었다.

마슈가 측근을 돌아보며 말했다.

"의술사에게 카훌을 가져오라 하라! 틀림없이 카훌이라고 전해야 한다! 그리고 당장 물을 있는 대로 대령하라! 어서!"

그리고는 남매를 붙잡고 있는 병사들에게도 명령했다.

"저 둘을 데리고 나가 엄중히 감금하라!"

풀썩하고 포댓자루가 바닥에 떨어지는 듯한 둔한 소리가 들렸다. 돌아보니 주쿠치가 의자에서 미끄러져 바닥에 쓰러져 있었다.

중신들이 자리에서 일어나며 저마다 뭔가를 외치는 혼란 속에서, 마슈는 우라일리에게 달려가 다른 사람들이 듣지 못하게 재빨리 속삭였다.

"저 남매에게 붙어 있게. 호위병들도 데려가고. 아무도 손대게 해서는 안 되네. 독살당하지 않게 음식이나 벌레퇴치용 연기에도 신경을 써야 하고. 그리고 나중에 오로키를 나한테 보내주게."

우라일리는 말없이 고개를 끄덕이더니 남매에게 다가갔다. 그리고 병사들과 함께 남매를 데리고 대천막에서 나갔다.

2
냄새 없는 독

주쿠치는 이튿날 새벽 무렵이 되어서야 죽음의 고비를 넘겼다.

그 긴 밤을 지새우는 동안 중신들이 너나 할 것 없이 번갈아 천막으로 찾아왔지만 마슈는 입구에서 안쪽을 들여다보는 정도만 용납할 뿐 누구도 천막 안에 발을 들여놓지 못하게 했다.

그런 처사에 화를 내는 자도 있었지만 누가 주쿠치를 독살하려 했는지 알 수 없는 상황에서 마슈가 취한 조치는 지극히 합당한 것이었기에 억지로 안에까지 들어오려는 사람은 없었다.

마슈가 천막 안으로 들인 사람은 부하인 오로키뿐이었다. 마슈는 오로키에게 세밀한 지시를 내린 다음 그림자처럼 그를 따르는 충견과 함께 병사들의 숙영지로 보냈다.

의술사와 함께 번왕 머리맡에 앉아 하룻밤을 지새운 마슈는 번왕의 상태가 안정된 것을 확인하고 나서야 같은 천막 구석에 잠자리를 펴고 선잠을 잤다.

잠에서 깬 것은 점심 직전이었는데 번왕은 여전히 깊고 조용한 숨소리를 내며 잠들어 있었다.

자리에서 일어나 천막 밖으로 나간 마슈는 한껏 숨을 들이쉬었다.

비에 젖은 풀냄새가 났다. 그러고 보니 소나기가 천막에 내리치는 소리를 잠결에 들은 것 같았다. 이 시기 이 근방에서는 이런 식으로 비가 자주 내렸다.

구름이 잔뜩 낀 하늘은 우중충했지만 강한 바람에 무거운 구름이 흐르며 끊긴 사이로 햇살이 쏟아져 천로산맥을 환하게 밝혀주었다.

점심 준비를 시작하는지 연기 냄새와 함께 쌀전병인 타파를 지지는 맛깔스러운 냄새가 풍겼다.

풀 밟는 소리가 나서 돌아보니 오로키가 충견과 함께 오고 있었다.

"알아봤나?"

하고 묻자 오로키가 낮은 목소리로 답했다.

"짐작하신 대로였습니다."

"있었군."

"예, 있었습니다."

상세한 보고를 들은 마슈가 씩 웃었다.

"수고했다. 가서 쉬어라."

오로키는 살짝 고개를 숙이며 발꿈치를 소리 나게 맞부딪쳐 경례한 다음 돌아섰다. 마슈가 그 뒷모습에 대고 말했다.

"네 짝에게도 맛있는 포상을 해 줘라."

오로키는 그 말에 뒤돌아보더니 웃는 듯 마는 듯한 얼굴로 고개를 끄덕였다. 자기에 대한 말이라는 걸 알아들었는지 충견이 꼬리를 살랑

31

살랑 흔들었다.

다시 한번 숨을 크게 들이마신 마슈는 천막 쪽으로 몸을 돌렸다.

'……어디 보자.'

마슈가 속으로 중얼거렸다.

'이제부터가 또 큰일이네.'

환한 바깥에 있다가 천막 안으로 들어섰더니 한순간 눈앞이 캄캄해졌다.

어두컴컴한 내부에 눈이 적응되자 난로 옆에 마련된 침구에 누워있는 주쿠치와 그 곁에 있는 의술사의 모습이 보였다. 연기 냄새와 약 달이는 냄새가 함께 섞여 풍겨왔다.

주쿠치의 머리맡으로 다가가자 그 소리에 깼는지 주쿠치가 눈을 어렴풋이 떴다. 그러더니 물을 찾는 시늉을 했다.

의술사가 주쿠치의 머리를 받쳐주면서 물이 든 그릇을 입술에 갖다대자 주쿠치가 후루룩 하고 물을 들이켰다.

사레들리지 않고 물을 잘 마시는 모습을 본 의술사가 그제야 긴장이 풀린 표정을 지었다.

목구멍에 달라붙은 가래를 없애려는 듯 두세 번 헛기침을 한 주쿠치는 고개를 들어 마슈를 바라보았다. 눈에 생기가 돌아온 것이 보였다. 갈라진 목소리로 주쿠치가 물었다.

"……내가 마신 독이 진정 저승풀이 맞는가?"

마슈가 의술사 쪽을 쳐다보자 장년의 의술사가 대신 답했다.

"확증은 없으나 그리 생각됩니다. 번왕님께 나타난 증상이 저승풀을 잘못 먹었을 때의 증상과 아주 유사했습니다. 또한 저승풀을 해독하기 위해 쓰는 약탕의 효능도 즉각 나타났습니다."

주쿠치가 불만스러운 표정으로 말했다.

"저승풀에는 맛도 냄새도 없다 하지 않느냐?"

의술사가 끄덕였다.

"그렇습니다."

주쿠치가 다시 마슈를 쳐다보았다.

"그렇다면 그 계집애는 어째서 내 땀에서 저승풀 냄새가 난다고 했을까?"

이런 질문을 받으면 어떻게 대답할까. 지난밤 불침번을 하는 내내 마슈는 이 생각을 계속했는데 머릿속에 떠오른 대답 중에는 이렇다 할 마땅한 것이 없었다. 그런데 막상 실제로 이 질문을 받으니 지금 머리에 떠오른 답을 망설임 없이 말할 수 있을 것 같았다.

마슈가 의술사에게로 시선을 돌렸다.

"이제는 번왕님의 상태가 안정되어 보이는데 잠시 네가 자리를 비워도 괜찮은 정도인가?"

의술사가 무릎걸음으로 주쿠치에게 다가가 맥을 짚어보더니 고개를 끄덕였다.

"잠시라면 제가 없어도 될 듯합니다."

"그렇다면 나가서 잠깐 쉬었다 오거라. 번왕님의 상태가 조금이라도 이상해지면 즉각 알리겠다."

의술사는 그 말에 고개를 숙이고 천막에서 나갔다.

마슈는 멀어지는 발소리가 들리지 않을 때까지 기다렸다가 다시 주쿠치 쪽으로 몸을 돌렸다.

"방금 그 질문에 대한 답이라면,"

"……."

"그 계집아이는 실제로 저승풀 냄새를 느꼈으리라 생각하오. 아마도 여느 사람들보다 후각이 예민하겠지."

주쿠치의 커다란 눈에 날카로운 빛이 서렸다.

"주위의 사람까지 물려 놓고 어째서 그런 말도 안 되는 소리를 하는 것이오? 내가 알고 싶은 것은 그 계집이 어째서 그런 쓸데없는 말을 했느냐 하는 점이오. 계집은 처음부터 내가 독을 마셨다는 사실을 알고 있었소. 그러니까 독을 탄 자를 알고 있었다는 뜻이지……."

마슈가 천천히 고개를 저었다. 주쿠치는 짜증스럽다는 듯이 얼굴을 찌푸렸다.

"아니라고? 뭐가 아니라는 거요?"

"그 계집아이는 독을 탄 자를 모르오."

"어떻게 단언할 수 있지?"

"아까 궁금해했던 것처럼 그대가 독을 마셨다는 사실을 굳이 말해 줬으니까."

"……."

"그야말로 쓸데없는 말이 아닌가? 독살하려는 자와 한패이고, 그대가 죽으면 자기도 동생도 살 수 있다고 믿었다면 무슨 일이 있어도 그 말만은 하지 않았을 것이오."

마슈가 가볍게 한숨을 쉬었다.

"야무지고 씩씩해 보여도 기껏해야 열다섯이오. 자기가 알아차린 사실을 말하지 않으면 사람이 죽겠구나 싶어 얼떨결에 말이 흘러나온 것이겠지."

"자기를 죽이겠다는 사람인데도 말인가?"

"그런 자라도 죽게 내버려 두지 못하는 사람도 있지 않겠소?"

"하지만 저승풀은……"

다시 반박하려는 주쿠치의 말을 가로막으며 마슈가 말했다.

"그대는 저승풀이 무미무취라는 생각에 사로잡혀 다른 점이 보이지 않는 것이오. 독을 먹은 사람이 보이는 증상은 아주 다양하지. 나도 그대가 땀을 지나치게 흘리는 것이 이상해 보였는데 정면에서 보고 있던 그 계집아이 눈에는 여러 가지 증상이 훨씬 더 분명히 보였겠지."

"……."

"왕은 언제나 다양한 암살 위협에서 자유롭지 못하니 그 방법에 대해서도 자세히 알 수밖에 없지. 그 계집애는 켈루안 왕의 손녀 아닌가? 다양한 암살법에 대해 많이 배우고 자랐을 것이오. 그래서 이상할 정도로 심하게 땀을 흘리는 모습과 시선이 흔들리는 것을 보고 저승풀 독을 먹었구나 싶었겠지."

주쿠치는 반쯤은 알아들은 것 같았지만 그래도 납득이 안 가는 점이 있는지 뭔가를 더 말하려 했다.

마슈는 그러기 전에 자기 말을 이어갔다.

"게다가 그대를 독살하려던 자는 켈루안의 후예가 가진 가치 따위는 몰랐을 것이오."

주쿠치가 깜짝 놀라며 눈을 크게 떴다.

"누구 짓인지 알아낸 거요?"

마슈가 끄덕였다.

"리마 씨족장이오."

"랄리하 말이군. ……증거는?"

"그자의 시종이 그릇 닦는 천을 들고 있었소. 그 시종이 지난밤 대천막에 놓인 그릇을 닦는 담당이었다지."

주쿠치는 그 말에 한숨을 쉬더니 고개를 저었다.

"그게 의심한 이유라면 틀렸소. 내가 쓰는 그릇은 모두 내 손으로 직접 씻고 닦아서 언제나 눈에 보이는 곳에 두고 있소. 그러니 그놈이 내 그릇에 독을 발랐을 리가 없소."

마슈가 미소를 지었다.

"그놈이 그릇에 바른 것은 독이 아니었소."

"……?"

"놈은 다른 사람들 그릇에 카홀 수액을 바른 것이오."

마슈가 담담하게 독살을 꾀한 방법을 설명했다.

"그대는 독살을 염려하여 다른 사람과 같은 그릇에서 따른 젖술이 아니면 입에 대지 않지. 그 젖술에 독을 섞으면 랄리하 본인도 마셔야 하고. 대천막 안에 있는 모든 사람을 죽이고 자기 혼자 살아남는 방법도 있지만 그렇게 했다가는 그대를 제거한다 해도 다른 씨족들의 원한을 사게 되지."

주쿠치의 얼굴에 점점 놀라는 표정이 떠올랐다.

"그렇군! 내가 내 그릇만 닦는다는 점을 역으로 이용한 것이야."

마슈가 끄덕였다.

"그렇소. 저승풀의 독은 카홀 수액에 약하지. 그 수액에 닿으면 독성을 잃어버리는 것이오. 의술사가 그대에게 처방한 것도 카홀 수액으로 만든 해독약이었소."

"……자기하고 다른 자들 그릇에는 그 수액을 미리 칠해 놓은 것이군."

"그렇소. 내 부하가 밤새도록 다니면서 카홀 수액 냄새가 나는 그릇 닦는 천을 가진 자를 찾아주었지."

마슈의 얼굴에 희미한 미소가 떠올랐다.

"자기 코가 아니라 개 코를 쓰기는 했지만."

주쿠치는 신음하듯 소리를 내더니 한동안 고개를 숙이고 뭔가를 골똘히 생각했다.

마슈가 턱을 만지면서 말했다.

"이런 상황 속에서 랄리하를 처벌하는 것은 쉽지 않은 일이오. 신중하게 차후 대책까지 세운 다음에 실행에 옮겨야지."

"……그것도 그렇지만."

중얼거리더니 주쿠치가 고개를 들고 마슈를 보았다.

"그 계집애를 어떻게 하느냐……인데."

"목숨의 은인이라서?"

주쿠치가 끄덕였다.

"계집애만이라도……."

마슈가 고개를 저었다.

"그건 옳지 않소. 동생이 죽임을 당하면 그 계집아이는 평생 그대를 증오할 것이오. 화근을 남길 뿐이지."

근심에 잠긴 주쿠치에게 마슈가 제안했다.

"굳이 은혜를 베풀겠다면 목을 베지 말고 독으로 처형하는 게 어떻겠소?"

주쿠치가 미간을 확 찌푸렸다.

"그게 더 고통스럽지 않소?"

"아니지, 적절한 독을 쓰면 되는 일이오. 고통스럽지 않게, 잠자듯이 죽이는 독도 있으니."

주쿠치가 복잡한 표정을 지으며 마슈를 쳐다보았다. 그 눈길을 마슈는 말없이 가만히 마주 보았다.

3
히링

아이샤와 동생 미르차는 병사 숙영지 바깥에 설치된 천막 안에 감금
되어 있었다.

그 천막은 초원 한가운데 다른 천막과 뚝 떨어져서 설치되어 있어
누구든 다가오는 자가 있으면 금방 눈에 띄었다.

마슈가 데리고 온 호위병들은 천막 안팎을 지키면서 식사나 갈아입
을 옷까지 일일이 점검한 다음에야 남매에게 가져다주었다.

주쿠치가 회복한 날 오후에 한 번 오로키가 천막에 찾아와 우라일리
를 밖으로 불러내서 뭔가 수군거리더니 호위병 세 명을 데리고 어디론
가 다녀온 것 외에는 이 천막을 오가는 사람은 거의 없었다.

이 천막에는 연기배출용 천창 외에 통풍을 위해 만든 작은 창문이
두 개 있는데 동생은 숙영지 쪽에서 병사들이 훈련하는 소리나 말발굽
소리가 들리면 그 창문 쪽으로 가서 바깥을 내다보기도 했지만 누이

쪽은 창문에 다가가는 일 없이 천막 안에 가만히 앉아 소일거리로 주어진 천 조각에 수를 놓으며 지냈다.

해가 지고 병사들이 저녁 식사를 마칠 무렵 남매에게도 늦은 저녁이 배달되었다.

저녁밥을 들고 온 시종들 뒤로 마슈와 번왕의 측근 두 명이 따라왔다.

호위병들이 천막 입구의 천을 들어 올리고 안에다 뭐라고 속삭이자 우라일리가 안에서 나왔다. 저녁 식사 담당자들 뒤에 마슈 일행이 있음을 알아차린 우라일리의 표정이 한순간 굳어졌다.

마슈가 입에 손가락을 대고 조용히 하라는 신호를 하자 우라일리가 눈으로만 대답했다.

저녁 식사가 담긴 커다란 쟁반을 든 시종이 머리를 살짝 숙이고 천막 안으로 들어간 후 마슈와 번왕의 측근들은 각각 창문 앞으로 다가갔다.

해가 완전히 떨어져 밖은 캄캄했고, 숙영지의 불빛도 멀리 있기에 창에서 약간만 떨어져 있으면 밝은 천막 안쪽에서는 창밖에 있는 사람의 얼굴을 볼 수가 없었다. 그림자가 어른거린다 해도 지금까지 호위병들이 몇 번이고 창밖을 서성인 적이 있기에 평소와 다르다는 사실을 남매가 눈치챌 리 만무했다.

저녁 식사는 병사들이 먹은 것보다 좋은 음식이었다. 구운 양고기 외에도 채소로 된 국에 과일까지 있었다. 타파에는 버터를 바르고 그 위에 귀한 설탕까지 뿌려 놓았다. 물론 젖술도 곁들여져 있었다.

남동생은 배가 고팠는지 눈앞에 저녁이 차려지자 신이 나서 눈을 반짝였다. 그런데 누이 쪽은 시종이 들어오기 전부터 고개를 푹 숙인 채 꼼짝도 하지 않았다.

그 자세를 보고 마슈가 눈을 가늘게 떴다.

어깨에 힘이 들어가 있었다. 긴장한 듯한 모습이었다.

'알아차렸나?'

동생은 우선 타파에 손을 뻗어 설탕과 버터가 녹아서 잘 스며든 전병을 한껏 입에 넣고는 맛있게 먹었다.

누이도 조용히 저녁을 먹기 시작했다. 동생처럼 누이도 타파부터 먹기 시작해서 양고기도, 채소국도 천천히 음미하면서 먹어나갔다. 과일도 남김없이 먹었다.

음식을 거의 다 먹은 동생이 젖술에 손을 뻗자 누이가 먹던 손을 멈추고 동생을 바라보았다.

'……말리려나?'

마슈는 자기도 모르게 몸을 앞으로 내밀어 누이의 옆얼굴을 응시했다.

누이의 손이 파들파들 떨리고 있었다. 긴장 때문인지 가느다란 목에 핏줄이 보였다.

동생이 손잡이를 양손으로 들고 젖술 그릇에 입을 댔다. 누이는 그런 동생을 말리지 않았다. 그저 말없이 지켜보고만 있었다.

동생은 젖술을 맛있게 꿀꺽꿀꺽 마시더니 그릇을 바닥에 내려놓고 남은 과일을 잡으려고 손을 뻗었다. 그리고 그 자세 그대로 휘청하며 머리가 흔들리더니 앞으로 쓰러지려 했다.

누이는 팔을 뻗어 쓰러지는 동생의 몸을 잡아서 옆으로 눕히며 무릎베개를 해 주었다.

뺨에 반짝이는 것이 보였다.

누이는 축 처진 동생의 머리를 끌어안듯이 몸을 앞으로 숙이고 있더니 이윽고 몸을 똑바로 펴고는 비어있는 동생의 젖술 그릇에 손을 뻗었다.

그릇 손잡이를 잡았나 하는 순간 누이는 있는 힘껏 그 그릇을 던졌다. 그릇이 둔탁한 소리를 내며 천막의 창 밑에 부딪쳤고 마슈는 엉겁결에 고개를 뒤로 뺐다.

안에 있던 우라일리가 놀라며 벌떡 일어섰지만 누이는 그쪽으로는 눈길도 주지 않은 채 바로 자기 몫의 젖술 그릇을 잡았다. 그러더니 마슈가 있는 창을 빤히 노려보면서 젖술 그릇을 입에 대고 망설임 없이 단숨에 들이켰다.

검은 눈동자가 처절한 빛을 띄우면서 이쪽을 뚫어지게 바라보고 있었다.

마슈는 배에 힘을 한껏 주고 누이의 눈을 마주 보았다.

'그래. 너희에게 독을 먹인 자는 바로 나다.'

가슴 깊숙한 곳에서 무언가 뜨거운 것이 북받쳐 올라와 온몸을 떨었다.

'독을 집어넣은 내 손가락의 냄새를 너는 감지했구나. 그리고 그 냄새의 주인이 이곳에 있다는 것도.'

자기도 모르는 사이에 마슈는 미소 짓고 있었다. 온몸이 타오르듯이 뜨거웠다.

여자아이의 눈동자에서 빛이 사라지면서 앞으로 힘없이 쓰러지는 모습을 마슈는 가만히 지켜보았다.

주쿠치는 측근의 부축을 받으며 천막에서 나왔다.

천막 앞 풀숲에 커다란 모직 이불이 깔려 있었다. 병사들이 들고 선

횃불의 불빛이 이불 위에 눕혀진 남매의 시신을 희미하게 비추었다.

남매의 얼굴은 컴컴한 가운데 유독 새하얗게 떠 있었고 살아있을 때보다 훨씬 작아 보였다.

주쿠치는 시신을 한참 내려다보더니 이윽고 쭈그리고 앉아 남자아이의 입가에 손을 대서 숨이 완전히 끊어졌음을 확인했다.

그리고 누이 쪽도 똑같이 확인한 다음, 뺨에 살짝 손을 댔다가 흠칫하며 오므렸다.

"왜 이렇게 차가운 것인가? 죽은 지 얼마 안 되었을 텐데?"

시신 맞은 편에 선 마슈가 조용히 대답했다.

"히링을 썼으니까요."

그 말을 들은 주쿠치가 고개를 끄덕이더니 일어서서 한숨을 쉬었다. 그리고 병사들을 향해 명령했다.

"이불에 고이 싸서 묻어주어라."

그렇게만 말하고는 시신에서 등을 돌리고 천막 안으로 들어갔다.

서칸탈에서는 아이들이 죽으면 그 시신을 유자나무 아래 묻었다.

옛이야기에 따르면 유자나무는 자식을 잃은 슬픔을 이기지 못하고 강물에 몸을 던진 어미의 시신이 물에 떠내려오다 머문 어느 기슭에서 자라난 나무로, 그 뿌리에 죽은 아이를 묻으면 유자나무의 정령이 어린 나이에 죽은 아이를 가엾게 여겨 그 영혼을 하늘로 잘 인도해 준다고 하였다.

주쿠치의 명령을 받고 저녁 무렵부터 유자나무를 찾아다닌 병사들이 이미 좋은 장지를 눈여겨둔 터여서 두 아이의 시신은 곧바로 마차 짐칸에 실려 초원을 지나 작은 시내가 흐르는 숲속으로 운반되었고,

유자나무 밑에 파 둔 구덩이에 눕혀졌다.

병사들도 부모가 있고 자식이 있는 사람들인지라 시신을 구덩이에 함부로 던져넣는 짓은 하지 않았다. 춥지 않도록 모직 이불로 꼼꼼히 감싸서 구덩이 안쪽에 고이 눕힌 다음 들짐승들이 건드리지 못하게 흙으로 잘 덮어주고 고개를 숙여 묵념하고서 야영지로 돌아갔다.

병사들이 탄 말의 발굽 소리가 멀어지자마자 컴컴한 나무들 사이에서 그림자 셋이 튀어나와 정신없이 무덤의 흙을 파내기 시작했다.

남매의 시신을 구덩이에서 꺼내 옆에 있는 풀밭에 눕혀놓더니 머리까지 감싸고 있던 이불을 허겁지겁 벗겨냈다.

그리고는 다른 이불로 시신을 신중히 말아서 두 그림자가 각각 누이와 동생을 안고 숲 안쪽으로 사라졌다.

남은 한 사람은 시신을 감싸고 있던 이불을 다시 구덩이 안쪽에 되돌려놓고 형태를 잘 잡은 다음 그 위를 다시 흙으로 덮어 무덤을 원래대로 만들어 놓았다.

저물기 시작한 달빛이 숲속 나무들의 가지 끄트머리를 희미하게 비추었다.

4
냄새 소리

향긋한 냄새가 났다.

'……할아범이 타파를 굽고 있나?'

슬슬 일어나서 미르차도 깨워야지 하는 생각을 하는 순간 벼락 맞은 것처럼 무시무시한 기억이 되살아나면서 욱신 하고 가슴이 저렸다. 고통이 쓴물처럼 가슴에서 목구멍을 거쳐 머리까지 옮아갔다.

아이샤는 입을 벌리고 세차게 숨을 들이쉬었다.

목구멍에서 피리 소리 같은 신음이 났고 불에 지지는 타파 냄새와 연기 냄새, 그리고 두 남자와 개의 냄새까지 한꺼번에 콧속으로 들이닥쳤다.

그 냄새의 홍수 속에 동생 미르차의 냄새도 있었다. 팔이 닿아 있는지 동생의 체온도 느껴졌다.

'미르차가…… 살아있어!'

눈을 떠서 동생을 보려 했는데 갑자기 주위가 빙글빙글 도는 것 같아 아이샤는 다시 눈을 감고 현기증이 가라앉기를 기다렸다.

정신을 차렸군, 하는 남자 목소리를 들으면서 아이샤는 혼란스러운 머리로 지금 무슨 일이 벌어지고 있는지 필사적으로 생각하려 했다.

'난 히링이 든 젖술을 마셨어…….'

맹독인 히링을 탄 젖술을 미르차가 마시는 모습을 지켜보았고 자기도 다 마셨다.

'그런데 어째서?'

남자 하나가 일어서서 이쪽으로 다가오는 것을 아이샤는 눈을 감은 채 느낄 수 있었다. 눈을 뜨지 않아도 다가오는 자가 누구인지 알 수 있었다.

"깨어나 있을 텐데, 아이샤 켈루안 양."

아이샤는 천천히 눈을 뜨고 남자를 보았다. 아직도 약간은 어지러웠지만 그래도 남자 얼굴은 또렷이 보였다.

햇볕에 그을린 예리한 얼굴과 검은 눈동자가 이쪽을 가만히 바라보고 있었다.

"……어째서?"

중얼거리자 아이샤의 갈라진 목소리를 알아차렸는지 남자가 뒤에 있는 사람에게 물을 가져오라고 시켰다.

물이 오자 남자가 살며시 아이샤의 머리 뒤로 손을 넣어 고개를 받치면서 천천히 일으켜주었다. 두텁고 커다랗고 따뜻한 손이었다.

나무 그릇에 담긴 물을 한 모금 마셨더니 오래된 삼나무 냄새가 났다. 나무통에 넣어 싣고 온 물인 모양이었다. 그래도 목이 바짝 말라 있던 아이샤에게는 달콤하게만 느껴졌다.

물을 다 마시고 나무 그릇을 남자에게 돌려주자 남자는 말 없이 그릇을 받았다.

아이샤가 남자를 쳐다보았다.

남자가 움직일 때마다 청향초 냄새가 강하게 풍겼다. 품속에 항상 넣고 다니는 모양이었다. 남자의 체취와 섞여서 변질되기는 했어도 청향초 냄새가 틀림없었다.

"어째서……?"

다시 한번 물어보려는데 남자가 고개를 저었다.

"지금은 설명할 틈이 없다. 오늘 밤 설명해 줄 테니 그때까지는 여기서 잘 쉬고 있도록."

동생을 보려 하자 남자가 일어서면서 말했다.

"동생도 무사하다. 아까 잠시 깨었다가 다시 잠든 상태다. 이불을 잘 덮어주었으니 감기 걸릴 일도 없겠지. 너도 몸을 따뜻하게 해 두어라. 부하에게 호위를 맡겨놓을 테니 무슨 일이 있으면 그의 지시를 따르도록."

그는 그렇게 말하더니 모닥불 쪽으로 다가가 불 앞에 앉은 남자에게 나무 그릇을 돌려주고 접시에 있던 타파 하나를 집어 입에 넣고는 나무들 사이로 사라져버렸다.

모닥불로 조리하고 있던 남자 옆에 개가 있었다. 개는 웅크리고 앉아 이쪽을 보고 있었다.

"일어나실 수 있으면 이쪽에서 불을 쬐면서 타파를 드시겠습니까?"

남자가 말을 걸었다. 곱상하게 생겼지만 어딘지 사냥꾼처럼 날렵한 느낌이 드는 남자였다.

아이샤는 바닥을 손으로 짚고 천천히 일어섰다. 여전히 현기증이 조금 났지만 그것도 금세 가라앉았다.

모닥불 곁에 가서 앉았더니 따스한 불의 온기가 피부에 스며들면서 온몸이 얼마나 차게 식어 있었는지 절실히 느껴졌다.

'히링은 몸을 얼게 한다.'

이 풀을 잘못 먹은 사람은 순식간에 온몸이 차가워지면서 괴로워할 틈도 없이 잠자듯이 죽게 된다. ……그렇게 알고 있다.

'난 왜 살아있지?'

남자는 작은 냄비 바닥에 얇게 붙어서 향기로운 냄새를 풍기는 타파를 솜씨 좋게 벗겨내 나무접시에 얹었다. 그 위에 버터를 듬뿍 바르고 꿀을 얹더니 아이샤에게 건넸다.

나무접시의 따뜻함이 손바닥에 느껴지는 순간 마음을 딱딱하게 뒤덮고 있던 무언가가 깨지면서 살아있다는 감각이 온몸으로 퍼져나갔다.

살길이 없다고 생각했다. 이제 내 인생은 끝났구나 싶었다.

목이 잘릴 것이라고 생각했기에, 히링으로 처형됨을 알게 된 순간 그래도 참수보다는 편하게 죽겠구나 했다. 처형을 기다리는 동안은 뼛속까지 덜덜 떨릴 정도로 무서웠지만 막상 그 순간이 와서 동생이 독이 든 젖술을 입에 대는 모습을 지켜볼 때가 되자 두려움은 사라지고 세상이 캄캄하게 변해 있었다. 자신도 동생도 모든 것이 새까맣게 변해버린 어둠 속에 갇혀 있었다.

다만 젖술에서 그 남자의 손가락 냄새를 맡은 순간 엄청난 분노가 미간을 찔렀다.

혈통 때문에 목숨을 잃어야 한다는 부당함과 그 부당함을 어쩌지 못한 채 이승을 떠나야 한다는 억울함으로 인해 누군지도 모르는 상대에 대한 엄청난 분노가 치솟아 온몸이 불타는 것 같았다.

따스한 나무접시 위의 타파를 천천히 들어서 먹기 좋은 크기로 접어 입에 넣자 버터의 짭짜름한 감칠맛과 꿀의 달콤함이 뒤섞여 입안을 가득 채웠다.

잘 아는 맛이었다.

포로가 된 후에 식사 때마다 나왔던 타파에서는 지금까지 먹어본 적이 없던 식재료의 냄새가 났는데 이 타파는 아이샤가 항상 먹던 그 맛이었다. 그 냄새가 코 안에 퍼지자 갑자기 울컥하고 눈물이 났다.

남자에게 눈물을 들키지 않으려고 아이샤는 고개를 푹 숙인 채 따뜻하고 향기로운 타파를 먹었다.

개가 소리 없이 몸을 일으키더니 아이샤 곁으로 다가와 차가운 코끝으로 팔꿈치를 건드렸다.

"가만히 앉아 있어! 나중에 줄 테니까."

남자가 야단치자 개는 불만스러운 듯이 남자를 보더니 아이샤 옆에 앉았다.

"······여기가,"

아이샤가 남자에게 물었다.

"어디에요?"

"녹수계곡 옆입니다."

아이샤가 깜짝 놀라 주위를 돌아보았다. 녹수계곡이라면 집 바로 옆이다. 물론 이제 집에는 아무도 없지만. 그런 생각이 들자 날카로운 슬픔이 가슴을 찔렀다.

"왜 우리가 여기 있나요?"

아이샤가 물어보았지만 남자는 작은 냄비에 기름칠을 하고 다시 타파를 구우면서 고개를 저었다.

"저는 명령받은 일을 할 뿐 아무것도 모릅니다. 마슈 님께서 돌아오시면 직접 물어보시죠."

아이샤가 눈을 깜박였다.

"⋯⋯마슈. 그 사람 이름이 마슈인가요?"

남자가 끄덕였다.

"예. 마슈 카슈가 님입니다."

마슈라는 남자는 좀처럼 돌아오지 않았다.

동생 미르차는 한 번 일어나서 개를 데리고 있는 남자가 만들어준 저녁밥을 실컷 먹고는 '우리한테 무슨 일이 일어났냐'며 아이샤도 대답하지 못하는 질문을 했다. 그러더니 이내 모닥불 옆에서 몸을 웅크린 채 잠들어버렸다. 몸이 바닥에 빨려드는 것처럼 무겁게 늘어져서 아이샤도 저녁을 먹고는 초저녁부터 동생 옆에 몸을 눕혔다.

그녀는 꾸벅꾸벅 잠들었다가 깨어 동생과 자기가 살아있음을 확인한 다음 다시 잠에 빨려들곤 했다. 가끔 숲의 낮은 수풀을 헤치며 부는 바람에 실려 오는 냄새 때문에 깰 때도 있었다.

식물이 내는 냄새는 해가 지면 조용해지지만 벌레에 먹히거나 하면 냄새 소리를 내기 시작한다.

'⋯⋯아이날라 나무야 제발 잠깐만이라도 조용히 해 줘.'

벌레가 나뭇잎을 먹고 있는 모양이다. 달려든 벌레가 어지간히 많은지 벌써 한참 동안 쉼 없이 비명 냄새를 풍겨대고 있었다.

나무가 풍기는 냄새 소리는 은근히 시작되어 오랫동안 계속된다.

그 비명을 들은 다른 나무들도 경계의 소리를 내기 시작해서 그게 사방팔방으로 퍼져가기 때문에, 한 번 신경이 쓰이기 시작하면 아이샤로서는 상당히 참기 힘들게 된다.

더구나 냄새 소리는 천천히 가라앉아, 지면 가까이에 끈적하게 붙어서 기어가듯이 퍼지기 때문에 이렇게 땅바닥에 누워있을 때면 더욱 강하게 느껴진다.

지금이 낮이라면 그 소리를 듣고 새들 같은 천적이 신이 나서 달려와 주겠지만 해가 지고 난 다음에는 야행성인 벌레들만 들끓는다. 낮에는 흙 속에 숨어 있다가 천적이 잠든 밤이 되면 그때부터 정신없이 나뭇잎을 먹기 시작하는 유충들도 있다.

한 번 신경이 쓰이면 힘들어지는 소리는 식물의 냄새 소리만이 아니다.

짐승이 풍기는 냄새 소리는 가끔 훅하니 강렬해질 때가 있는데 어떤 경우는 잠들었다가도 깰 정도다. 그래서 집에 있을 때는 2층에 있는 방에서 창문을 꼭 닫고 자곤 했다.

깨어 있을 때는 이런 냄새 소음이 별로 신경 쓰이지 않았다.

아주 가끔 숲에서 나가 시장에 갈 때면 처음에는 사람들의 말소리나 발소리가 무서울 정도로 크게 들려도 어느새 잊어버릴 정도가 되듯이 냄새 소음도 평소에는 아마 자연히 흘려듣는 모양이었다.

그러나 잠이 막 들려고 하는 참에 갑자기 쥐의 비명과 함께 강렬한 공포와 피 냄새가 풍겨오거나 하면 화들짝 놀라 잠에서 깨고는 가슴이 두근거려 한참을 잠들지 못했다.

지면에 가까운 곳의 냄새는 밤이 되면 아주 시끄러워졌다. 해가 지고 나면 일어나 돌아다니는 짐승들 냄새가 짙어지기 때문이다. 2층에 있어도 밤바람이 냄새를 실어 올 때가 있지만 땅바닥에 가까운 1층의 농후한 소음에 비하면 그 정도는 그나마 견딜 만했다.

그런 이야기를 할아범한테 한 적이 있는데 할아범은 "냄새가 시끄럽다고요?"하며 난처한 표정으로 웃었다. 그 얼굴을 보면서 아이샤는 이해받지 못하는 외로움을 곱씹었었다.

아이샤로서는 그게 자기 느낌에 제일 가까운 표현이었다. 다른 말로는 그 느낌을 전할 수가 없었다.

태어날 때부터 아이샤는 살아있는 존재들이 풍기는 냄새와 그 냄새에서 알 수 있는 다양한 일들을 느끼면서 살아왔다.

그래서인지 아이샤는 사람이 하는 말을 들을 때처럼 풍겨오는 냄새에서 의미를 알아차릴 수 있게 되었다.

물론 짐승이나 식물이 사람의 말을 하는 것은 아니지만 나무가 벌레에게 나뭇잎을 먹힐 때 풍기는 냄새를 "아야, 아야, 벌레가 나를 먹고있어!" 하는 말처럼 느낄 수 있다는 것이다.

그것은 화재 감시대에서 땡땡땡땡 하고 울리는 종소리가 "불이야! 불이야!" 하는 소리처럼 들리거나 어머니가 쓴웃음을 지으며 한숨 쉬는 소리가 "너도 참……"하는 소리로 들리는 것과 같은 느낌이다.

다양한 생물이 내뿜는 냄새 소리는 사람 목소리와는 달리 오랫동안남는다.

어디에 있건 언제나 들리는 소리지만 밤이 되면 숲 전체에서 풍겨오는 냄새 소리가 낮보다 훨씬 더 신경에 거슬린다.

밤에 피는 꽃들은 밤하늘을 날아다니는 나방을 꾀기 위해 노을이 지기 시작할 때부터 향기를 뿜어낸다. 그런 꽃들의 유혹하는 향기는 높은 소리여도 사랑 노래처럼 듣기 좋다.

그러나 밤의 숲에서는 그런 향기와는 다른 냄새가 여기저기서 풍겨나온다.

작은 동물들이 잡아먹힐 때의 냄새 같은 것이 진하게 섞여 있어서인지 밤의 숲이 풍기는 냄새는 아이샤에게 가슴을 짓누르는 듯한, 긴박감을 동반한 소음으로 느껴진다.

하지만 이런 느낌을 이해해준 사람은 어머니밖에 없었다.

동생도 약간은 느끼는 모양이지만 워낙 천성이 느긋한 아이여서 아이샤만큼 예민하지는 않은 것 같았다. 아버지는 전혀 몰랐고, 할아범도 이해하지 못했다.

어릴 때부터 할아범에게 몇 번이나 이 느낌을 이해시키려고 시도했지만 그럴 때마다 할아범은 난감한 표정으로 웃을 뿐이었다.

그런 기억을 떠올리다 보니 밤의 저편으로 가라앉는 것 같은 슬픈 외로움이 가슴 속으로 밀려왔다.

옆에 동생이 잠들어 있어도 사라지지 않는 이 외로움은 어렸을 때부터 항상 가슴 안쪽에 서늘하게 깔려 있었다.

이 고독을 어머니도 가지고 있었다.

약 냄새가 풍기는 어두컴컴한 방 침대에 누워있던 어머니의 창백한 얼굴이 떠오르면서 자연스레 어머니의 목소리가 귓가에 되살아났다.

'너도 외롭구나.'

그렇게 속삭이며 이마에 흘러내린 머리카락을 살며시 쓸어 올려주던 어머니의 손가락. 고열이 계속되어 바짝 말라 있던 그 손가락의 열기와 부드러운 냄새.

'나도 계속 외로웠단다. 누구와 함께 있어도 사라지지 않는 외로움이지. 어째서 외로울까? 생각해 보면 이런저런 이유가 떠오르기는 하지만 사실은 이유 따위는 없는지도 몰라. 그저 외로운 거지.'

열이 펄펄 끓는 몸으로 혼잣말을 하듯 속삭이던 어머니의 목소리.

그 살결에서 풍겨오던 향기.

'우리는 외로운 존재란다. 그래서 소리치는 거야. 자기가 소리친다는 사실도 모른 채 허공을 향해 허무한 외침만 계속 내보내지⋯⋯.'

'⋯⋯어머니.'

그때는 너무 어려서 그게 무슨 뜻인지 알아듣지 못했는데 지금은 알고 있다. 살아있는 존재는 모두 외로움을 안고 있다. 그래서 항상 냄새 소리를 내고 있는 게 아닐까? 스스로는 알지 못해도 자기 몸에서 끊임없이 냄새 소리를 뿜어낼 수밖에 없는 게 아닐까?

아이샤는 언제나 세상에 가득 찬 그 소리를 들으며 살아왔다.

아이샤에게 당연한 그 느낌이 다른 사람에게는 당연하지 않다는 사실을 처음 안 게 언제였던가?

다른 일이라면 눈치가 빠른 할아범조차 냄새 소리만큼은 이해하지 못했다.

'⋯⋯할아범.'

그 얼굴이 갑자기 눈앞에 떠올라 가슴을 옥죄었다.

무뚝뚝하지만 따뜻한 할아범. 어머니와 아버지가 잇달아 병으로 세상을 떠나고부터는 단순한 신하가 아닌 양육자가 되어 아이샤와 미르차를 돌봐 주었다.

'지금 할아범은 어디 있을까?'

우리가 붙잡혀 있던 그 야영지 어딘가에 포로로 잡혀 있을까? 아니면 벌써 죽임을 당한 걸까⋯⋯?

그런 생각이 들자 참을 수 없을 만큼 가슴이 아파왔다.

할아범은 둘도 없이 소중한 사람이다. 할아버지가 왕좌에서 쫓겨난 다음에도 변함없이 우리 가족을 지켜준 신하는 할아범밖에 없었다. 어렸을 때는 잘 몰랐지만 지금은 할아범이 우리 할아버지에게 바친 충성심이 얼마나 보기 드물고 귀한 것인지 잘 안다.

할아버지는 그냥 번왕 자리에서 쫓겨난 게 아니었다. 주쿠치가 말했던 것처럼 서칸탈 사람들로부터 미움을 받고 원망을 받아 번왕 자리에서 물러날 수밖에 없었다.

할아버지에 대한 원한을 가진 사람은 서칸탈의 백성만이 아니었다.

'……아버지도 할아버지를 원망하고 있었어.'

그리고 아이샤의 마음속, 평소에는 못 본 척하는 어두컴컴한 마음 한쪽에도 할아버지에 대한 원망이 소리 없이 자리 잡고 있었다.

번의 수도에서 도망쳐 나왔을 때의 기억은 띄엄띄엄 있지만 아버지의 등에서 나던 냄새와 몸이 얼어붙을 만큼 눈보라가 치던 풍경은 생각난다.

가장 선명한 기억은 굶주림이었다.

배가 고파 울어도 아무것도 먹지 못했다. 간신히 챙겨나온 약간의 식량은 순식간에 없어졌고, 산속을 방황하다 겨우 마을을 찾아 들어가도 가뭄이 한창 심할 때여서 어느 곳이나 낯선 자에게 내줄 식량 따위는 없었다.

뼈와 가죽만 남아 해골처럼 눈만 보이던 아이들의 얼굴이 지금도 종종 꿈에 나타난다.

미르차를 뱃속에 품고 있던 어머니가 고통스러운 표정으로 이를 악물며 걸어가던 모습도 잊혀지지 않는다. 자상하고 강인한 어머니의 얼굴이 고통으로 일그러져 있는 것이 너무 무서웠다.

간신히 이 땅에 당도해서 마키시에게 구조되었고, 그때 받은 따뜻한 국을 한 입 마셨을 때 천국에 오를 듯한 행복감을 느꼈던 것도 기억한다.

그러나 어머니, 아버지와 함께 살 수 있었던 행복한 나날은 그리 오래가지 않았다. 굶주림과 추위에 시달리며 무리한 강행군을 해야 했던 어머니는 동생을 낳은 뒤로 몸이 회복되지 않아 수시로 열이 나고 자리에 눕는 일이 많았다.

어머니는 살기 위해 최선을 다했고 미르차와 아이샤를 사랑으로 키워주셨지만 얼마 후에는 병상에서 일어나지조차 못하게 되었다.

어두컴컴한 방안에서 구부정한 자세로 어머니 곁에 앉아 있던 아버지가, '애를 배고 있을 때 그런 일이 일어나지 않았더라면. 잘 먹고, 편하게 잘 수 있었더라면 이렇게 되지 않았을 텐데. 내 아내가 되지 않았더라면 이런 고생을 하지 않았을 텐데…….'하고 같은 말을 끝도 없이 중얼거리던 모습이 지금도 가끔 생각난다.

자상했던 어머니의 냄새가 이제 아득하게 멀어져 버린 어머니의 얼굴과 함께 갑자기 코 안쪽에서 느껴졌다.

'어머니.'

다시 만나고 싶었다. 만나서 꼭 끌어안고 싶었다.

숲의 축축한 밤기운 속에서 아이샤는 어머니와 아버지의 냄새와 얼굴, 그리고 목소리를 추억했다.

'행복할 때도 있었어. 오래가지는 않았지만, 틀림없이 있었어.'

아버지 옆에서 수를 놓고 있던 어머니의 얼굴도, 그 얼굴을 환하게 밝히던 난로의 흔들리는 불꽃도 당시의 냄새와 함께 마음속에 선명히 남아 있었다.

그 모든 것이 이제 어디에도 없다. 모두 지나가고 사라져버렸다.

미르차가 독이 든 젖술 그릇을 드는 모습을 보았을 때, 새까만 절망과 더불어 마음속에 떠오른 것은 '이제 부모님 곁으로 갈 수 있겠구나.'

하는 생각이었다.

그런데 젖술에서 그 남자의 냄새를 느낀 순간 갑작스레 불같이 뜨거운 분노가 치솟았다.

'죽고 싶어서 죽는 게 아니다. 내가 방해가 되니까 제거하려는 거지.'

그런 생각이 들자 오랫동안 가슴 속에 차곡차곡 쌓여왔던 모든 것이 한꺼번에 분출된 것이다.

'너희는 말하자면 제방에 생긴 개미구멍이다. 평소에는 내버려 두어도 무방하나 폭풍이 몰려오면 그 구멍 하나 때문에 제방 전체가 무너지고 국가에 재난이 닥친다. 억울하면 그렇게 태어난 너희 혈통과 운명을 원망하라.'

우리 잘못은 아무것도 없다. 그런데 살아있기만 해도 남에게 폐가 된다. 우리는 그런 존재인 것이다.

'하지만 그렇다면…… 어째서 우리는 지금 살아있는 걸까?'

밤공기 냄새가 풍기는 가운데 아이샤는 분노와 허무함과 혼란스러운 생각을 안은 채 눈꺼풀 안쪽의 어둠을 뚫어지게 바라보았다.

⁂

살며시 어깨에 닿는 감촉에 깜짝 놀라 잠에서 깼을 때 아이샤는 순간적으로 지금 자신들이 어디에 있는지 생각나지 않았다.

"……깨워서 미안한데 이야기를 하려면 지금이 가장 좋다. 들어볼 생각이 있는가?"

아이샤는 눈을 비비면서 고개를 끄덕이고 몸을 일으켰다. 미르차도 깨우려고 하자 마슈는 아이샤의 손을 툭 하고 가볍게 치면서 말렸다.

"그대로 자게 두어라. 나중에 누이 입에서 듣는 편이 나을 테니."

모닥불은 숯불이 되어 있었다.

그 앞에 있던 개도 남자도 보이지 않았다. 마슈 혼자서 모닥불 옆에 무릎을 꿇고 잔가지를 넣어 불을 키우는 중이었다.

아이샤는 모닥불 앞으로 가서 앉아 마슈와 모닥불을 쳐다보았다.

불이 충분히 커지자 마슈는 모닥불 옆에 자리를 잡고 앉더니 "자," 하고 말을 꺼냈다.

"어디서부터 이야기해야 하나? ……무엇을 제일 알고 싶지?"

아이샤가 굳은 목소리로 물었다.

"우리는 왜 살아있는 거죠? 히링을 마셨는데."

히링을 탄 젖술에서 풍겨오던 이 남자의 냄새를 떠올리면서 아이샤는 마슈를 응시했다. 이렇게 가까이서 보니 처음 본 인상보다 젊은 남자였다.

"당신이 젖술에 히링을 탔잖아요."

마슈가 고개를 끄덕였다. 그리고 슬쩍 쓴웃음을 지었다.

"그래서 나에게 그릇을 던진 것 아닌가?"

아이샤는 고개를 끄덕이고 마슈에게 시선을 고정한 채 말했다.

"당신은 우리 음식에 독을 탔죠. 우리는 그걸 마셨고. 그런데도 이렇게 살아있어요. 그럼 당신이 해독을 한 거잖아요? 어째서? 그리고 어떻게……?"

마슈는 모닥불에 손을 쬐면서 답했다.

"히링의 효능이 분량에 따라 달라진다는 사실은 아나?"

아이샤가 "앗" 하고 작게 외쳤다.

'그렇구나……!'

해독한 것이 아니었다. 이 남자는 처음부터 죽지 않을 만큼 양을 가늠해서 넣은 것이다.

히링을 잘못 먹은 아이가 숨도 안 쉬고 맥도 없어서 죽었다고 생각한 부모가 울면서 무덤을 파고 시신을 눕히고 흙으로 덮으려는 찰나에 아이가 다시 살아났다는 이야기를 할아범한테서 들은 적이 있다. 먹은 독의 양이 적어서 아이가 살 수 있었다는 이야기였다.

그때 옆에서 함께 듣고 있던 어머니가 히링은 좀 특이한 독초여서 그걸 먹고도 목숨을 부지하면 그 뒤로는 금방 낫는다고 가르쳐 주었다.

"……하지만,"

아이샤가 미간을 찌푸렸다.

"그게 가능한가요? 나랑 미르차는 몸집도 다른데."

"솔직히 말하자면."

마슈가 모닥불을 바라보며 말했다.

"아주 위험한 도박이었지. 하지만 그 방법 말고는 너희를 살릴 방도가 없었다."

"……."

모닥불에서 시선을 돌려 아이샤를 바라보면서 마슈가 말했다.

"너희가 죽었다고 주쿠치가 믿게 하려면 히링을 쓰는 수밖에 없었다."

아이샤도 마슈를 바라보았다. 모닥불의 불빛이 햇볕에 그을린 남자의 얼굴을 불그스레 비추고 있었다.

"그런데 왜 그랬나요? 우리가 어느 쪽으로 도망칠 거라고 알려준 게 당신이잖아요. 우리를 붙잡히게 만든 사람이 왜 우리를 살려주는 거죠?"

마슈는 한동안 말없이 타오르는 불만 쳐다보다가 이윽고 시선을 아이샤에게로 돌렸다.

"너희를 잡게 한 이유는 주쿠치가 설명한 그대로인데……"

마슈의 눈에 복잡한 감정이 떠올랐다.

"실제로는 주쿠치가 걱정하는 것 같은 일이 일어날 리가 없으니까. 토울라이라의 마키시가 제국에 맞설 가능성은 거의 없다고 볼 수 있지. 그런데 적대하는 씨족에 주쿠치가 몰래 심어놓은 내통자가, 그들이 마키시가 너희를 소중하게 생각하고 있음을 알고서 너희를 앞장세워 마키시를 자기 편으로 끌어들이려 한다는 소식을 보낸 것이다. 그 말을 들은 주쿠치가 심하게 동요했지.

주쿠치는 보기와는 달리 아주 겁이 많은 사내다. 그런 일이 절대 일어나지 않도록 하는 방법이 있다고 설득해도 조금이라도 위험성이 있으면 내버려 둘 수 없다고 고집을 피웠지."

마슈가 덤덤한 목소리로 이어갔다.

"그 말대로 이런 일에는 절대라는 단어를 쓸 수 없다. 제일 안전한 방법은 너희를 없애버리는 것이지. 제국으로서도 나쁘지 않은 선택이니 내가 말린다 해도 그가 강행할 것이라 여겼다."

아이샤가 짜증스러운 목소리로 물었다.

"그러니까! 왜, 어째서 우리를 살렸냐고요?!"

마슈의 눈빛에 지금까지와는 뭔가 다른 표정이 서렸다. 그리고 냄새가 바뀌었다. 체온이 좀 올라갔는지 향긋한 땀 내음이 아주 살짝 강해졌다.

"……왜냐하면,"

목소리가 약간 갈라졌다.

"우리 어머니가 마키시니까."

5

오아레 벼

마차 창문을 연 아이샤는 자기도 모르게 소리쳤다.

"아이 눈부셔!"

어디를 둘러봐도 온통 황금물결이 출렁이고 있었다. 바람이 불어 잘 익은 벼 이삭을 흔들 때마다 일렁이는 빛의 물결이 시야 끝까지 퍼져 나가고 그 바람을 타고 향기로운 냄새가 실려 왔다.

그 냄새는 다른 어떤 식물과도 견줄 수 없는 압도적인 향기여서 아이샤는 벌써 한참 전부터 이 범상치 않은 강한 냄새를 느끼고 있었다.

옆에서 할아범이 말했다.

"오아레 벼가 익은 풍경은 역시 장관입니다, 그려."

"뭔데? 뭔데? 나도 볼래!"

맞은편 자리에 앉아 있던 미르차가 의자에서 뛰어내려 이쪽으로 오더니 할아범을 옆으로 밀어내고 창밖으로 얼굴을 내밀려고 했다. 할아범이 허겁지겁 미르차를 말렸다.

"안됩니다. 사람이 한쪽으로만 몰리면 마차가 기울어집니다. 저쪽 창문으로도 같은 풍경이 보이니 그쪽으로 보세요."

미르차가 무릎으로 자리를 딛고 창문을 여는 모습을 보면서 할아범이 말했다.

"이 근방부터는 이런 풍경이 계속됩니다. 이쪽에는 경작지가 많으니까요. 조금 있다가 제국 본토에 들어서면 유이노 평야의 광대한 경작지를 보실 수도 있습니다. 우마르 제국에서 가장 오래전부터 오아레 벼가 재배된 생산지이고 번왕국으로 들어오는 볍씨 대부분이 그곳에서 재배되고 있을 정도로 엄청난 규모를 자랑하지요. 아주 볼만할 겁니다."

할아범은 교역을 담당하는 신하였기 때문에 제국 본토에 가본 적도 있었다. 이런저런 설명을 하는 그 목소리에서 자부심이 느껴졌다.

'오아레 벼……'

먼 옛날, 지금보다 날씨가 춥고 땅이 메말라 곡식이 자라지 않고 사람들이 굶어 죽을 지경이었을 때 신의 나라인 오아레마즈라에서 향군마마가 이 땅에 내려와 중생을 구하기 위해 주셨다는 귀한 보물 같은 벼다.

향군마마는 환생을 되풀이하는 분으로 절대로 죽지 않는 존재다. 지금도 제국 수도의 향군궁에 거처를 두고 냄새로 모든 것을 알아내며 사람들을 이끌고 계신다.

아이샤가 태어나 자란 서칸탈에서도 오아레 벼에서 나온 쌀이 사람들의 주식이었다. 그래서 여비를 마련할 수 있는 마을에서는 해마다 연초에 먼 동쪽에 있는 제국의 수도로 사람들을 보내서 향군궁에 참배하고 풍년을 기원하게 한다고 들었다. 시장에서 파는 오아레 쌀을 본 적도 있다.

그러나 아이샤와 미르차는 시장에서 조금만 가도 볼 수 있는 논에 가까이 간 적이 없어서, 오아레 벼가 익은 풍경을 보는 것은 이번이 처음이었다.

끄덕이듯 고개를 숙이고 있는 벼 이삭은 사랑스러워 보였지만 오아레 벼의 냄새 소리 때문에 아이샤의 표정은 밝지 않았다.

이렇게 논 옆을 지날 때면 시장 같은 곳에서 바람을 타고 오는 냄새를 느낄 때보다 훨씬 더 강하게 미간을 압박해오는 단조로운 냄새의 울림이 신경을 긁었다.

숲이나 초원과 비교했을 때 논밭에서 들려오는 냄새 소리는 느낌이 전혀 달랐다.

숲이나 초원에서는 식물들이 이런저런 상호작용을 활발히 해서 그런지 냄새 소리가 소란스럽게 느껴질 때가 많은데 햇살 아래 한가로이 펼쳐져 있는 논밭으로 나가면 갑자기 냄새 소리가 산만하고 붕 뜬 느낌으로 바뀌었다.

밭에 가지런히 늘어선 채소들 사이로 걸어갈 때면 아이샤는 항상 '왜 이 아이들은 이렇게 말이 없을까?' 싶어 좀 서글퍼졌다.

물론 가끔은 '벌레가 먹어서 아파'라든지 '햇살이 아주 좋네' 하는 중얼거림이 느껴지기도 하는데 그 작은 목소리가 듣고 싶어서 어렸을 때는 종종 밭에 쭈그리고 앉아 있곤 했다.

오아레 벼의 냄새 소리는 그런 밭작물하고도 다른 이질적인 소리였다. 아주 조용하고 그저 숨소리만 계속 반복되는 듯한 단조로운 울림이었다.

그러면서도 묘하게 위압하는 느낌이 있었다. 소리치고 싶은데 무언가에 억눌려서 그러지 못한 채 떨고 있는 느낌. 이러다가 언젠가는 상상을 초월하는 절규가 터져 나오겠구나 하는 두려움이 느껴질 정도로 화를 꾹꾹 눌러 참고 있는 듯한 고요함이었다.

더 이상 듣고 있기 힘들어진 아이샤는 가만히 덧문을 닫은 다음 창문 틈새로 비쳐 드는 햇빛과 그것이 만드는 그림자를 바라보았다.

'촉촉한 땅에 오아레 벼, 바람 부는 땅에도 오아레 벼, 마음씨 고운 향군마마께서는 어느 곳에나 귀한 보물을 내려주신다네.'

〈향군찬미가〉에서 이런 말로 찬양한 것처럼, 우마르 제국에서는 논농사가 안 되던 땅이나 밭에서조차 오아레 벼를 재배할 수 있기 때문에 이제는 오아레 품종 이외의 쌀이나 예전에 재배되던 보리 같은 곡물을 보기가 매우 힘들어졌다. 이런 사정은 번왕국도 마찬가지였다.

오아레 벼를 생각하면 언제나 아버지의 냄새가 코끝에 되살아났다. 할아버지에 대해 말할 때의 아버지 냄새.

할아버지 켈루안은 총명한 사람으로 씨족들 간에 싸움이 끊이지 않았던 서칸탈의 내전을 종식하고 안정적인 통치를 실현한 영웅이었다. 당시 우마르 제국의 황제도 그 능력과 심성을 인정해 주었기에 서칸탈은 전쟁을 치르지 않고 제국의 일부가 되는 데에도 성공했다.

할아버지는 또한 지하 용수로를 크게 확장하고 수로 유지 방법도 개선하여 농작지를 확대하는 데에 힘썼지만 서칸탈은 워낙에 땅이 메마르고 황무지가 많은 곳이었기에 기근이 자주 발생했다.

그런 상황에서도 할아버지는 무슨 이유에서인지 제국의 백성들에게 하사되는 오아레 벼를 심으려 하지 않았다.

오아레 벼는 기적의 벼다. 토양이 맞지 않아 일반적인 벼를 심을 수 없는 땅에서도, 토질이 메말라 갈라진 한랭지에서조차 1년에 몇 차례씩 수확을 얻을 수 있다. 게다가 수확량도 예전 곡물의 두 배 이상, 잘하면 세 배 이상 거둘 수가 있다. 조건이 잘 맞으면 수확량이 네 배나 되는 경우도 있다고 한다.

냉해에도 강하고 가뭄도 견디고 벌레도 먹지 않는다. 게다가 신기하게도 오아레 벼를 심은 논밭에서는 잡초가 나지 않아 김매기라는 중노동을 할 필요가 없다. 같은 밭에 여러 번 심어도 토양이 안 좋아지는 연작장해가 없다.

유일한 문제라면 바다 옆에는 심을 수 없다는 점인데 바다는 천로산맥 너머에 있는 진걸국 쪽이나 남쪽으로 긴 벽처럼 이어진 장령산맥 너머에 있는 마잘리아 왕국 쪽에나 있지 서칸탈에는 없다. 그래서 그런 단점은 아무도 신경 쓰지 않았다.

오아레 벼는 맛도 좋다. 적절하게 찰기가 있어 다양하게 가공해서 먹을 수 있다. 보리로 만든 타파의 맛에 익숙했던 사람들도 오아레 벼의 쌀가루로 만든 타파와 쌀밥, 쌀떡 등 우마르 사람들이 알려주는 식용법을 시도해 보면 순식간에 그 맛에 매료되어 버린다.

오아레 쌀을 먹으면 몸이 튼튼해지고 자식을 쑥쑥 낳을 수 있다는 말도 있어 다른 나라에서는 약으로 취급되기도 하기에 교역상품으로서도 요긴하게 쓰인다.

서칸탈 각지에 있는 씨족장들은 오아레 벼를 갖고 싶어서 우마르 제국 지배 아래로 들어가는 것을 반긴 부분도 있었기에 오아레 벼의 도입을 계속 단호하게 거부한 켈루안은 씨족장들의 원성을 사게 되었다.

이윽고 온 나라에 극심한 기근이 찾아오자 백성들의 분노는 절정에 달했고 켈루안은 왕위에서 쫓겨났다.

아이샤가 굶주림과 추위 속의 강행군으로 기억하는 그 도피행에 할아버지 켈루안은 함께 하지 않았다. 자기가 함께하면 가족들이 위험해질까 염려한 할아버지는 아버지의 간곡한 청에도 불구하고 혼자 번왕국 수도에 남았다. 그리고 굶주림에 시달리는 번왕국 수도의 백성들이 끼니 배식을 받던 광장에서 스스로 목숨을 끊었다고 한다.

아이샤는 아버지가 그런 이야기를 해줄 때 풍겨온 냄새를 지금도 또렷이 기억하고 있다.

'당신이 오아레 벼를 받아들였다면 굶어 죽지 않았을 많은 백성들, 그리고 눈앞에서 먹을 것이 없어 굶고 있던 백성들에게도 미안한 마음이 있으셨겠지. 그런데도 아바마마는 당신이 했던 결정이 완전히 틀렸다고 여기지는 않으셨으리라는 생각이 든다.'

분노, 원망, 그리고 애틋하게 그리는 마음. 그 당시 아버지가 풍기던 냄새에는 상반되는 많은 감정이 뒤엉켜 있었다.

'아바마마는 오아레 벼를 기쁨과 비탄의 벼라고 불렀단다.'

아버지가 말했다.

'칸탈은 가난했다. 산악지대에는 밭을 일굴 수 있는 땅이 거의 없었고, 평지도 바위투성이인 곳이 많아 토양이 메말라 있었기 때문이지. 아바마마가 서칸탈을 다스리고 있을 때 이웃나라인 동칸탈은 일찌감치 우마르 제국에 복종을 맹세하고 번왕국이 되었다. 동칸탈은 서칸탈보다도 더 토양이 나빠 수시로 기근에 시달렸고, 그럴 때마다 우리에게 구제를 요청할 정도로 가난했는데 번왕국이 되어 오아레 벼를 재배하기 시작하자마자 놀라울 정도로 풍요로워졌지. 정말 기적이라고밖에 할 수 없을 정도로 눈부신 풍요로움이었어. 그 모습을 목격한 우리나라 사람들은 어떻게든 우리나라에도 오아레 벼를 들여오고 싶어 했

다. 그런데 아바마마는 오아레 벼를 이 땅에 절대로 들여오지 못하게 했지.'

아버지의 눈에 슬픈 빛이 깊이 서렸다.

'오아레 벼는 정말 기적 같은 곡물이다. 메마른 토양에서도 쑥쑥 잘 자라고 한 해에 몇 번이나 수확할 수 있지. 병충해에 강하고 연작장해도 없고 맛도 좋다. 그런데 볍씨를 얻을 수가 없다.'

신기하게도 수확한 오아레 벼에서는 엄선한 볍씨를 땅에 뿌려도 절대로 싹이 나지 않는다. 다음 농사를 위해 뿌리는 볍씨는 모두 제국의 부국성에서 보내주어야 한다. 부국성이 보내는 볍씨의 양은 제국에 내는 세금과 비례한다.

'이렇게 기가 막힌 족쇄가 어디 있겠냐고 아바마마는 말씀하셨지. 오아레 벼가 있으면 우리는 기근의 공포에서 벗어날 수 있다. 백성은 배부르고 풍족해지지. 그러나 그 풍요로움은 노예가 되는 대가다, 라고.'

아버지가 고개를 설레설레 저었다.

'아바마마의 고귀한 마음은 나도 이해한다. 그리고 아바마마가 걱정하신 부분은 자치권의 문제만은 아니었다. 오아레 벼를 경작하게 되면 다른 곡물을 재배하지 못한다는 점도 염려하셨지. 오아레 벼에 완전히 의존해버린 다음에 오아레 벼를 심지 못하게 되면 큰일이 아니냐고. 허나 나는 그 어떤 이유라 해도 지금 눈앞에서 쓰러져가는 백성들의 목숨보다 중한 것은 없다고 생각한다.'

슬픈 눈으로 아이샤를 바라보며 아버지가 말했다.

'너도 기억하지? 굶주림이 얼마나 괴로운 건지. 속이 타들어가는 듯한 굶주림과 그보다 더 영혼을 갉아먹는 삶에 대한 절망감. 나는 어릴 때부터 몇 번이고 그것을 경험했고, 지금도 종종 악몽을 꾼단다. 내가

선택을 할 수 있었다면 나는 결코 아바마마와 같은 길을 걷지 않았을 거다.'

그렇게 말하는 아버지의 눈에 심한 고뇌의 빛이 보였다.

'나는 아바마마를 말리지 못했다. 아바마마에게 간언해서 백성을 살리도록 하지 못했다. 나는 엄청난 죄를 지은 것이란다. 수많은 사람을 죽음에 이르게 한 씻을 수 없는 죄를 말이다. 나도 수도에 남아 백성들에게 사죄하고 스스로를 단죄하고 싶었다. 하지만 그러지 못했지.'

아이를 임신한 아내와 어린 딸 아이샤. 자기 가족을 지키기 위해 아버지는 도망치는 길을 선택했고 그 사실을 평생 마음의 빚으로 짊어지고 살았고 그래서 오아레 쌀은 한 톨도 입에 대지 않았다.

그러다 보니 아이샤와 미르차도 오아레 벼에서 나온 쌀을 먹어본 적이 없었다.

그들은 토울라이라 일대에 사는 산사람들인 마키시의 젊은이들이 열흘에 한 번씩 산에서 가지고 오는 메밀과 콩, 보리 등을 먹으며 살았고 그게 불편하다는 생각을 한 적은 없었다.

토울라이라가 있는 천로산맥 일대는 토양이 논농사에 적합하지 않아 벼가 자라지 않았다. 그래서 천로산맥 산자락에 사는 사람들은 보리나 메밀 농사를 지으며 살아왔다.

그런데 오아레 벼는 일반 벼가 자라지 않는 땅에서도 쑥쑥 자라기 때문에 지금은 천로산맥 산자락에서도 오아레 벼로 농사를 지었다.

그러나 무슨 영문인지 마키시는 오아레 벼를 저주받은 벼라고 싫어하면서 예전부터 경작하던 작물만을 고집스레 재배하고 있었다. 그런 이유로 오아레 벼를 거부한 켈루안 왕을 진정한 왕이라 부르며 아이샤 가족을 구해주었고 숨어 살 수 있도록 도와준 것이었다.

자기 키의 반이 넘는 커다란 짐을 짊어지고 험한 산에서 내려오는 청년들의 까무잡잡하고 다부진 얼굴이 문득 그날 밤 자기를 바라보던 마슈의 얼굴과 겹쳤다.

어머니가 마키시라고 마슈가 말했을 때 아이샤는 자기도 모르게 피식 웃었다.

"어린애도 안 속을 그런 거짓말을 왜 해요?"

"왜 거짓말이라고 단정 짓지?"

"당신은 카슈가 가문 사람이잖아요? 제국에서도 손꼽히는 명문가 사람의 어머니가 두메산골 촌구석인 천로산맥 산골 사람이라고 하면 누가 믿을까요?"

쓴웃음을 짓는 표정으로 그렇게 대답했다. 그런데 그 말을 들은 마슈의 몸에서 뿜어져 나오는 강렬한 냄새를 맡은 아이샤는 흠칫 놀라며 웃음을 거뒀다.

그 냄새는 분노였다.

표정은 전혀 변하지 않았는데 마슈가 엄청나게 화가 나 있음을 아이샤는 분명히 알 수 있었다.

마슈는 시선을 모닥불에 고정시킨 채 어딘가 다른 곳을 바라보는 듯했다.

"우리 아버지는 신 카슈가 가문 전 당주의 동생이시다. 좀 별난 사람이어서 카슈가 가문에서 태어났는데도 정치에는 흥미를 전혀 못 느끼셨지. 소년 시절부터 향사를 따라다니며 제국 각지의 농지를 조사하고 다니셨고 그러다가 변경 지방을 돌게 되었다. 그리고 천로산맥 오지에서 어머니를 만나셨지."

불빛에 비친 그 얼굴이 살짝 일그러졌다.

"아내가 생긴 다음에도 아버지는 한곳에 머물러 계시지 않았다. 그래서 나는 열네 살이 될 때까지 토울라이라에 있는 어머니 곁에서 마키시로 자라났지."

마슈는 그 뒤로 한참을 말없이 타닥타닥 소리 내며 타는 장작과 불꽃을 바라보았다.

무슨 생각을 하는지 그의 몸에서 풍겨오는 냄새는 조금씩 진정되었다.

이윽고 마슈가 시선을 들어 아이샤를 보았다.

"우리 사촌은 너희 집에 식량을 날라주던 사람이다."

아이샤가 깜짝 놀라 "네?!" 하고 소리쳤다.

"진짜예요?"

마슈가 끄덕였다. 그러더니 마키시 사투리로 말했다.

"행님이~ 삼춘 따라 보리랑 콩이랑 짊어지고 그 집에다 부려놓으믄 ~ 그 집 아지매가 뜨끈~한 차도 내주고 달달~한 과자도 주었다 그랬슈~."

입안에서 웅얼거리는 것 같은 말투는 틀림없이 마키시 말이었다.

마슈가 씨익 웃었다.

"그 야그를 행님한테 들었을 때 지는 열일곱이었구먼유~."

마슈는 한동안 부드러운 표정으로 아이샤를 바라보았는데 그러다 얼굴에서 웃음기를 지워버렸다.

"그보다 2년 전 내가 열다섯 때 아버지께서 나에게 카슈가 가문의 남자로 살라고 명하셨다."

"……."

"아버지의 형님, 가문의 당주이신 큰아버지의 아들 둘이 돌림병으로 잇달아 죽고 나자 신 카슈가 가문을 이어받을 후계자가 하나밖에 남지 않아서였다. 그 후계자의 동생이 되어 그를 보좌할 사람이 필요하다고 여긴 조부께서 아버지에게 나를 큰아버지의 양자로 내놓으라고 하신 거지."

마슈가 한 손으로 얼굴을 쓸어 내렸다.

"아무튼 그렇게 된 거다. 이제 납득이 되었나?"

마키시는 외지 사람을 싫어하고 혼사도 엄격한 법도에 따라 이루어 진다고 들었다. 그런 마을의 처녀가 생판 처음 보는 외지 사람과 혼인 해서 아이를 낳았다는 이야기는 여전히 이상하게 들렸다. 그렇지만 아 이샤는 그런 일이 절대로 없다고 단언할 정도로 마키시에 대해 잘 알 지는 못했다.

마슈의 마키시 사투리는 완벽했고 대충 흉내를 내거나 배워서 하는 느낌은 전혀 아니었다.

"……그래서 우리를 구해준 건가요?"

작은 소리로 묻자 마슈가

"그래서라기보다는 그것도 있어서라고 해야지."

하고 대답했다.

"나는 번왕국 시찰관, 말하자면 제국 황제의 눈이다. 제국 전체를 염 두에 두고 정세를 바라본다. 서칸탈만 생각하는 주쿠치와는 다르지."

가느다란 나뭇가지로 장작을 살짝 들어 올려 땔감을 보충하면서 마 슈가 말을 이었다.

"예를 들어 몇 년이 지난 후에 주쿠치가 병에 걸려 죽기라도 하면 서 칸탈 안의 세력 판도에 변화가 생길 테고 그때는 너희 존재가 오히려 필요해질 수도 있으니까."

아이샤를 바라보며 마슈가 낮은 목소리로 말했다.

"상황은 얼마든지 바뀔 수 있다. 그러니까 죽이지 않아도 되는 목숨은 살리고, 장기판에서 없앴다가 후회할 것 같은 말은 잘 지켜놓는 거다. 그게 내 일이니까."

마차는 여전히 조금씩 흔들거리며 나아갔다.

끝없이 이어지는 오아레 벼의 물결을 바라보는 데에도 싫증이 났는지 미르차는 자리에 누워서 잠들어버렸다.

할아범은 미르차가 자는 얼굴을 바라보다가 이윽고 눈을 들어 아이샤를 쳐다보았다.

아이샤가 작은 한숨을 내쉬었다.

"꿈꾸고 있는 것 같아."

할아범도 깊은 한숨을 쉬었다.

"그러게 말입니다. 두 분 얼굴을 뵈었을 때 이 할아범은 이게 꿈이라면 제발 깨지 말아다오, 하고 빌었으니까요."

그날 밤 모닥불 옆에서 할아범이 풀려났다는 소식을 마슈에게 들었을 때 아이샤는 너무나 기쁘고 마음이 놓인 나머지 온몸이 떨릴 지경이었다.

주쿠치는 신하가 주군을 지키려 한 행위는 죄가 될 수 없고, 그렇게 섬기던 주군도 이제 없으니 앞으로 반역을 일으킬 가능성이 없지 않겠냐면서 할아범을 풀어주었다.

풀려난 할아범은 날이 밝자마자 개를 데리고 있던 그 남자와 함께 아이샤가 있는 곳으로 왔다. 아침 안개가 희미하게 낀 나무 사이로 할아범이 나타났을 때 아이샤와 미르차는 정신없이 달려가서 힘껏 끌어안고 큰 소리로 울음을 터뜨렸다.

길이 잘 정비되어 있는지 고향 근처를 지날 때보다 마차의 흔들림이 훨씬 줄어서 몸이 별로 힘들지 않았다. 오후의 온화한 햇빛이 마차 좌석을 부드럽게 비추고 있었다. 그 온화한 빛 속에서 할아범의 눈매가 문득 긴장감으로 굳어졌다.

"앞으로 이런 이야기를 할 기회가 다시 있을지 알 수 없으니 지금 말씀드리겠습니다."

할아범은 어떤 식으로 말해야 할지 생각하는지 잠시 뜸을 들였다.

"그 마슈라는 분께는 깊이 감사하고 있습니다. 그 마음에는 거짓이 없는데, 다만…… 뭐랄까, 그분을 생각하면 어딘지 모르게 마음이 썩 편치가 않습니다."

6
청향초를 품은 자

아이샤는 할아범을 쳐다보면서 다음 말을 가만히 기다렸는데 할아범은 좀처럼 말을 잇지 않았다.

"나도 그래."

기다리다 못한 아이샤가 먼저 입을 열었다.

마슈라는 남자는 분명히 속을 알 수 없는 데가 있다. 생각은 그렇게 하면서도 무슨 영문인지 할아범의 입에서 그 남자가 의심스럽다는 소리는 듣고 싶지 않았다.

"그 사람은 속도 알 수 없고 뭔가 숨기는 부분이 아주 많은 느낌이야. 우리를 구해준 것도 다 꿍꿍이나 속셈이 있어서인 것 같아. ……그런데……."

그 뒤의 말을 어떻게 이어가야 할지 몰라 우물거렸더니 할아범이 약간 난처한 표정으로 뒷목을 슬슬 긁으면서 말했다.

"그게 아니라…… 저는 그분이 아이샤 님과 미르차 님을 구해준 것 자체는, 뭐랄까, 냉정한 계산속이 있어서라기보다는 그냥 구해주고 싶은 마음 때문이라는 생각이 드는데요."

아이샤는 눈을 깜박이면서 할아범을 쳐다보았다.

"그렇게 생각해?"

할아범이 끄덕였다.

"왜 그런 생각이 드는데?"

거듭 물어보자 할아범이 한숨을 쉬면서 대답했다.

"저를 살려주셨으니까요."

"……."

"두 분을 살려두는 게 나중에 본인에게 득이 된다는 말은 나름 일리가 있을 수 있지만 두 분을 자기 마음대로 이용하려는 속셈이라면 저 같은 것은 없는 편이 낫지요. 제가 옆에 있으면 나중에 성가시게 되지 않겠습니까. 주쿠치는 저를 풀어줄 때 그분의 조언을 들어서 한다는 투로 말했습니다. 실제로도 그랬을 테지요. 그렇다면 어째서 굳이 그런 행동을 했을까요? 주쿠치를 움직여서까지 저를 살려두는 것보다는 죽여버리는 쪽이 훨씬 더 편하고 안전할 텐데 말입니다."

아이샤가 고개를 갸웃거렸다.

"그럴까? 할아범이 처형됐으면 미르차도 나도 그 남자를 무척 원망했을 거야. 우리를 구해준 건 고맙지만 그 남자가 귀띔해서 할아범이 잡힌 거고, 또 나중에 우리를 이용하려면 우리한테 미움받을 행동을 하는 건 멍청한 짓 아닌가?"

"바로 그 점을 말씀드리는 겁니다. 잘 생각해 보십시오. 미르차 님이라면 사실 얼마든지 구슬려서 마음대로 조종할 수 있을 테지만 아이샤

님은 그렇지 않지요."

할아범이 말했다.

"그분은 아이샤 님의 마음을 염두에 두고 있다는 생각이 듭니다. 그분의 행동에서, 뭐랄까, 아이샤 님을 신경 쓰는 듯한 느낌이 드는 겁니다."

할아범이 새근새근 잠들어 있는 미르차에게 눈길을 주었다.

"저에게 제국 남부에 있는 농장에 일자리를 마련해줄 테니 그곳에 가서 미르차 님을 잘 키워달라고 그분이 그러셨지요. 어떤 농장인지 아직은 모르지만 제 생각에 사람 좋은 농장주가 있는 살기 좋은 곳을 찾아줄 것 같습니다. 그런 곳에서 미르차 님이 무럭무럭 자라고 있으면 아이샤 님의 마음도 한결 편안해지겠지요."

할아범이 천천히 말을 이어갔다.

"속에 뭔가 숨겨둔 의도가 있다고 해도 번왕국의 왕좌를 노리는 주쿠치 같은 놈의 손에 언제 죽임을 당할지 모르는 상황보다는 훨씬 나은 생활을 할 수 있겠지요."

아이샤가 미간을 찌푸렸다.

"그럼 할아범은 뭐가 신경 쓰인다는 거야?"

할아범이 눈을 들어 아이샤를 바라보았다.

"제가 마음에 걸리는 점은…… 그분이 이용하려는 사람이 미르차 님이 아니라 아이샤 님이 아닐까 하는 생각이 들어서입니다."

뜻밖의 말을 들은 아이샤가 자기도 모르게 되물었다.

"뭐? 나라고?"

"예."

아이샤가 쓴웃음을 지으며 고개를 저었다.

"말도 안 돼. 내가 무슨 이용 가치가 있다고 그래? 굳이 찾는다면 미르차의 누이라는 점밖에 없을 텐데. 그 남자는 켈루안의 후손을 잘 숨겨놓았다가 서칸탈의 정세가 바뀌면 이용하려고 우리를 살려둔 거야."

할아범이 턱수염을 쓸면서 말했다.

"물론 그런 부분도 있을 겁니다. 그분 말씀에 '지금 이대로 있으면 주쿠치의 손에 진짜로 살해당할 위험이 있으니 죽은 것처럼 위장해 두는 것이다. 하지만 서칸탈이 완전히 통일되고 정세가 안정되면 켈루안의 업적이 재평가될 날이 올 수도 있다. 그러니 미르차 님을 잘 키워 달라.'라고 하셨지요."

할아범은 깊이 잠들어 있는 미르차의 얼굴에 시선을 다시 떨어뜨렸다.

"현재 서칸탈의 상황을 생각하면 지극히 타당한 말씀이라고 생각합니다. 그런데 영 뭔가 속이 개운치가 않은 겁니다."

다시 눈을 들어 아이샤를 쳐다보며 할아범이 말했다.

"그런 이유라면 아이샤 님도 미르차 님과 함께 제가 보살피면 될 텐데 어째서 아이샤 님만 다른 곳에서 일하라고 하시는지."

'너는 리아 농원에 자리를 마련해 주마.'

마슈에게 그 말을 들었을 때 아이샤도 '왜 나만 다른 곳으로 보내지?' 하고 의아했지만 그래야 위험이 분산되는 거려니 싶어 깊이 생각해 보지는 않았다.

"나만 따로 보내는 건 셋이 같이 있는 것보다 안전해서가 아닐까? 제국 수도에는 서칸탈 사람들이 오는 경우도 있으니까. 만약에 우리 얼굴을 아는 사람이 셋이 함께 있는 모습을 보게 되면 우리 정체를 알아차릴 수도 있잖아."

할아범이 고개를 천천히 끄덕였다.

"그야 그럴 가능성도 있지요. ……하지만."

"하지만 뭐?"

할아범이 복잡한 표정을 지으며 말을 이었다.

"예전에 제국에 대해 가르쳐드렸을 때 말씀드린 적이 있는데 카슈가 집안이 두 개로 나뉘어 있다는 사실은 알고 계시지요?"

"신 카슈가랑 구 카슈가, 두 개가 있다고 하지 않았나?"

할아범이 끄덕였다.

"맞습니다. 그럼 마슈 님이 어느 쪽 카슈가인지는 알고 계십니까?"

"신 카슈가라고 하던데."

"그렇습니다. 그분은 신 카슈가, 즉 카슈가 라이에 속한 분입니다."

그 말을 들은 아이샤의 눈이 살짝 가늘어졌다. 할아범이 무엇을 걱정하는지 알았기 때문이다.

할아범이 낮은 목소리로 설명했다.

"리아 농원은 카슈가 집안이기는 하나 구 카슈가, 즉 카슈가 오이가 소유한 농장입니다. 카슈가 라이 집안의 피가 흐르는 그분으로서는 적대 세력까지는 아니라 해도 결코 마음을 놓을 수 없는 경계 대상이 운영하는 농장이지요. 물론 카슈가 라이 쪽 자녀들도 일정 기간 반드시 이 농원에서 배우는 제도가 있다고 하니 카슈가 라이 집안에 숨겨야 할 무언가가 있다는 생각은 들지 않지만 그래도 그곳은 카슈가 집안 사람이 아니면 좀처럼 들어갈 수 없는 장소입니다."

"……."

"그런 곳에 아이샤 님을 보낸다는 것은 지극히 보기 드문 일일 겁니다. 그 정도로 무리를 하면서까지 아이샤 님에게 무엇을 시키려고 하는 걸까요? 그런 의문이 들어서 이 할아범은 자꾸만 속이 시끄러워집니다."

'그곳은 산과 들로 둘러싸인 아름다운 곳이고 내 지인들이 운영하고 있는 농장이다. 익숙해질 때까지는 힘든 일도 있겠지만 일단 적응하고 나면 안심하고 살 수 있을 것이다.'

그런 말을 하면서 마슈는 무슨 생각을 하고 있었을까?

아이샤는 천천히 자리를 바꾸는 햇빛 줄기를 멍하니 바라보면서 자기 팔을 쓸어내렸다.

카슈가 집안이 두 개로 나뉘어 있다는 사실을 알고 있었는데 왜 그 말을 들었을 때 이상하게 느끼지 못했을까?

그때는 오히려 평온한 마음으로 마슈의 말을 듣고 있었다. 그의 몸에서 풍겨오는 냄새가 평온했기 때문이다.

'게다가……'

마슈가 청향초 향기를 두르고 있어서 그런지도 모른다. 마음속 어딘가에서 이 사람은 악인이 아니라고 느껴졌다.

청향초 향기를 맡으면 언제나 숲속으로 걸어 들어가는 노인의 뒷모습이 떠올랐다. 초라한 행색에 지팡이를 짚고 일심으로 걸어가는 남자의 모습이.

그 모습을 본 것은 천로산맥 기슭에 살기 시작한 지 몇 달 지났을 무렵이었다. 아마 봄에서 초여름으로 바뀌는 계절이었을 것이다.

그 계절치고는 보기 드물게 무더운 날이었는데 혼자 가면 절대로 안 된다고 엄하게 주의를 받은 골짜기에 꼭 가고 싶어져서 어른들 몰래 집에서 나왔다.

그날따라 바람도 불지 않아 평소에는 시원하던 숲속까지도 공기가 습하고 눅눅했다. 주변 냄새가 거의 움직임 없이 가라앉아 있어서인지 문득 정신을 차려보니 어디에 있는지 알 수 없게 되었다. 아무리 걷고 또 걸어도 깊은 산속이 이어질 뿐이었다.

울고 싶어질 무렵 갑자기 시원한 향기가 풍겨왔다. 한 번도 맡아본 적이 없는 냄새였다.

한순간 시원한 바람이 뺨을 스치고 지나간 듯한 느낌이 들어 그 향기가 나는 쪽을 향해 수풀을 헤치며 나아가 보니 느닷없이 눈앞이 뻥 뚫리면서 햇살이 가득한 풀밭이 나왔다.

풀밭 한가운데에 샘이 있었다.

투명한 물이 퐁퐁 솟아올라 풀밭으로 넘쳐서 작은 흐름을 만들며 풀밭 바깥으로 흘러나가고 있었다.

그 샘물 주변에는 온통 푸른 꽃이 피어있고 산들바람에 하늘하늘 흔들리고 있었다.

정신없이 샘물에 다가가 촉촉하게 젖은 풀밭에 무릎을 꿇고 두 손으로 물을 떠서 마셨다. 얼음처럼 차가운 물이 메말라 있던 목을 시원하게 적셨다.

그 뒤로는 단편적인 기억만 남아 있다. 현기증이 났던 기억이 있는 것을 보니 샘물 옆에 쓰러진 모양이었다.

아이샤는 누군가가 자신의 몸을 덮듯이 위에서 내려다보는 꿈을 꾸었다.

그 사람에게서 옆에 피어있는 꽃과 같은 향기가 났다.

그리고는 자신의 몸을 안아 올려 시원한 나무 그늘의 서늘한 풀밭에 눕히고 이마와 목에 차가운 수건을 올려놓는 감각 때문에 정신이 들어 일어나려고 했는데 몸이 축 늘어져서 움직일 수가 없었다.

"……가만있어~ 누가 금방 올팅께."

굵고 나지막한 남자 목소리가 들렸다.

아주 잠깐 깜박 잠들었는지 다음에 정신이 들었을 때는 옆에 쭈그리고 있던 남자가 사라지고 없었다. 얼굴을 옆으로 돌리자 깊은 숲속으로 걸어 들어가는 뒷모습이 보였다.

수풀을 뚫고 비쳐 드는 하얀 햇살이 낡은 옷을 걸친 그의 등 여기저기에 둥근 반점을 만들고 있었다.

다음에 눈을 떴을 때는 옆에 마키시 아줌마가 있었다. 과일 같은 것을 종종 가져다주는 아줌마여서 그 얼굴을 보고는 마음이 놓인 기억이 있다. 아줌마가 아이샤를 살살 일으켜서 차가운 물을 마시게 해주었다.

"워~메 시상에, 워쩌다가 혼자서 여그까지 왔슈~? 댁에서는 부모님이 월매나 걱정들을 허고 있겠슈~? 지가 댁꺼정 데려다 드릴 텡께 걱정마슈~ 잉?"

아줌마는 어린 아기를 안듯이 아이샤를 가볍게 들어서 업었다.

아줌마 등에서는 따뜻한 햇볕 냄새가 났다. 그 등에 기대고 다시 스르륵 잠들려는 참에 아이샤는 문득 자신을 안아서 풀밭에 옮겨준 사람이 생각났다.

"……그 할아버지는 누구야?"

물었더니 아줌마는 순간 발걸음을 멈췄다가 아니지 하는 느낌으로 다시 걸으면서 중얼거렸다.

"아이고야~, 고걸 기억한당가~? 혹시 얼굴을 보셨슈~?"

그 질문에 아이샤는 등에 대고 고개를 저었다.

뒤덮듯이 위에서 보았을 때는 해를 등지고 있어서 얼굴은 전혀 기억나지 않았다. 노인이라고 생각한 것은 뒷모습과 걸음걸이 때문이었다.

그렇게 더듬더듬 어눌하게 대답하자 아줌마가 안도한 듯이 말했다.

"잉~잉, 차라리 잘 됐슈~!"

"……왜 잘 된 거야?"

"그야, 리탈란잉께 그라쥬~."

"리탈란?"

"그려유."

"리탈란이 뭔데?"

아줌마가 갑자기 침묵했다. 대답해 주지 않으려나 보다 하고 포기하려던 차에 아줌마가 느릿한 말투로 이야기하기 시작했다.

"리탈란이 뭐냐믄유~ 긍께 말하자믄 구도자 같은 거유. 뭔가가 맴에 꼬옥 맺힌 사람들이 그저 워떠케든~ 무신 일이 있어도 꼬옥 풀어야겠능 뭔가를 갖고서 산신령님허고~ 들신령님허고~ 바람신령님허고~ 햇님허고~ 물신령님헌테꺼정 맹서를 허고 가호를 비는 거여유~."

아줌마의 목소리가 살짝 흔들렸다.

"……보믄 다들 딱허고 불쌍한 사람이쥬. 못 볼 꼴 보구~ 사나운 지 팔자 워쩌지도 못해 갖고~ 그래도 워떠케든 그저 살아보겠다구~ 신령님헌티 맹서하믄서라도 살길을 찾겠다는 거쥬~. 그니께 가심 속에 뭐 한가지 꼬옥 붙잡고~, 그저 그거 하나 워떠케든 해 보것다고~ 발버둥 치는 딱한 양반들인 거쥬~."

아줌마는 이따금씩 등에 업힌 아이샤의 몸을 치켜올리면서 이야기를 계속했다.

"속에다 청향초를 품고서~, 그기 서약을 한 증표인디~, 그 청향초를 품고서 혼인도 안 허구~ 가족도 없고~ 그저 혼자만 그렇게 사는 거쥬~ 아~무도 없이 그저 혼자서만."

푸른 숲속으로 자꾸만 걸어 들어가던 노인의 뒷모습과 그 등에서 춤추던 햇살이 눈에 어른거렸다.

"리탈란은 남에게 얼굴을 보이는 걸 싫어해?"

하고 중얼거리자

"아아~."

하며 아줌마가 한숨을 쉬었다.

"그기 아니라~ 리탈란은 그저 넘들이 지보구 리탈란이네~허는 기 싫은 거쥬~. 맹서라는 기~ 원래 넘들 모르게 몰래 하는 거 아닌감유? 넘들이 이래저래 참견허믄~ 누가 좋아라 허겄슈?"

집 근처에 다다르자 어머니가 큰 소리로 부르며 팔을 흔들면서 달려왔다. 아줌마에게서 딸을 받아든 어머니가 아이샤를 꼭 안아주었다.

어머니는 눈물을 흘리면서 오래도록 아무 말도 하지 않고 그저 아이샤를 꼭 안고만 있었다.

그 뒤로 꾸중을 많이 들었지만 야단맞은 것보다 강렬하게 아이샤의 기억에 남은 것은 따로 있었다.

아름다운 파란 꽃들이 잔뜩 피어있고 맑은 샘물이 있는 풀밭에서 리탈란 할아버지가 살려줬다는 말을 했을 때, 어머니가 '아아……. 그래서 청향초 냄새가 났구나.'하고 중얼거리며 짓던 그 표정이 이상할 정도로 오래도록 기억에 남았다.

주쿠치의 천막 안에서 청향초 향기를 맡았을 때 참 신기했다.

청향초 향기를 풍기며 서 있던 마슈는 다른 남자들 속에서 홀로 눈에 띄었다. 많은 사람들과 함께 있는데도 마치 혼자 서 있는 것처럼 보였다.

'그 사람은, 무엇을 찾고 있는 것일까? 어떤 불행한 일이 있었던 걸까? ……나에게 무슨 일을 시키려는 걸까?'

정체를 알 수 없는 불안에 대해 조곤조곤 이야기하는 할아범의 목소리를 들으면서 아이샤는 맑은 샘물에서 나던 냄새와 푸른 빛 같았던 청향초 향기를 멍하니 떠올렸다.

제 2 장

올리애

1

향군궁

마차에서 내려서자 바람에 머리카락이 흩날리고 옷자락이 펄럭였다.

흙과 나무 냄새가 났다. 매케한 연기 냄새, 쇠와 말과 사람들에서 우러나는 냄새도 섞여 있었다. 그래도 끝없이 이어진 제국 수도의 도로를 지나는 동안 맡았던 냄새와는 전혀 다른 야생에 가까운 산의 냄새가 상쾌했다.

마차 뒤로 돌아 왕궁이 있는 쪽으로 나오자마자 아이샤는 숨이 멎는 것 같았다.

파란 하늘 아래 이런 계절인데도 눈 덮인 봉우리가 솟아있는 산맥을 배경으로 그 만년설에 지지 않을 만큼 눈부시게 하얗고 거대한 궁전이 우뚝 서 있었다.

깊은 해자垓子 맞은편으로 시야가 닿는 끝까지 완만히 이어지는 언덕 전체가 왕궁의 부지인 것 같았다. 언덕 중턱을 견고한 벽이 둘러쌌는데 개미처럼 검은 점들이 그 벽 위에서 움직이고 있었다. 왕궁 경호병인 모양인데 벽이 너무나도 거대해서 사람이 개미처럼 작게 보였다.

왕궁 정문으로 이어지는 돌계단도 수십 명이 옆으로 나란히 서서 여유롭게 오를 수 있을 만큼 폭이 넓었다. 그 돌계단 양옆으로는 몇 단마다 창을 든 경호병이 번쩍이는 갑옷과 투구를 장착한 차림으로 서 있었다.

언덕 서쪽 끝에는 푸른 빛을 띤 탑이 있었다.

한참 멀리 있어서 확실하지는 않지만 돌로 만들어져 있는지 은은하게 빛이 나는 것처럼 보였다.

"저 푸른 탑이 풍향의 탑이다."

마부에게 뭔가를 이야기해주고 돌아온 여인이 침착한 목소리로 가르쳐주었다.

"향군마마께서는 종종 저 탑 꼭대기에 오르셔서 바람 냄새로 사방의 기상 상태를 감지하시지. 저 탑 아래 향군마마의 거처인 궁전이 있단다. 왕궁 정문을 통해 들어갈 테니 내 뒤를 따르거라."

미지마라는 이름의 그 여인은 그렇게 말하더니 해자 위로 놓인 도개교를 앞장서 건너기 시작했다.

아이샤는 제국 수도에 도착한 뒤로 미르차와 할아범이 앞으로 지내게 될 농장에 나흘가량 머물면서 몸을 쉬게 하고 여독을 풀었다. 그런데 어제저녁에 미지마가 찾아온 이후로 갑자기 분주해졌다.

"처음 뵙겠습니다. 저는 미지마 오르카슈가 라고 합니다."

저녁노을이 일렁이는 농장 문가에 서서 그렇게 인사한 여인은 몸집은 작아도 행동이 민첩하고 얼굴과 손이 새까맣게 탄 모습이어서 처음에는 교역을 주로 하는 상인이 뭔가 상품을 팔러 온 줄 알았다.

그러나 이야기를 시작하자마자 그 인상은 순식간에 바뀌었다.

"저는 향군궁에서 일하는 상급 향사입니다. 마슈님으로부터 아가씨가 리아 농원에 들어가실 때까지 잘 보필하라는 분부를 받잡고 왔습니다. 리아 농원에서 일한다는 말은 향군마마를 모신다는 뜻입니다. 따라서 제일 먼저 해야 할 일은 향군마마께 참배하는 것입니다. 참배용 의복을 준비해 왔으니 몸을 씻어 정결히 한 다음 옷을 갈아입으시고 향군마마께 참배하셔야 합니다. 참배하는 법도도 알려드리겠습니다."

간결하고 명료한 그 말씨만 보아도 미지마가 유능한 관리임을 알 수 있었다. 아이샤는 미지마의 성인 오르카슈가가 카슈가 집안의 방계라는 뜻임을 알아차렸다.

안쪽 방에서 미지마와 단둘이 있게 되자 미지마는 향군궁이 언제 어떻게 생겼는지, 법도에 따라 참배하는 법, 리아 농원에서 하는 일의 내용 등을 자세히 가르쳐주었다.

"그리고 이것은 아주 중요한 사항이니까 반드시 마음에 새겨두셔야 합니다. 아가씨는 마키시이고 이름은 아이샤 로리키입니다. 마슈 님의 외사촌으로 되어 있습니다."

아이샤가 "네?" 하고 놀라서 되묻자 미지마가 천천히 또박또박 당부하듯이 다시 말했다.

"리아 농원은 카슈가 집안의 연고자가 아니면 절대 들어갈 수가 없습니다. 마슈 님 외가쪽 친척이면 그래도 연고자라고 할 수 있으니 예외이기는 하나 주변 사람들이 그나마 수긍할 수 있는 것이지요. 다만……"

미지마가 목소리를 낮췄다.

"한 가지 조심하셔야 하는 부분이 있습니다. 사실 상당히 미묘한 사항이라 염두에 두기만 하고 절대 입 밖에 내지 않도록 각별히 주의하셔야 합니다. 신 카슈가 집안의 당주이자 부국성 대신이시고 마슈 님의 형님이신 이르 님은 마슈 님을 달갑게 여기지 않으십니다. 오히려 경계하고 계신다고 하는 편이 맞는지도 모릅니다. 왜 그런지 그 이유에 대해서는 필요하다고 판단되면 마슈 님께서 직접 설명해 주시겠지만 리아 농원에는 신 카슈가 집안에서 온 사람도 있습니다. 혹시라도 그런 분들이 어떤 사정으로 리아 농원에 오게 되었느냐고 묻는다면 서칸탈을 위해 리아 농원에서 배우라는 말씀을 듣고 왔다고만 대답하셔야 합니다. 그 외에는 어떤 질문을 받더라도 정말 아무것도 모르고 있다는 인상을 주셔야 합니다."

마슈의 의도를 어렴풋이 알 것 같았다.

"그러니까 마슈 님이 번왕국 시찰관이라는 일을 위해 저를 리아 농원에 보냈다고 짐작하게 하라는 뜻인가요?"

그렇게 물었더니 미지마가 놀라는 눈치였다. 아이샤를 가만히 쳐다보던 미지마의 얼굴에서 그때까지 있었던 딱딱한 무언가가 사라지며 한결 부드러운 표정이 되었다.

"네, 짐작이 맞으십니다. 간단히 설명하자면 서칸탈의 안정을 위해서는 오아레 벼를 완강하게 거부하고 있는 마키시를 제국 편으로 끌어들일 필요가 있으니 그러기 위한 방책의 하나로 이곳에 보내졌다는 식으로 짐작하게 해서 신 카슈가 쪽의 의심을 피하려는 겁니다."

아이샤가 끄덕였다.

"알았어요. 하지만 그런 거라면 저도 진짜 사정을 알아두고 싶어요. 그렇지 않으면 거짓말을 그럴듯하게 하지 못할 것 같아요."

미지마가 미소를 지었다.

"그렇겠군요. 필요한 부분에 대해서는 말씀드리도록 하겠습니다. 아참, 앞으로는 제가 아가씨의 윗사람 입장이 되기 때문에 그에 걸맞게 말도 하대해야 합니다. 서칸탈의 왕족이시라고 들었는데 어쩌면 그 점이 불쾌하게 느껴지실 수도 있겠습니다."

아이샤가 고개를 저었다.

"고향에 있을 때도 존댓말을 들은 적이 거의 없었어요. 걱정하지 않아도 괜찮아요."

깊은 해자 위로 놓인 다리를 건너 돌계단을 거침없이 올라가는 미지마를 열심히 뒤따라가고 있는데 아래쪽에서 방울 소리가 들렸다.

"아이샤, 더 오지 말고 그 자리에서 바닥에 엎드려."

미지마의 말을 듣고 아이샤는 그 자리에서 차가운 돌계단에 엎드렸다.

해자 맞은편에 커다란 마차 두 대가 서 있었다. 한쪽 마차 짐칸에 금실로 수놓은 화려한 문양의 가마가 실려 있었다. 시종들이 그 가마를 내리더니 마차에서 내려선 귀인을 가마에 태우고 들어 올렸다.

시종들이 든 가마가 다리를 건너 돌계단을 오르기 시작하자 시종들의 땀 냄새에 섞여서 뭔가 향 냄새 같은 것이 훅 풍겨왔다.

아이샤는 엎드린 채 꼼짝도 하지 않고 가마가 지나치기를 기다렸다.

가마는 정문에서 일단 멈췄는데 경호병이 가마 창문으로 안쪽을 슬쩍 보더니 곧바로 경례를 하고 통과시켰다.

가마가 정문 안으로 사라지는 모습을 지켜본 다음 아이샤는 다시 계단을 오르기 시작했다. 정문에 다가가자 양쪽 옆에 서 있던 경호병이 손을 들어 멈추라는 신호를 했다.

미지마가 목에 걸고 있던 얇은 금속판을 경호병들에게 보이면서 아이샤에 대해 설명하는 목소리가 들렸다.

그런데 경호병 중 한 명이 계단을 내려와 앞에 서더니 말했다.

"두 손을 올리고 움직이지 마라."

그리고는 재빨리, 그러나 꼼꼼하게 아이샤의 몸을 옷 위로 수색했다. 위험한 물건을 들고 있지도 않은데 그런 몸수색을 당하니까 뭔가 발각될 것 같은 불안감이 엄습했다. 하지만 아무렇지 않은 척했다.

이윽고 경호병이 짧게 말했다.

"좋다, 통과."

나머지 돌계단을 올라 미지마 옆에 선 아이샤는 그제야 참고 있던 숨을 내쉬었다.

나전 세공으로 아름답게 장식된 정문을 지나자 지금까지와는 전혀 다른 부드러운 바람이 몸을 감쌌다.

눈앞에 광대한 녹색 정원이 펼쳐졌다. 좌우에 설치된 커다란 분수에서 제각기 물이 솟아 나오며 반짝반짝 빛을 반사했다.

분수라는 것이 있다고 들어본 적은 있지만 실제로 보는 것은 처음이었다. 땅속에서 물이 뿜어져 나오는데 주변으로 흘러넘치지 않아서 신기했다. 도대체 어떤 식으로 되어 있나 싶어 자기도 모르게 발걸음을 멈추고 홀린 사람처럼 바라보았다.

사방을 둘러싼 높은 벽이 찬바람을 막아주고 햇볕이 눈부시게 쏟아져서 나무들이 더욱 푸르게 빛나는 듯했다.

정문을 지나친 다음에도 왕궁은 여전히 아득히 먼 곳에 솟아있었는데 전체적인 위용을 직접 본 아이샤는 눈이 휘둥그레졌다.

밑에서 올려다봤을 때는 그저 눈처럼 새하얗다고만 여겼던 궁전이 여기까지 와서 보니 건물 아래쪽 부분에 금색으로 아로새겨진 섬세한 모양까지 보였다.

멀리 있는데도 그 장식이 벼 이삭 모양임을 알 수 있었다.

묵직하게 잘 영근 금빛의 벼 이삭이 더할 나위 없이 아름답게 그려져 있어 마치 바람에 한들한들 나부끼는 벼 이삭 위로 새하얀 궁전이 솟아있는 듯 보였다.

눈 앞에 펼쳐진 녹색 정원은 아이샤의 고향에 있던 시장만큼이나 넓어서 그곳을 걸어 다니는 사람들이 벌레처럼 작게 보일 정도였다.

아까 그 가마는 정문을 지나 조금 더 간 곳에 멈춰섰고 귀인이 가마에서 내리더니 정원에 대기 중이던 마차로 갈아탔다.

정원을 가로지르는 일직선의 넓은 길을 마차가 달리기 시작하자 길을 걷고 있던 사람들 모두가 그 자리에 서서 어떤 사람은 고개를 숙이고 어떤 사람은 엎드려 절하는 자세로 마차가 지나가기를 기다렸다.

미지마가 속삭였다.

"저분이 이르 카슈가 님이다."

아이샤가 깜짝 놀라며 왕궁을 향해 달려가는 마차를 바라보았다.

슬쩍 봤을 뿐이지만 지금까지 들은 여러 이야기로 상상했던 이르 카슈가라는 사람의 인상과 전혀 달라 보였기 때문이다. 그리고 보니 키가 크고 날렵한 느낌의 그 모습이 마슈와도 조금 닮은 것 같았다.

"더 연세 드신 분인 줄 알았어요."

"아직 삼십 대지. 지략이 뛰어난 분이야."

미지마가 작은 소리로 그렇게 설명해 주더니 따라오라면서 다시 걷기 시작했다.

왕궁으로 향하는 길에서 향군궁 방향으로 꺾어서 계속 가다가 푸른

색이 칠해진 문을 지나자 풍경이 다시 한번 바뀌었다.

길 양옆으로 형형색색의 꽃과 나무가 늘어서 있고 꿀벌과 작은 벌레들이 윙윙 날아다녔다.

그 꽃나무 향기에 둘러싸이자 아이샤는 익숙한 옷을 입은 것처럼 마음이 편안해졌다. 그곳에 있는 나무들이 고향에 있던 나무들과 비슷해서인지도 모른다.

향군궁의 정원도 엄청나게 넓었는데, 나무와 풀이 울창해서 정원이라기보다 산속을 걷는 느낌이었다. 군데군데 햇볕이 쏟아지는 풀밭이 있는데 그런 곳에는 어김없이 하얀 옷을 입고 향군궁을 향해 엎드려 절하는 사람들이 있었다. 제국 각지에서 풍년을 기원하기 위해 찾아온 참배자들이었다. 아이샤의 고향 서칸탈에서 온 사람들이 있을 가능성도 있었다.

미지마가 미리 일러준 대로 아이샤는 눈길을 떨군 채 그 곁을 조용히 지나쳤다.

향군궁 부지 안에 많은 사람이 있음은 냄새를 통해 알 수 있었다. 그런데도 너무 조용해서 계속 걷다 보니 가슴을 압박해 오는 듯한 느낌이 들기 시작했다. 하지만 어느 지점에 이르자 눈에 보이지 않는 벽을 지나친 것처럼 냄새가 확 바뀌었다.

지금까지 걸어온 길이 이 지점에서 세 갈래로 나뉘고 각각의 길이 모두 나무 사이로 이어져 있었다.

미지마는 아이샤 앞에서 발걸음을 멈추더니 고개를 살짝 숙이고 가만히 기다렸다.

'……아, 여기가.'

아이샤는 농장에서 미지마가 가르쳐준 이야기가 떠올랐다.

'처음 향군궁에 참배하러 온 사람은 도중에서 자신의 길을 선택해야 합니다. 고요한 길이라 불리는 참배도인데 길이 중간에 몇 번이나 여러 갈래로 갈리지요. 하지만 최종적으로는 모두 향군궁으로 가게 되어 있으니 걱정할 필요는 없습니다.'

'무엇을 위해 그렇게 하는 건가요?' 하고 물었지만 미지마는 '그게 참배의 법도입니다'라는 대답밖에 해주지 않았다.

고개를 숙이고 선 미지마 옆을 지나친 아이샤가 한쪽 길로 들어섰다. 어느 길로 갈까 하는 망설임은 없었다. 그 길 안쪽에서 청향초 향기가 풍겨왔기 때문이다.

아이샤가 그 길에 발을 들여놓자 미지마가 뒤따랐다.

청향초는 어디 먼 곳에 피어있는지 향기가 아주 희미했다. 그래도 햇빛에 빛나는 가느다란 거미줄처럼 바람을 타고 나무들 사이로 실낱같이 풍겨왔다.

청향초는 꽃뿐만 아니라 잎이나 줄기에서도 특유의 싱그러운 냄새가 난다. 한 번 맡으면 다시는 잊어버릴 수 없는 향기다.

옆길에서 멀어질수록 청향초 향기가 점점 진해졌다. 주변에 서 있는 나무의 종류가 바뀌었다는 생각이 드는 순간 길이 다시 세 갈래로 나뉘었다.

청향초 향기가 제일 짙은 쪽의 길을 선택해서 걸어가다 보니 이윽고 작은 샘물이 나타났다. 샘 주변에는 햇살이 환하게 비추는 밝은 풀밭이 있고 전에 본 적이 있는 그 꽃이 피어있었다.

'……청향초.'

그 사랑스러운 파란 꽃은 햇살 속에서 반짝반짝 빛나는 듯했다.

길은 청향초가 핀 풀밭을 지나 나무들 사이로 이어져 있었다. 그곳에 이르자 다시 한번 지금까지와는 다른 냄새가 났다.

나뭇잎 사이로 비쳐 드는 햇살이 푸른 잎들을 반짝이게 하는 속으로 걸어가다 보니 아이샤는 꿈을 꾸는 듯한 느낌이 들기 시작했다.

각각의 나무들, 풀과 꽃들, 그리고 이끼와 버섯까지 제각기 풍기는 냄새가 느슨하게 어우러져 있는데 그 냄새들이 주고받는 소리가 기분 좋은 화음이 되어 온몸을 감싸고 살결을 부드럽게 어루만졌다. 한없이 평화롭고도 고요했다.

그런 순간은 아주 잠깐이고 그곳을 지나면 불협화음이 나타나기도 하지만 그러다 다시 한없이 기분 좋은 장소가 나타났다.

그런 일들의 반복을 맛보면서 아이샤는 갈래길이 나타날 때마다 기분 좋은 향기가 나는 쪽의 길을 골랐고 다음 길도 그렇게 고르면서 어느새 빛 속으로 들어섰다.

그곳은 하얀 모래밭이었다.

그 하얀 모래밭에 둘러싸여 완만한 언덕처럼 보이는 지붕이 얹어진 거대한 흰색 궁전이 솟아있고, 그 옆에 파랗게 빛나는 탑이 서 있었다.

처음에는 탑에 눈길이 사로잡혔는데 시선을 건물 쪽으로 돌린 아이샤가 흠칫 놀랐다.

'청향초?'

왕궁 벽에 벼 이삭이 그려져 있던 것처럼 향군궁의 하얀 벽 아랫부분에도 아름다운 채색화가 있었다. 녹색 줄기에서 파란 꽃이 피어있는 그 그림은 어린 시절에 본 광경, 청향초가 만발한 그 풀밭을 떠올리게 했다.

'저건 청향초 맞나요?' 하고 미지마에게 물어보려고 돌아본 아이샤는 깜짝 놀랐다. 미지마가 새파랗게 질린 얼굴로 이쪽을 보고 있었기 때문이다.

왜 그러냐고 물어보려다가 말을 도로 삼켰다. 향군궁 안에서는 누군가에게 질문을 받지 않는 한 절대 말을 해서는 안 된다는 미지마의 당부가 생각났기 때문이다.

미지마는 뭔가 생각을 떨쳐내려는 듯 한숨을 한 번 쉬더니 말없이 아이샤 옆을 지나쳐 다시 앞장서서 걷기 시작했다.

향군궁에 가까워질수록 냄새가 잠잠해지는 것이 느껴졌다.

아까 지나왔던 숲속에서의 그 풍족하게 가득 찬 고요함과는 달리 아무런 소리가 들리지 않는 고요함이었다.

'모래밭이어서 그렇구나.'

향군궁을 둘러싼 모래밭은 눈부시도록 깨끗하게 정돈되어 있었고 움직이는 물체가 전혀 없었다. 생물이 거의 없는 이 모래밭에서는 냄새가 아주 조용했다. 아이샤는 그런 점이 이상하게 좋았다.

'향군마마도 냄새가 시끄럽다고 느끼시나?'

냄새가 시끄럽다고 설명했을 때 할아범의 얼굴에 떠올랐던 표정이 생각났다.

지금까지는 언제나 이 느낌을 이해받지 못하고 살았다.

나만 이상한가 하는 생각을 하며 살았는데 향군마마도 똑같이 느끼신다면 적어도 이 감각은 혼자만의 것이 아니라는 뜻이 된다.

간신히 당도한 향군궁 현관은 건물의 거대함에 비해 이상할 정도로 작았고 문이 굳게 닫혀 있었다.

문 앞에 선 미지마가 문 옆에 있는 줄을 당기자 안쪽에서 누구냐고 묻는 소리가 들렸다.

"미지마 오르카슈가입니다."

미지마가 대답하자 삐걱거리는 소리도 없이 문이 스르르 열렸고 안에서 여인 둘이 나타나 고개를 숙이며 미지마와 아이샤를 안으로 맞아들였다.

현관으로 들어서자 양쪽으로 문지기 대기소가 있는 소박한 장소가 나왔고 그 안쪽으로 좁은 통로가 있었다. 고개를 숙이고 있는 두 여인 사이를 지나 미지마의 등을 바라보면서 좁은 통로를 걷다가 넓은 곳이 나오자마자 아이샤는 자기도 모르게 입이 떡 벌어지고 말았다.

광대한 공간이었다. 아득히 먼 천창에서 연한 녹색과 푸른색 그리고 부드러운 노란색 빛이 내리쬐고 있었다.

어두침침한 가운데 천창의 섬세한 색 유리창을 통해 내리비추는 빛 속을 걸어가니 깊은 숲 밑바닥에서 나뭇잎 사이로 비추는 햇살을 보는 기분이었다.

그 마루에는 가구도 장식품도 없었다.

그저 텅 빈 넓은 공간 맞은편에 한 단 높은 곳이 있는데 천장에서 늘어뜨린 거대한 발로 가려져 있었다.

이 마루는 냄새가 단조롭고 희미하기 때문에 뭔가 냄새가 나는 존재가 있으면 더욱 두드러지게 느껴졌다. 궁 안에 들어섰을 때부터 알아차렸는데 이 마루에서도 청향초 향기가 풍겼다.

미지마가 발걸음을 멈추고 몸을 엎드렸다. 아이샤도 그 뒤에 엎드려 이마를 차가운 바닥에 댔다.

발 저편에서 향기가 일렁였고 멀리 안쪽에서 문이 열렸음을 느낄 수 있었다.

갑자기 청향초 향기가 짙어졌다. 청향초 향기에 감싸인 사람이 발 저편에서 천천히 걸어와 의자에 앉는 모습이 눈으로 보는 것보다 훨씬 선명하게 느껴졌다.

'지금 저기에 신이 계신다.'

그런 생각이 드는 순간 위가 목구멍까지 솟아오르는 듯한 긴장에 사로잡혀 머리끝에서 발끝까지 온몸이 차갑게 저려 왔다.

딸랑하는 방울 소리가 울렸다.

미지마가 입을 열었다.

"자비로운 신이신 향군마마. 향사 미지마가 삼가 인사 아뢰옵니다."

미지마의 목소리가 공허하게 울리며 마루의 희미한 어둠 속으로 빨려들어갔다. 발 안쪽의 그림자는 대답이 없었지만 다시금 딸랑하고 방울 소리가 울렸다.

미지마가 낭랑한 목소리로 아뢰었다.

"제 뒤에 엎드린 자는 아이샤 로리키이옵니다. 금번에 리아 농원에서 봉사하게 되어 향군마마께 참배시키기 위해 데리고 왔사옵니다."

발 안쪽에 있는 향군마마의 향기가 약간 바뀌었다.

온화한 냄새에서 흥미가 생겼음을 느끼게 하는 냄새로 변한 것이다.

'신께서 지금 이쪽을 보고 계신다.'

그 눈길을 느낀 아이샤가 몸을 파르르 떨었다.

그때 미지마가 바닥을 손가락으로 톡톡 쳐서 신호를 보냈고 그 소리에 아이샤는 정신이 번쩍 들었다. 미지마에게 가르침을 받은 대로 천천히 인사를 했다.

"자비로운 신이신 향군마마. 아이샤 로리키가 삼가 인사 아뢰옵니다."

일단 목소리를 내고 나니 마음의 동요가 가라앉았다. 아이샤는 자기 목소리가 살짝 메아리치며 마루를 지나는 것을 들으면서 말을 이어갔다.

"향군마마의 가호를 많은 이들에게 널리 전하여 사람들을 구제하기 위해 이 한 몸을 바치겠나이다. 제가 봉사할 수 있도록 윤허해 주시옵소서."

그 말을 입에 올리는 순간 갑자기 신기한 생각이 떠올랐다. 정말로 그런 인생을 살기 위해 내가 태어난 게 아닐까 하는 생각이었다.

이곳에 찾아온 이유는 리아 농원에서 살 수 있도록 윤허를 받기 위해, 그러니까 몸을 숨기고 살아남기 위해서다. 방금 전까지 그렇게 생각하고 있었는데 느닷없이 그런 현실과는 전혀 다른, 맑은 생각이 소리도 없이 솟아난 것이다.

향군마마가 가만히 이쪽을 바라보고 있음을 아프도록 느낄 수 있었다. 그러나 발 안쪽은 여전히 고요할 뿐이었다.

이윽고 방울이 세 번 울렸다. 향군마마께서 아이샤의 봉사를 가납嘉納하신다는 뜻이었다.

그 소리가 마루 전체에 울렸다가 사라지자 향군마마가 의자에서 일어서는 기척이 느껴졌다.

향군마마가 문 안쪽으로 사라지고 문이 닫힌 다음에도 청향초 향기는 계속 남아 어두침침한 마루에 은은하게 풍겼다.

향군궁에서 나오자 온몸에서 무언가가 빠져버린 것처럼 몸이 갑자기 축 늘어지고 무거워졌다. 아이샤는 미지마의 뒷모습을 멍하니 쳐다보면서 발걸음을 계속 옮겼다.

향군궁 정원을 지나 약간 정신이 돌아왔을 때 아이샤는 문득 미지마가 뭔가 고민하는 듯한 냄새를 풍기고 있음을 알아차렸다. 정문을 지나 왕궁 부지 바깥으로 나오고 난 뒤에도 미지마는 딱딱한 표정으로 입을 다문 채 여전히 신경이 곤두선 듯한 냄새를 내뿜고 있었다.

마차로 돌아가 마주 보고 앉았을 때 아무래도 물어봐야겠다 싶어 말을 꺼내려는데 미지마가 먼저 날카롭게 추궁하듯이 질문했다.

"혹시 고요한 길을 어떻게 가야 하는지 마슈 님한테 미리 들었니?"

순간적으로 무슨 말인지 이해하지 못한 아이샤가 눈만 깜박거렸다.

"아니요. 아무 말도 듣지 못했는데요?"

미지마가 눈을 가늘게 떴다.

"그럼 어째서 그 길로 간 거지?"

미지마의 표정은 매서웠지만 그녀에게서는 화가 났다기보다 두려움과 의심의 냄새가 났다. 아이샤는 미지마를 마주 보며 대답했다.

"제가 좋아하는 꽃향기가 나서요."

"······좋아하는 꽃? 무슨 꽃?"

"청향초요."

"청······ 향초?"

그렇게 되묻는 말투에 아이샤가 어리둥절해졌다.

"청향초를 모르시나요?"

미지마가 고개를 저었다.

"모르는데."

"네? 하지만 향군궁 바깥벽에 그려진 꽃이 청향초 같았는데요."

미지마의 눈이 살짝 커졌다.

"그 꽃 말이니?"

"네, 똑같이 생겼어요. 그 그림을 봤을 때 혹시 청향초가 맞냐고 미지마 님에게 물어보고 싶었는데."

심장박동이 빨라졌는지 미지마에게서 풍기는 냄새가 더욱 강해졌다.

냄새가 알려주는 흥분과는 달리 침착한 목소리로 미지마가 말했다.

"그건 눈물꽃이야. 초대 향군마마께서 굶주린 백성을 가엾게 여기

시고 흘리신 눈물에서 생겨났다고 알려진 꽃인데 나는 실물로 본 적은 없구나."

"눈물꽃이요?"

여기서는 청향초를 그렇게 부르는구나 하고 생각하면서 아이샤가 고개를 갸웃거렸다.

"그런데 중간에 샘물이 나는 곳이 있었잖아요?"

"그렇지."

"거기 풀밭에 피어있었는데요. 파란 꽃이 피어있었어요. 못 보셨나요?"

미지마가 고개를 저었다.

"못 본 것 같은데. ……게다가 그 길로는 오늘 처음 가본 거라."

그렇게 말하더니 잠시 입을 다물었다. 이윽고 눈을 가늘게 뜨면서 물었다.

"하지만 그 근방은 향군궁에서 가까운 곳이었잖아? 처음 갈래길에서 어느 길로 갈지 선택했을 때는 그런 꽃냄새는 나지 않았을 텐데?"

그 말이 나오기 전에 아이샤는 이미 그런 질문을 받으리라 짐작하고 있었다.

아마 첫 번째 갈래길 근방에서는 거리가 너무 멀어 미지마는 청향초 향기를 느끼지 못했을 것이다. 그렇다면 이상한 말을 하는 아이라는 생각을 할 테고 아이샤의 말을 믿지 못할 수도 있다.

그런데도 그 길을 선택한 이유에 대해 거짓말을 하고 싶지 않았다.

그 길은 진정으로 고요한 길이었다. 지금 다시 생각해 봐도 마음속에 투명한 빛이 펼쳐졌다. 그 정도로 아름답고 고요한 길이었다.

아이샤는 미지마를 똑바로 바라보고 대답했다.

"하지만 저는 그 향기를 맡았어요. 청향초는 이파리나 줄기에서도 독특한 향기가 나기 때문에 저는 그 향기가 나는 길을 고른 거예요."

무슨 생각을 하는지 미지마는 아무 말 없이 아무것도 보지 않는 것 같은 눈으로 이쪽을 바라볼 뿐이었다.

"제가 혹시 뭔가 해서는 안 될 짓을 했나요?"

하고 물었더니 미지마가 천천히 고개를 저었다.

"아니."

갈라진 목소리였다.

"그럼 무슨 걱정을 하고 계신 건가요?"

한참을 말없이 있던 미지마가 이윽고 입을 열었다.

"······네가 갈래길이 나올 때마다 아무 망설임 없이 길을 선택해서 나가기에 마슈 님이 혹시 법도를 어기고 너에게 미리 무슨 귀띔을 해 주셨나 싶었다."

그리고는 여태껏 딱딱하게 굳어있던 표정을 풀고 살짝 웃었다.

"미안하구나. 이제 신경 쓰지 않아도 된다. 잘못한 건 아무것도 없으니까."

작게 한숨을 쉰 미지마가 여전히 갈라진 목소리로 작게 말했다.

"피곤하지? 나도 힘들구나. 농장에 도착할 때까지 좀 쉬자꾸나."

미지마는 눈을 감더니 내내 잠든 척을 했지만 그 몸에서는 여전히 혼란스럽고 고민스러워하는 냄새가 강하게 풍겨왔다.

2
올리애

표본상자를 들고 온 시종이 눈을 마주치지 않기 위해 고개를 숙인 채 여쭈었다.

"이곳에 두오리까?"

"그래요, 거기 내려놔요."

올리애가 대답하자 시종은 고개를 깊이 숙여 절하고 상전에게 등을 보이지 않기 위해 그대로 뒷걸음질하기 시작했다.

"아, 방에서 나가기 전에 거기 그 높은 창문을 열어줄 수 있어요? 동쪽 창문 말인데."

정중한 말씨에 놀랐는지 시종은 자기도 모르게 살짝 고개를 들려다가 허둥지둥 다시 숙였다. 여기서 일하기 시작한 지 얼마 안 된 모양이었다. 처음 보는 시종이었다.

"……분부대로 하겠나이다."

새된 목소리로 대답한 젊은 시종은 끄트머리에 갈고리가 달린 긴 막대기를 들고서 높은 창문 쪽으로 다가갔다. 막대기를 높이 들고 끄트머리의 갈고리를 창틀에 있는 손잡이 구멍에 걸어 창문을 열려고 하는데 막대기 끝이 자꾸 떨리는 바람에 갈고리가 구멍에 잘 걸리지 않았다. 딸각딸각하고 갈고리가 창틀에 부딪히는 소리만 났다.

"천천히 해요. 급한 일 아니니까 침착하게……."

보다못해 그렇게 말해줬더니 젊은 시종은

"……옛! 황송하옵니다!"

하고 잔뜩 긴장한 목소리로 말하더니 손에 난 땀을 허리춤에 닦고는 다시 막대기를 높이 들었다.

간신히 창문이 열리자 올리애도 시종과 더불어 안도의 한숨을 내쉬었다.

"고생 많았어요."

올리애가 시종을 치하하자 젊은 시종은 새빨개진 얼굴로 고개를 숙이며 다시금 '면목 없사옵니다' 하고 사죄했다.

"미안해하지 않아도 괜찮아요. 별일도 아닌데."

젊은 시종이 또 "예!" 하며 고개를 숙이더니 갈라진 목소리로 물었다.

"또 분부하실 일이 있사옵니까?"

올리애는 미소를 지으며 대답했다.

"아니, 이제 됐어요."

서쪽의 높은 창문도 약간 열려 있어서 바람이 한들한들 불어오더니 밖에 피어있는 꽃향기가 날아들었다.

"좋은 향기네."

중얼거리자 시종이 그 말에 답을 해야 할지 아니면 말없이 물러가도 좋을지 망설이며 움직임을 멈췄다.

시종이 가엾어진 올리애가 온화한 목소리로 말해주었다.

"이제 물러가 봐요."

시종이 허둥지둥 고개를 숙이고는 뒷걸음질하여 방에서 나갔다.

시종이 가버리자 갑자기 넓은 방 안이 고요해졌다.

오후 햇살이 높은 창문에서 비쳐 들어 긴 책상과 그 위에 놓인 표본 상자를 하얗게 비추고 있었다. 그 상자 뚜껑에 손을 올린 채 올리애는 한동안 젊은 시종이 어쩔 줄 모르고 긴장해 있던 모습을 떠올렸다.

오랜 세월 동안 사람들이 저렇게 긴장하는 모습을 봐 왔다.

올리애 앞에서 긴장하지 않는 사람은 손꼽을 정도밖에 없었기에 그 반응에도 익숙해져서 아무런 느낌이 없을 만도 하련만, 아직도 사람들이 긴장하는 모습을 볼 때마다 죄책감 비슷한 느낌이 들어 마음이 편치 않았다.

올리애는 리그달 변왕국의 귀족 집안에서 태어났다. 아버지는 산간의 작은 분지인 틸라를 다스리는 작은 귀족에 불과했고 어머니는 일하기 위해 그 집안에 들어온 마을 처녀였다.

그 친모는 올리애가 다섯 살 때 돌림병으로 세상을 떠났지만 아버지는 자상한 사람이었고 아버지가 나중에 정식으로 맞아들인 부인도 너그러운 사람이어서 올리애를 자기 친자식이나 다름없이 귀애하며 길러주었다.

아버지가 다스리던 틸라는 기후와 풍토가 험한 곳이었지만 영토 백성들과의 유대관계가 돈독해서 영주와 백성이 다 같이 힘을 모아 힘든 생활을 이겨나가곤 했다.

올리애도 어릴 때는 일반백성의 아이들과 함께 매일같이 산속에 들어가 해질 때까지 어울려 놀았다. 그러다 일곱, 여덟살이 되면서는 그 친구들의 부모가 가르쳐준 약초를 캐기도 하고 함께 어른들을 돕기도 하면서 많은 시간을 백성들과 함께 보냈다.

그런 생활이 갑작스럽게 끝난 것은 올리애가 열세 살 때였다.

매년 가을이 되면 유랑 광대들이 도성인 아가보이에 판을 벌였다.

도성이라고 해봐야 보통 마을보다 조금 큰 정도에 불과했지만 그래도 물건을 교환하는 장이 설 때마다 근처 마을에서 사람들이 모여들었고, 그 사람들 때문에 유랑 광대들도 와서 더욱 흥겨운 가을 축제가 되곤 했다.

올리애가 열세 살이 되던 해는 마침 제국의 살아있는 신 향군마마가 모습을 감추신 지 13년이 된 재림의 해여서 가을 축제도 평소보다 훨씬 성대했고 멀리 제국의 수도에서 귀인이 올지도 모른다는 소문도 있어서 도성 전체가 들뜬 분위기였다.

축제 날에는 사자를 보내 마마 찾기 의식을 행하기 때문에 올해 열세 살이 된 여자아이들을 광장에 모이게 하라는 향군궁의 분부가 하달되었다. 이런 이야기를 아버지에게 들은 것은 축제 2, 3일 전쯤이었다.

너무 갑작스러운 분부였지만 제국의 수도는 워낙 멀리 있으니 이 시기에 문서가 제때 당도한 것만 해도 다행스러운 일이었다. 이제부터라도 영토 백성들 모두에게 알릴 수 있겠다고 하셨던 아버지의 말씀이 생각난다.

"그러고 보니 너도 올해 열셋이 아니냐?"

문득 기억이 났다는 듯한 말투로 아버지가 말했다.

"어머, 그렇네요. 그럼 평소처럼 축제 의상으로 나가면 안 되겠네.

옷장에서 제대로 된 옷가지들을 꺼내고 볕에 좀 내다 걸어서 좀약 냄새를 빼 두거라."

어머니가 허겁지겁 시녀들에게 일러두던 모습도 생각난다.

날씨가 아주 좋았고, 그래서 거실 창문도 활짝 열려 있었고, 가을의 투명한 햇살이 바닥을 비추고 있었다.

지금 돌이켜보면 아버지도 어머니도 무엇을 위해 열세 살이 된 아이들을 모이게 했는지 충분히 알고 있었을 텐데 그 점은 화제에 오르지 않았다.

향군궁에서 내려진 분부에 대해 이리저리 짐작하는 것이 황공한 일이어서라기보다는 아마 거의 신경을 쓰지 않아서였을 것이다. 자신들과 상관이 있는 일이라고는 꿈에도 생각하지 않았기에 그저 무탈하게 이 중요한 행사를 치러야 한다는 점에만 몰두하고 있었으리라.

축제 날 광장에 모인 열세 살의 여자아이는 올리애를 포함해서 스무명 남짓이었는데 평소에 알던 아이들도 많았다.

축제 기간이어서 광장 중앙에는 커다란 망루가 세워져 있었다.

그 망루는 제철 꽃들과 과실 등으로 예쁘게 장식되었고 꼭대기에는 산신령과 통하는 억새풀을 엮어놓은 것이 놓여 있었다. 그것은 바람이 불 때마다 희미하게 반짝이면서 흔들렸다.

평소라면 그 망루를 둘러싸듯이 노점들이 늘어서서 다양한 물건들을 팔고 있었을 것이다. 그러나 그날은 잡다한 물건들로 광장이 지저분해지지 않도록 노점들은 광장에서 떨어진 큰길가 공터로 옮겨진 상태였다. 광장은 깨끗하게 청소되었고 주변으로는 새끼줄을 둘러서 일반 백성들이 안쪽으로 들어가지 못하게 되어 있었다.

영주인 아버지와 어머니, 동생들, 가신들은 큰 차양 밑에 앉았고, 그 자리에 모인 열세 살의 소녀들은 그 앞에 나란히 서 있었다.

소녀들은 모두 불안과 기대가 뒤섞인 표정이었다. 여기서 뭔가 해야 되나? 라든지 우리한테 뭘 주는 건가? 하는 말을 속닥속닥 주고받는데, 바람을 타고 멀리서 피리 소리가 들리기 시작했다.

이윽고 그 피리 소리가 더욱 명료해지더니 길 양옆으로 늘어서서 지켜보는 사람들 사이로 금실과 은실로 수놓은 화려한 깃발을 든 행렬이 나타났다. 잘 모르는 꽃으로 장식한 그 아름다운 깃발이 향군의 기라는 사실은 나중에서야 알았다.

그 사람들이 나타난 것만으로도 주변이 확 밝아진 느낌이었다.

본 적도 없는 기묘한, 하지만 어마어마하게 값이 나가겠구나 하고 충분히 짐작할 수 있는 옷을 입은 사람들이 광장으로 들어서자 아버지와 어머니가 차양 아래에서 나와 그들을 맞이했다.

그 뒤로 치러진 길고 지루한 의식은 거의 기억나지 않는다. 다만 한 가지 마음속에 새겨져 잊을 수 없게 된 의식이 있었다.

"열세 살이 된 이들은 이쪽으로 오라."

향군궁에서 온 사자의 명령에 따라 올리애는 다른 아이들과 함께 그가 가리키는 곳으로 나아갔다. 사자의 시종들이 작은 소리로 한 줄로 서라고 가르쳐주었고 그렇게 사자 앞에 정렬하자 사자가 손에 들고 있던 가는 천을 한 사람 한 사람에게 나누어주었다.

'이걸로 뭘 하라는 거지?' 하는 생각을 하는 순간, 사자가 광장에 있던 모든 사람들이 알아들을 수 있을 만큼 낭랑한 목소리로 말했다.

"이제부터 마마 찾기 의식을 거행하겠다. 다들 그 자리에 앉아 말소리를 내지 말고 정숙한 상태로 경과를 지켜보도록 하라!"

그러더니 올리애를 비롯한 소녀들에게 조용히 말했다.

"그 천으로 눈을 가리거라. 절대 보이지 않도록 단단히 가리고 머리 뒤에서 묶도록 하여라."

두근거리면서 그 지시에 따라 눈을 가리자 누군가 다가와서 잘 묶어졌는지 확인했다. 눈앞에서 손을 흔든 것 같은 기척이 있었지만 그림자가 어른거리는 느낌만 들었을 뿐 전혀 보이지 않았다.

이윽고 사자의 목소리가 들려왔다.

억양의 높낮이가 있는 낭랑한 목소리로 사자가 읊기 시작했다.

"중생을 구하시는 살아있는 신령이신 향군마마가

한 생의 몸을 벗어버리시고 여인의 태에 다시 깃드시어

이 세상에 다시 태어나신 지 어언 십삼 년

건강하게 무럭무럭 자라나셔서 부름을 기다리시네.

이제 우리는 바로 그 향기로

그리운 신령님을 다시 불러 모시리라!"

그 목소리가 사라지고 광장이 고요해지자 사자가 다가오는 기척이 나면서 명료한 목소리가 들렸다.

"이제부터 너희 앞에 어떤 물건이 놓인다. 놓인 물건이 무엇인지 냄새를 맡고 대답하라."

옆에 있던 아이가 "네?" 하는 소리를 냈다. 올리애도 하마터면 소리를 낼 뻔하다가 간신히 눌러 참았다.

설마 이런 일을 하게 되리라고는 생각지도 못했다.

하지만 생각해 보니 예전에 아버지한테 그런 이야기를 들은 적이 있었다. 제국의 수도에 있는 향군궁에 사시는 살아있는 신령님은 몸이 늙게 되면 그 몸을 버리시고 가장 좋은 여인의 태에 깃들어 새로운 몸을 입고 다시 태어나신다는 이야기였다.

그때는 '그럼 신령님도 뱀처럼 탈피하는 거예요?' 하고 물었다가 불경스런 말을 한다고 호되게 야단을 맞았다.

향군마마가 어디에 다시 태어나셨는지는 아무도 모른다.

그러나 재림의 해가 되면 대향사가 꿈에서 고지받은 곳을 다니면서 열세 살이 된 향군마마를 찾아낸다는 이야기를 아버지가 해 주셨다.

'……열세 살이 된 향군.'

지금 무슨 의식을 행하고 있는지 갑자기 깨달은 올리애는 심장이 마구 뛰었다.

함께 있는 아이들 중에 향군마마가 계실지도 모른다고 생각하니 온몸이 꽉 조여오는 듯한 신기한 기분이 솟아났다.

'신기하다! 도대체 누구실까?'

"향군마마."

뒤에서 누가 부르는 소리에 올리애는 깜짝 놀라 추억에서 빠져나왔다.

돌아보자 라오 스승이 온화한 미소를 띤 얼굴로 서 있었다.

"놀랐습니다!"

가슴에 손을 얹으며 올리애가 말했다.

"기척도 없이 다가오는 재주는 고양이보다 더하신 것 같아요!"

그 말을 들은 라오 스승이 기분 좋은 얼굴로 하하하! 하고 소리 내어 웃었다.

"그렇습니까? 참으로 고마우신 말씀입니다. 제 몸놀림이 아직 둔해지지는 않았다는 뜻이겠군요."

문이 열리는 소리가 나지 않았다. 그렇다면 라오 스승은 처음부터 이 광대한 향군궁 안의 표본실 어딘가에 있었다는 뜻이다.

"언제부터 계셨어요?"

라오 스승이 표본 상자가 잔뜩 쌓여 있는 방 한쪽 구석을 손으로 가볍게 가리켰다.

"오늘 아침부터 여태 저기에 있었습니다. 마마 혼자 계실 때에 기척을 낼 생각이었는데……."

그렇게 대답하고 잠시 말을 끊더니 올리애의 얼굴을 바라보았다.

"이곳에는 정말 오랜만에 오셨습니다. 혹시 마음에 걸리시는 일이라도 있으신지요? 깊은 생각에 잠기신 듯 보였습니다."

올리애가 쓰게 웃었다.

"아니에요. 그저 옛날 일이 잠시 떠올랐을 뿐이에요."

라오 스승은 잠시 올리애의 얼굴을 바라보다가 이윽고 올리애의 책상 위에 있는 표본상자 쪽으로 시선을 옮겼다.

"요마 벌레의 표본이군요. 어째서 이것을?"

요마는 해충에 강한 오아레 벼를 해치는 유일한 벌레다. 오아레 벼를 해친다고는 해도 이삭이 나올 때까지는 오아레 벼를 어쩌지 못하고 대부분이 땅에 떨어져 죽어버리기 때문에 피해가 생기는 일은 거의 없지만 힘이 없는 오아레 벼는 당하는 경우도 있어서 이 벌레가 발견되면 즉시 없애야 한다.

요마에는 작은 종류인 코요마, 빨간 날개를 가진 아카요마 등 몇 가지 종류가 있다. 그것들을 모아놓은 표본과 그 아래 각각의 생태를 그림으로 그려놓은 해설을 보면서 올리애가 한숨을 쉬었다.

"요마 알하고 비슷하게 생기긴 했는데 생전 처음 보는 커다란 알이 오아레 벼 뿌리 쪽에 붙어 있던 게 생각나서 어떤 요마인가 싶어 찾아봤는데 비슷한 게 없네요."

라오 스승이 눈썹을 치켜올렸다.

"어디서 보셨습니까?"

"얼마 전 푸른 벼의 바람 의례 때 보고 신경이 쓰여서요."

"얼마 전이라면 오고다 번왕국의 라파 지방 논 말입니까?"

"네."

벼가 파란 싹을 틔우기 시작하는 시기에 오아레 벼의 재배지 주변을 천천히 돌면서 바람 냄새를 맡고 어떤 재난이 숨어 있는지 감지하여 백성들에게 알려주는 푸른 벼의 바람 의례는 향군의 중요한 업무 중 하나다.

어느 지방의 어느 농경지로 가는지는 해에 따라 다르며 제국 수도에 가까운 벼 재배지뿐만 아니라 먼 곳에 있는 번왕국의 농경지를 방문하는 경우도 있다.

올리애는 사흘 전에 푸른 벼의 바람 의례를 위한 행차에서 막 돌아온 참이었다.

올해는 오고다 번왕국의 라파 지방 논을 돌아봤는데 행차에서 돌아오자 여독을 풀기 위해 그저께와 어제는 따뜻한 물로 목욕하고 몸을 쉬면서 지냈다. 오늘 아침에 식사를 충분히 한 다음에서야 그나마 뭐라도 할 기력을 찾을 수 있었다.

'내가 진짜로 그때마다 바람 냄새를 맡고 어떤 재난이 닥칠지 알려주는 것이라면⋯⋯.'

이렇게까지 피로를 느끼지 않았을지도 모른다.

의례를 할 때 올리애가 눈을 감고 각지의 언어로 사람들에게 전하는 말은 올리애가 감지하는 것이 아니다. 미리 준비된 문장을 암기하여 자기 말처럼 하는 것일 뿐이다.

농사에 관한 문서는 우선 부국성에서 작성해서 보내고 그것을 향군궁에서 일하는 상급 향사들이 정독하면서 수정하여 부국성으로 돌려보낸다. 그 뒤에 다시 한번 부국성에서 검토된 문장이 최종적으로는 황제 폐하의 승인까지 받아 다시 향군궁으로 오게 되는데 그 뒤에야 올리애에게 전달된다.

부국성은 제국 전체의 산업에 관한 행정 전반을 관장하는 거대한 조직으로 그 총수인 부국대신은 신 카슈가 집안의 당주가 대대로 맡고 있다.

부국성은 향군궁 하부조직으로 설치되어 있던 농사청이 폐지된 이후에 신설된 조직이다. 초대 향군 시절에는 농사에 관한 일을 모두 향군궁이 관장했는데 이윽고 향군궁과 부국성으로 나뉘게 되자 부국성이 황제의 의향을 반영한 기본방침을 내놓고 향군궁은 그 방침을 검토하여 조언을 한다는 암묵적인 역할 분담이 이루어졌다.

그렇다고 향군궁의 힘이 쇠퇴한 것은 아니다. 황제는 지금도 향군궁의 견해를 중시하고 부국대신 또한 향군궁의 의향을 살피면서 농경 행정을 한다.

향군궁은 사람들이 아는 것처럼 향군마마가 계시는 궁전이라는 장소로서의 의미뿐만 아니라 백성들이 모르는 또 하나의 얼굴을 가지고 있다.

향군궁은 제국 각지로 파견된 향사라고 불리는 사람들이 모아오는 농업에 관한 모든 정보를 수집하고 면밀히 살펴서 해마다 수확량을 예상하고 뭔가 문제가 발생할 가능성이 있으면 대책을 찾아 부국성에 진언하는 역할을 가지고 있는 커다란 조직이다.

그 조직 꼭대기에 있는 대향사가 라오 스승, 구 카슈가 집안 당주인 라오 카슈가다.

카슈가 가문에는 두 계통이 있다.

하나는 오아레 품종의 벼를 이 세상에 들여왔다는 전설의 충신이 조상인 명문 카슈가, 오이 집안이다.

또 하나는 어느 때인가 그 카슈가 가문에서 차남으로 태어났고 어른이 된 후에 혁명적인 농정으로 제국의 부를 비약적으로 늘게 하면서 일대 영웅이 된 마키야 카슈가가 새로 일으킨 카슈가, 라이 집안이다.

마키야 카슈가는 향군궁 안에 있던 농사청을 폐지하고 새로이 목축과 어업 교역 등 다양한 산업을 포괄적으로 관장하는 부국성을 만들 것을 황제에게 진언하였고 그 공을 인정받아 초대 부국대신이 되었다.

그때부터 신구 두 카슈가 집안이 각각 부국성과 향군궁이라는 양대 조직을 제각기 맡아 움직이게 되었다.

"저는 두 카슈가 집안 사이에서 흔들리는 장식용 등불 같은 존재네요."

하며 올리애가 푸념을 할 때마다 라오 스승은 웃으며 고개를 저었다.

"그렇지 않다는 사실을 누구보다 잘 아시면서 그러십니다. 아무리 엄혹한 지시라도 백성들이 그 말씀에 따르는 이유는 바로 향군마마의 말씀이기 때문이지요."

그것은 입에 발린 말이 아니라 사실이었다. 그리고 바로 그것을 위해 자신이 존재한다는 사실을 향군궁에서 살아온 긴 세월을 통해 올리애는 충분히 실감할 수 있었다.

'……그래서'

올리애는 사람들이 눈앞에서 벌벌 떨며 고개를 조아리는 모습을 보면서도 어떻게든 초연한 표정을 잃지 않고 고개를 들고 살아올 수 있었다.

"그때 보셨다는 벌레알 말입니다."

"네."

"혹시 특징을 그림으로 그려주실 수는 없겠습니까?"

올리애는 미소를 짓고는 품속에서 잘 접은 종이를 꺼내서 펼쳤다.

"그려두었지요. 나중에 여기 표본과 비교해 보려고요. 실제 크기로 그렸습니다."

"오오, 아주 훌륭하십니다."

라오 스승은 종이를 받아들더니 안경을 벗어 책상에 올려놓고 종이를 얼굴 가까이 대고서 찬찬히 그림을 살펴보았다.

그러더니 라오 스승의 눈이 살짝 커졌다. 믿을 수 없는 것을 목격한 사람처럼 그 시선이 벌레알 그림에 못 박힌 채 꼼짝도 하지 않았다.

"……그 그림으로 무슨 벌레인지 알 수 있을까요?"

올리애가 작은 소리로 묻자 라오 스승은 눈을 끔벅이더니 그제야 그림에서 눈길을 뗐다.

그러고도 한동안 무슨 생각에 잠겼는지 허공을 바라보다가 갑자기 정신이 든 것 마냥 올리애를 쳐다보며 물었다.

"방금 뭐라 하셨습니까?"

"네? ……그 그림으로 무슨 벌레인지 알아볼 수 있겠느냐고요."

라오 스승이 고개를 설레설레 저으면서 입을 열었다.

"아무래도 요마 종류가 맞기는 한 것 같습니다만 조금 더 조사해 보지 않고서는 확실히 말씀드리기가…….'

올리애를 보는 라오 스승의 눈길이 올리애가 아닌 다른 무언가를 바라보는 듯했다.

115

평소와 너무 다른 라오 스승의 상태가 마음에 걸린 올리애가 입을 열기도 전에 마치 질문을 피하듯이 라오 스승이 갑자기 밝은 표정을 지었다.

"그러나저러나 향군마마의 눈은 참으로 예리하십니다. 어떠한 벌레 건 그것이 요마 같은 해충이라면 미리 조심해서 나쁠 게 없지요. 당장 향사에게 조사시키겠습니다."

그렇게 말하더니 라오 스승은 '이제 그만 물러가겠습니다' 하며 고개를 깊이 조아렸다.

올리애는 가슴에 손을 얹고 문을 향해 걸어가는 라오 스승의 뒷모습을 바라보았다.

'……아무래도 그 벌레알은…….'

설마 그럴 리가 없다고 믿고 싶었다. 하지만 라오 스승도 같은 판단을 했다면 역시 우려했던 대로인지도 모른다.

창문으로 비쳐 드는 빛을 얼굴로 받으며 올리애는 손가락 끝까지 울리는 자신의 맥박을 느끼고 있었다.

3
비료의 비밀

손님을 맞아들이기 위해 시종이 큰 문을 열자 천창에서 비쳐 들던 희미한 햇빛이 홀연히 어두워졌다. 오드센은 읽고 있던 서간에서 눈을 떼고 카펫 위를 걸어오는 남자를 향해 고개를 들었다.

남자는 이마에 양손 손가락을 대고 깊이 고개를 숙였다.

"황태자 전하를 뵙습니다."

오드센이 가볍게 끄덕이더니 손으로 맞은편 의자를 가리켰다.

"이르 카슈가 경, 어서 오시오. 우선은 치에카로 목을 축이고 몸을 데우시게."

이르는 미소를 지으며 다시 한번 고개를 숙인 다음 시종이 빼준 의자에 앉았다.

이곳 제국의 수도는 비교적 기후가 좋은 편에 속하지만 그래도 날씨가 흐리면 초여름에도 쌀쌀했다. 의자 옆에는 언제나 작은 화로가 비치되어 있는데 올해는 따뜻한 날이 많아서 불이 들어 있지는 않았다.

수정으로 된 높은 잔에 시종이 붉은 술 치에카를 따르고 나자 오드센이 물러가라는 눈짓을 했다.

시종들이 모두 방을 나가고 무거운 문이 닫히자 넓은 서재에 고요함이 찾아왔다.

오드센은 술잔을 살짝 들어 보인 다음 한 모금 마셨고 이르가 뒤따라 술을 마시는 모습을 지켜본 후에 말을 꺼냈다.

"그런데 경은 폐하를 알현하고 오는 길인가?"

"예. 오늘은 용태가 조금 나아 보이셨습니다."

오드센의 표정이 밝아졌다.

"경도 그리 생각했는가? 이대로 회복이 되셔야 할 텐데 아직도 식사하시는 양이 늘지 않아 그 점이 마음에 걸리는군. 그래도 어의가 좋은 약을 새로 처방했다 하니 조금은 회복에 도움이 되겠지."

아버지의 회복을 바라며 미소짓는 젊은 황태자의 얼굴을 이르는 복잡한 심경으로 바라보았다.

지금껏 강건했던 황제 오를랑이 작년 말 갑자기 쓰러졌을 때 이르는 황제가 어서 회복하기를 절실히 바랐다.

황태자인 오드센의 기반은 아직 탄탄하지 않았다. 황제가 급사하기라도 하면 많은 조정 대신들을 자기 세력으로 가진 황제의 동생 라갈랑이 왕위를 찬탈하려고 반역을 일으킬 가능성이 있었다.

그런 사태가 벌어지면 조정은 큰 혼란에 빠지고 만다. 모든 번왕국이 제국에 순종적이지만은 않은 현시점에서 그런 혼란이 일어나면 제국의 기반이 뿌리째 흔들릴 위험이 있다.

다행히 황제는 살아남았고 해를 넘겼다. 조금씩 회복되는 듯이 보이고 침대에 누운 상태이기는 해도 큰 무리 없이 대화도 자연스레 할 수 있는 상태가 되었다.

그래도 이르는 황제 서거 후에 혼란이 일어나지 않도록 조정 전체의 구도를 보면서 하나씩 포석을 깔기 시작했다.

황태자와 황제의 동생이 가진 세력은 거의 비등비등했다.

황제 서거 후에 어느 쪽을 어떤 방식으로 뒤를 잇게 해야 할지, 그 자리에 앉지 못한 자를 어떻게 처리해야 할지. 이르는 밤낮으로 그 생각에 몰두했다.

오드센 황태자는 한 달 전에 스무 살이 되었다. 신중하고 총명한 젊은이지만 성격이 너무 선하기만 해서 생각에 깊이가 없다는 것이 이르의 평가다.

'속내가 훤히 들여다보여서 다루기 쉽기는 한데…….'

황태자는 거대한 우마르 제국을 통치하기에는 경험에서나 깊이에서나 모자란 부분이 많았다.

한편 황제의 동생인 라갈랑은 능구렁이처럼 교활하고 권력에 집착하는 자였다. 그래서 카슈가 집안의 의향에 따라 정치를 해 왔던 지금까지의 황제들과 같은 방식에 만족하지 못할 가능성이 있었다.

술잔을 내려놓고 이르가 입을 열었다.

"그런데 황태자 전하께서는 폐하의 건강을 해치고 있는 심려가 무엇인지 아십니까?"

오드센이 눈썹을 치켜올리자 한쪽 볼이 일그러졌다.

"폐하의 심려라면 나의 모자람을 비롯해 여러 가지가 있겠지만……."

그렇게 말하면서 오드센이 책상 위에 있는 문서에 흘깃 눈길을 주었다.

"오늘의 심려라면 이것이겠지."

이르가 끄덕였다.

"사본을 가지고 계셨군요. 역시 빠르십니다."

"우리 소식통 중 하나가 기억하여 사본을 만들어 왔다."

그러면서 오드센이 거기 적힌 문장을 소리 내서 읽었다.

"최근 오고다르 해역에서 해적이 치치야 운반선을 습격하는 사건이 빈발하고 있습니다. 치치야는 귀중한 조공품이기에 이런 일이 더는 발생하지 않도록 해적 소탕에 힘쓰려 합니다. 하오니 제국의 군선을 파견해 주십사 엎드려 간청드립니다. 그것이 불가하다면 군선 두 척을 만들 수 있도록 윤허해 주시옵소서……."

툭 하고 손가락으로 문서를 퉁기면서 오드센이 한쪽 볼을 일그러뜨렸다.

"오고다가 요즘 눈에 띄게 막 나가려 하는군. 작년부터 남쪽 대륙에 대한 경계를 강화해서 제국 군선의 파견이 어려운 시기임을 잘 알고서 자국 해군력의 증강을 꾀하려 하는 속셈이 훤히 드러나는데도 이렇게 당당하게 진정서를 보내다니."

이르도 씁쓸하게 웃었다.

"작년에 점령한 군도에서 풍부한 치치야 광맥을 발견해 신이 나 있는 점도 있을 테고, 제국의 눈이 남쪽 대륙을 향하고 있는 이 틈에 군도 지배에 박차를 가하려는 초조함도 있을 것이옵니다."

"그럼 해적이라는 것도 위장인가?"

그 질문에 이르가 오드센을 바라보며 되물었다.

"번왕국 감시성은 뭐라 하였는지요?"

"폐하의 명령은 떨어졌으나 아직 결과는 보고되지 않은 모양이던데."

이르가 눈을 가늘게 떴다.

"정말로 아직 보고가 되지 않은 상태인지 제대로 확인해 보심이 좋을 듯합니다."

오드센의 얼굴에서 웃음기가 사라졌다.

"경은 확증을 잡은 모양이군."

이르가 끄덕였다.

"오늘 소신이 폐하를 알현한 이유도 그 점을 전하기 위함입니다."

이르가 침착한 목소리로 이어갔다.

"오고다가 해적이라 주장하는 자들은 해상에 대기하고 있던 군선에 짐을 옮겨 실었고 그 뒤로 다시 해상에서 그 짐을 세 개의 상선에 나누어 실은 후 평소대로 교역하는 척 항구 세 군데로 입항하였다 하옵니다."

"……세 군데라?"

"예. 오고다 남서부의 군도에 있는 나기 섬과 미갈랑 섬의 항구. 그리고 교묘한 제조법을 사용해서 나기의 특산품인 과실주를 담는 항아리로 치치야를 가공하여 다른 번왕국으로도 수출하고 있었습니다."

오드센의 얼굴에 경악하는 표정이 떠올랐다.

"다른 번왕국이라고? 어디를 말하는 것이오?"

"리그달이옵니다."

오드센은 입을 벌린 채 한동안 이르를 멍하니 쳐다보았다. 그러더니 험악한 표정으로 이마에 주먹을 댔다.

"그렇군. 그렇게 된 거였어. 경의 말대로 번왕국 감시성이 뭔가 알고 있는지 알아봐야겠군. 사안이 사안이니만큼 신중하게 배후를 알아내느라 그렇다고 쳐도 그게 내 귀에 아직 들어오지 않았다는 건 우리 소식통들의 태만이거나 아니면 숙부님 쪽에서 손을 썼거나……."

오드센은 고개를 숙이며 짜증 난다는 듯이 혀를 찼다.

"그나저나 리그달이라니! 어쩌자고 이렇게 경솔한 짓을!"

이르는 술잔을 들어 한 모금 마시고는 조용히 탁자에 내려놓았다.

"그쪽도 조바심이 난 거겠지요."

오드센이 고개를 들었다.

"그건 나도 아네. 동칸탈로 누님을 시집보낸 것은 번왕국 간의 균형을 잡으려는 폐하의 결정이었지만 리그달 번왕 입장에서는 자기 아들이 아니라 하필이면 국경을 마주하는 옆 나라 왕자에게 큰 은총이 내려진 것 아닌가. 불안하기도 하고 조바심도 나겠지. 그래도 향군마마를 자기 나라에서 배출한다는 더할 나위 없는 은총을 입은 입장에서 기껏 그런 일을 가지고 이런 어리석은 짓을 저지를 정도로 초조해하다니……!"

이르가 눈을 끔벅거렸다.

"송구하옵니다. 소신이 말씀을 잘못 올린 모양이옵니다. 조바심이 나서 그럴 것이라는 제 말은 바로 그렇게 향군마마를 자국에서 배출했다는 영예 때문이 아니겠는가 하는 뜻이옵니다."

"……?"

"향군마마는 이미 재위 15년을 맞이하셨습니다."

오드센의 눈동자에 번쩍하고 뭔가를 깨달은 빛이 서렸다.

"그렇군. 그런 조바심이군."

이르가 끄덕였다.

"예. 향군마마를 배출한 은총으로 리그달은 오아레 벼 증산이라는 은혜를 입었고, 그 덕에 인구도 상당히 증가하였습니다. 그런데 최근 몇 년 사이에 오아레 벼 수확량 증가에 따른 부작용이 드러나고 있습니다. 인구 증가와 이익 순환의 형평이 맞지 않아 빈부격차가 더욱 심해져서 백성들 사이에 불만이 점차 증폭되고 있습니다."

오드센이 코웃음을 쳤다.

"맞네. 리그달 번왕은 관료들을 장악하는 데에 실패했어. 그렇게 부패한 관료들이 득실거리니 백성들에게 이윤이 제대로 돌아갈 리가 만무하지."

한숨을 쉬면서 이르가 말을 이었다.

"우리 제국도 그에 대한 대책이 늦어진 감이 있사옵니다. 조금 더 일찍 개입했어야 하는데."

"리그달 쪽도 그렇지만 오고다 쪽은 괜찮은 건가? 치치야 채굴량을 허위로 보고한다는 건 자국에서 비료 생산을 꾀하려 한다는 뜻이 아닌가?"

이르가 흐릿한 미소를 지으며 대답했다.

"그 점에 대해서는 일부러 잠시 동안만 모르는 척해 주십사 하고 폐하께 청을 올렸습니다."

"이유는?"

"오고다가 어디에다 치치야를 팔고 있는지 그 유통 실태를 알아낼 수 있는 좋은 기회이기 때문이옵니다. 물론 어느 정도 파악이 되면 지금까지 알고도 눈감아주고 있었다는 사실을 명백하게 나타내는 방식으로 처벌이 내려져야 하겠지요."

"술책으로서는 이해가 되지만…… 정말로 위험성이 없겠는가?"

이르가 담담하게 대답했다.

"치치야를 가지고 있다고 해서 오아레 품종에 적합한 비료를 만들 수 있는 게 아니옵니다. 배합량을 모르는 자가 만든 비료를 썼다가는 오히려 오아레의 수확량이 줄어듭니다."

오드센이 눈을 가늘게 떴다.

"그 점은 나도 잘 아네. 오아레 품종용 비료 제조법은 극비 중의 극비이자 제국의 근간을 이루는 비법이라는 것을. 그러나 이 세상에 절대라는 것은 없네. 내가 걱정하는 점은 경의 그 자신감이야. 그 자신감이 오만함이 되어 눈을 흐리고 있는 게 아니라고 단언할 수 있겠나? 번왕국에 비료를 배포하기 시작한 지 벌써 오랜 세월이 흘렀네. 누군가 비료 배합의 비법을 알아차리고 독자적으로 비료를 만들어 수확량을 늘리는 데에 성공했다 해도 이상하지 않은 일 아닌가?"

이르가 조용히 대답했다.

"소신은 워낙 부족한 인간이라 오만함으로 눈이 흐려져 있지 않다고 단언할 수는 없사옵니다. 하오나 소신의 부친도, 조부도, 이 비법을 전수해 온 저희 가문의 조상 모두 그런 위험을 안고 있었을 것이옵니다."

"그렇다면……"

이르가 황태자의 말을 태연하게 자르고 자기 말을 이어갔다.

"그러나 현시점에서 비료의 비법이 번왕국에 새어나갔을 리는 없사옵니다."

오드센의 눈에 짜증스러운 빛이 비쳤다.

"어떻게 그리 단언할 수 있다는 것인가?"

이르가 씨익 웃었다.

"전하께서 소신에게 그런 추궁을 하셨다는 점 자체가 그 사실을 증명하고 있사옵니다."

오드센이 미간을 찌푸렸다.

"그게 무슨 뜻인가?"

이르가 웃음기를 지운 얼굴로 오드센을 가만히 쳐다봤다. 그 강렬한 눈길에 눌린 듯 오드센이 얼굴을 슬쩍 뒤로 뺐다.

"비료 비법의 근본을 아셨다면 이야기의 흐름상 하문하실 리가 없는 일을 지금 전하께서 물으신 것이옵니다."

이르의 눈빛이 서늘하게 빛났다.

"차기 황제 후보 1위이신 황태자 전하, 수많은 소식통을 쓰시고 번왕국 감시성에도 많은 사람을 심어놓고 계신 전하조차 아시지 못하는 일을 변경의 번왕국 사람들 따위가 어찌 알아낼 수 있겠사옵니까?"

오드센이 말없이 이르를 마주 보았다. 그리고는 낮은 목소리로 물었다.

"……비료 비법의 근본이 도대체 무엇인가?"

이르는 오드센의 눈빛을 그대로 마주 보면서 대답했다.

"그것은 황제 폐하와 향군마마만이 아실 수 있는 비밀이옵니다."

오드센의 눈에 노기가 비쳤다. 그러나 그것은 금세 어두운 미소로 바뀌었다.

"황제 폐하와 향군마마, 그리고 카슈가 집안이겠지."

이르가 조용히 고개를 숙였다.

오드센은 한동안 감정을 읽을 수 없는 이르의 얼굴을 가만히 쳐다보다가 이윽고 한숨을 푹 쉬더니 화제를 바꿨다.

"……그래서 리그달 쪽은 어찌해야 할까?"

이르는 고개를 들고 이마의 앞머리를 쓸어올렸다.

"오고다의 죄와 연동되어 있으니 오고다를 처벌하게 되면 리그달에도 그에 상응하는 처벌이 필요하겠지요. 허나 이쪽은 변왕국 경영의 근간에 미치는 영향도 있어 처벌하면 그만이라는 식으로 하지는 못할 것이옵니다."

"구체적으로는?"

"까다로운 부분이 몇 가지 있어 신중하게 고려하는 중이옵니다. 그리 급한 사안은 아니니 시간을 허락해 주십사 폐하께도 청을 올리고 왔사옵니다."

오드센이 입술을 씰룩였다.

"경 같은 사람이 그냥 이 일을 언급했을 리가 없지. 벌써 여러 방책을 떠올리며 득실을 재고 있을 것 아닌가?"

그는 그렇게 말하다가 얼굴에 있던 냉소를 지우고 다시 진지한 표정을 지었다.

"하지만 신중하게 해야 한다는 경의 말도 충분히 이해하네. 리그달 같은 경우 자칫 벌을 내렸다가는 돌고 돌아 향군마마의 권위를 상하게 할 염려도 있으니."

이르는 그 말에 끄덕이고 창밖으로 눈길을 돌렸다가 눈부신 햇빛에 눈을 가늘게 떴다. 그리고는 무슨 생각을 하는지 짐작이 가지 않는 표정으로 말했다.

"지당하신 말씀이옵니다."

오드센의 저택에서 나온 이르는 견고하게 만들어진 마차 옆에서 기다리던 아들 유기르에게 다가가더니 함께 마차에 올라탔다.

마차가 움직이자 유기르는 기다렸다는 듯이 입을 열었다.

"아버지, 오드센 전하와 말씀을 나눠보니 어떠셨습니까?"

"음, 예상했던 대로다."

하고 대답한 이르의 표정이 문득 흐려졌다.

"앞으로의 일을 생각하면 전하께는 좋은 보좌역을 찾아드려야겠다. 비료의 비밀에 대해 털끝만큼도 의심을 품지 않으시는 것을 보면 전하 곁에 있는 자들이 지나치게 우둔하다는 증거다. 물론 전하 당신의 자질 문제도 있을 수 있지만."

"……."

유기르는 뭔가 생각에 잠긴 채 아버지의 말을 듣고 있었는데 이윽고 진지한 표정으로 물었다.

"아버지."

"음?"

"비료의 비밀이 앞으로도 지켜지리라 보십니까?"

이르가 아들을 쳐다보았다.

"네 생각은 어떠냐?"

"솔직히 말씀드리면 이제 슬슬 한계가 아닐까 싶습니다."

"근거가 무엇이냐?"

유기르가 아버지를 바라보았다.

"비료의 비밀은 말하자면 거대한 속임수입니다. 알아차리려면 발상의 전환이 필요하지만 반대로 생각하면 아주 사소한 계기로 알아차릴 가능성이 있다는 것이지요."

모양이 잘 잡힌 눈썹을 찡그리면서 유기르가 말을 계속했다.

"오고다가 제국의 지배 아래 들어왔을 때부터 저는 불안했습니다. 오고다는 해운이 활발하게 이루어지는 해양국입니다. 그 지배 아래 있는 섬들에서 언제든 치치야 광맥이 발견되지 않을까, 그리고 그것이 비료의 비밀을 알아내는 계기가 되지 않을까 염려하고 있었습니다."

이르는 묵묵히 아들이 하는 말에 귀를 기울였다.

"지금껏 여러 번왕국은 자국에서 비료를 만들어 시험해 볼 기회가 없었습니다. 치치야는 엄중하게 관리되어 우리가 만든 비료의 형태로만 입수가 가능했으니까요. 그래서 이렇게 오랜 세월 동안 비료의 비밀이 드러나지 않을 수 있었던 거지요. 그러나……."

유기르가 아버지를 바라보았다.

"오고다는 자유롭게 사용할 수 있는 치치야를 손에 넣었습니다. 당연히 벌써 비료 생산을 시도하고 있겠지요. 그리고 그 비료를 오아레 벼에 시험하고 있을 겁니다."

"……."

유기르의 눈이 번뜩였다.

"그렇다면 지금 당장은 알아차리지 못하고 있다 하더라도 조만간 반드시 알아낼 겁니다. 제국이 하사하는 비료에 특별한 비법 따위는 없고 원재료와 분량만 알면 누구나 만들 수 있다는 사실을."

이르가 희미한 미소를 지으며 입을 열었다.

"그렇지. 알아차리겠지. 하나 그렇게 알게 되었다고 해서 당장 어떻게 할 수 있는 게 아니다."

창문 밖을 흘러가는 거리의 풍경을 바라보면서 이르가 말했다.

"너는 속임수라고 표현했는데 비료에 비밀이 있다고 제국이 인정한 적은 단 한 번도 없다. 비료의 비밀이라는 건 하사받은 비료를 사용하는 사람들이 멋대로 상상하고 만들어낸 환상일 뿐이다. 오아레 벼의 신비함이 더욱 돋보이는 데 도움이 되기는 하지만 그 이상의 의미가 있는 것은 아니다. 그 점을 황태자조차도 깨닫지 못하고 있지만."

이르는 작게 한숨을 쉬더니 말을 이어갔다.

"우리가 사수해야 하는 것은 싹 내기의 비밀이지 비료의 비밀이 아니다. 제아무리 비료를 만들어낸다 해도 싹을 내는 볍씨를 갖지 않는 한 제국의 사슬에서 벗어나는 길은 없으니까."

길가에 선 건물들이 햇빛을 가로막을 때마다 이르의 얼굴에 희미한 그림자가 지나쳤다.

"비료는 오아레 벼를 억누르기 위해 필요한 것일 뿐이다. 우리가 가르쳐준 양이 가장 적합하고 그보다 많이 주면 오아레 벼가 약해져서 수확량이 줄고, 적게 주면 수확량은 늘어도 독성도 강해져서 먹지 못하게 된다. 자기들이 비료를 만들어낸다 한들 무엇을 할 수 있겠느냐?"

유기르의 표정이 흐려졌다.

"그야 그렇지만, 그래도……."

이르가 아들 쪽으로 눈길을 돌렸다.

"물론 너의 그 염려는 잘못된 것이 아니다."

"……."

"오고다 놈들도 무능하지만은 않겠지. 비료라는 게 적정량을 줘야지 많이 준다고 그만큼 수확량이 늘어나는 게 아니라는 것쯤은 알고 있을 게다. 자국에서 비료를 생산하려는 이유가 수확량을 늘리기 위해서가 아니라 제국으로부터 독립해도 자기들이 오아레 벼를 경작할 수 있게 만들려는 심산인 게지. 볍씨를 만들어내지 않는 한 의미가 없는 시도

이기는 하나 그런 야심이 있다는 사실만으로도 오고다가 위험한 존재임에는 틀림이 없다."

그렇게 말하더니 이르가 미소를 지었다.

"너라면 어떤 수를 쓰겠느냐?"

"그건……."

유기르가 깍지 낀 두 손의 엄지를 비비면서 말했다.

"아무래도 징벌을 내려야겠지요. 제국이 치치야의 불법 채취와 밀무역을 알아차리지 못한다고 여기면 그들은 더욱 기고만장해져서 우리를 만만히 볼 테니까요."

이르가 끄덕였다.

"그렇다. 나도 폐하께 그렇게 진언하고 왔다."

유기르가 눈길을 바닥에 떨구고 생각에 잠긴 채 천천히 말했다.

"하지만 섣불리 징벌을 내리기도 어렵겠네요. 오고다는 번왕국이 된지 아직 얼마 되지 않았고, 이번 일로 징벌을 내리게 되면 리그달도 함께 벌해야 할 텐데……."

그때 유기르가 말을 멈추고 문득 고개를 들었다.

"아 참, 리그달이라고 해서 생각났는데 숙부님이 돌아오셨다고 들었습니다. 폐하께 서칸탈의 상황을 보고하신다던데."

유기르의 눈이 밝게 빛났다.

"서칸탈의 구왕족을 보호해서 데리고 오셨다 합니다. 아직 어린 처녀인데 리아 농원에 숨겨두신다고 하더군요. 그런데 왜 거기일까요? 숨겨둘 곳이라면 우리 쪽에도 있는데."

이르가 쓴웃음을 지으며 입을 열었다.

"너도 정보가 상당히 빠르구나. 어디서 들었느냐, 그런 이야기를?"

유기르의 얼굴이 빨개졌다.

"그냥 우연히 흘려들었을 뿐입니다."

"흘려들었다?"

이르는 말없이 아들의 얼굴을 물끄러미 쳐다보다가 이윽고 조용히 물었다.

"아까 너는 리그달이라고 해서 생각났다며 숙부 이야기를 꺼냈지? 어째서 리그달에서 마슈를 연상한 게냐?"

유기르는 깜짝 놀랐다. 그는 당황하는 기색이 역력했다.

"있는 그대로 말해라."

유기르가 눈을 깜박거리면서 입을 열었다.

"……예전에 향군궁에 갔을 때 안쪽 시녀들이 하던 이야기를 얼핏 들은 적이 있습니다."

"뭐라 하더냐?"

유기르가 얼굴을 붉게 물들이며 잔뜩 긴장한 채 대답했다.

"그게…… 숙부님과 햐, 향군마마가 옛날에 깊은 사이였던 적이 있어서 숙부님이 상급 향사 직에서 해임되어 군에 들어가신 것이라고."

"……."

유기르는 잠시 머뭇거리다가 작정한 듯이 물었다.

"그게…… 사실입니까?"

이르가 콧방귀를 뀌었다.

"말도 안 되는 소리. 그런 일이 있었다면 향군마마는 지금 이 세상에 안 계신다."

냉랭한 목소리로 이르가 말했다.

"게다가 마슈가 그런 사랑놀음에 빠질 놈인 줄 아느냐? 마슈는 네가 생각하는 것보다 훨씬 더 무서운 놈이다. 천상의 선녀를 방불케 하는 향군마마의 아름다움, 냉랭해서 더욱 비밀스러워 보이는 마슈의 행동거지. 이런 것들이 그저 뜬구름 잡는 사랑 이야기를 동경하는 시녀들의 상상력을 자극했을 뿐이지."

그러더니 깊은 한숨을 내쉬었다.

"그런데 시녀들이 아직도 그런 천박한 뜬소문을 속닥거리고 있다는 사실은 위험한 징조구나. 향군마마가 워낙 자상한 분이셔서 아랫것들 다루는 데 틈이 생기고 있어……."

이르가 냉랭한 눈길로 아들을 바라보았다.

"너도 새겨듣도록 해라. 향군마마는 사람이 아니시다."

"……예."

"가볍게 대답할 일이 아니다. 너는 신 카슈가 집안 당주의 장자라는 위치 덕에 모든 일의 이면을 알고 있어서 은연중에 마음속 어딘가에서 그분을 사람으로 생각하는 게 아니냐?"

유기르가 창백한 얼굴로 고개를 저었다. 그러나 이르는 여전히 표정을 굳힌 채 말을 이었다.

"아니, 그렇게 생각하는 게다. 그렇지 않다면 그분께서 마슈와 연인 사이였다는 따위의 이야기를 곧이들었을 리가 없다."

이르는 번뜩이는 눈빛으로 아들을 쏘아보았다.

"너의 작은 행동 하나가 제국을 망치는 화근이 될 수도 있음이다."

조용한 목소리로 이르가 말했다.

"너에게는 지금껏 부드러운 얼굴만을 보여왔다만 네 아비는 카슈가라이의 당주다. 제국을 위해서라면 아들이라 해도 얼마든지 내칠 수 있다. 네가 제국을 망치는 화근이 되는 일이 생긴다면 나는 너를 가차 없이 내칠 것이고 비밀이 새는 일이 없도록 혀를 뽑고 두 손을 잘라낼 것이다."

느닷없이 아버지의 내면이 여실히 드러난 표정을 본 유기르는 얼굴이 새파랗게 질렸다. 온몸이 부들부들 떨리는 공포를 들키지 않으려고 입술을 꽉 깨물고 핏기가 사라질 만큼 주먹을 꽉 쥐고서 고개를 깊이 숙였다.

"……명심하겠습니다."

4
달빛 아래 그림자

짹짹거리는 새의 날카로운 지저귐에 올리애는 깜짝 놀라 잠에서 깼다. 두 마리의 새 그림자가 창밖을 가로질러 갔다. 그 새들 중 한 마리의 영역이 이 근방인 모양이다. 두꺼운 유리로 된 창문인데도 위협하는 새소리가 또렷하게 들렸다.

책을 읽다가 어느 틈엔가 꾸벅꾸벅 졸았던 모양이다. 방에 있는 책상과 의자의 그림자가 바닥에 길게 늘어져 있다. 생각보다 오랫동안 잠들었던 것 같다.

마음속에 불안이 있어서인지 최근에 잠이 옅어지면서 밤중에도 몇 번씩 깨곤 한다. 한 번 깨면 심장이 두근거려서 다시 잠들기가 힘들어져 자리에서 이리저리 뒤척이다가 그대로 아침을 맞는 경우도 적지 않았다.

이런 식으로 낮에 갑작스러운 졸음이 몰려드는 것도 그래서일 것이다.

한숨을 쉰 올리애가 자리에서 일어나 창밖을 내다보았다.

3층에 있는 이 방에서는 다양한 채소와 약초 등을 심어놓은 넓은 농원과 그 너머에 있는 숲까지 바라다보였다.

나무들의 푸르름이 햇빛을 받아 아름다웠다. 라오 스승이 한동안 향군궁을 떠나 리아 저택에서 쉬는 게 어떠냐고 권한 이유도 올리애의 마음속에 깊이 가라앉은 피로감을 알아보았기 때문일 것이다.

향군이 되어 도성에서 살기 시작한 열세 살 무렵, 익숙하지 않은 생활에 지쳐서 종종 악몽에 시달리던 올리애를 염려한 라오 스승이 자신의 영토인 리아에 있는 농원 저택에 올리애를 초대해서 이곳에서 조용히 요양하게 해 주었다. 그 후로 이 저택은 올리애에게 편안한 쉼을 주는 장소 중 하나가 되었다.

리아 농원 사람들은 올리애가 향군이라는 사실을 몰랐다. 라오 스승이 뭔가 비밀스러운 이유로 숨겨주고 있는 귀인인데 가끔씩 저택으로 모시고 온다는 정도로만 생각하고 있었다. 그래서 라오 스승의 태도를 보고 상당히 신분이 높겠거니 눈치로 알아차려서 정중히 대하지만 향군궁 사람들처럼 두려워서 눈도 쳐다보지 못하는 태도는 아니었다. 덕분에 올리애는 이곳에 오면 편안한 마음으로 지낼 수 있었다.

따사로운 햇살이 비추는 광대한 농원에는 사람들이 여럿 보였고 각자 다양한 작업에 여념이 없었다.

농원이라고는 하나 이곳 식물들은 판매가 아닌 조사를 위해 심어놓은 것으로 채사라고 불리는 식물 전문가들이 제국 내 각지에서 다양한 식물을 수집해 재배하면서 병충해를 어떻게 막을지 등을 연구한다.

채사 밑에는 농인이라는 재배 작업을 실행하는 직인들이 있고 그 사람들을 돕는 농자들이 있다.

농원에는 힘을 써야 하는 일도 많지만 농자가 농민 출신은 아니다.

그들은 모두 카슈가 집안과 친척관계에 있는 명문가에서 엄격한 심사를 거쳐 선발되어 온 소년 소녀들로 신 카슈가 가문 당주의 자녀들은 반드시 한 번은 이곳에서 일정 기간 교육을 받게 되어 있다.

반대로 구 카슈가 집안의 자녀들은 신 카슈가 집안이 운영하는 로아 공방에 일정 기간 제자로 들어가 비료 제조에 대해 배운다.

이것은 카슈가 집안이 둘로 나뉘었을 때부터 마련된 제도로 카슈가 집안에 태어난 사람들이 알아두어야 할 바를 배우게 함과 동시에 양가가 서로에 대해 비밀을 갖지 않기 위한 장치, 즉 서로를 감시하는 의미가 내포된 제도였다.

이 농원에서 일하게 된 첫날, 아이들은 구 카슈가 집안의 당주인 라오 스승 앞에 나란히 서서 이곳에서 알게 된 일들, 또한 로아 공방에서 배운 일들을 다른 사람들에게 말하지 않겠다는 비밀 엄수의 서약을 했다. 이 서약을 어겼을 시에는 카슈가 가문 당주의 아들이라 해도 목숨을 내놓아야 한다.

그런 엄격한 제도를 엄밀히 지키며 운영되어 온 농원이지만 이곳에서의 생활은 생각보다 평화로워서 아이들은 여기서 밝고 자유롭게 지냈다.

라오 스승이 선택해 온 아이들은 제각기 무언가에 재주가 있는 아이들이었다. 이 아이들이 몇 년 후에 농인이 되고 그중에서 더욱 뛰어난 자가 채사나 향사가 된다.

농원을 바라보던 올리애의 눈에 문득 낯선 여자아이의 모습이 보였다. 푸른 띠로 머리를 묶은 가녀린 여자아이다. 연배가 있는 농자한테

화분에 심은 식물을 다루는 법을 배우는 모양이었다.

여기서 일하는 소년 소녀는 스무 명 정도여서 올리애는 모든 아이들의 얼굴을 잘 아는데 열심히 농자의 손놀림을 바라보고 있는 저 여자아이는 처음 보는 얼굴이었다.

'……아.'

올리애는 얼마 전에 봉사하겠다는 여자아이의 청을 가납해 준 일이 생각났다. 발 너머에서 들려온 낭랑한 울림의 목소리를.

'벌써 일하기 시작했구나.'

라오 스승의 강력한 천거로 갑작스럽게 인원 보충이 되었다고 어젯밤에 시녀가 말했다. 농자 두 사람이 혼처가 정해졌다고 하여 농원을 그만두었으니 그 자리를 보충하기 위해서겠지만 어느 번왕국 출신의 여자아이라는데 그런 사람이 리아 농원에 들어오는 일은 정말 보기 드물다고 하며 이해가 안 된다는 식으로 말했다.

올리애도 라오 스승한테 들은 바가 없어서 그 이야기를 듣고는 좀 신경이 쓰였다. 하지만 요양차 이곳에 와 있는 사람을 번거롭게 하지 않으려는 라오 스승의 배려일지도 모르겠다는 생각이 들어 나중에 물어봐야겠다고 마음먹고는 지금껏 잊고 있었다.

'라오 스승은 오늘하고 내일 황궁에서 일한다고 했지.'

모레 만나면 물어봐야겠다고 생각하는 참에 문밖에서 망설이는 듯한 방울 소리가 울렸다.

"아, 들어와요. 안 자고 있으니까."

말을 하자 시녀가 들어왔다.

"이제 곧 간식 시간인데 다과상을 올려도 될까요?"

올리애가 미소 지으며 대답했다.

"그래요, 부탁해요."

* * *

농원에서 일하는 사람들은 저녁이 일렀다.

경비를 서는 사람들 외에는 저녁을 먹자마자 일찌감치 몸을 씻고 잠자리에 들기 때문에 저택 전체가 아주 조용해졌다.

올리애도 이른 시간부터 자리에 누웠는데 좀처럼 잠이 오지 않았다. 낮에 오랫동안 잠을 자버린 것이 화근이었다. 잠이 오지 않는데 마냥 자리에 누워 이리 뒤척 저리 뒤척 하는 것도 고역이어서 결국 한숨을 쉬며 일어났다.

이불에서 나왔더니 한순간 냉기가 느껴졌지만 추울 정도는 아니었다. 예년이라면 이 시기에도 밤에는 상당히 쌀쌀하기 마련인데 오늘은 잠옷에 얇은 겉옷 하나만 걸쳤는데도 충분히 따뜻한 느낌이었다.

방안이 신기할 정도로 밝았다. 잠자리에 들면서 커튼 닫는 것을 깜박한 모양이다. 이렇게 밝은 것이 수면을 방해한 원인 중 하나였을지도 모른다.

'요즘에 깜박하는 일이 많네. 정신 차려야지.'

올리애는 침대에서 내려와 실내화를 신고 창가로 다가갔다.

밤하늘은 맑은 감청색이었다. 그 감청색 한가운데 뜬 보름달이 새하얀 빛을 환하게 비추고 있어서 농원이 온통 눈에 덮인 듯 사방이 신비하게 빛났다.

통로를 사이에 둔 두 개의 밭도 희끗하게 보였다.

고요함에 잠긴 농원 속에서 문득 무언가 움직이는 듯한 느낌이 들어

올리애는 그쪽을 뚫어지게 바라보았다.

'……농원에 누가 있다!'

당장 경비를 불러야겠다는 생각에 막 움직이려다가 그 그림자가 여인이라는 사실을 깨달은 올리애는 순간 움직임을 멈추고 그쪽을 가만히 응시했다.

'뭐 하고 있는 거지?'

그림자의 주인은 오른쪽 밭에 쭈그리고 앉아 무언가를 하고 있었다.

이윽고 그림자는 자리에서 일어나더니 손에 든 물건의 아랫부분을 꼼꼼히 털어내고서 통로를 가로질러 왼쪽의 약간 먼 밭으로 가서 다시 쭈그리고 앉았다.

식물을 옮겨심고 있다는 것을 알아차린 순간 올리애는 휘청하며 쓰러지려다 창틀을 잡고 간신히 몸을 가누었다.

심장이 아플 정도로 빠르게 뛰었다. 먼 옛날 지금과 똑같은 광경을 봤다. 그 사람이 아직 소년이던 시절, 사람들이 모두 잠든 한밤중에 저렇게 식물을 옮겨심고 있었다.

'……꿈인가? 내가 꿈을 꾸고 있나?'

이마가 차갑게 식으며 저릿저릿해지고 숨쉬기가 힘들었다. 분명 깨어 있음을 알면서도 꿈이라는 생각을 머릿속에서 떨쳐낼 수가 없었다.

'옮겨심기를 끝낸 다음에는 바람 냄새를 맡고 있었어.'

그 생각을 하자마자 그림자도 그 자리에 가만히 서서 바람 냄새를 맡는 듯한 몸짓을 했다.

올리애는 바들바들 떨리는 손으로 입을 틀어막았다. 그리고 그림자가 저택 안으로 돌아갈 때까지 그 자리에 꼼짝도 못 하고 서서 농원을 내려다보았다.

아침까지 선잠을 자면서 수도 없이 꿈을 꾼 올리애는 피로에 지친 채 잠에서 깨었다. 세수한 후에도 아침상을 앞에 두고서도 여전히 눈앞에 있는 사물이 현실이 아닌 듯한 멍한 느낌에서 벗어나지 못했다.

시녀가 식탁에 아침 식사를 차리고 있었다.

오늘 아침도 날씨가 화창했다. 방금 짜 온 우유가 든 유리그릇 가장자리가 투명한 아침 햇살에 반짝였다.

'……오늘 밤에도 그 그림자가 나타나면,'

농원에 나가서 누구인지 확인해야지. 어쩌면 그냥 잠이 오지 않아 농원을 어슬렁거리던 아이가 장난을 치고 있었을 뿐인지도 모른다. 혼자 당황해서 공연히 쓸데없는 생각을 할 필요가 없다.

그렇게 마음을 다독이면서 따뜻한 타파를 집으려는데 밖에서 여러 사람이 놀라서 외치는 소리가 들려왔다.

"무슨 일이에요?"

올리애가 창문 쪽으로 얼굴을 돌리자 시녀가 창문으로 다가가 밖을 내다보았다.

"누가 쓰러진 모양입니다."

"쓰러졌다고요? 누가?"

올리애가 자리에서 일어서려 하자 시녀가 당황하며 손으로 말리는 시늉을 했다.

"제가 보고 올 테니 신경 쓰지 마시고 계속 잡수세요."

시녀가 방에서 나가자 올리애는 자리에서 일어나 창가로 갔다.

농인과 농자 몇 명이 통로에 쓰러져 있는 누군가를 둘러싸고 서서 안아 일으키려 하고 있었다.

저택에서 나간 시녀가 그 사람들의 무리에 다가가자 농인이 알아차리고 인사를 하더니 뭔가 설명하기 시작했다. 얼마 후에 농원 전속 의녀가 저택에서 나와 사람들 무리 속으로 들어갔다.

올리애는 마음이 어지럽게 흔들리는 것을 느끼면서 가만히 그 모습을 지켜보았다. 이윽고 숨을 헐떡이며 시녀가 돌아왔다.

"기다리시게 해서 죄송합니다. 쓰러진 사람은 농자였습니다. 뭔가 잘못을 해서 그 이유를 추궁하고 있었는데 갑자기 그 자리에 쓰러졌다고 합니다. 일단 의술원 안정실로 데려간다고 하는데 큰 문제는 없다고 하니 심려하실 일은 아닌 것 같습니다."

"……큰 문제가 아니라 하니,"

목소리가 갈라져서 목을 가다듬었다.

"다행이네요. 이제 마음이 놓여요. 수고했어요."

시녀는 얼굴이 빨개져서 고개를 숙였다.

"감사합니다. 황공합니다."

올리애는 식탁으로 돌아가려다가 그 자리에 섰다. 마음에 걸리는 점이 있는데 도무지 털어낼 수가 없었다. 쓸데없는 짓을 하면 안 된다는 생각도 들었지만 그래도 확인하고픈 마음이 더 앞섰다.

마음을 가라앉히려고 심호흡을 한 번 한 다음 한쪽 구석에서 대기하는 시녀에게 말을 걸었다.

"그 농인, 아까 그 농자를 추궁했다던 농인을 불러줄래요?"

시녀가 눈썹을 들어 올리며 되물었다.

"농인을, 말씀이십니까?"

"그래요. 내가 좀 만났으면 해요."

시녀는 깊이 고개를 숙인 다음 날렵한 발걸음으로 방에서 나갔다.

시녀를 따라 방으로 들어온 사람은 이곳의 농인이 된 지 얼마 안 된 젊은 여인이었다. 올리애도 얼굴은 알고 있었지만 직접 말을 섞은 적은 없었다.

방으로 들어온 농인은 바닥에 엎드리고 머리를 조아렸다.

올리애는 애써 부드러운 말투로 말을 걸었다.

"괜찮으니까 고개를 들고 그쪽 의자에 앉아요."

농인은 고개를 들고 약간 긴장한 얼굴로 의자에 앉았다.

"바쁜데 오라고 해서 미안해요."

"······아닙니다."

어째서 이곳에 불려왔는지 영문도 모른 채 당황하는 농인을 보면서 올리애가 말했다.

"여기로 부른 이유는 쓰러진 농자에 대해서 물어보고 싶은 점이 있어서예요. 그 농자가 뭔가 잘못을 했다고 하던데 그게 어떤 잘못인가요?"

질책을 받는다고 생각했는지 농인은 긴장하면서 몸이 딱딱하게 굳었다.

"자, 잘못이라기보다는 이번에 새로 들어온 아이인데 뭐랄까 좀 묘한 데가 있어서, 해서는 안 되는 행동을 하였기에 아무래도 좀 엄하게 야단을 치다 보니······."

"해서는 안 되는 행동이라는 게?"

농인이 눈을 깜박였다.

"그게, 그러니까, 왜 그러는지 모르지만 한밤중에 농원에 나가서 밭에 심어놓은 식물을 옮겨 심는 겁니다."

설명하다 보니 점점 말이 빨라졌다.

"처음 알아차린 것은 사흘 전이었는데 그때는 그저 제초의 밭에 심어놓은 식물이 육성의 밭으로 옮겨져 있어서 왜 여기 있지? 하고 이상하게 생각했을 뿐이었습니다. 그런데 그것을 원래 자리로 돌려놓아도 이튿날 가서 보면 또 다른 곳에 심겨 있는 겁니다. 누가 이런 장난을 치나 하던 차에 그 아이와 같은 방을 쓰는 농자 하나가 밤중에 몰래 나가는 그 아이의 모습을 보았다 하여 왜 그런 짓을 했느냐고 물어봤더니……."

올리애는 자기도 모르게 몸을 앞으로 내밀면서 물었다.

"왜 그런 짓을 했는지 그 아이가 말했나요?"

농인이 고개를 저었다.

"아니요. 그냥 딱딱하게 굳은 얼굴로 입을 꾹 다물고 고개만 푹 숙이고 있다가 갑자기 쓰러져 버렸습니다."

"새로 들어온 아이라고 했지요? 그럼 특례로 들어온 그 아이인가요?"

"네."

"어디 번왕국 출신이라고 하던데 말이 안 통해서 그런 건 아닌가요?"

"아닙니다. 서칸탈 산속 출신이라고는 했지만 사투리도 안 쓰고 깨끗한 우마르 말을 하던데요."

올리애가 흠칫 놀랐다.

'서칸탈의 산속……!'

농인이 미심쩍은 표정을 짓는 것을 본 올리애는 살며시 숨을 내뱉으며 말했다.

"그래요."

그리고 다시 숨을 깊이 들이쉰 다음 농인에게 말했다.

"……고마워요. 바쁜데 불러서 미안해요. 이제 가봐도 돼요."

5

올리애와 아이샤

아이샤는 꿈을 꾸고 있었다.

어머니 옆에서 잠들어 있는 꿈이다. 두꺼운 커튼을 친 방은 대낮에
도 어두컴컴했고 약 냄새가 방안에 가득했다.

문이 열리는 소리와 함께 아버지가 들어오는 기척이 분명히 났는데
눈을 뜨려고 해도 도무지 떠지지 않았다. 깊은 피로가 머리 심지에 박
혀 있어 너무 졸려서 눈을 뜰 수가 없었다.

문득 청량한 꽃향기가 나는 것 같아 아이샤의 눈꺼풀이 떨렸다.

'……청향초.'

들어온 사람은 아버지가 아니라 향군마마였다.

방안의 벽이 어느새 어두컴컴하고 널따란 마루로 바뀌더니 천장에
서 내리쬐는 황금색 노을, 나뭇잎 사이로 비추는 햇살 속을 향군마마
가 걸어와서 옆에 앉았다.

향군마마는 얼굴이 없었다.

아이샤는 움찔하고 몸을 떨면서 눈을 떴다. 가슴 속에서 심장이 미친 듯이 방망이질 치고 있었다.

어두컴컴한 방 안에 있었다. 빈 침대만 여러 개 놓여 있을 뿐인 휑하고 넓은 방이었다. 아직 해가 있는 시간인지 커튼에서 흐릿한 빛이 났다.

옆에 누가 앉아 있었다.

"정신이 들어?"

부드러운 목소리였다. 아이샤는 거친 숨을 몰아쉬면서 그 목소리가 들리는 쪽을 보았다.

청향초 향기가 그대로 사람 모습이 된 듯한 여인이었다.

아이샤는 아직도 꿈속에 있는 듯한 혼란스러운 마음으로 멍하니 그 아름다운 사람을 바라보았다.

'……향군마마?'

그럴 리가 없다.

그럴 리가 없는데도 눈앞에 있는 이 사람에게서 발 너머에 있던 사람과 똑같은 냄새가 났다.

사람의 냄새는 시시각각 달라진다. 그래도 엄마가 머리모양을 바꾸건 옷을 갈아입건 자식이라면 당연히 알아보듯이 냄새의 양태가 바뀌어도 그 사람의 냄새는 분명하게 분간이 된다.

"몸은 좀 어때?"

그렇게 묻는 말에 아이샤는 번뜩 정신이 들어 갈라진 목소리로 대답했다.

"감사합니다. 이제 괜찮습니다. 저, 그런데 누구신지……."

여인이 미소 지었다.

"미안해. 이름도 말하지 않았네. 나는 올리애……"

그러다 살짝 망설이는 눈치더니 금방 말을 이어갔다.

"사정이 있어서 성을 말해주지는 못하지만 라오 스승의 호의로 이 저택에 신세 지고 있는 사람이란다."

아이샤는 눈을 가늘게 뜨고 입안에서 그 이름을 몇 번이고 되뇌었다.

"올리애……님."

그제야 제대로 정신이 든 머릿속으로 아이샤는 열심히 생각했다.

'이분은 아무래도 그때 발 너머에 있던 분이 확실해.'

그것만은 틀림없었다.

하지만 향군궁에 거하시는 살아있는 신께서 이런 식으로 침대 옆의 의자에 앉아계실 리가 없다. 그럴 리가 없는데 꿈이 아니라 진짜로 지금 눈앞에 계신다.

그때 땡그랑 땡그랑 하는 종소리가 들렸다. 점심 식사 시간을 알리는 종소리였다.

귀에 익은 그 소리를 듣다 보니 혼란스럽고 흥분되어 있던 마음이 조금씩 가라앉았다.

어째서 여기 이렇게 계시는지 알 길은 없지만 아무튼 당신 스스로를 올리애 라고 하면서 향군마마임을 숨기시는 이상 지금은 이대로 올리애 라는 사람으로 받아들일 수밖에 없다.

그런 생각을 하면서도 도저히 그대로 누워있을 수가 없었다. 이불을 젖히고 몸을 일으키려 하자 올리애가 손을 들어 아이샤를 말렸다.

"아니야, 그대로 누워있어."

"하지만……."

올리애가 생긋 웃었다.

"쓰러진 사람이 안정을 취해야지. 일어나서 인사하려고 하지 않아도 된단다."

"……."

그 허물없이 친근한 말투에 아이샤는 대꾸할 말을 잃었다.

올리애는 선녀처럼 아름답기는 해도 얼굴에서 빛이 나거나 하지는 않고 그저 따뜻하고 온화한 여인으로 보였다. 그럼에도 아주 자연스러운 기품을 지닌 사람이었다.

"놀라게 해서 미안하구나. 생전 처음 보는 사람이 갑자기 옆에 앉아 있으니 이상하게 여길 법도 하지. 다만 네가 쓰러진 경위를 듣고서 물어보고 싶은 게 있어서 왔단다."

아이샤는 실례를 범하지 않도록 눈을 내리깔고서 대답했다.

"예. 말씀해 주세요."

"그게 뭐냐 하면……."

올리애는 일단 말을 꺼냈다가 잠시 망설이는 듯하더니 계속 이어갔다.

"왜 눈을 못 들고 그래? 그냥 자연스럽게 서로를 보며 얘기했으면 좋겠는데."

그 말에 아주 잠깐 망설이다가 아이샤는 곧바로 고개를 들고 올리애를 똑바로 쳐다보았다.

올리애가 안심한 듯이 어깨의 힘을 뺐다.

"그래, 이게 더 좋아."

그리곤 목을 한 번 가다듬더니 이렇게 말했다.

"그럼 처음부터 다시."

"……."

"실은 요즘에 내가 잠을 거의 못 자거든."

"……."

"그래서 어젯밤에도 잠이 안 와서 뒤척이다가 이렇게 힘들게 누워있을 바에는 일어나는 게 낫겠다 싶어 침대에서 나와 창가로 갔지. 어젯밤은 달이 아주 밝았잖아?"

"……."

"농원의 정자 지붕 위에 하얗게 서리가 내린 것처럼 보일 정도로 주변이 밝아서 농원에서 뭔가 하고 있는 사람의 모습이 보이더라고."

거기까지 말한 올리애는 아이샤를 바라보더니 미소를 지었다.

"그거 너지?"

아이샤가 끄덕였다.

"예. 저 맞습니다."

"식물을 옮겨 심고 있었니?"

"예."

다음 질문을 예측한 아이샤의 몸이 긴장으로 굳었다. 어째서 그런 일을 했느냐, 그런 질문을 받아도 대답할 수가 없다.

그러나 올리애의 다음 질문은 예상했던 것과 조금 달랐다.

"옮겨심은 게 어떤 식물이었어?"

아이샤는 당혹스러워하며 솔직하게 대답했다.

"죄송합니다. 무슨 식물인지 이름은 잘 모릅니다. 제가 자라난 곳에는 없는 식물이었고 아직 이름이 무엇인지 배우지 못한 터라."

올리애의 눈동자가 반짝 빛났다.

"이름은 몰라도 옮겨 심어야 한다는 걸 알았다는 거네?"

고개를 끄덕이려다가 아이샤는 움찔하며 움직임을 멈췄다.

벼락을 맞은 것 같았다. 그 말에 무슨 뜻이 숨어 있는지 갑자기 알아차린 것이다.

'이분은 아시는구나!'

그런 생각을 하다가 자신의 어리석음을 속으로 비웃었다.

당연한 일이다. 이분은 향군마마, 냄새로 천지만물을 아시는 향군마마 아니신가.

'숨기지 않아도 되겠다…….'

그런 생각이 들자 잔뜩 조이고 있던 긴장의 끈이 갑자기 풀어지며 온몸이 바들바들 떨렸다.

이곳에 온 이후로 계속해서 쌓이기만 하던 괴로움이 한꺼번에 터져 나오는 듯 떨리는 몸을 주체할 수 없었다.

올리애가 말없이 이쪽을 바라보았다.

그 눈에는 뭐라 형용할 수 없는 신비한 빛이 서려 있었다. 표정은 평온하지만 마음은 잔뜩 흥분했음을 풍겨오는 냄새로 느낄 수 있었다.

"……역시."

중얼거리더니 올리애는 눈을 감고 깊은 숨을 내쉬었다.

무슨 생각을 하는지 올리애는 그 자세로 오랫동안 꼼짝하지 않았다.

이윽고 마음을 가라앉히려는 듯이 몇 번이나 심호흡을 하더니 눈을 떴다. 딱한 사람을 안타까운 마음으로 바라보는 눈빛이었다.

"많이 힘들었지?"

올리애가 손을 뻗었다. 부드럽게 어깨를 만져주는 순간 아이샤는 자기 눈에서 뜨거운 눈물이 흘러나오는 게 느껴졌다. 참을 수가 없게 된 아이샤가 눈을 꽉 감고서 흐느끼기 시작했다.

"잠을 잘 수가 없었구나?"

아이샤는 눈을 감은 채 끄덕였다. 꽉 감은 눈에서 눈물이 끊임없이 흘러나왔다.

잠을 자지 못했다. 잠들 수 있는 상황이 아니었다.

이 농원에 와서 식물들이 내는 냄새 소리의 비명에 맞닥뜨렸을 때 너무나 정신이 없어서 토할 것만 같았다. 한 구획에 어떻게 이렇게까지 심각할까 싶을 정도로 서로 상극인 식물들끼리만 빽빽하게 심겨 있었기 때문이다.

식물 중에는 다른 식물의 성장을 방해하는 힘이 강한 종류가 있다.

식물이 내는 냄새 소리는 은은해서 사람의 비명이나 고함 같이 크게 들리지는 않는다.

그런데 그 구획에는 다른 식물의 성장을 방해하는 힘이 강한 식물과 그 식물에 약한 식물이 아주 가까이 자리하고 있는 바람에 근처의 식물 몇몇이 계속 비명을 질러댔고 그 소리가 다른 식물에도 영향을 미쳐서 농원 전체에 혼란을 일으키는 상황이었다.

처음에는 익숙해져야 한다고 생각했다.

이곳에서 지내는 방법 말고는 살길이 없으니 이런 상태에 익숙해져야 한다고. 한 번 익숙해지면 사람들로 붐비는 곳에 있을 때처럼 마음에 뚜껑을 닫고 살아갈 수 있게 되리라 믿었다.

그러나 저택 안에 있을 때조차 은근히 풍겨오는 냄새를 견디다 못해 식욕마저 떨어졌다. 익숙해지기는커녕 가면 갈수록 더욱 힘들어졌다.

고문을 당하며 괴로움에 울부짖는 자의 목소리에 어떻게 익숙해질 수 있을까? 고통스러워하는 식물이 가엾고 불쌍하지만 애써 모르는 척하며 닷새, 엿새 지내다 보니 잠도 못 잘 지경이 되어 버렸다.

여기서 도망쳐 미르차와 할아범이 있는 농장으로 가버릴까 싶기도 했다. 하지만 조금이라도 자신들이 살아있다는 사실이 발각될 염려가 있는 행동을 하면 안 되겠다는 생각에 마음을 고쳐먹었다.

앞으로도 이곳에서 살아가야 한다면 식물의 비명을 어떻게든 해야겠는데 아무도 알아차리지 못하는 냄새 소리에 대해 이야기해 봐야 이해해줄 사람이 있을 리가 없었다.

고민고민하다 겨우 생각해낸 방법이 몰래 옮겨심는 것이었다.

"여기는 말이야."

다정하게 어깨를 쓰다듬어주면서 올리애가 말했다.

"일반적인 농원이 아니란다. 여러 가지를 실험해 보는 곳이지."

아이샤가 눈을 번쩍 뜨고는 놀란 표정으로 물었다.

"실험해 보는 곳?"

"그래."

올리애가 고개를 끄덕였다.

"일반적인 농원이라면 어떻게 하면 식물이 잘 자랄까, 그 점만 생각하겠지만 이곳에서는 정반대의 방법도 시도해 보는 거지."

부드러운 말투로 올리애가 말을 이었다.

"어떤 경우에 식물이 잘 자라지 못하는지 실험해 보는 구획도 있어. 네가 배치된 구획에 서로 상극인 식물을 일부러 나란히 심어놓은 이유도 그래서이고."

생각지도 못한 이야기를 들은 아이샤가 멍한 표정으로 올리애를 쳐다보았다.

"왜 그런 걸 실험해 봐야 하나요?"

"식물에 대해 잘 알기 위해서지. 더 잘 자라게 하려면 그걸 가로막는 요인을 알아야 하니까. 어떤 것들이 그 식물의 성장을 가로막는지, 혹은 식물을 죽이는지, 그런 것들을 알기 위해 다양한 실험을 해 보는 곳

151

이야."

올리애의 목소리는 나지막해도 말투는 또렷하니 알아듣기 쉬웠다.

"이런저런 실험을 하다 보면 예를 들어 밭에 나는 잡초를 없애기 위해 사람에게 해가 되는 농약을 쓰지 않아도 되는 방법을 알아낼 수도 있으니까."

그러다 아주 잠깐 망설이는 듯하더니 말을 이어갔다.

"그리고 말이야, 오아레 벼를 기르는 장소 근처에서는 자라지 않는 작물도 있잖아?"

아이샤가 눈을 동그랗게 떴다.

마차 안에서 봤던 풍경, 저 멀리 지평선까지 황금색으로 물결치던 오아레 벼의 모습이 떠올랐다. 강하게 풍겨오던 그 독특한 냄새도.

'그렇구나.'

그런 일이 있다는 사실을 아버지에게 들은 적이 있었다. 그 말대로 오아레 벼를 심은 땅에서는 다른 땅과는 다른 독특한 냄새가 났다. 그 땅에서 더 이상 자라지 못하는 작물이 있다 해도 이상할 게 없다는 생각이 들었다.

"오아레 벼 경작지 근처에서 다른 곡물을 키울 수는 없지만 채소 중에는 자라는 것도 있으니 어떤 것을 어디에 심으면 잘 자라는지 조사하는 거야. 기후와 풍토가 다르면 상황도 달라질 테고, 번왕국에도 고유의 작물이 있을 테니까. 리아 농원에서는 제국 전체의 농업을 번성하게 해서 백성을 잘 먹이기 위해 그런 농지와 식물에 관한 다양한 지식을 꾸준히 연구하고 알아내고 있는 거지."

"……."

아이샤는 어느새 몸을 떨지 않고 있었다.

'그런 거였구나.'

농원이라고 들었는데 도저히 농원이라는 생각이 들지 않는 이상한 곳에 왔다는 공포감이 사라지면서 그녀는 마음이 편안해졌다.

"……하지만."

자기도 모르게 중얼거리다가 아이샤는 깜짝 놀라 입을 다물어버렸다.

"왜? 걱정하지 말고 뭐든 말해봐."

올리애가 허물없는 태도로 말해주어서 아이샤는 속에 떠올랐던 생각을 솔직하게 말했다.

"그건 너무 잔인합니다. 식물은 움직일 수가 없습니다. 괴롭고 힘들어도 도망칠 수가 없지요. 그렇게 고통스러워하며 비명을 지르는데……. 그 식물은 잘못한 것이 없는데."

허를 찔린 사람처럼 올리애의 눈이 커졌다.

올리애는 무슨 생각을 하는지 입을 약간 벌린 채로 한동안 말없이 있다가 이윽고 속삭이듯이 말했다.

"그래……. 그건 정말 그러네."

그러더니 고개를 약간 숙이고는 다시 침묵에 빠졌다.

올리애의 긴 침묵을 더 이상 견디지 못한 아이샤가 몸을 일으키자 올리애도 덩달아 고개를 들고 입을 열었다.

"이곳에서 생활하는 건 식물들뿐만 아니라 너에게도 고역이겠구나. 다른 곳으로 가는 방법을 알아봐 줄게."

아이샤가 깜짝 놀라서 되물었다.

"다른 장소 말입니까?"

올리애가 자기 상태를 잘 이해해주고 도와주려고 해서 정말 고마웠고 이곳을 떠날 수 있다는 생각이 들자 머리를 짓누르고 있던 무거운 바윗덩이가 사라진 것처럼 갑자기 마음이 가벼워졌다.

그러나 금방 자기 처지가 생각난 아이샤는 표정이 어두워졌다.

"정말 감사한 일입니다."

아이샤가 말했다.

"이렇게 보잘것없는 저에게 마음을 써 주시니 감읍할 따름입니다. 다만…… 사정이 좀 있어서 제 마음대로는……."

올리애가 눈썹을 치켜올렸다.

"사정?"

"예."

"어떤 사정인데?"

아이샤가 두 손을 깍지 낀 채로 눈길을 떨어뜨렸다.

"말하기 힘든 일인가 보네?"

그 질문에 아이샤는 고개를 숙였다.

"예. 정말 송구합니다."

올리애의 표정이 다시 부드러워졌다.

"괜찮아. 라오 스승이 돌아오시면 의논해 볼게. 결정은 그다음에 하기로 하자."

6
스승과 제자

"그럼 그렇게 조치하겠습니다. 늦어도 모레 아침에는 출발하실 수 있도록 준비시키지요."

라오는 의자에서 일어나 올리애의 손을 잡고 천천히 문 쪽으로 이끌었다.

"고마워요."

인사를 한 다음 올리애는 약간 쑥스러운 표정으로 미소를 지었다.

"미안해요. 나까지 같이 간다고 해서. 준비하느라 힘들 텐데."

라오가 미소로 대답했다.

"무슨 그런 말씀을. 괜찮습니다. 말씀하신 대로 이곳보다는 유기노 산장 쪽이 잠드시기에 더 좋을 겁니다. 그 건에 대해서는 대책에 만전을 기할 테니 심려 마시고 편안하게 지내시면 됩니다."

올리애가 고개를 끄덕이고 복도로 나가 시녀들을 이끌고 가는 모습을 확인한 라오는 서재의 문을 걸어 잠그고서 구석을 향해 빠르게 걸어갔다. 책장 한쪽 귀퉁이를 누르자 책장이 소리 없이 스르르 안쪽으로 열렸다.

그 뒤에 있던 비밀의 문을 열고 안쪽에 있는 작은 방으로 라오가 들어서자 의자에 앉아 촛불의 빛으로 책을 읽고 있던 마슈가 얼굴을 들었다.

"……너도 참 대단한 놈이구나."

라오가 진지한 표정으로 말했다.

"일이 다 네 말대로 돌아가고 있으니."

마슈는 피식 웃더니 흘깃 서재 쪽으로 눈길을 주었다.

"저기 있던 사람이 올리애 님인 게 참으로 다행입니다. 아이샤였으면 여기 제가 있다는 걸 단번에 알아차렸을 겁니다."

라오가 눈썹을 치켜올렸다.

"그 정도냐?"

"예."

"너보다 뛰어나구나."

마슈가 쓰게 웃었다.

"저는 발치에도 못 미칩니다."

라오의 표정이 흐려졌다.

"……정말 위험하지 않겠느냐? 그 아이를 올리애 님 곁에 두는 게."

마슈가 고개를 저었다.

"괜찮습니다. 그분이라면."

라오가 '으음' 하고 낮게 신음했다.

"하긴 올리애 님은 워낙 그런 분이니 괜찮으리라 생각은 한다만, 그래도……."

마슈가 일어나서 맞은편 의자를 뒤로 뺀 후 라오에게 앉기를 권했다.

라오가 의자에 앉자 마슈도 자기 의자에 도로 앉아 조용한 목소리로 말했다.

"라오 스승님. 뜻밖의 길이 열리고 있는 겁니다. 망설이면 안 됩니다."

라오가 고민스럽다는 듯이 미간을 찌푸렸다.

"그야 뜻밖의 일이기는 하다만 도대체 그 아이가 무엇을 할 수 있다는 게냐? 네 말대로 그 아이가…… 그러니까 초대 향군마마와 같은 힘을 가지고 있다 한들 그 능력이 어떤 길을 열어준다는 말이냐? 나는 오히려 저 아이가 모든 것을 무너뜨리는 파괴의 길로 우리를 끌고 갈 것 같은데."

"어떤 부분을 염려하시는지 잘 압니다. 사실 아이샤의 존재가 매우 위험하기는 합니다. 언제 어디서 누가 그 존재의 의미를 알아차릴지 모르는 일이니까요."

라오가 험악한 표정으로 마슈를 뚫어지게 쳐다보았다.

"위험 정도가 아니다. 그것을 아는 게 누구냐에 따라 제국 전체가 뒤흔들릴 수도 있는 일이야."

마슈는 라오의 눈을 똑바로 마주 보며 덤덤한 말투로 말했다.

"스승님, 우리가 하려는 일은 어차피 제국 전체를 뒤흔들지 않고는 이룰 수가 없습니다."

라오가 고개를 저었다.

"아니다, 마슈. 네 말대로 우리가 하려는 일은 제국의 근간을 뒤흔들 수밖에 없겠지. 그러나 나는 향군이라는 존재에 바탕을 두고 서 있는 이 체제를 무너뜨릴 생각이 없다. 무너뜨리는 게 아니라 그것을 그대로 유지하면서 바꿀 작정이다. 그렇지 않으면 피해가 너무 막심해진다."

마슈가 라오를 바라보았다.

"제 뜻도 같다는 사실을 잘 아시지 않습니까? 하지만 앞으로 일어날 일들이 우리 뜻대로 돌아갈지는 알 수 없는 일이지요."

라오는 표정을 일그러뜨린 채 한동안 마슈를 물끄러미 쳐다보다가 이윽고 입을 열었다.

"네가 두려워하는 비참한 미래를 저 아이가 어떻게 바꿔준다는 말이냐?"

"저도 모르겠습니다. 아직은요. 하지만 아이샤라면 우리가 직면한 이 거대한 벽에 금이 가게 할 수 있을지도 모릅니다."

"……."

"오아레 벼가 여타 식물들과 전혀 다른 이질적인 냄새를 풍긴다는 사실은 저도 알 수 있습니다. 그러나 그것이 어떤 작용을 하는지까지 저로서는 알 길이 없습니다. 아이샤라면 알 수도 있겠지요."

"……."

"신의 나라에서 오아레 벼를 가지고 오신 분은 향군입니다. 그 향군과 비슷한 힘을 가진 자가 나타난 겁니다. 그런 사람의 힘을 빌리지 않고 그냥 무시하라는 말씀입니까?"

"그런 말이 아니지 않느냐. 너무 위험하다는 게지."

"스승님. 이미 여러 차례 의논을 드렸고 스승님도 이해하신 일 아닙니까? 이제 와서 다시 그 말씀을 꺼내시다니 평소의 스승님답지 않습니다."

손바닥으로 이마에 난 땀을 닦으며 라오가 한숨을 내쉬었다.

"이야기로만 들었을 때하고 실제로 저 아이를 눈으로 직접 본 지금

하고는……."

촛대 위에서 흔들리는 촛불의 그림자를 멍하니 바라보면서 라오가 말했다.

"솔직히 말하자면 사실 나는 진심으로 믿지는 않았다. 네가 한 이야기를 말이다. 그런 일이 현실에서 존재한다면, 정말 그렇다면 그때는 네 생각에 동의한다는 정도였지. 말하자면 가정을 해 두고 한 동의였다. 그런데 설마 진짜로 지금 세상에 저런 아이가 존재하다니……!"

라오가 고개를 설레설레 저었다.

"아직 소년이었던 네가 식물을 바꿔 심었을 때도 놀랐는데 두꺼운 책장과 벽으로 가로막힌 이 방에 있는 사람의 냄새까지 알아차릴 수 있는 능력이라니."

눈을 들어 라오가 마슈를 바라보았다.

"그건 인간의 영역을 훨씬 초월한 힘이다. 저 아이의 남다름은 너무 자명하다. 주변에서 못 알아차릴 리가 없다. 실제로 미지마는 벌써 알고 있다. 저 아이는 한 번의 망설임도 없이 초대 향군마마가 만든 진짜 '고요한 길'을 그대로 찾아갔다고 하더구나."

고요한 길이라고 불리는 여러 길 중에 초대 향군이 만든 길은 하나밖에 없다. 그 외의 길은 참배하는 사람들이 늘어나면서 초대 향군이 만든 길을 지나치게 망가뜨리지 않도록 후대의 향군들이 만들어 놓은 길들이다.

어느 것이 진짜 고요한 길인지 알고 있는 사람은 황제와 카슈가 집안의 직계 자손들뿐이다.

초대 향군과 그 뒤의 향군들의 차이를 아는 이 사람들은 여러 개 있는 고요한 길의 차이를 다른 사람들이 알지 못하도록 향군의 진실과 더불어 자기 자손에게만 대대로 전수해 왔다.

어느 길이 진짜 고요한 길인지 미리 알려주지도 않았는데 수많은 갈림길에서 진짜를 분간하여 그 길을 따라간 자는 지금껏 한 사람도 없었다.

마슈가 라오를 똑바로 바라보았다.

"그래서 올리애 님에게 맡긴 겁니다."

"……."

"현명한 분입니다. 저희 형님은 올리애 님을 너무 가벼이 여기고 있지만 스승님은 잘 아시지 않습니까?"

라오는 희끗희끗한 부분이 섞인 턱수염을 무의식적으로 쓰다듬으면서 중얼거렸다.

"그렇지……."

그는 시선을 허공에 고정한 채 한참을 말없이 생각에 잠겼다.

이윽고 눈길을 마슈에게 돌리고 천천히 말했다.

"그렇겠구나. 네 말대로 이렇게 된 이상 올리애 님 곁에 두는 것이 최선일지도 모르겠다."

마슈는 고개를 끄덕이고 찻잔을 들어 식어버린 차를 한 모금 마셨다. 그리고 다시 입을 열었다.

"올리애 님이 발견했다는 알은 역시 오요마일 가능성이 큰 모양이지요?"

"미지마에게 들었느냐?"

"예. 그림만 보신 단계에서 조사를 명하시다니 아주 현명한 조치였습니다."

라오가 콧방귀를 꼈다.

"네 칭찬을 듣는 날이 다 오는구나. 사실 난 두려웠다."

팔을 슬슬 문지르면서 라오가 말했다.

"네가 우려했던 일이 현실에서 일어나고 있는 건가 싶었다."

"……."

"몇 번이고 곱씹게 되는 일이지만 그 대지진만 일어나지 않았어도 하는 아쉬움을 떨칠 수가 없구나."

초대 향군이 서거한 지 63년이 지난 해에 제국의 수도에 대지진이 일어났다. 대규모 화재가 발생했고 향군궁 서고도 불길에 휩싸여 수많은 귀한 서적이 소실되어 버렸다. 향사에 대한 각종 규정인 《향사 제 규정》과 세부 항목이 적힌 규정집은 불길을 피할 수 있었지만 각각의 규정이 정해진 이유는 알 수 없게 되었다.

마슈가 읽고 있던 사본을 자기 앞으로 끌어당긴 라오가 거기 그려진 그림을 손가락으로 살살 짚었다.

"오요마에 대한 기록은 《향군 이전異傳》에만 남아 있다. 그것도 처음에 아마야 습지에서 오아레 벼 재배를 시작했을 때 발생했고 오아레 벼가 막대한 피해를 입었다는 점과 알의 특징에 대한 부분, 그리고 초대 황제가 새파랗게 질릴 정도로 두려워하며 오아레 벼까지 모조리 불태워 없애라고 명했다는 아주 짧은 기록만 남았을 뿐이지. 그 뒤로 오요마가 발생했다는 기록은 없다."

"……그 사실이 초대 향군이 정한 《향사 제 규정》이 반드시 필요했음을 알려주고 있는 것이지요. 초대 향군은 다양한 상황에 대한 대응책을 아주 사소한 부분까지 전부 정해 놓으셨습니다. 그 규정들과 세부 항목을 엄밀히 지키는 데에 중요한 의미가 있다고 봐야 하는 겁니다."

라오가 끄덕였다.

"그래. 지금에 와서 보니 나도 그 말이 옳다고 생각한다."

깊은 한숨을 내쉬더니 라오가 말했다.

"네 아버지도《향사 제 규정》을 개편하는 것은 미래에 위험을 불러오는 일이라고 계속 주장했다."

제국의 오랜 역사 속에서 이루어진《향사 제 규정》의 여러 개편은, 표면적으로는 당시 향군의 명령으로 실행한 것으로 되어 있지만 실상은 황제의 주도로 이루어졌다.

그리고 34년 전에 실시된 '오아레 벼 재배지의 기후와 해충의 발생 상황을 보고하라'는 한 문장의 개편에는 라오와 더불어 마슈의 아버지인 유마도 관여한 바 있다.

"허나 그것은 어쩔 수 없는 일이었다. 물론 이 시점에서 돌이켜볼 때는 네 말처럼 그 개편이 없었다면 오요마의 알을 간과할 뻔한 위험은 피할 수 있었겠지만……."

제국의 영토가 확장되어 오아레 벼를 재배하는 경작지가 늘면서 모든 재배지의 기록을 상세하게 수집하여 분석하기가 힘든 상황이 되었다. 그래서 지역을 구분하여 각 지역별로 한 곳씩만 기후와 해충의 발생상황을 조사하는 방법으로 바뀐 것이다.

이 개편에 유마는 강하게 반대했다. 그러나 아직 열일곱 살의 소년이었던 유마의 반대 따위에는 당시 황제도, 그리고 카슈가 양쪽 집안의 당주들도 전혀 아랑곳하지 않았다. 그나마 라오의 제안으로 각지의 농민들에게 보고하게 한다는 타협안은 통과되었으나 개편 자체는 그대로 실행에 옮겨졌다.

"저도 당시의 그 개편은 불가피했다고 생각합니다. ……하지만,"

마슈가 말했다.

"작년에 실시한 개편은 해서는 안 되는 것이었습니다."

라오는 잠시 입을 다물고 있더니 이윽고 고개를 끄덕였다.

"……그래. 앞으로 오요마 대량 발생이라는 사태가 벌어진다면 그 개편에 관여한 사람으로서 나도 책임을 피할 수 없겠지."

작년에 또 한 번 향사 규정의 개편이 실시되었다.

'고온다습 등에 의해 요마가 대량으로 발생할 징조가 보이면 비료에 시샤풀을 첨가하라'는 규정이 삭제된 것이다. 직접적인 계기는 시샤풀에 병해가 발생했기 때문이지만 개편의 배경에는 제국 운영이라는 행정적인 요인이 큰 영향을 미쳤다.

요마는 오아레 벼에 붙을 수 있는 유일한 해충인데 오아레 벼의 생육을 방해하는 일은 드물고 수확량에도 거의 영향을 미치지 않는다. 종류도 많은 데다 제국 본토는 물론이고 번왕국에서도 흔히 볼 수 있는 벌레이며 바람을 타고 이동하기도 한다. 기온이 높고 비가 많이 온해에는 대량으로 발생하는 일이 있는데 그때마다 그 지역의 비료를 바꾸면 그 일이 향사에게 큰 부담을 주게 된다.

또한 비료에 넣는 시샤풀은 다른 원료들과 달리 뿌리와 잎에서 액체가 떨어지는 상태로 비료에 섞어 넣도록 세세하게 규정되어 있다. 이 규정대로 번왕국에서 사용하려면 현지에서 재배하게 할 필요가 있는데 식용으로도 약용으로도 쓸 수 없는 풀이라 남은 분량은 전부 제국이 사들여야만 한다.

게다가 시샤풀을 비료에 넣으면 오아레 벼의 수확량이 확 줄어들기 때문에 구제책도 강구해야 한다.

제국의 안정적 운영을 가장 중시하는 황제는 시샤풀에 병해가 발생했다는 소식을 듣자마자 당장 양쪽 카슈가 집안 당주들에게 그 조항을 바꿀 수 있을지 검토하라고 요구했다.

그래서 양가 당주들은 시험적으로 요마가 많이 서식하는 재배지에서 시샤풀을 넣지 않은 비료를 사용하여 오아레 벼를 재배하게 한 다음 문제가 생기지 않았음을 확인한 후에 그 조항을 삭제하기로 결정했다.

"지금 와서 후회해 봐야 소용없는 일이지만 사실 나는 그 개편 때 오요마가 발생하는 사태는 일어나지 않으리라고 생각했다. 한참 전, 그러니까 선임 청장 이전의 충해청장이었던 홀람 스승에게 들은 이야기가 기억에 있어서 말이다."

라오가 말했다.

"34년 전 개편 때 유마가 워낙 오요마 발생을 걱정하고 두려워하기에 내가 홀람 스승에게 요마가 변이하는 일도 있느냐고 물어본 적이 있다. 스승 말씀에 요마는 분명 변이하는 경우가 있다고 했다. 고온다습한 기후 때문에 먹이가 되는 풀이 풍부해지면 대량 발생했다가 그 후로 먹이가 줄고 한곳에 집중되어 번식을 거듭하는 상태가 계속되면 날개가 커지거나 턱이 단단해진 요마가 생겨나는 일이 있다고 말이다."

라오가 마슈를 바라보며 말을 계속했다.

"그래서 스승에게 거듭 물었다. 그럼 대량 발생했을 때 그 해충의 먹이가 되는, 예를 들어 오아레 벼 같은 것을 억제하면 그 변이를 막을 수 있습니까, 라고."

마슈의 눈빛이 날카로워졌다.

"……홀람 스승님은 뭐라고 하셨습니까?"

"홀람 스승은 웃으면서, 아니, 오히려 그 반대라고 하더구나. 애초에 요마가 변이되는 이유는 살아남기 위해서고 요마는 서로 물어뜯고 싸우기도 하니까 말이다. 턱이 단단해지는 것은 자손을 남기기에 유리해서이고 날개가 커지는 이유도 서로 아웅다웅하며 먹이를 두고 다투는 곳에서 떨어진 새로운 곳으로 날아가기 위해서가 아니겠는가. 그렇다면 요마가 대량 발생해서 우글거리고 있을 때 오아레 벼를 억제하면 오히려 변이를 촉진하는 꼴이 되지 않겠느냐. 그리 말씀하셨다."

마슈의 얼굴에 떠오른 표정을 본 라오가 말했다.

"그러고 보니 너에게 이 이야기를 해 준 적이 없구나."

"……예, 처음 들었습니다."

라오가 턱을 쓰다듬었다.

"왠지 말하기 껄끄러워 그랬던 모양이다. 당시 나는 홀람 스승의 이야기를 듣고 마음이 놓였는데 유마는 납득하지 못해서 거의 싸움으로 번질 뻔했다. 썩 기분 좋은 기억이 아니라서 말이다."

마슈가 눈을 깜박였다.

"아버지는 그때 뭐라 하셨습니까?"

"사람의 지식은 완전하지 않다고 하더구나. 우리는 전지전능한 존재가 아니다. 벌레의 생태가 어떠한지, 혹은 오아레 벼의 생태는 어떤지 아무도 완전하게 알 수 없다. 초대 향군이 정한 규정에는 분명 나름대로 이유가 있을 것이다. 무슨 이유로 그렇게 정했는지 모르는 상태에서 마음대로 바꾸는 것은 위험하다. 그렇게 주장했지."

옛날 일을 머릿속으로 더듬듯이 라오는 허공에 시선을 둔 채 말을 이어갔다.

"그래서 내가 그 당시 유마에게 말했다. 우리는 불완전한 존재가 맞다. 그러기에 이미 알고 있는 지식을 토대로 고민하며 나아가는 수밖에 없다. 우리 중에 어느 쪽의 생각이 맞는지는 역사가 판단해 줄 것이다, 라고."

한숨을 푹 쉰 라오가 쓰게 웃었다.

"결국 유마의 말이 옳았음이 드러난 게지. 하지만 난 홀람 스승의 말이 충분히 이치에 맞다고 생각했고 솔직히 말하자면 지금도 그 생각에는 변함이 없다. 대량 발생해서 먹이가 모자랐을 때 변이가 발생한다면 어째서 초대 향군의 규정에는 오아레 벼를 억제하라고 되어 있었을까? 억제하기보다 오히려 양분을 충분히 주는 편이 변이를 막는 방법이 아니겠느냐?"

"……아버지와 같은 말씀을 드리는 것 같아 송구합니다만"

하고 마슈가 반박했다.

"이치에 맞지 않게 보이는 이유는 우리가 모르는 부분이 있어서가 아니겠습니까? 요마의 변이에 대해서도 우리가 아직 모르는 원인이 있을 수 있고, 무엇보다도 오아레 벼에 대해서는 아직 모르는 점 투성이 아닙니까? 오아레 벼의 볏짚을 가축에게 먹이면 살이 오르고 몸집이 커지는 것처럼 오아레 벼에는 생물을 바꾸는 힘이 있는지도 모르는 일입니다."

라오가 '으음' 하고 신음 소리를 냈다.

"하지만 요마가 많은 곳에서 시샤풀로 억제하지 않은 오아레 벼를 1년이나 재배해 봤는데도 아무 일도 일어나지 않았다. 오아레를 먹은 요마도 있었을 텐데 말이다."

"말씀하신 대로 그곳은 요마가 많은 재배지지만 대량 발생이라고 할 정도는 아니지 않았습니까? 《향사 제 규정》에 '요마가 대량으로 발생할 징조가 보이면'이라고 되어 있다면 요마의 대량 발생과 억제되지 않은 오아레 벼라는 두 가지 요인이 모두 충족되어야 한다는 뜻이 아니겠습니까?"

라오가 미간을 찌푸렸다.

"허나 이번에 오요마의 알이 발견된 라파에서도 요마가 대량 발생했다는 보고는 안 오지 않았느냐?"

마슈가 품속에서 종이 한 장을 꺼내서 책상에 올려놓았다.

"이것은 라파 군 서고에 있던 서류 뭉치의 일부입니다. 라파 지방의 농부가 올린 보고를 적어놓은 기록인데 기타 보고로 분류되어 처분 예정이라 적힌 상자 속에 들어 있었습니다."

그 종이를 들고 읽어 내려가던 라오의 눈이 한껏 커졌다.

"이건……!"

험하게 다뤄서 여기저기 구겨지고 더러워진 그 종이에는 오고다 문자로 '비 오고 더운 날 계속됨. 요마가 구름처럼 여기저기 마구 생겨남'이라고 적혀 있었다.

"이런 건 예전 같으면 향사에게 직접 전달되었을 보고입니다. 농부는 예전처럼 이번에도 고온다습과 요마의 대량 발생을 정확하게 보고했습니다. 그런데 그 보고를 받은 관리가 허술하게 처리해 버렸습니다."

라오가 눈을 감고서 "이런 난감할 데가……!" 하며 탄식했다.

"……그렇다면 역시 이 두 가지 조건이 맞아떨어지면 오요마가 발생한다는 말이냐?"

마슈가 라오를 응시하며 말했다.

"어째서 발생하는지는 물론 조사해 봐야 알겠으나 또 한 가지 염두에 두어야 할 점이 있습니다. 지금 상태라면 오요마는 어디서든 발생할 수 있다는 점입니다. 34년 전의 개편 이후에도 요마가 대량 발생했을 경우는 비료를 바꿔야 했기에 향사는 요마의 발생상황에 신경을 쓰고 있었습니다. 농민들은 향사에게 보고했고, 향사는 규정에 따라 제대로 비료를 바꿨습니다. 그러나 작년부터는 그럴 필요가 없어져서 이런 일이 생긴 것입니다."

라오가 어두운 표정으로 수긍했다.

"그렇겠구나. 오고다는 물론이고 최근에는 동서칸탈조차 기온이 고온다습해질 때가 있으니. 당장 시급하게 다뤄야 할 사안이구나. 내일이라도 이르에게 이 사실을 알리고 감시를 강화해야겠다."

마슈의 입가가 슬며시 일그러졌다.

"형님이 이 소식을 듣고 제일 먼저 할 생각은 아마 스승님하고 많이 다를 겁니다."

찻잔 손잡이를 손가락으로 살살 문지르면서 마슈가 말했다.

"치치야를 밀매하고 비료를 제멋대로 생산하는 등 제국 몰래 부를 쌓으려고 틈을 엿보는 오고다의 논에서 오요마가 발생했다면 차라리 잘된 일이라고 여기지 않겠습니까?"

라오는 한껏 인상을 쓰며 뭐라고 말하려다가 멈추었다.

마슈가 낮은 목소리로 계속했다.

"자국에서 몰래 만든 비료를 쓰는 바람에 생전 듣도 보도 못할 만큼 심한 해충의 피해를 겪었다고 오고다 사람들이 생각하게 된다면 이보다 더 좋은 억제책이 어디 있겠습니까? 오고다에서 몰래 치치야를 산 리그달 같은 번왕국도 오고다의 참상을 알게 되면 자국에서 비료를 만든다는 생각을 포기할 수도 있고요. 자체 제작한 비료를 사용하지 않은 곳에서 오요마가 발생했다 해도 오고다 쪽에서 날아왔다고 떠넘기면 그만입니다. 덕분에 골치 아팠던 문제들이 한 방에 해결되는 셈이지요."

라오가 쓸쓸한 표정으로 신음하듯이 말했다.

"이르라면 그렇게 말하겠지. 비료 건에 대해서는 못 본 척해야 한다는 이르의 제안에 나도 찬성했는데."

고개를 절레절레 저으면서 라오가 한숨을 쉬었다.

"설상가상이 되어버렸구나. 물론 이르는 우리가 대책을 세울 시간을 벌었다고 생각해야 한다는 식으로 말하겠지만."

그림에 시선을 떨군 채 마슈가 말했다.

"라파 말고는 오요마의 알에 대한 보고는 없었습니까?"

"없었다. 혹시 몰라 믿을만한 향사들을 각지에 파견했고, 제국 영토 전체의 재배지에도 소식을 전해서 확인시켰는데 별다른 보고는 들어오지 않았다. 아직은 라파에 한정된 일이라고 봐야겠지."

"알이 있었던 곳은 소각 처분되었습니까?"

"했지. 그 주변으로도 면밀히 살폈는데 발생 징후는 없었다."

"그렇다면 한동안은 시간을 벌 수 있을지도 모르겠습니다."

끄덕이면서 라오가 말했다.

"게다가 두 가지 조건이 맞물려야만 발생하는 것이라면 손을 쓸 방도도 있겠지."

"……그렇다면 다행이지만 그 정도의 해충을 가지고 초대 황제가 새파랗게 질렸다는 기록이 남았으리라고는 생각되지 않습니다. 그리고 설사 그렇다 해도,"

구겨진 종이에 시선을 떨어뜨리며 마슈가 덧붙였다.

"지금 상황에서 요마의 대량 발생을 완벽하게 감시하기는 힘든 일이고 시샤풀의 규정을 부활시켜서 오요마 발생을 막을 수도 없습니다. 그 개편은 향군마마의 명에 따라 실시된 것으로 알려져 있으니 말입니다."

라오의 표정이 굳어졌다. 마슈는 종이에 시선을 떨군 채 말을 계속했다.

"오요마가 대량 발생하면 형님도 시샤풀의 중요성을 인정하겠지만 그렇게 된다 해도 아마 그 규정을 부활시킬 수는 없을 것입니다. 개편 이후로 향사들뿐만 아니라 시샤풀을 생산하던 번왕국 농민들에게도 제국에서 시샤풀을 더 이상 사들이지 않게 된 이유에 대한 설명이 이루어진 상태입니다. 이 시점에서 시샤풀을 다시 사용하게 되면 오요마의 발생은 오고다 때문이 아닌 제국이 배포하던 비료 때문이 아닐까 하는 의심을 받게 됩니다. 그렇게 되면 향군마마와 제국에 대한 신뢰가 흔들리겠지요. 그러니 형님은 물론이고 황제 폐하께서도 시샤풀을 비료에 다시 넣는다는 결단은 내리시지 못할 것입니다."

마슈는 눈을 들어 라오를 쳐다보았다.

"황제 폐하도, 형님도 현시점의 제국 정세를 최우선으로 두고 상황을 판단하겠지만 우리는 몇 년, 몇십 년, 몇백 년 앞을 바라보면서 움직여야 합니다."

마슈의 눈에 분노인지 슬픔인지 모를 빛이 어른거렸다.

"카슈가 가문은, 신구 양쪽 모두, 커다란 잘못을 저질렀고, 그 잘못을 고치지 않은 상태로 여기까지 와 버렸습니다. 더 이상 잘못된 길로 계속 나아가서는 안 됩니다. 다시는 나타나지 않으리라 여겼던 오요마가 또 생겼고, 가까운 미래에 대량 발생하는 사태가 일어난다면 초대 황제가 기록으로 남겼던 다른 일들도 현실이 될 수 있습니다. 지금 우리가 자칫 잘못된 대처를 하게 되면 우리는 굶어 죽는 백성이 수도 없이 발생하는 대붕괴의 참사를 막지 못했다는 씻을 수 없는 엄청난 죄를 저지르게 됩니다."

라오가 말없이 가만히 마슈를 바라보다가 이윽고 낮은 목소리로 말했다.

"열일곱 때부터 지금껏 너는 그런 생각을 하고 있었구나. 나도 이런 저런 생각을 하곤 했지만 네가 가지고 있는 위기감이 그런 막연한 상상과는 차원이 다른 절박한 것이었음을 이제 알았다."

마슈가 문득 미소를 지었다.

"기억하십니까? 목욕통 바닥에 있던 작은 벌레 말입니다."

"……."

"목욕통에 뜨거운 물을 부으려는데 거기 벌레가 있는 게 슬쩍 보였지만 동작을 멈추지 못해 그대로 물을 부었고 들어가서 목욕을 했습니다. 아마 벌레는 무슨 일이 벌어졌는지도 모르고 한순간에 죽어버렸겠지요. 혼잣말처럼 제가 그런 이야기를 했을 때 스승님이 말씀하셨습니다. 우리도 그 벌레와 다를 게 없다고. 이 세상 모든 만물이 그 벌레와 마찬가지라고. 그럼에도 살아남는 벌레가 있는 법이고, 그래서 우리가 지금 여기 있는 것이라고 말입니다."

잔잔한 목소리로 마슈가 말을 이었다.

"그 말씀이 저에게는 어두운 밤중에 본 한줄기 등불 같았습니다. 카슈가 집안의 당주이면서도 이렇게 생각하는 분이 계심을 알게 되었으니까요."

마슈가 천천히 일어났다.

"스승님, 아무쪼록 앞으로도 저를 이끌어주시고 저와 함께해 주십시오."

171

7
올리애와 마슈

마슈가 떠난 후 홀로 비밀의 방에 남아 사본에 눈길을 떨어뜨린 채 라오는 생각에 잠겼다.

'역시 저 녀석은 유마 판박이야.'

동생처럼 아끼던 벗의 얼굴과 그 눈동자가 눈앞에 어른거려서 라오는 한숨을 내쉬었다.

유마는 명랑하고 쾌활한 성격이었기에 그의 아들이라는 마슈를 처음 봤을 때 너무도 심각하고 어두운 눈빛 때문에 진짜 부자지간인지 의심이 되었다. 그러나 마슈의 내면을 접하게 될수록 점점 더 '역시 많이 닮았구나' 하는 생각이 들었다.

'유마도 저런 눈으로 항의했었지.'

《향사 제 규정》의 개편을 돕는 일에 차출되었을 때 당시 열일곱 살이던 유마는 아버지에게 열심히 항의하곤 했다. 그때의 얼굴을 떠올리면서 라오는 사본 표지에 그려진 하얀 산 능선을 손가락으로 살살 쓰다듬었다.

'유마는 이 산을 찾아냈을까?'

산간의 작은 나라에 지나지 않았던 우마르가 거대한 판도를 가진 대제국으로 성장할 수 있었던 계기가 된 땅이면서 황제조차도 어디에 있는지 모르는 신의 나라 오아레마즈라. 그리고 신의 나라와 이 세상의 경계에 서 있다는 하얗게 빛나는 신의 산 유길라.

먼 옛날 초대 황제와 더불어 신의 나라에 들어가 오아레 벼와 향군을 이 세상으로 데려온 카슈가 집안의 시조가 남겼다는 이 그림만 지금까지 남아 가까스로 당시의 모습을 전해주고 있다.

유마는 이 신의 산을 평생 찾아다녔다.

'오아레 벼의 공포를 못 본 척하고 지내 온 우리는 머지않아 그 어리석음의 대가를 직접 눈으로 보게 되겠지.'

그렇게 말하던 유마의 창백하게 질린 얼굴이 라오의 눈에는 이상하게 보였다.

라오도 유마의 염려가 어느 정도 타당하다고는 생각했다.

초대 향군이 규정을 만든 이유를 알지 못하는 상태에서 그 조항을 바꿔도 괜찮을까 하는 불안감도 있었다. 우리가 판단을 잘못 내리면 언젠가 커다란 재앙이 닥쳐올 수도 있겠다는 생각도 들었다. 그러나 그것은 아직 일어나지도 않은 재앙이고 어쩌면 일어날 수도 있다는 가정에 지나지 않았다. 그런 일을 어떻게 창백하게 질릴 정도로 무섭게 느낄 수 있는지 도무지 알 수가 없었다.

유마가 제국의 수도를 떠나 여러 지역을 떠돌아다닐 때도 신 카슈가 집안사람들의 사고방식을 받아들일 수 없는 그가 자신이 옳다는 사실을 증명하고 싶어서 그런 행동을 하는 거려니 여겼다. 라오는 유마를 움직이게 했던 그 불안을 진정한 의미에서 공감하지 못했다.

오요마의 발생이 현실이 된 지금도 여전히 마음 한구석에는 그냥 어쩌다 일어난 일과성의 일이라고 치부하고픈 부분이 남아 있다.

그러나 마슈는 진심으로 두려워하고 있다. 그의 아버지처럼 소년 시절부터 지금에 이르기까지 일관해서 대재앙이 일어날 것을 진심으로 염려하며 무서워하고 있다.

라오가 눈을 가늘게 떴다.

'올리애 님을 걱정하는 마음 때문에 그럴 수도 있지.'

대재앙이 일어난다면 사람들은 분노와 원망의 화살을 향군에게 돌릴 것이다.

살아있는 신으로 모시고 숭상해 온 마음이 완전히 뒤집혔을 때 어떤 일이 벌어질까? 그런 상상을 하면 라오도 속이 타들어갈 듯이 초조해졌다.

'올리애 님…….'

라오는 자기도 모르게 눈을 질끈 감았다.

'당신한테 정말 못할 짓을 했지. 마슈에게도.'

향군은 혼인은 물론이고 남자와 관계를 갖는 것조차 엄하게 금지되어 있다.

물론 표면적으로 그런 규정은 어디에도 없다. 그러나 만에 하나 향군이 특정한 남자와 깊은 관계가 되었을 경우 카슈가 집안의 당주는 그 향군을 병으로 죽은 것처럼 꾸며서 몰래 암살하고 신속하게 다음 향군 선출을 시작해야 한다. 그것이 집안 대대로 전해지는 황제의 밀명이다.

초대 향군에게는 연인이 있었다.

황제와 카슈가 집안 당주의 직계들만 아는 사실이지만 초대 향군은 자신을 신의 나라인 오아레마즈라에서 이 세상으로 데리고 온 아미르 카슈가와 오랜 연인 사이였다고 전해진다. 그러나 향군은 아이를 낳지 않았다.

향군이 자손을 남기지 않고 세상을 떠났기 때문에 당시 황제였던 라물랑은 향군이 환생한 것이라며 적절한 소녀를 차기 향군으로 선출했고 그 제도가 오늘날에 이르기까지 계속 이어진 것이다.

역사에는 나오지 않지만 카슈가 가문에 은밀히 전해져 내려오는 이야기에 따르면 당시의 라물랑 황제는 향군이 아미르 카슈가의 아이를 낳지 않아 안도했다고 한다.

향군이 자손과 친족을 늘려가면 황제 이상의 권위를 가진 커다란 세력이 생겨날 수도 있다는 위협을 느꼈기 때문일 것이라고 추측된다. 그래서 황제는 앞으로도 향군이 자손을 남기는 일이 없도록 카슈가 가문에 그런 밀명을 내렸다.

사람의 육신을 가진 신이 그 육신을 버리고 환생을 거듭한다는 스토리는 살아있는 신령과 잘 어울리는 그럴듯한 이야기였기에 이 제도는 향군이 가진 신령으로서의 위상을 더욱 높이는 데에 큰 역할을 했다.

이 제도의 이점은 그뿐이 아니었다. 환생자를 찾아 향군으로 모시는 방법은 번왕국 지배를 원활하게 하는 데에 많은 도움을 주었다. 유대 관계를 돈독하게 하고 싶은 번왕국에서 향군을 선출한다는 조작이 가능해졌기 때문이다.

정치적으로 가장 이용 가치가 높으면서도 신성하리만치 아름다운 외모를 갖추고 있고 머리는 총명하되 성격은 순종적인 소녀를 찾아내는 것은 쉬운 일이 아니었다. 그러나 초대 향군이 이 세상에 처음 내려온 나이가 열세 살이었다는 사실을 이유로 다음 향군이 환생하려면 13년이 걸린다는 그럴듯한 전설을 만들어낼 수 있었던 덕분에 지금껏 큰 문제없이 이 제도가 계속 실행될 수 있었다.

다만 오랜 역사 가운데 이 제도가 흔들릴 뻔한 위기 상황이 딱 한 번 있었다. 향군이 사랑에 빠진 데다가 아이까지 임신한 것이다.

황제는 당시 카슈가 집안의 당주에게 밀명을 내렸다. 그 향군은 아이를 낳지 못한 채 세상을 떠났고 상대 남자 또한 병으로 죽은 것처럼 꾸며져서 곧바로 제거되었다.

그 이후에 향군으로 선출되어 향군궁에 살게 된 소녀는 열다섯 살이 되면 이 이야기를 듣게 되었다. 향군이 된 소녀도 그 나이쯤 되면 이미 자신이 어떠한 존재인지 깨달은 상태이기에 대개는 그 무시무시한 이야기에 담긴 금기에 대해 들어도 크게 놀라지 않았다.

향군을 배출한 번왕국은 제국으로부터 특별한 경제적 배려를 받는다. 고국을 풍요롭게 하고 제국의 안정을 유지하는 역할을 맡게 된 이상 평범한 여자로서의 행복은 바랄 수 없다는 사실을 향군은 10대 중반의 어린 나이에 깨닫게 되는 것이다.

'향군의 왕관은 체념을 숨기는 치장이네요.'

예전에 올리애가 중얼거렸던 그 말을 라오는 지금껏 잊지 못한다.

올리애는 라오가 발견한 향군 후보자였다.

당시 라오는 향사들의 수장인 대향사로서 직접 현장에 나가 정력적으로 번왕국 각지를 돌아다니고 있었다.

그 무렵의 리그달 번왕국은 인접한 동칸탈 번왕국과의 세력 경쟁에서 열세에 놓인 상태였다. 동칸탈이 번왕 일족과 혼인 관계를 맺는 식의 합법적인 형태로라도 리그달을 집어삼켜 버리면 제국의 수도 근방 지역에 큰 세력이 생기게 될 가능성이 있었다.

그 점을 우려한 황제는 리그달 안에서 향군 후보를 찾아오라고 카슈가 집안에 명령하였다. 그 명령을 받들기 위해 라오는 12년 동안 미리 눈여겨보았던 후보들을 몰래 살피러 다니면서 찬찬히 관찰했다.

모든 후보가 아름답고 총명하기는 했으나 그 가운데서도 올리애의 아름다움은 남달랐다. 온몸에서 밝은 빛을 뿜어내는 듯 눈부시도록 환한 미모가 눈길을 끌었다.

주변에 있는 사람들이 어른 아이 할 것 없이 올리애의 매력에 흠뻑 빠져 있는데도 본인은 그 사실을 알지 못하는 듯했다. 그렇게 좋은 의미에서 둔감한 부분에 대해서도 호감이 갔다.

무엇보다 올리애는 착한 소녀였다. 자기보다 남을 먼저 생각하고 진심으로 친절하게 대하는 아이였다. 라오는 그 점이 가장 중요하다고 생각했다.

향군은 자신을 비우고 남을 위해 살아야 하는 존재다. 자기에게 이득이 되는지에 대한 여부를 제일 먼저 계산해보는 성품의 소녀는 그런 역할을 감당할 수 없다.

아비가 혈통은 좋으나 작은 영주에 불과한데다 낙천적인 성격으로 자신의 처지에 만족하며 사는 사람이어서 딸이 향군이 되어도 그 자리를 이용해서 정쟁을 일으킬 가능성이 거의 없다는 점도 매우 만족스러운 조건이었다.

올리애를 향군으로 선출한 라오는 이런 소녀를 발견할 수 있었다는 사실에 안도했다. 그러나 한편으로는 앞으로 험난한 인생길을 걸어가게 될 이 천진난만한 소녀가 딱하고 불쌍해지는 마음을 금치 못했다.

올리애는 라오가 생각했던 것보다 훨씬 심지가 굳은 아이여서 자신의 본분을 잘 깨달았고 주위의 기대에 충분히 부응했다.

그렇지만 역시 향군으로 사는 무거운 책임감은 어김없이 올리애의 정신을 갉아먹었다.

예전의 올리애를 모르는 사람들은 알아차리지 못했지만 은근하게, 그러나 틀림없이 올리애의 심신은 변해갔다. 그 변화를 눈치챈 라오는 위기감을 느끼며 잠시만이라도 그녀를 향군이라는 입장에서 풀어주어 마음의 부담을 덜어줄 방법이 없을까를 고민하게 되었다.

우선은 향군궁을 벗어나서 생활하는 기회를 만들어보았다. 리아 농원에서 지내게 하자 올리애는 약간 생기를 되찾는 듯했다. 그러나 리아 농원에는 사람들이 많았다. 향군으로서는 아니라 해도 농원 사람들 앞에서 정체불명의 귀인으로 처신해야 했기에 이 생활도 올리애에게 완전한 휴식이 되지는 못했다.

그 무렵 라오는 몇 가지 개혁에 착수하고 있었다.

유기노 산장 건설도 그중 하나였는데 리아 농원에서는 할 수 없는 작업을 사촌이자 동지이기도 한 다쿠와 그 부인에게 일임하였고 그 산장이 완성되었다는 보고를 받은 참이었다.

주변에 마을도 없어 사람들이 드나들 일이 거의 없는, 세상과 완전히 동떨어진 그 산장을 보자마자 문득 여기라면 올리애에게 완벽한 휴식처가 될 수도 있겠다고 생각했다.

라오의 짐작은 적중했다.

다쿠 부부와 그 아들들만 사는 산장에서 모든 뒷사정까지 다 알고 있는 그 사람들과 함께 평범한 소녀로 생활하는 휴식 기간을 가진 올리애는 말라비틀어져 가던 꽃이 단비를 만난 듯 예전의 쾌활함을 되찾았다.

그 이후로 외부 행차 등 향군으로서 하는 일이 없는 기간이면 올리애는 자주 리아 농원과 유기노 산장을 오가며 생활했다.

이렇게 숨을 돌릴 장소만 있으면 올리애가 별 탈 없이 평생 향군으로 살아주겠구나 싶어 라오는 마음이 놓였다. 그런데 얼마 후에 작은 문제가 생겼다.

올리애가 마슈를 만난 것이다.

당시 마슈는 천로산맥에서 함께 살던 어머니, 그리고 외가 친척들과 억지로 생이별을 하고 고향에서 멀리 떨어진 제국의 수도에 갓 올라온 상태였다.

그는 앞으로 신 카슈가 집안의 당주가 될 이르를 보좌하기 위해 억지로 끌려와 여러 가지 수련을 묵묵히 하고 있었다. 그런데 들어온 지 얼마 되지도 않은 리아 농원에서 한밤중에 식물을 바꿔 심는 장난을 쳤다며 농인에게 야단을 맞았고 그 과정에서 농인 몇 명에게 주먹질까지 하는 소동을 일으켰다.

주먹질을 당한 농인들은 구 카슈가 집안에 속한 자들로 신 카슈가 집안에서 온 마슈를 틈만 나면 못살게 굴었던 것도 소동을 키운 원인의 하나임을 라오는 알고 있었다. 그러나 소동의 배경이 어떻든 이빨이 부러질 정도로 심한 폭력을 휘두른 일 자체는 용납될 수 없었기에 마슈에게 그만한 벌을 내려야 했다.

게다가 도대체 왜 그런 장난을 했느냐고 아무리 물어도 마슈는 눈빛을 번뜩이면서 노려보기만 할 뿐 입을 꾹 다물고 있었고 그런 태도가 농인들과 채사들의 화를 더욱 키웠기에 라오는 일단 리아 농원에서 마슈를 내보내야겠다고 생각했다.

하지만 그렇다고 이런 문제를 일으킨 아이를 신 카슈가 집안으로 돌려보내면 가뜩이나 미묘한 마슈의 입지가 좁아져서 냉대를 받을 테고 안 그래도 힘든 아이의 마음은 더욱 상처받을 것이 불 보듯 뻔했다.

친한 벗이었던 유마의 아들을 지켜줄 방법이 어디 없을까 속을 끓이던 라오에게 어느 날 밤에 올리애가 혼자 찾아왔다.

"혹시 그 소년이 바꿔 심은 꽃이 무엇인지 직접 보셨나요?"

그 소리를 듣고는 '그러고 보니 무엇과 무엇을 바꿔 심었는지 물어보지 않았구나' 하는 생각이 들었다.

올리애는 약간 상기된 얼굴로 말했다.

"제가 작업표를 확인해 보았어요. 그랬더니 그 소년이 바꿔 심은 꽃들은 모두 다른 식물의 안 좋은 영향에서 벗어났더라고요."

라오는 진심으로 놀랐다.

카슈가 집안의 차기 당주를 보좌하기 위해 식물에 대해 배우려고 농원에 들어왔다고는 하나 어느 식물이 다른 어느 식물의 생육을 방해하는 작용을 하는지는 나중에서야 배우는 것이어서 들어온 지 얼마 안 된 마슈가 알고 있을 리는 없었기 때문이다.

"말도 안 된다고 하실지 모르지만……."

주저하면서 그렇게 말한 올리애의 반짝거리던 눈망울을 라오는 지금까지도 떠올린다.

"그 소년은 냄새로 알아낸 게 아닐까요? 식물끼리 어떤 영향을 주고받는지 말이에요."

왜 그렇게 생각하냐고 묻자 올리애는 더욱 볼을 발그스레하게 물들이며 가느다란 목소리로 대답했다.

"제가 봤어요. 밤중에 그 소년이 바꿔 심는 모습을. 그때 그 아이는 뭔가 냄새를 맡는 것 같은 동작을 자꾸 하더라고요."

그런 말만으로 마슈가 어느 식물이 다른 식물의 생육을 어떻게 방해 하는지 알아차렸다고 믿기지는 않았다. 하지만 어떻게든 마슈를 구할 방법을 모색하던 라오는 올리애의 신이 난 표정을 보다 보니 차라리 유기노 산장으로 보내면 어떨까 하는 생각이 떠올랐다.

마침 다쿠 부부한테서 '남자 일손이 필요하니 마땅한 청년이 있으면 보내달라'는 부탁을 받은 바도 있었기에 벌을 준다는 명목으로 마슈를 산에서 일하게 하는 것도 묘수겠구나 싶었다.

그러나 유기노 산장에 가면 올리애를 만날 가능성이 있다는 점을 그 당시의 라오는 전혀 생각지 못했다.

마슈는 신 카슈가 집안 당주의 직계 자손으로 향군을 직접 만날 수 있는 신분이고 비밀을 알 수 있는 입장이어서 직접 얼굴을 본다 해도 별다른 지장이 없을 것이라 여겼다.

'······언제부터'

두 사람은 서로를 그토록 깊이 마음에 두게 되었을까?

처음에는 그런 낌새가 조금도 없었다.

다만 유기노 산장에서의 노동을 마치고 신 카슈가 집안으로 돌아온 마슈는 기껏해야 1년 남짓한 기간 사이에 놀랄 정도로 변해 있었다.

가까이 가기만 해도 사람을 벨 것처럼 뾰족하고 날카롭기만 하던 소 년이 과묵하지만 강인하고 심지가 굳은 남자가 되어 나타났다.

당시 신 카슈가 집안의 당주였던 라노쉬가 '저 야생마 같은 녀석을 어떻게 조련했는지 다쿠 부부에게 한 수 배워야겠다'고 농담처럼 웃으며 말할 정도의 변화였다.

보통 3년은 걸려야 마칠 수 있는 수련을 1년 만에 끝낸 마슈는 향사가 되어 향군을 따라 제국 각지를 돌아다녔다. 그리고 스무 살도 안 된 어린 나이에 수많은 기밀을 다룰 수 있는 상급 향사로 승급했다.

명석한 두뇌에 남다른 추진력까지 갖춘 마슈의 활약이 워낙 독보적이어서 이르는 자신을 밀치고 당주 자리를 노리려는 것이 아닌가 하는 경계심을 가졌다. 그러나 당사자인 마슈는 정치에 전혀 관심을 보이지 않았다. 그저 무언가에 홀린 사람처럼 제국 각지를 끊임없이 돌아다녔다.

당시 마슈가 향군을 연모하고 있었으리라고는 아무도 상상하지 못했다. 마슈가 향군을 대할 때는 지나치게 차가울 정도로 냉랭한 태도여서 주변 사람들은 그럴 가능성을 꿈에도 생각하지 못했다.

'그 재앙이 일어나지 않았다면……'

지금까지 아무에게도 들키지 않은 채 두 사람의 비밀스러운 마음이 더욱 깊어졌을까 하는 생각을 가끔 하곤 한다.

두 사람이 함께 만들어가던 방어막을 깨뜨린 사람은 올리애였다.

그 시절은 지금보다 겨울이 길었고 추위가 심한 해가 많았다.

산악지대에 폭설이 내리는 경우도 많아 산속 마을로 들어가는 길이 끊기면서 겨우내 고립되는 일이 드물지 않았다.

그러다 봄이 올 무렵 날씨가 풀리면 산사태가 자주 일어나서 겨우 뚫렸던 길이 다시 막히곤 했다.

향사는 제국 각지를 돌아다니면서 각지의 농사가 어떻게 진행되는지를 가늠할 수 있게 그곳의 계절 상황을 부국성에 보고하는 임무를 수행한다.

그런 만큼 향사는 각지의 기후와 풍토를 잘 알고 있고 위험을 피하는 방법도 숙지하고 있다. 그래도 날씨가 급변하는 경우나 산사태가 일어나는 일까지 미리 알아서 피할 수는 없기에 아주 드문 일이기는 해도 목숨을 잃는 경우도 있다.

마슈를 포함한 향사 세 명이 산을 넘다가 조난했을 가능성이 있다는 급한 전갈이 왔을 때 라오는 향군궁에서 올리애와 함께 점심 식사를 하고 있었다.

그동안에도 산사태가 빈번하게 발생했었다는 근황을 비롯해 현지의 힘든 상황을 보고받는 동안 올리애는 미동도 하지 않았고 표정에도 변함이 없었다. 단지 얼굴이 백지장처럼 새하얗게 변했던 점만 기억에 생생할 뿐이다.

즉시 수색대를 파견했으나 조난 현장으로 가는 길목 여기저기가 산사태로 막혀 있어서 그 뒤로 어떻게 되었는지 좀처럼 소식을 들을 수 없었다.

조난 소식을 들은 지 며칠이 지났을 무렵 올리애가 갑자기 고열로 쓰러졌다.

올리애는 금방 자리에서 일어났고 마슈 일행도 무사하다는 소식이 들려와서 라오는 가슴을 쓸어내렸는데 얼마 후부터 향군궁 시녀들 사이에 소문 하나가 돌기 시작했다.

고열로 앓아누워 의식이 없을 때 향군마마가 마슈의 이름을 자꾸만 부르더라는 소문이었다.

당시 향군을 모시는 향사로 일하던 딸 미지마에게서 이런 소문이 향군궁 시녀들 사이에 돌고 있다는 소리를 들었을 때 라오는 오장육부가 오그라드는 듯한 공포를 느꼈다.

조난 소식을 처음 들었을 때 창백하게 질리던 올리애의 얼굴이 머릿속에 떠올랐다.

갑자기 열이 올라 쓰러지고 온몸이 펄펄 끓어 의식도 없는 상태에서 이름을 부를 정도면 속으로 죽을 만큼 걱정했다는 뜻이다. 시녀들 입에 오르내리는 게 이상하지 않을 정도로 깊은 연심을 짐작할 수 있었다.

어찌 대처해야 하나 고민하고 있는데 도성으로 귀환한 마슈가 심려를 끼쳐 죄송하다는 인사를 드린다며 구 카슈가 집안으로 찾아왔다.

그리고는 단둘이 있게 되자 날씨 이야기라도 하는 것 마냥 가벼운 말투로 물었다.

"그러나저러나 스승님은 향군마마를 독살하실 생각입니까?"

막힘없이 매끄러운 말투 뒤에 살벌한, 잘못 대답했다가는 바로 칼을 뽑을 듯한 무언가가 느껴져서 그 순간 라오는 마슈 또한 올리애에 대해 깊은 연모의 마음을 가지고 있음을 알아차렸다.

"……독살을 생각해야 하는 일이 실제로 있는 게냐?"

라오가 날카롭게 따져 묻자 마슈는 낮은 목소리로 대답했다.

"연심의 유무에 대해서라면 굳이 추궁하실 의미가 없지 않습니까? 실제로 있었던 일이건, 혹은 근거 없는 소문이건 일단 소문이 나면 향군마마는 독살당할 위험에 처하게 되니 제가 올리애 님의 생명을 위협하는 존재라는 사실에는 변함이 없습니다."

"그도 그렇다만, 혹시 만에 하나라도 복중에 아이가 있는 경우라면……."

마슈가 고개를 저었다.

"그럴 일은 없습니다."

마슈가 무서우리만치 번뜩이는 눈으로 라오를 가만히 응시했다.

"하지만 형님은 벌써 증거 찾기에 나섰습니다. 뭐라도 쓸만한 것이 나오면 신이 나서 황제 폐하께 저를 처분해야 한다고 말씀드리겠지요."

'그렇군' 하고 라오는 생각했다. 그의 말대로 이르라면 이번 일을 하늘이 내린 기회라 여길 것이었다.

이르는 마슈를 위협적인 존재로 여기며 두려워했다. 향군보다는 마슈를 제거할 수 있는 절호의 기회로 사용하기 위해 일을 꾸민다 해도 이상할 게 없었다.

"저는 카슈가 가문을 떠나겠습니다."

마슈가 담담하게 말했다.

"지금 아무리 형님이 혈안이 되어 찾아다녀도 폐하를 설득할만한 증거를 찾을 수는 없겠지요. 하지만 일단 형님이 저를 겨냥할 수 있는 약점을 발견한 이상 앞으로 올리애 님과 저는 지금까지와는 비교도 안 될 정도로 심한 의심의 눈초리로 감시받게 될 것입니다. 저야 그렇다 쳐도 그분까지 한순간도 마음을 놓을 수 없는 생활을 하시게 할 수는 없습니다."

말끝에서 목소리가 살짝 갈라졌다.

남에게 절대로 속내를 보이지 않는 마슈가 누군가에 대해 말하면서 목소리가 갈라지는 모습을 본 순간 라오는 갑자기 누군가 가슴을 바늘로 콕콕 찌르는 듯한 아픔을 느꼈다. 그렇게 찔린 곳에서 애달픔이 스며 나와 온 가슴으로 퍼져갔다.

올리애의 하얗게 질린 얼굴이 떠올랐다.

열다섯과 열일곱에 만나 둘이 소중히 키워온 마음은 평범한 남녀라면 인생에서 가장 귀중하게 여겨졌을 법한 인연의 끈이다.

185

그러나 이 두 사람에게는 절대로 허락되지 않는 인연이었다.

라오는 눈을 감았다. 지금은 과거를 후회하고 있을 때가 아니다. 앞일을 생각해서 움직여야 한다.

한숨을 쉬며 눈을 뜬 라오가 말했다.

"네 마음은 잘 알겠다만 지금 카슈가 가문을 떠나면 오히려 진짜 뭔가 있지 않았나 하는 의심을 더욱 사게 될 수도 있다."

마슈의 입가가 슬며시 올라갔다.

"그래서 스승님을 찾아뵌 것입니다."

"……?"

"스승님께서 저를 설득하신 것으로 해 주십시오. '아무리 소문이 사실과 다르다 해도 그게 문제가 아니다. 소문이 났다는 자체가 이미 향군마마께 해가 된다. 네가 이대로 향군마마와 여러 곳을 함께 다니는 상급 향사로 남아 있으면 앞으로 소문이 어떻게 더 번질지 모르는 일이다. 카슈가 가문의 직계 남자로서 어떻게 처신해야 할지 잘 생각하고 가려서 행동하라'고 저에게 훈계하셨다고 해 주시지요."

단숨에 거기까지 말한 마슈가 한 마디 덧붙였다.

"그리고 당주님께는 제가 이번 일을 형님과의 대립을 피할 수 있는 절호의 기회로 여기는 모양이라고 귀띔해주시면 감사하겠습니다."

너무도 용의주도한 내용이었다. 라오는 마슈가 청산유수로 하는 말을 들으며 벌써 오래전부터 이런 일이 있을 것을 대비하여 생각해두었다는 것을 느꼈다.

"카슈가 집안을 떠나 어쩔 셈이냐?"

하고 묻자 마슈는 아무렇지도 않게 대답했다.

"오봉군에 들어가겠습니다."

전혀 예기치 않았던 대답에 라오는 순간 할 말을 잃었다.

초대 황제가 다섯 개의 산봉우리를 넘어 여러 씨족을 평정한 일에서 유래한 이름을 가진 오봉군은 국경을 지키는 정예군이다.

황제와 수도를 수비하는 근위군과는 달리 국방의 최전선을 책임지는 이 군대는 분위기가 드세기로 유명했고 정치 권력을 장악하고 있는 카슈가 집안에 반감을 품은 자들도 많았다.

"근위군이면 모를까 왜 하필 오봉군으로……?"

"근위군은 카슈가 집안과 너무 가깝습니다."

"그래도……"

라오는 깊은 실망감에 괴로워하면서 한숨을 쉬었다.

"아쉽구나. 네가 신 카슈가 집안에 있어 주었으면 했는데."

그 무렵 마슈의 강력한 제안으로 유기노 산장에서 극비리에 모종의 작업을 시작한 상황이었고 라오도 그 작업이 성공하기를 간절히 바랐다. 무엇보다도 마슈가 신 카슈가 집안에 있으면 앞으로 많은 일을 함께 이룰 수 있을 거라는 기대를 가지고 있었다.

"네가 부국성에 자리 잡고 그 중심이 되어 지금의 체제를 바꿔주기를 진심으로 바라고 있었다."

그렇게 말하자 마슈의 눈빛이 한순간 부드러워졌다.

"스승님께서 그런 생각을 하시는 분이라는 사실이 저에게는 큰 힘이 됩니다. 감사드립니다."

그러더니 낮지만 분명한 목소리로 마슈가 말했다.

"밖으로 나가는 이유는 안쪽에서 할 수 없는 일을 하기 위해서입니다. 지금은 아직 징조도 보이지 않으나 조만간 위기의 때가 올 것입니다. 그때 사람들을 지옥에 빠뜨리지 않을 수 있는 방도를 반드시 찾아낼 작정입니다."

오봉군에 들어가 자리 잡기가 녹록할 리 없었을 텐데 1년도 채 지나지 않아 마슈는 천 명의 기마병을 이끄는 천기장이 되었다.

그 이후 마슈는 눈앞에 펼쳐져 있던 군 간부의 길을 미련 없이 버리더니 번왕국의 내정을 살피는 번왕국 감시성의 밀정조직인 '뿌리'로 들어갔고 얼마 안 가 황제의 두터운 신임을 얻어 시찰관에 임명되었다.

그렇게 정신없이 변모를 거듭하는 와중에도 마슈는 종종 라오를 찾아와 재앙을 피하는 방법에 대한 설명을 계속했다.

라오 또한 마슈와 더불어 생각하고 그의 계획을 지지하며 이제껏 함께 해 왔다.

그러던 마슈가 드디어 새로운 문을 열어줄지도 모르는 열쇠 하나를 찾아낸 것이다.

'스승님, 진정한 향군을 찾아냈습니다.'

마슈가 보낸 그 편지를 읽었을 때 느꼈던 경악과 불안이 다시금 가슴속에 스멀스멀 퍼져나가는 것이 느껴졌다.

여기저기 부푸러기가 일어나고 누렇게 변색된 《향군 이전》. 그중의 한 구절, 오요마를 본 초대 황제가 창백하게 질려 중얼거렸다는 말이 그날 이후 수시로 머릿속에 떠올랐다.

「굶주림의 구름이 하늘을 뒤덮고 땅은 온통 메말라 사람들은 입에 풀칠도 못 하네. 아아, 향군이여, 바람으로 천지만물을 읽어내어 중생을 구하소서.」

'……그 아이가 진정한 향군이라면'

하늘을 뒤덮고 사람들을 기근으로 내몰았다는 굶주림의 구름 또한 현실로 나타난다는 것인가?

옛날 이야기로만 생각했던 오요마의 알의 그림이 뇌리에 떠올라 라오는 한숨을 쉬었다.

'대비해야지.'

징조가 나타난 것은 틀림없는 사실이다. 지금은 최악의 상황을 상정하고 그에 대비해야 한다.

'우선은 라파의 오요마에 대한 대처부터 해야겠지.'

이르의 뜻에 찬성하는 척하면서 다른 지역으로 확산되는 것을 막을 조치를 철저히 강구해야 한다.

라오는 가벼운 한숨을 내쉬고는 천천히 일어났다.

비밀의 방에서 나오자 한낮의 눈부신 햇살이 쏟아지고 있었다.

낮잠을 자고 일어났는데 아직 대낮이어서 놀랄 때와 같은 느낌으로 환한 바깥의 모습에 살짝 놀라면서 라오는 창밖에 펼쳐진 푸르른 녹색의 숲을 바라보았다.

평소와 다름이 없는 그 풍경을 내다보면서 라오는 입속으로 중얼거렸다.

"제발 언제까지나 그 모습 그대로 있어 다오."

제 **3** 장

타향에서 온 자

1
산장의 나날

"아이샤!"

산장 쪽에서 라이너 아줌마가 부르는 소리가 들렸다. 아이샤는 산나물을 캐다가 말고 돌아보았다.

아담한 몸집의 아줌마가 있는 힘껏 몸을 뻗어 두 팔을 휘두르는 모습이 보였다. 뭔가 손에 쥐고 있어서 마치 깃발로 수신호를 보내는 사람 같았다.

아이샤는 얼떨결에 피식 웃었다.

라이너 아줌마는 누군가를 부를 때 항상 저런 식으로 양팔을 휘저었다. 한쪽 팔로만 불러도 될 텐데 왜 그러냐고 다쿠 아저씨가 뭐라 해도 아랑곳하지 않았다.

아이샤는 산나물이 가득 든 바구니를 들고 종종걸음으로 산장에 돌아왔다.

"어머나, 많이도 캤네!"

바구니를 들여다보고 아줌마가 함박웃음을 지었다.

"금방 씻어 올게요."

아이샤가 말하자 아줌마가 고개를 저었다.

"그건 내가 할 테니까 올리애 씨한테 이것 좀 전해주고 오렴."

아이샤는 바구니를 내려놓고 앞치마로 손을 닦은 다음 모직으로 된 겉옷을 받아들었다.

"산책도 좋지만 매번 겉옷을 잊어버리고 나가시잖니."

이곳은 산속이기 때문에 리아 농원이 있는 저지대보다 훨씬 추웠다. 여름인 이맘때에도 아침저녁으로는 난로에 불을 때고 대낮이라 해도 여름옷 위에 겉옷을 걸쳐서 체온을 조절했다.

"아마 눈꽃 전나무 숲쯤에 계실 거다."

아이샤는 겉옷을 가슴에 꼭 끌어안고 끄덕였다.

"찾아볼게요."

"그래. 아, 오는 길에 서쪽 밭에 들러서 우리 바깥 양반한테 오샤키 열매 좀 잊지 말고 따오라고 전해주련? 채소 절이면서 향을 내려고 어제 부탁했는데 이 양반이 까맣게 잊어버리고 그냥 왔지 뭐니. 오늘은 잊지 말고 꼭 따오라고 그래라."

"네."

이 산장에서 지내게 된 지 이제 겨우 보름 남짓이지만 어떤 때에는 훨씬 오래전부터 여기서 살고 있었던 것 같은 착각에 빠지곤 했다.

여기 사는 다쿠 아저씨, 라이너 아줌마, 두 부부의 아들, 그리고 주름이 자글자글한 일라이너 할머니까지 모두 다 서로에게 거리를 두거나 벽을 치는 일이 거의 없는 소탈한 성품이라 따로 격식을 차리거나 눈치를 보면서 대할 필요가 없기 때문이다.

그리고 올리애 씨도 무척 상냥한 분이어서 여기서 같이 먹고 자고 생활하다 보니 많이 친근해졌다. 여기서는 아무도 올리애 님이라고 부르지 않고 아주 자연스럽게 올리애 씨라고 불렀다. 그래서 이제는 아무런 주저함 없이 눈을 똑바로 보면서 이야기할 수 있게 되었다.

올리애가 아마도 향군마마일 것이라는 생각이 들 때마다 이렇게 편하게 대하면 안 되지 않을까 하는 불안도 느끼지만 그럴 때는 이 산장에 처음 온 날 밤에 다쿠 아저씨한테 들은 당부의 말을 곱씹으면서 걱정되는 마음을 진정시키곤 했다.

'여기는 특별한 곳이다. 우리 허락 없이는 아무도 산장 주변의 산이나 계곡에 발을 들여놓지 못하게 되어 있다. 그러니까 각자 신분이 어떻든, 사정이 어떻든 여기 있는 동안만큼은 다 내려놓고 잊어버리고 지내야 한다.'

'여기서는 초목과 하늘, 돌과 흙, 벌레와 새들, 그리고 짐승들이 우리 신이고 우리 스승이다. 그런 신들과 우리 사이에 서로에 대한 경의는 있되 거리는 없고, 마찬가지로 여기서 사는 우리 사이에도 서로에 대한 존중은 있되 간격은 없다.'

올리애는 그 말을 생글생글 웃으며 듣고 있었다. 그 표정은 리아 농원에서 마차에 올라탈 때와는 전혀 딴판이었다.

올리애의 그런 표정을 보며 아이샤는 여기 있을 때만큼은 올리애가 향군으로서의 무거운 짐을 내려놓고 잠시 동안의 휴식을 취하는 것이구나 하고 어렴풋이 눈치챘다.

사람이면서 신이기도 한 존재로 지내는 것이 어떤 느낌일지 아이샤로서는 알 길이 없었다. 하지만 사람을 좋아하고 명랑한 올리애의 성격을 점차 알게 되면서 그 어두컴컴하고 드넓기만 한 궁전에서 사람들의 숭상을 받으며 말 한마디 편하게 못 하고 생활하려면 얼마나 힘드실까 하는 생각이 저절로 들었다.

올리애는 여전히 자기가 누구인지 말해주지 않았고 산장 사람들 누구도 그 일을 언급하지 않았다.

그래도 아이샤는 어렴풋이 이 산장 사람들이 올리애가 누구인지 모두 알면서도 모르는 체하는 것이라는 짐작을 했다.

그런 이유에서 다쿠 아저씨도 여기 있을 때만큼은 신분도 사정도 다 내려놓고 잊어버리고 살라고 하지 않았을까 하는 생각이 들었다.

아이샤도 그렇게 하는 게 훨씬 마음이 편했다.

그럼 그 말대로 살자고 마음먹었다. 죽은 것처럼 꾸며 간신히 고향 땅에서 도망쳐 나왔고 가족과 함께 지내지도 못하는 불행한 삶도, 앞으로 어떻게 살아가야 할지 막막하기만 한 앞날에 대한 걱정도 여기 있는 동안만큼은 다 내려놓고 지내자고.

리아 농원에서 산장으로 가는 길은 꽤나 험한 산길이었다.

올리애와 아이샤가 타고 왔던 마차는 산길 중간의 사냥용 오두막까지 왔다가 거기서 기다리고 있던 다쿠 아저씨가 올리애와 아이샤를 맞이하자 올리애를 따라온 시녀를 도로 태우고 산을 내려가 버렸다.

거기서부터는 다쿠 아저씨가 끌고 온 말을 타고 산장까지 올라왔다.

시녀를 태운 마차가 시야에서 사라지자마자 올리애의 표정이 확 풀어졌다. 그러더니 야생의 소녀처럼 휙 하니 말에 올라타고는 산길을 오르기 시작하는 바람에 아이샤는 깜짝 놀랐다. 반면 옆에 있던 다쿠 아저씨는 자기 딸을 보듯 사랑스러운 눈길로 올리애의 뒷모습을 바라보고 있었다.

올리애는 말을 익숙하게 잘 다루면서 이따금씩 아름다운 목소리로 노래를 흥얼거렸다. 향군마마는 리그달 출신이라 했으니 리그달 노래일지도 모른다. 무슨 노래를 부르는지는 몰랐지만 듣고 있기만 해도 마음이 가벼워지는 흥겨운 노래여서 산장이 보이기 시작할 무렵에는 아이샤도 작은 소리로 그 노래를 흥얼거릴 정도가 되었다.

올리애는 산장에 도착하자마자 당장 편한 옷으로 갈아입더니 아이샤를 데리고 다니면서 산장과 주변을 보여주었다. 그리고 해가 저물기 시작하자 당연한 듯이 라이너 아줌마를 도와 저녁 준비에 나섰다.

아줌마와 함께 바지런히 부엌 안을 왔다 갔다 하면서도 올리애는 아이샤에게 평소에 누가 어떤 그릇을 쓰는지, 아이샤가 써도 되는 그릇이 무엇인지 등을 자세히 가르쳐주었다. 올리애에게서 풍겨오는 편안하고 밝고 느긋한 향기가 처음 온 장소에 대한 긴장을 부드럽게 풀어서 잊게 해 주었다.

산장에서는 숲 냄새가 났다. 주변의 깊은 숲에서 나는 냄새가 지붕에도 벽에도 깊이 스며 있고 그 냄새는 화롯불에서 타닥타닥 소리를 내며 타는 장작의 냄새와 어우러져 그리운 고향 집을 떠올리게 했다.

친근한 냄새에 둘러싸인 아이샤는 산장에 도착한 그날 밤부터 푹 잠들 수 있었다.

산장에는 멋있는 수염을 기른 다쿠 아저씨, 아저씨의 부인이자 아담한 몸집이지만 언제나 쾌활하고 힘이 펄펄 넘치는 라이너 아줌마, 라이너 아줌마의 친정어머니라는 주름투성이의 일라이너 할머니, 그리고 키 크고 몸집이 건장한 치탈과 마달이라는 쌍둥이 아들들만 살고 있었다.

산장 생활은 아이샤의 고향 생활과 비슷했다. 며칠에 한 번씩 같은 사람들이 필요한 물품을 들고 올 때 말고는 주변의 산과 들과 밭에서 나는 것들로 생활했고 가축도 기르고 있었다. 그래서 다쿠 아저씨와 쌍둥이 아들들은 아침부터 저녁까지 밖에서 일을 했다.

게다가 그 사람들은 저녁을 먹고 나면 뭔가 기록을 해야 한다면서 서재에 틀어박히기 때문에 아침과 저녁을 먹을 때 말고는 얼굴을 볼 일이 없었다. 말이 없는 그 사람들과 대화할 기회는 거의 없었지만 모두 한결같이 아이샤와 눈이 마주치면 싱긋 웃어주었다.

그런 남자들과는 정반대로 라이너 아줌마는 쉴새 없이 떠드는 사람이었고 입을 놀리는 것만큼 손발도 바쁘게 움직였다.

날이 새기도 전에 일어나서 그날 먹을 쌀을 디딜방아로 정미하기 때문에 쿵쿵하고 절굿공이가 현미를 찧는 소리에 가족들이 잠에서 깨곤 했다.

예전에 살던 토울라이라 근방은 벼농사를 하지 못하는 곳이어서 발로 절구를 움직여 정미하는 작업을 처음 본 아이샤는 그 작업이 얼마나 힘든 일인지 알게 되어 깜짝 놀랐다.

예순이 다 된 라이너 아줌마가 첫새벽부터 이런 작업을 해서 정미한 쌀로 지은 밥을 가만히 받아먹는다는 게 너무 미안한 생각이 들었다. 그래서 자기도 그 일을 해 보겠다고 조심스레 나서자 라이너 아줌마는 반색하는 얼굴로 아이샤의 어깨를 툭 치며 말했다.

"어머나~! 애가 이렇게 고마운 말을 해 주네! 하지만 그렇게 가냘픈

다리로 처음부터 다 하겠다고 덤비다가는 큰일 난다. 나도 이 나이에 꾀를 부리다가는 허리며 다리며 약해지는 건 순식간이니 일단은 번갈아 가면서 해 보자꾸나."

아줌마의 말이 맞았다. 쌀을 찧는 절굿공이는 생각보다 훨씬 더 무거워서 계속 밟다 보니 다리와 허리는 물론이고 아랫배랑 등짝까지 저릿저릿하게 아파왔다. 먼저 하겠다고 나서 놓고 중간에 발을 빼는 짓은 절대로 하고 싶지 않아서 땀으로 범벅이 되면서도 이를 악물고 절굿공이를 밟았다. 그런데 얼마 후에 아줌마가 오더니 깔깔 웃으면서 더 이상 했다가는 몸살 나서 쓰러진다며 교대해 주었다. 솔직히 말하자면 현기증이 날 정도여서 그제야 마음이 놓였다.

이튿날이 되자 몸살은 나지 않았지만 온몸이 쑤시고 아팠다.

왕족의 혈통이라고는 하나 아이샤는 온실에서 곱게 자란 공주님이 아니었다. 고향에서 살던 시절에 아버지는 우차이 할아범과 함께 교역을 하러 집을 비우는 일이 많았기 때문에 어릴 때부터 어머니를 도와 살림을 했고 부모님이 돌아가신 후로는 대부분 가사를 도맡아 했다. 그래도 마키시가 이리저리 도와주는 일이 많았기 때문에 지금 와서 돌이켜보니 꽤나 편하게 살았다는 생각이 들었다.

이 산장에는 해야 할 일이 끝도 없었다. 정미를 마치면 쌀로는 밥을 짓고 쌀겨는 물에 불려 가축 사료로 만들어야 했다. 아이샤는 그 일도 아줌마에게 배우면서 돕게 되었다.

리아 농원에서 이 산장으로 파견된다는 소식을 전하면서 라오 스승은 산장에 가서 무슨 일을 하라는 식의 지시를 내리지 않았다. 그래서 이곳에 처음 왔을 때 다쿠 아저씨에게 '저는 뭘 하면 되나요' 하고 물었다. 하지만 '그냥 지내면 되지, 뭐.'라는 대답만 돌아와서 어찌할 바를 몰랐다.

그런데 어느 날 밤 올리애가 다가오더니 이렇게 속삭여주었다.

"너를 여기 데리고 온 건 마음을 쉬게 하려고 그런 거니까 그냥 편하게 있으면 돼. 네가 편하고 행복하면 여기 사람들도 안심할 거야."

그제야 '그런 거였구나' 하고 알게 되면서 조금 놀라기도 했다.

특례로 받아주었을 뿐인 소녀한테 이런 배려까지 해 준다는 사실이 신기했다. 하지만 산장 사람들은 아이샤와 올리애가 온 후로도 특별히 의식하는 일 없이 평소에 하던 생활을 덤덤히 계속할 뿐이었다. 그래서 아이샤도 얼마 안 가 이리저리 고민해 봐야 소용이 없겠다는 생각을 하게 되었다.

이른 새벽의 정미 작업부터 시작해서 가축 돌보기, 청소와 빨래, 산나물 캐기, 음식 만들기 등 아줌마 옆에서 돕기만 해도 하루가 눈 깜짝할 사이에 지나갔다.

올리애도 그렇게 특별할 것 없는 평범한 나날을 담담히 보냈다.

올리애가 제일 오랜 시간을 함께 보내는 사람은 일라이너 할머니인 것 같았다. 몸집이 아주 작고 주름이 자글자글한 할머니인데 그 작은 눈이 언제나 반짝반짝 빛나고 있었다.

딸인 라이너 아줌마가 힘이 넘치는 것은 엄마에게서 물려받은 모양이었다. 여든이 넘은 고령에도 할머니는 언덕길이건 높은 계단이건 거침없이 쑥쑥 올라가곤 했다.

이 할머니가 하는 일은 비둘기 돌보기였다.

산장에 도착했을 때부터 비둘기 냄새가 많이 난다고 생각은 했지만 올리애를 따라 산장 다락방에 올라가 보고는 깜짝 놀랐다. 넓은 다락방은 비둘기 새장이 되어 있었는데 그 안에는 수십 마리의 비둘기들이 있었다.

어두침침하고 비둘기 냄새와 온기로 후끈한 다락방에서 천으로 코와 입을 가린 자그마한 할머니가 왔다 갔다 하면서 바닥에 떨어진 새똥이니 깃털을 바지런히 치우고 다녔다.

다락방에는 새장만 있지 않았다. 안쪽 구석에 책장과 커다란 책상이 놓여 있고 작은 화로와 차를 마실 수 있는 도구도 있었다.

그때 파닥파닥 날개를 치면서 활짝 열린 창문으로 비둘기가 날아들자 할머니는 손에 든 빗자루를 내려놓고 목에서 꾸룩꾸룩 하는 소리를 내며 두 손으로 익숙하게 비둘기 몸통을 잡더니 가느다란 다리에 묶인 작은 대롱을 떼어낸 다음 둥지에 넣어주었다.

"……전서구였군요."

아이샤가 작은 소리로 올리애에게 물었더니 올리애가 대답하기도 전에 할머니가 얼굴을 들고서 가까이 오라고 손짓했다.

할머니 곁으로 다가가자 방금 비둘기 다리에서 떼어낸 통에서 돌돌 말린 작은 종이를 꺼내더니 아이샤에게 보여주었다.

뭔가 글씨가 빽빽하게 적혀 있는데 한 번도 본 적이 없는 문자여서 하나도 읽을 수 없었다.

"우마르 문자가 아니네요. 어디 문자예요?"

종이를 돌려주면서 물어보자 할머니가 씩 웃었다.

"어디 것도 아니지."

올리애가 다가와서 손을 내밀자 할머니는 그 손에 종이를 얹었다.

말없이 읽기 시작한 올리애의 얼굴이 이윽고 살짝 발그스레해졌다.
할머니는 생글생글 웃으며 그런 올리애의 모습을 지켜보았다.

2
눈꽃 전나무

올리애는 숲속에서 산책하는 것을 좋아하는지 조금만 틈이 나면 혼자 훌쩍 숲속으로 들어가 버렸다. 이 근방은 산적을 걱정할 필요가 없어서 그렇겠지만 산속에는 위험한 것들이 많다. 아무렇지도 않게 혼자 숲속으로 들어가 버리는 올리애를 볼 때마다 역시 이분은 천지만물을 다 아는 향군마마시구나 하는 생각이 들곤 했다.

이 근방은 숲이 깊었다. 그래도 사람이 들어갈 수 있는 곳은 한정되어 있고 올리애가 지나갈 때 풍긴 냄새의 흔적을 따라가면 되기에 아이샤는 올리애를 찾는 일이 어렵지 않았다.

라이너 아줌마 말대로 눈꽃 전나무가 빽빽하게 서 있는 곳으로 향하는 오솔길에 올리애의 잔향이 남아 있어서 아이샤는 그 냄새를 따라 숲속으로 들어갔다.

맑게 갠 날이어서 산양과 소가 방목된 산장 주변 풀밭은 환하게 햇빛으로 가득 차 있었는데 숲속으로 발을 들여놓자 나뭇가지들이 덮개처럼 햇빛을 차단해서 잠시 동안 눈앞이 캄캄해졌다.

그러나 금방 그 어둠에 눈이 익숙해지자 여기저기서 나뭇잎 틈새로 비쳐 드는 햇빛을 받아 희끗하게 보이는 오솔길이 시야에 들어왔다.

올리애는 한참 전에 이 길을 지나갔는지 냄새가 희미해져가고 있었다. 하지만 오솔길을 따라 숲 안쪽으로 들어갈수록 냄새의 흔적이 점점 분명해졌고 이윽고 눈꽃 전나무가 늘어선 숲에 다다를 즈음에는 바람을 타고 오는 냄새에서 올리애의 향기를 분명히 느낄 수 있었다.

눈을 감으면 캄캄한 시야에 올리애의 윤곽이 보일 정도로 체취가 가까워졌을 때 나무들 사이에 서 있는 올리애의 모습이 보였다.

올리애는 눈꽃 전나무 하나를 바라보고 있었다.

녹색 나뭇잎 사이로 쏟아지는 투명한 빛이 그 모습을 부드럽게 감싸며 도드라져 보이게 했다. 그 얼굴에 보이는 구김살 없는 평온함이 아이샤의 가슴을 날카롭게 찔렀다.

'올리애 님은 역시 힘드시구나. 남들이 떠받드는 향군마마로 사시는 것이.'

그런 생각에 마음이 아파 아이샤는 차마 말을 걸지 못한 채 겉옷을 가슴에 안고 올리애를 바라보기만 했다.

아이샤가 바람이 부는 반대쪽에 있어서인지 올리애는 아이샤의 존재를 전혀 알아차리지 못한 채 마냥 나무만 응시했다.

그러더니 이윽고 깊은 한숨을 쉬고는 천천히 머리를 쓸어올리며 이쪽으로 고개를 돌렸다.

"……어머!"

눈을 크게 뜨며 올리애가 불렀다.

"아이샤니? 언제부터 거기 있었어?"

아이샤가 고개를 꾸벅 숙였다.

"죄송합니다."

올리애는 이쪽을 뚫어지게 쳐다보다가 금세 픽 하고 웃었다.

"미안한 건 내 쪽이지. 겉옷을 갖다주려고 왔구나?"

올리애가 빠른 걸음으로 다가와 겉옷을 받아들고 위에 걸치면서 물었다.

"아줌마가 또 한 소리 했지?"

"조금요."

아이샤가 대답하자 올리애는 웃으면서 손을 뻗어 아이샤의 볼을 콕 찔렀다.

"가져다줘서 고마워."

볼이 빨개지는 것을 느낀 아이샤가 허둥거렸다.

"저기……"

쑥스러운 감정을 숨기려고 말을 꺼내기는 했는데 무슨 소리를 하려고 했는지 잊어버려서 그냥 머릿속에 떠오른 질문을 했다.

"뭘 보고 계셨던 거예요?"

올리애가 아이샤의 어깨를 감싸 안았다.

"이리 와 봐."

올리애는 아까 서 있던 곳으로 아이샤를 데리고 가서 눈앞의 나무를 가리켰다.

"이 나무가 다른 나무들이랑 다른 점이 있니?"

그 나무는 아주 평범한 눈꽃 전나무였다. 오래된 나무는 아닌지 줄기가 굵지 않았다. 껍질이 벗겨진 곳이 있기는 해도 그 외에는 이렇다

할 차이점은 없어 보였다. 다만 이 나무에서 풍기는 냄새가 다른 나무들과 약간 달랐다.

"……이 나무는 병든 건가요?"

그렇게 물었더니 올리애의 눈이 살짝 커졌다.

"왜 그렇게 생각해?"

"확실하지는 않지만 도와달라고 속삭이는 느낌이 들어서요."

올리애는 한동안 말없이 있더니 이윽고 고개를 끄덕였다.

"맞아. 이 나무는 힘든 일을 겪었어."

주변에 서 있는 나무들을 돌아보면서 올리애가 말했다.

"이 근처는 눈꽃 전나무가 다른 숲보다 빽빽하게 서 있잖아?"

아이샤도 주위를 돌아보면서 고개를 끄덕였다.

눈꽃 전나무는 나무껍질에 특징이 있다. 하얗게 석화된 것이 군데군데 붙어 있어 희미한 빛을 내기 때문에 멀리서 보면 눈꽃이 핀 것처럼 보였다.

올리애의 말처럼 주위를 둘러보니 이 근처는 눈꽃 전나무가 빽빽하게 늘어서 있었다. 나뭇가지들도 빈틈없이 뻗어 있어 답답해 보였다.

"다쿠 아저씨는 예전에 이 숲의 나무들이 너무 밀집해 있어서 나무들 사이를 약간 띄워서 바람도 통하게 하고 볕도 잘 들게 해야겠다고 생각했대. 그런데 너무 바빠지는 바람에 한 군데만 그렇게 하고 여기까지는 손을 댈 수가 없었다고 하더라고."

손을 뻗어서 눈앞에 있는 나무를 만지면서 올리애가 말했다.

"눈꽃 전나무는 껍질이 벗겨지는 병에 걸리는 경우가 있는데 이 나무는 껍질이 벗겨지기 시작한 게 보여서 여기를 지나칠 때마다 아저씨는 마음이 아팠대. 병에 걸렸으니 이제 시들어 죽겠구나, 이 근방도 진작에 볕이 좀 들게 손을 봤으면 병에 안 걸렸을 텐데 하고 말이야. 그런데 그러다가 의외의 사실을 발견했대."

올리애가 약간 떨어진 곳을 가리켰다.

"저기 좀 봐봐."

눈길을 돌려보니 풀밭이 보였다. 햇빛이 환하게 비쳐서 밝았는데 자세히 보니 풀밭 주변 나무들은 제각기 크기가 달랐고 풍겨오는 냄새도 묘하게 제각각인 느낌이었다.

"너라면 틀림없이 알 수 있을 것 같은데 어때? 저기는 건강한 숲처럼 보이니?"

아이샤는 고개를 저었다.

"이쪽이 오히려 더 평온하고 건강한 냄새가 납니다."

올리애가 끄덕였다.

"맞아. 아저씨도 그 점을 깨닫고는 깜짝 놀랐다더라. 간격을 띄워주고, 바람이 잘 통하게 하고, 볕도 들게 하면 쑥쑥 잘 자라는 나무들도 있었지만 반대로 점점 약해져서 벌레가 꿇는 나무들도 생겼대. 오히려 여기 나무들이 더 비슷비슷하게 자라 있고 숲이 건강한 거지. 게다가……."

나무줄기를 살살 쓰다듬으며 올리애가 말을 이어갔다.

"이 나무는 시들지 않았어. 껍질이 벗겨지고 약해진 상태였는데도 어쩐 일인지 살아남은 거야."

아이샤는 눈앞에 있는 나무를 뚫어지게 쳐다봤다. 거기서 나는 냄새 소리는 강한 나무의 것이 아니었다. 약한 소리로 주위에 도움을 청하고 있었다.

다만 잘 맡아 보니 다른 냄새도 느껴지기 시작했다. 이 나무와 그 옆에 서 있는 눈꽃 전나무들이 뿜어내는 부드러운 향기였다.

힘들어하는 냄새 소리에 반응해서 여러 가지 냄새 소리가 복잡하게 어우러지면서 형형색색의 실로 짜인 직물처럼 부드럽게 이 나무를 감싸고 있었다.

"주변에 있는 아이들이 도와주고 있네요."

아이샤가 중얼거렸다.

올리애는 놀란 표정으로 눈을 크게 뜨며 아이샤를 바라보았다.

무슨 생각을 하는지 한동안 말없이 아이샤를 보기만 하다가 이윽고 고개를 끄덕였다.

"그렇구나……. 너도 그렇게 느끼는구나. 아저씨도 그렇게 말하더라. 눈꽃 전나무는 다른 나무와 뿌리가 이어져 있기도 하니까 틀림없이 다른 나무가 도와주고 있을 거라고."

올리애의 눈에 갑자기 눈물이 솟았다.

"참 신기하지. 이 세상은 매정해서, 움직이지 못하는 나무는 껍질이 벗겨지면 그대로 시들어 죽을 수밖에 없잖아. 그런데 이렇게 주변에서 손을 내밀어 지켜주는 일도 있다니."

올리애가 가느다란 목소리로 말했다.

"여기 올 때마다 그런 생각을 했어. 많은 타인이 서로에게 손을 내밀어 도와주는 게 어떤 의미일까 하고 말이야. 약자를 포기하지 않고 손을 내밀면 무엇을 지켜줄 수 있을까?"

그러더니 햇볕이 잘 드는 풀밭으로 시선을 옮겼다.

"햇살을 독점하면서 홀로 서 있는 나무는 행복해 보여도 주변하고 아무런 이어짐이 없이 텅 빈 곳에서 혼자 살아가야 하니까 사실은 외로운지도 모르겠다."

3
서쪽 밭

올리애와 헤어진 아이샤는 아줌마에게 부탁받은 말을 다쿠 아저씨에게 전하기 위해 서쪽 밭으로 갔다.

대충 어디쯤인지는 듣고 왔지만 실제로 서쪽 밭에 가 보는 것은 처음이어서 제대로 찾아갈 수 있을지 살짝 불안했다. 그런데 아줌마가 가르쳐준 산길을 걷다 보니 산들바람이 재와 흙냄새를 실어 와서 조금 더 가면 밭이 있다는 사실을 알려주었다.

잔풀을 한바탕 태워 토양을 만든 다음 우선은 메밀씨를 뿌렸다는 이야기를 들었을 때 아이샤는 어린 시절 마키시 아줌마한테 밭 태우기에 대한 이야기를 들었던 생각이 났다.

메밀씨는 밭의 잔풀을 태우고 난 뒤 재가 아직 따뜻할 때 뿌려야 한다는 말을 듣고 그런 재 속에 있어도 메밀씨가 무사할까 싶어 신기해했다. 아줌마는 메밀씨도 갓난아기랑 똑같아서 따뜻한 이불 속에 있어야 무럭무럭 자란다고 하면서 웃었다.

'산은유~ 우덜한테 엄니나 마찬가지랑께유~. 나무나 풀을 태우믄 그기 따수운 이부자리나 마찬가지지유~. 그라니께 거그다 메밀도 심구~ 콩도 심구~ 조도 심으면 엄니인 산이 잘~ 키워주는 거쥬~. 그런 곡식들 다~ 거두구서~ 엄니헌티 고맙습니다~ 허구 몇 년 쉬게 두면 그기서 또 나무도 자라구~ 풀도 자라구~ 혀서 숲이 우거지는 거여유~. 숲이 생기믄 또 그기에 버섯도 자라구~ 배 아플 때 대려먹는 약초도 자라구~. 이렇게 우덜을 도와주는 고~마운 엄니인 거쥬~. 그렇게 푹~ 쉬게 헌 다음에 또 풀을 태워서 밭을 맹글고~, 그기다 메밀이랑 콩이랑 심는 거여유~. 엄니는 이렇게 우덜을 멕여 살리는 거쥬~.

계곡에 차는 안개도 마찬가지예유~. 그기 생기믄 메밀 싹을 촉촉~허게 적시거든유~. 안개가 좀 미지근허니께 이제 막 올라온 약헌 싹이 따순 온기를 받아서 잘~ 자라는 거쥬~.'

조곤조곤 말하던 아줌마 목소리를 떠올리면서 걷다 보니 어느새 숲이 끊어지고 햇살이 비치는 양지로 나왔다.

'……응? 여기가 밭이야?'

아이샤는 그 자리에 우뚝 서서 눈만 깜박거렸다. 온 사방에 다양한 풀이 자라고 있어서 어디가 밭인지 분간이 되지 않았기 때문이다.

저 멀리서 허리를 굽히고 뭔가를 하고 있는 다쿠 아저씨는 보였는데 쌍둥이 형제의 모습은 없었다.

아무래도 여기가 서쪽 밭이 맞는 것 같은데 메밀뿐만 아니라 상당히 많은 종류의 작물들이 자라는 모양이었다.

너무 다양한 냄새가 매력적으로 풍겨와서 아이샤는 자기도 모르게 고개를 숙이고 눈을 감았다.

그 순간 눈에 보이던 것과는 다른 세계가 펼쳐졌다.

다양한 작물들과 거기에 붙어 있는 벌레들, 흙 속에 있는 생물들이 내는 냄새가 모습을 드러내는 세계에서 메밀 냄새가 진하게 느껴지는 곳을 밟지 않게 잘 피하면서 다쿠 아저씨가 있는 쪽을 향해 걸어갔다.

어느 지점에 이르렀을 때 아저씨가 돌아보는 기척이 느껴져서 아이샤는 눈을 떴다.

아저씨가 걱정스러운 표정으로 이쪽을 쳐다보았다.

"아이샤? 왜 그래? 어디 아프냐?"

아이샤는 생긋 웃으며 손사래를 쳤다.

"아니에요. 그냥 햇살이 너무 눈부셔서 잠깐 어지러웠어요."

아저씨는 그 말에 마음이 놓였는지 표정을 풀면서 말했다.

"하긴 여기는 빛 반사가 심한 땅이라서."

그리고 아이샤 뒤쪽을 흘깃 보더니 물었다.

"혼자 왔냐?"

"네. 저기, 아줌마가 오늘은 오샤키 열매를 꼭 따오시라고 전해달래요."

아저씨가 "아아" 하며 웃었다.

"그러고 보니 어제도 그런 말을 했었지."

목에 걸고 있던 수건을 풀어서 땀범벅인 얼굴을 닦은 아저씨는 밭 가장자리에 나 있는 덤불을 가리켰다.

"저게 오샤키다. 미안한데 네가 저기서 열매 몇 개 따서 가지고 가라. 난 또 잊어버릴 수도 있으니까."

"저 갈색 열매 말인가요?"

"그래."

"채소절임에 쓴다고 했는데 몇 개만 있어도 되는 건가요?"

"향을 내려고 넣는 거니까 한주먹 정도면 충분하다."

고개를 끄덕인 아이샤는 아저씨가 가리킨 덤불을 향해 걸어갔다.

번들번들 빛나는 녹색 나뭇잎 사이로 갈색 열매가 잔뜩 달려 있었다. 훅하고 코끝을 찌르는 냄새가 났다.

그 열매를 한 손 가득 따서 앞치마 주머니에 넣으며 아이샤는 문득 이 덤불 뿌리 옆에 풀이 전혀 없다는 사실을 알아차렸다.

자기도 모르게 허리를 굽혀서 흙을 만졌는데 서 있을 때와는 다른 냄새가 코를 자극해서 눈살을 찌푸렸다.

'이 나무는…….'

새가 자기 영역을 지키듯 자신의 영역을 주장하고 있었다.

이렇게 허리를 굽혀 땅바닥에 가까이 있을 때 들려오는 냄새 소리는 서 있을 때와는 또 달랐다.

허리를 구부린 자세 그대로 밭쪽을 향해 고개를 돌린 아이샤는 엉겁결에 "우와~!" 하는 탄성을 질러버렸다.

이 밭은 어쩌면 이렇게 떠들썩할까?

고향에 살던 시절 어머니가 집 근처에 만들었던 텃밭은 잡초를 말끔하게 뽑고 수시로 손을 봐서 그랬는지 들판이나 숲에 비하면 재미가 하나도 없을 정도로 조용했다. 그런데 지금 눈앞에 펼쳐져 있는 밭은 많은 아이들이 한군데 몰려 있는 것처럼 시끌벅적했다.

사이좋게 어깨를 나란히 해서 노는 아이들도 있고 내 쪽으로 오면 가만 안 두겠다고 큰소리로 외치는 아이도 있는, 그런 소란스러운 아이들의 무리를 보는 느낌이었다.

풍겨오는 냄새를 맡고 있으려니 그 소란스러움 가운데 묘한 것이 보였다.

약간 떨어진 곳에 있는 풀 주변만 흙냄새가 전혀 달랐다. 그 주변으로는 다른 풀이 나지 않아 텅 빈 땅 같았다.

그 풀이 풍기는 냄새는 오샤키보다 강하고 훨씬 더 큰소리로 주변을 위압하면서 자신의 영역을 주장하고 있었다.

'어? 이 냄새……!'

아이샤는 다른 풀을 억누르는 이 풀의 냄새를 기억했다.

'이거 혹시?'

뇌리에 마차 창문으로 보았던 광활한 논의 풍경이 떠올랐다. 아이샤는 고개를 갸웃거렸다.

'하지만 그 논에서는 벌써 다 익은 상태였는데 여기서는 왜 아직……?'

그런 생각을 하는 참에 아이샤가 허리를 구부리고 있는 모습이 보였는지 다쿠 아저씨가 다가오며 물었다.

"왜 그러냐? 또 어지러워?"

아이샤는 허겁지겁 몸을 일으켰다.

"죄송해요. 괜찮아요."

일단 그렇게 사과한 다음 부드러운 냄새를 풍기는 풀을 가리켰다.

"아저씨, 이게 메밀 맞죠?"

아이샤가 가리킨 곳을 본 아저씨가 뜻밖이라는 표정으로 눈썹을 치켜올렸다.

"그래. 어떻게 알았냐?"

'역시 그랬구나' 하고 생각하면서 아이샤는 주변을 위압하는 강한 냄새를 풍기는 풀을 가리켰다.

"저거랑 저거, 아 저쪽에 있는 저것도…… 다 혹시 오아레 벼 아닌가요?"

그 말을 듣자마자 다쿠 아저씨의 안색이 확 변했다.

자기 얼굴을 뚫어지게 응시하는 다쿠 아저씨를 보고 아이샤는 아차 싶었다. 쓸데없는 말을 했구나 하고 후회를 했다. 무심결에 물어보았지만 다쿠 아저씨는 오아레 벼와 메밀 냄새의 차이를 모르고 있을 수도 있다.

"벼 이삭도 아직 나지 않았는데 용케 오아레 벼를 알아봤구나. 전에 어디서 농사일을 도와준 적이 있냐?"

아이샤는 고개를 저었다.

"……아니요."

다쿠 아저씨는 "그렇구나" 하고만 대답하더니 한동안 말없이 아이샤를 뚫어지게 보다가 물었다.

"오샤키는 다 땄고?"

"네. 이 정도면 될까요?"

하며 앞치마 주머니를 살짝 벌려서 보여주자 다쿠 아저씨는 미소를 지으며 말했다.

"충분하다."

아이샤가 고개를 꾸벅 숙이며 인사했다.

"그럼 가 볼게요."

다쿠 아저씨도 고개를 끄덕이며 말했다.

"발치를 잘 보면서 조심해서 가거라. 산에서는 해가 일찍 지니까."

그리곤 괭이를 다시 집어 들고 뒤돌아섰다.

아저씨는 그대로 걸어가려다가 문득 발걸음을 멈추고 다시 이쪽을 돌아보며 말했다.

"아 참. 혹시 오는 도중에 올리애 씨를 보지 못했냐? 오늘 아침에 이쪽에 잠깐 들를 수도 있다고 했는데."

"아, 네, 뵈었어요. 아까 눈꽃 전나무를 보고 계셨어요."

"아아, 그랬구나."

아저씨가 싱긋 웃었다.

"그럼 이제 슬슬 이쪽으로 들르겠네."

아이샤가 고개를 갸웃거렸다.

"아직 좀 더 시간이 걸릴걸요? 파란 골짜기에 피는 유카기 꽃이 슬슬 볼만해졌을 때라면서 잠깐 보러 가겠다고 하셨거든요."

다쿠 아저씨의 표정이 확 어두워졌다.

"파란 골짜기의 유카기라고?"

"네."

험한 표정을 지으면서 아저씨가 혼잣말을 중얼거렸다.

"이거 큰일 났네. 파란 골짜기 근처에는 가지 말라는 얘기를 깜박했군."

"파란 골짜기에 뭐가 있나요?"

아저씨가 '으음' 하고 신음했다.

"요 몇 년 사이 예전에는 저지대에만 있던 빨간 독나방이 파란 골짜기에서도 보이기 시작했다. 요맘때면 꽃나무에 애벌레가 꼬여있을 수도 있는데."

"빨간 독나방이 그렇게 위험한가요?"

"성충 몸에 붙은 가루만 만져도 살이 빨갛게 일어나는데 더 무서운 건 애벌레다. 나뭇가지하고 똑같은 색이어서 모르고 만졌다가는 온몸

이 새빨갛게 퉁퉁 부어오르지. 자칫하면 숨을 못 쉬어서 죽게 되는 수
도 있다."

아이샤는 얼굴이 하얗게 질리면서 이마가 차가워지는 게 느껴졌다.

"해독하는 방법은요?"

"오라길 뿌리를 달인 물이 약인데……."

하고 말하려다가 아저씨는 아이샤를 내려다보며 물었다.

"톳사라를 아냐?"

아이샤는 깜짝 놀라서 눈이 휘둥그레졌다.

"알아요. 아저씨는 칸탈 말을 할 줄 아세요?"

"나무나 풀 이름 정도만 알지. 어쨌든 빨간 독나방한테 당했을 때는
톳사라 뿌리를 달인 물이 듣기는 하는데 문제는 시간 싸움이라는 거
다. 빠를수록 효과가 있지. 시간이 지나면 효력이 없어진다."

아이샤는 마음속으로 중얼거렸다.

'톳사라……'

톳사라 뿌리를 달인 물은 마키시가 자주 쓰던 민간요법이었다.

'톳사라로 해독하는 독나방. 애벌레 색깔이 나뭇가지랑 똑같다……'

머릿속에 갑자기 떠오른 생각을 아이샤가 그대로 내뱉었다.

"빨간 독나방은 얼룩나방하고 비슷하네요."

다쿠 아저씨가 눈썹을 치켜올렸다.

"어, 그렇지. 빨간 독나방은 칸탈에서 얼룩나방이라 불리는 것하고
같은 나방이다."

그 말을 듣자마자 아이샤는 마음이 가벼워졌다.

'아아, 얼룩나방이구나.'

얼룩나방에게는 독특한 냄새가 있다. 애벌레에서도 고약한 냄새가

난다. 향군마마인 올리애라면 금방 알아차릴 것이다. 모르고 만질 리가 없다.

아이샤는 그렇게 말하려다가 가까스로 입을 다물었다. 나방 냄새는 마키시들도 이해하지 못했다는 사실이 생각났기 때문이다.

아저씨를 안심시키고 싶었지만 공연히 그런 말을 했다가는 아이샤를 이상하게 볼 수도 있을 것 같았다.

"아이샤."

"네."

"나는 파란 골짜기에 가 봐야겠다. 미안한데 너는 서둘러 산장으로 가서 우리 집사람한테 사정을 설명하고 혹시 모르니 약을 준비해 두라고 해라."

"네. 그렇게 말할게요."

아이샤는 고개를 숙이고 밭을 떠났다.

약을 만들어봐야 쓸모가 없겠지만 어쩔 수 없는 일이었다.

밭에서 숲으로 들어가자 아까보다 더 어둡게 느껴졌다. 나뭇가지를 비추는 햇살이 어느새 불그스레하게 물들어 있었다.

'아저씨가 파란 골짜기에 직접 가 보면 올리애 님이 무사하신 줄도 알 테고, 그럼 안심하시겠지.'

그런 생각이 설핏 떠올랐다.

'올리애 님이 남들이 의식하지 못할 정도로 너무 평범한 사람처럼 행동하셔서 다들 잊어버린 거야. 올리애 님이 향군마마라는 사실을.'

별로 서두르지 않고 걸어와서 그런지 산장이 보일 무렵에는 해가 뉘엿뉘엿 저물어가고 있었다.

그때 저녁 바람 속에 문득 의외의 냄새가 풍겨와서 아이샤는 깜짝 놀라 발걸음을 멈추고 냄새가 나는 방향으로 고개를 돌렸다.

어두컴컴한 숲속에서 기묘한 모양의 그림자가 움직이고 있었다.

그 그림자가 여자를 안고 걸어오는 남자의 모습이라는 사실을 알아차린 아이샤는 숨이 멎을 듯이 놀랐다.

'……마슈 님?!'

마슈는 올리애를 안은 채 이를 악물고 큰 걸음으로 저벅저벅 걸어왔다. 마슈의 어깨에 머리를 올린 자세로 안겨 있는 올리애의 얼굴은 멀리서 보아도 한눈에 알 수 있을 정도로 심하게 부어 있었다.

4
탄로

파란 골짜기에서 올리애를 찾지 못해 여기저기 헤매고 다녔는지 다쿠 아저씨는 저녁노을이 다 사라진 무렵이 되어서야 산장으로 돌아왔다.

아이샤에게 올리애의 상태를 들은 다쿠 아저씨는 새파랗게 질렸다.

"오라길 달인 물은 마시게 한 거냐?"

"라이너 아줌마가 지금 달이는 중이에요."

다쿠 아저씨는 고개를 끄덕이고서 바로 올리애가 누워있는 안쪽 방으로 갔는데 아이샤는 따라가지 않았다.

심하게 부어오른 올리애의 얼굴을 떠올리기만 해도 뼛속에서부터 온몸이 바들바들 떨려왔다.

올리애는 왜 얼룩나방의 애벌레를 알아보지 못했을까?

마슈는 어떻게 올리애를 발견해서 안고 왔을까?

모르는 점 투성이였지만 그보다도 올리애가 죽으면 어떡하나 하는 생각에 너무너무 무서워서 주체할 수 없이 온몸이 덜덜 떨렸다.

부엌에서 톳사라 뿌리를 달이는 독한 냄새가 풍겨왔다.

'뛰어올걸.'

아이샤는 한가롭게 천천히 걸어온 것이 미치도록 후회되었다.

약초 달인 물은 빨리 먹을수록 잘 듣고 시간이 지나면 효과가 없어진다고 했던 다쿠 아저씨의 목소리가 자꾸 귓가를 맴돌아 아이샤는 입술을 꽉 깨물었다.

'올리애 님, 죄송해요. ……정말 죄송합니다.'

라이너 아줌마가 김이 모락모락 나는 작은 냄비와 수건을 들고 부엌에서 나와 안쪽 방으로 뛰어갔다.

"아이고 얘, 이것도 가져가야지! 그릇이랑 대야 잊어버렸잖아!"

일라이너 할머니가 그릇과 대야를 휘두르면서 부엌에서 쫓아 나와 라이너 아줌마를 따라서 안쪽 방으로 들어갔다.

쌍둥이 형제가 돌아온 것은 해가 지고서도 한참 지나서였다.

그때까지도 올리애의 상태는 좋아지지 않았는데 사정을 듣고 안쪽 방에서 올리애의 얼굴을 보고 온 쌍둥이 형제는 그대로 의자에 털썩 주저앉아 넋이 나간 표정으로 불도 없는 난로를 멍하니 쳐다볼 뿐이었다.

아이샤는 방을 등진 자세로 문가에 쭈그리고 앉아 검은 숲속을 가만히 쳐다보았다. 저녁 준비를 해야 한다는 생각조차 하지 못하고 방 안이 어두워진 것도 의식하지 못한 채 그저 하염없이 시간만 보냈다.

라이너 아줌마는 한밤중이 되어서야 방에서 나왔다.

"……아니, 이게 뭐야?!"

거실로 들어오자마자 라이너 아줌마가 어이없다는 듯이 큰 소리로 말했다.

"불도 켜지 않고 다들 뭐 하고 있었던 거야?"

라이너 아줌마는 혀를 차고는 촛대 위의 양초에 불을 붙이기 시작했다. 쌍둥이 중 하나가 물었다.

"좀 어때?"

아줌마는 그쪽을 돌아보고 약간 피곤한 목소리로 대답했다.

"할머니 말씀에 고비는 넘긴 것 같다더라. 붓기도 가라앉고 벌건 기운도 없어진 걸 보니 용케 때를 놓치지 않고 오라길이 들은 모양이다."

쌍둥이 형제가 동시에 큰 한숨을 내쉬었다.

"어후~ ……다행이다."

두 형제는 일어나더니 "마음이 놓이니까 이제 허기가 지네!" 하고 중얼거리면서 부엌 쪽으로 사라졌다.

'부엌에 가서 저녁을 만들어야 하는데.'

그렇게 생각하면서도 아이샤는 몸에 힘이 들어가지 않아 제대로 일어날 수가 없었다. 간신히 몸을 일으키고 나서도 다리가 후들거렸다.

'다행이다. 정말 다행이야. 올리애 님이 무사하셔서…….'

그런 생각을 하는데 느닷없이 울컥하며 눈물이 났다. 깜짝 놀라 도로 삼키려 했지만 결국 참지 못하고 이내 울음을 터뜨리고 말았다.

"……아이구~ 아이샤야!"

라이너 아줌마가 다가와서 아이샤를 안아주었다.

"너도 걱정 많이 했지? 이제 괜찮아. 금방 일어나실 거야."

아줌마의 따뜻한 품에서는 톳사라 냄새가 났다. 그 냄새를 맡으면서 아이샤는 어깨를 들썩이며 울었다.

그날 밤은 잠자리에 들어서도 계속 꿈만 꿨다.

제일 무서웠던 것은 새벽녘에 꾼 꿈이었다. 누리끼리하고 묘하게 밝은 하늘 아래 풀이 무성하게 자란 밭이 있었는데 그 수풀 사이를 올리애와 둘이서 걷는 꿈이었다.

"이 풀에서 오아레 벼 같은 냄새가 나죠?"

아이샤가 몇 번씩이나 올리애에게 말을 걸었는데 올리애는 들리는지 안 들리는지 대꾸도 없이 수풀을 헤치며 마냥 걸어가기만 했다.

풀숲 앞쪽에는 골짜기가 있었다. 얼룩나방이 있는 골짜기다.

올리애를 잡으려고 뛰어가려는데 다리에 힘이 들어가지 않아 안간힘을 써도 몸이 앞으로 나아가지 않았다.

"올리애 님! 향군마마! 기다려주세요!"

하고 소리치자 올리애의 가느다란 목소리가 들렸다.

"……향군마마라니, 누가?"

올리애가 천천히 돌아보았다. 역광을 받으며 선 그 사람에게는 얼굴이 없었다.

땀범벅이 되어 화들짝 놀라며 잠에서 깬 아이샤는 아직 어두컴컴한 방안에서 숨을 길게 내뱉었다.

아래층에서 쿵쿵거리는 둔탁한 소리가 들렸다. 아줌마가 정미를 시작한 모양이었다. 목덜미의 땀을 닦으면서 아이샤는 자리에서 일어나 서둘러 옷을 갈아입었다.

아이샤가 지하 창고로 내려가자 빛을 들이기 위한 가느다란 창문 아래, 이른 새벽의 푸르스름한 어둠 속에서 아줌마가 정미하는 모습이 어렴풋이 보였다.

"아줌마, 죄송해요. 이제 제가 할게요."

아이샤가 인사하자 아줌마가 고개를 들었다.

"아, 일어났구나? 잘 왔다. 안 그래도 지금 부엌에서 약탕을 한 김 식히고 있었는데 이제 적당히 식었을 테니 올리애 씨한테 좀 갖다주련? 설거지통 옆에 있을 거야."

내심 흠칫했지만 아이샤는 "네" 하고 끄덕이고는 부엌 쪽으로 되돌아갔다.

부뚜막에 불을 피우고 있어서 부엌 안은 약간 밝았다. 아이샤는 설거지통 옆에 있는 작은 냄비와 그릇을 쟁반에 얹었다.

모두 일어났는지 2층에서 사람들 소리가 들려왔다.

덧문을 열지 않아 거실은 아직 캄캄했다. 그래도 아이샤는 가구에 부딪히지 않고 복도로 나가 올리애의 침실을 향해 걸어갔다.

냄새는 거리에 따라 진한 정도가 다르다. 아주 미묘하고 애매한 부분이고 이쪽에서 움직이면 흔들리기도 한다. 그래도 태어날 때부터 자기를 둘러싼 냄새로 주변의 상황을 느껴온 아이샤에겐 집 안에 있을 때 냄새의 농도로 주변에 무엇이 있고 상대와 자기 사이에 어느 정도 거리가 있는지 감지하는 건 눈으로 보는 것과 크게 다르지 않은 자연스러운 감각이었다.

올리애의 침실에 가까워질수록 침실 안의 냄새도 분명하게 알 수 있었다. 마슈가 일어나 문 쪽으로 다가오는 냄새가 느껴져서 노크도 하기 전에 딸깍하고 작은 소리를 내며 문이 열렸어도 놀라지 않았다.

어둠 속에서 희미하게 보일 뿐이었지만 마슈는 좀 야윈 것 같았다.

조용히 입가에 손가락을 대는 마슈를 보고 아이샤는 고개를 끄덕이고 되도록 소리를 죽여서 냄비와 그릇이 있는 쟁반을 건네주었다.

그때 침대에서 작게 삐걱거리는 소리가 나면서 올리애의 가냘픈 목소리가 들렸다.

"⋯⋯라이너 아줌마예요?"

아이샤는 심장이 쿵 내려앉았다. 갑자기 벼락을 맞은 것처럼 그 물음이 무엇을 뜻하는지 순간적으로 깨달은 아이샤는 자기도 모르게 마슈를 올려다보았다.

희미한 어둠 속에서 이쪽을 가만히 바라보는 마슈의 시선을 느끼면서 아이샤는 한 발짝 뒷걸음질 치고는 그대로 몸을 휙 돌려서 도망치듯 그 방에서 멀어졌다.

집안 여기저기서 덧문을 여는 소리가 들렸다.

복도를 빠르게 가로질러 지하로 막 내려가려는데 2층에서 다쿠 아저씨가 내려와서 화장실로 들어갔다.

"⋯⋯아줌마, 이제 제가 할게요."

말을 걸자 라이너 아줌마가 "아. 그래, 고맙다"하며 절구질하던 발을 멈췄다.

산장 전체가 잠에서 깨어 다양한 냄새를 풍기고 소리가 나기 시작하는 것을 느끼면서 아이샤는 어지러운 마음을 안은 채 절구 발판을 마냥 밟아댔다.

덧문을 여는 마슈의 뒷모습을 바라보면서 올리애는 다 마신 약탕 그릇을 두 손으로 감쌌다. 열 때문에 손이 더워서 시원한 그릇이 기분 좋게 느껴졌다.

마슈는 창문을 살짝 열어 바람을 통하게 한 다음 천천히 발치 쪽으로 돌아 침대 옆에 놓인 의자에 앉았다.

"좀 어때?"

"……어제보다 한결 나아진 것 같아."

대답하고 나서 올리애는 자기 볼을 만졌다.

"아직 붓기는 좀 남았지만."

마슈가 손을 뻗어서 오므린 손가락의 바깥쪽을 올리애의 볼에 살짝 갖다 댔다.

"……가려워?"

"조금. 심하지는 않아. 딱딱하게 굳은 느낌? 당신은?"

"난 괜찮아. 처음부터 거의 당하지 않았으니까."

올리애는 마슈의 손가락을 만지더니 그 따뜻한 손가락을 감싸듯이 잡고 조용히 내려놓았다.

"약탕을 가져온 사람이 아줌마가 아니었던 거지?"

"응."

"아이샤?"

마슈가 눈으로 수긍했다.

올리애는 잠깐 동안 눈을 감았다. 그리고 눈을 뜨더니 혼잣말처럼 중얼거렸다.

"……이제 못 숨기겠네."

올리애가 쓰게 웃었다.

"계속 숨길 수 있다고 생각하지는 않았지만 한 달도 채 못 갔어."

마슈가 조용히 물었다.

"내 편지는 읽었어?"

올리애가 끄덕였다.

"읽었지. 아이샤는 영리한 아이고 심지도 굳으니까 당신이 바라는

223

대로 그 역할을 해줄 거야. 그런데……"

올리애가 고개를 숙이고 아침햇살이 하얗게 비추는 마슈의 손과 자기 손을 보았다.

"솔직히 말하자면 난 그 아이를 끌어들이고 싶지가 않아."

이 산장에 온 후로 비둘기 편으로 몇 통이나 보낸 마슈의 편지를 읽으면서 그가 아이샤에게 무엇을 원하는지 알았을 때, 제일 먼저 올리애의 머리에 떠오른 생각은 '나를 위해서구나'였다.

물론 이유가 그것 한 가지만이 아니라는 사실도 알고 있었지만 아이샤의 힘을 실감하게 될수록 이 아이의 도움을 받을 수만 있다면 상황이 크게 바뀌겠구나 하는 생각을 떨쳐버릴 수 없었다.

'내 마음속에는 분명히 아이샤의 도움을 기대하고 바라는 부분이 있어.'

그러나 아이샤와 점점 친해지면서 이 순수하고 곧은 아이를 내가 있는 지옥으로 끌어들이고 싶지 않다는 마음이 커졌다.

아이샤는 향군으로 뽑힌 것이 아니다. 그러니까 지금 이대로 살게 두면 평범한 일생을 보낼 수 있다.

"그 아이 입장에서는, 물론 성격도 그렇지만 일단 이야기를 듣게 되면 거절하지 못해. 자기 선택도 아닌 가혹한 길을 마치 스스로 원해서 가게 된 것처럼 생각하게 만들고 싶지는 않아."

이제까지 묵묵히 듣고만 있던 마슈가 그 말을 듣더니 입을 열었다.

"이 일에 끌어들이는 쪽이 아이샤에게 오히려 희망을 주는 면도 있다는 생각은 안 해?"

올리애가 깜짝 놀라며 얼굴을 들었다.

"희망이라고?"

"그래. 지금 상태로 살아가면 저 아이는 계속 고독할 거야. 너하고는 다른 의미에서지만."

"……."

"아이샤에 비하면 아무것도 아닌 수준이지만 나도 다른 사람들이 알아주지 않는 세상에 홀로 있다는 게 어떤 느낌인지 조금은 알아. 아무도 모르는 세상에 혼자 사는 것처럼 꾸며야 하는 너, 그리고 진짜로 아무도 모르는 세상에 홀로 사는 아이샤. 너희 두 사람이 서로를 도우면서 살면 다른 방법으로는 찾을 수 없는 희망을 느낄 수 있지 않을까?"

올리애는 자기도 모르게 마슈를 뚫어지게 쳐다보았다.

마슈는 항상 생각지도 못한 이야기를 한다. 헝겊의 안팎을 뒤집어서 바깥쪽 모양만 보아서는 알 수 없는 짜임새를 알아차리게 하는 것 같은 이야기들.

'……고독.'

어쩌면 그 말이 맞는지도 모른다.

리아 농원 의술원의 어두컴컴한 안정실에서 처음 만났을 때 본 아이샤의 표정이 떠올랐다. 잠들지 못하는 나날을 보내면서 아무에게도 왜 그런지를 알릴 수 없는 고통에 시달리던 그 창백한 얼굴이.

'내가 그 사정을 이해한다고 생각했을 때……'

아이샤의 얼굴이 얼마나 환하게 밝아졌는지 생각이 나서 갑자기 뭔가에 찔린 것처럼 가슴이 욱신 쑤셨다.

'그 아이가 나를 자기와 같은 부류라고 생각한다면…… 나는 그 아이를 아주 심하게 속이고 있다. 나 자신의 고독에 사로잡혀 남의 고독을 알아차리지 못한 거야.'

올리애가 마슈를 바라보았다.

225

오랜 세월 이 사람을 마음에 품었다. 이 사람에 대해 많이 알고 있다고 생각했다. 이 사람이 예민한 후각으로 다른 사람들은 모르는 것을 느낀다는 사실도 알고 있었다. 그런데도 이 사람이 가끔 안 좋은 표정을 보일 때면 혼자만 아는 사실 때문에 답답하고 짜증이 나서라고만 생각했다. 그 속에 고독이 있을 줄은 생각지도 못했다.

"그리고 아까 아이샤가 거절을 못한다고 했는데……"

올리애가 아직도 한 손에 들고 있는 그릇을 살그머니 빼앗아 침대 협탁에 올려놓으면서 마슈가 말했다.

"그건 어떻게 설명하느냐에 따라 달라지는 것 아니겠어? 우선은 한 번 해 보다가 도저히 안 되겠으면 중간에 그만둬도 괜찮다고 말할 작정이야."

올리애가 눈썹을 치켜올렸다.

"중간에 그만둔다고? 너무 위험하잖아?"

"위험하기는 하지만 저 아이는 한 번 마음을 정하면 중간에 그만두지는 않을 거야."

올리애가 눈을 깜박거렸다.

"신기하다. 당신이 그런 식으로 누군가를 신용하는 일도 있네."

마슈가 쓴웃음을 지었다.

"네 말대로 저 아이의 처지로는 배신하기 어려울 테니까."

올리애가 눈살을 찌푸렸다.

"그래도, 그것만 가지고는……."

"그래, 그것만이라면 예를 들어 형님 같은 사람이 아이샤의 남동생을 죽이겠다고 협박하면 배신할 수도 있지. ……하지만."

마슈는 점점 밝아지는 창문 밖으로 눈길을 던졌다.

"저 아이의 조부는 오아레 벼를 거부해서 왕좌에서 쫓겨났어. 그러니까 아주 근본적인 부분에서 우리랑 통하는 데가 있지."

올리애는 맑은 아침 햇살이 비추는 마슈의 얼굴을 뚫어지게 바라보았다.

서칸탈의 시골인 천로산맥 산자락에서 자라난 마슈 그리고 아이샤. 그 신기한 인연을 곱씹다가 문득 한 가지 생각이 머릿속에 떠올랐다.

"당신이랑 저 아이는 참 많이 닮은 것 같아."

마슈가 올리애에게로 시선을 돌렸다.

"닮았다고?"

"응, 닮았어."

말하면서 올리애가 피식 웃었다.

"한밤중에 똑같은 짓도 했고."

마슈의 눈에 웃음기가 떠올랐다. 그렇게 웃고 있으면 눈가에 옛날 얼굴이 겹쳐 보였다. 그 얼굴을 보다 보니 딱딱하게 굳었던 마음이 부드럽게 풀어졌다.

"당신이 꺼낸 말이니 생각하고 또 생각해서 치밀하게 준비했겠지."

마주 잡고 있던 손가락을 흔들면서 올리애가 한숨을 작게 쉬었다.

"나도 마음 정할게."

마슈는 아무 소리도 하지 않았지만 표정이 살짝 부드러워졌다.

"여기에는 오늘까지만 있을 수 있는 거야?"

"아니. 2, 3일은 더 있을 수 있어."

"그래도 빠른 쪽이 좋겠지. 오늘 중으로 이야기하자."

5

아침 식사

라이너 아줌마는 갓 지은 밥을 커다란 그릇에 푸더니 그 위에 말랑
하게 구운 달걀을 얹고, 다진 허브를 닭 육수에 절인 짭짜름한 소스를
끼얹어 아이샤가 들고 있는 쟁반에 올려놓았다.

그리고 다른 쟁반에 개인 접시와 향기로운 차, 과일 등을 턱턱 올려
놓으면서 얼굴을 들고 말했다.

"그쪽 먼저 가져가라. 이쪽은 내가 들고 갈 테니까."

김이 모락모락 나는 아침밥을 올려놓은 쟁반을 들고 복도로 나가자
올리애의 침실에서 나오던 다쿠 아저씨가 빠른 걸음으로 다가왔다.

"아 참, 아이샤 올리애 씨가 같이 아침 먹자고 하던데. 그 쟁반은 내
가 들고 갈 테니까 네가 먹을 것만 챙겨와라."

아이샤는 당혹스러운 얼굴로 아저씨를 올려다보았다.

"같이 먹자고요? ……저랑요?"

"그래. 자, 그건 나 주고."

아저씨는 아이샤의 손에서 쟁반을 받아들더니 뒤로 돌아서 안쪽 방으로 돌아가 버렸다.

그 뒷모습을 바라보면서 아이샤는 멍하니 서 있었다.

"얘, 넌 여기서 뭐 하고 있니?"

쟁반을 들고 부엌에서 나오던 아줌마가 묻자 아이샤가 돌아보았다.

"올리애 씨가 저랑 같이 아침을 드시겠다고 한대서……."

"어머, 그래? 그럼 너 먹을 거 덜고 와라. 아니, 이건 내가 들고 가면 되니까 그냥 두고. 부엌에서 네 것만 챙겨 오면 된다."

아이샤는 부엌으로 돌아가면서 마음이 심란해서 어찌할 바를 몰랐다.

'어떤 얼굴로 만나야 하지?'

알아차리지 못한 척해야 하나? 그러나 마슈는 틀림없이 아이샤가 동요했음을 눈치챘을 것이다. 아침을 같이 먹자고 한 이유도 사실을 알아차렸는지 확인하기 위해서인지도 모른다.

눈을 꽉 감고 한숨을 푹 쉰 다음 다시 눈을 떴다.

'고민해 봐야 소용없지.'

자기 몫의 아침밥을 챙겨 쟁반에 얹고 올리애의 방으로 갔더니 방문이 열리면서 아저씨와 아줌마가 나왔다.

아저씨가 옆을 지나치면서 손을 뻗어 마치 어린아이에게 용기를 북돋아 주듯이 다정하게 머리를 쓰다듬어주었다. 아이샤는 깜짝 놀라 돌아보았다.

아저씨는 모른 척 뒤도 돌아보지 않고 아줌마를 따라서 성큼성큼 부엌으로 들어가 버렸다.

왠지 모르게 눈시울이 뜨거워졌는데 눈을 깜박이며 애써 눈물을 참은 아이샤는 숨을 한 번 깊게 들이쉰 다음 방문 쪽으로 걸어갔다.

올리애의 침실 앞에 섰더니 방문이 열리며 마슈가 안으로 맞아들였다.

창문이 활짝 열려 있고 환하게 밝은 침실에서 아침이슬 냄새가 났다. 그 이슬에 젖은 풀향기에 청향초 냄새와 아침밥 냄새가 엉기면서 소리 없이 방안을 가득 채웠다.

올리애는 실내복 차림으로 의자에 앉아 있었다.

마슈는 아이샤가 들고 있던 쟁반을 받아서 임시로 만든 식탁 위에 재빨리 아이샤의 아침밥을 차렸다.

"너는 이쪽에 앉으면 되겠다."

하며 마슈가 가리킨 곳은 올리애의 맞은편 의자였다. 아이샤가 의자를 당겨서 앉자 마슈는 두 사람하고 약간 떨어진 의자에 앉았다.

모두 자리를 잡자 올리애가 입을 열었다.

"내 부주의로 이런 일이 생기는 바람에 너도 걱정 많이 했지? 정말 미안해."

눈꺼풀과 볼 주변에 아직 붓기가 남아 있었지만 어제에 비하면 얼굴이 한결 좋아 보였다. 아이샤는 의자에서 일어나며 고개를 깊숙이 숙였다.

"저야말로 정말 죄송했습니다. 약탕을 준비해야 한다는 말을 라이너 아줌마한테 좀 더 일찍 전했더라면 그 정도로 힘드시지 않았을 텐데, 제가 큰 잘못을 했습니다."

올리애가 손을 저었다.

"아니, 그렇지 않아. 네 잘못은 하나도 없어. 그러니까 그만하고 얼굴 들어."

아이샤가 고개를 들자 올리애가 생긋 웃었다.

"자, 서로 미안해하는 건 이걸로 끝내고 이제 밥 먹자. 이 큰 그릇에 밥을 이렇게나 많이 푸시다니 역시 아줌마답네. 마슈랑 내가 둘이 먹기에는 너무 많으니까 우리 셋이 각자 덜어가기로 하자. 우선 마슈부터 먹을 만큼 덜어가."

마슈가 고개를 저었다.

"난 나중에 해도 돼. 두 사람이 먼저 덜어가면 알아서 먹을게."

"안 돼. 그러면 아이샤가 눈치 보게 되잖아. 당신이랑 내가 덜고 나머지를 아이샤가 알아서 먹게 해야지."

마슈가 쓴웃음을 지었다.

"내가 눈치 보는 건 상관없단 말이지?"

마슈는 숟가락을 들어 자기 접시에 달걀과 밥을 덜었다. 올리애도 자기가 먹을 만큼 덜어갔는데 그래도 꽤 많은 양이 남았다.

"저, 좀 더 가져가시면 안 되나요? 제 접시에도 아줌마가 많이 퍼주셔서 이걸 다는 못 먹을 것 같은데요."

아이샤가 그렇게 말하자 마슈가 대답했다.

"먹을 수 있는 만큼만 덜어가면 돼. 나머지는 내가 처리할 테니까."

평상복 차림이어서 그런지 마슈는 처음 만났을 때와는 전혀 다른 사람처럼 느긋하고 편안해 보였다.

"아 참. 소식 전하는 게 늦어졌는데 여기 오기 전에 미르차 군과 우차이 옹이 살고 있는 농원에 잠시 들렸었다. 둘 다 잘 지내더군."

갑자기 기분이 확 밝아진 아이샤가 자기도 모르게 앞으로 몸을 내밀었다.

"감사합니다! 동생이 떼쓰거나 하지 않고 말을 잘 듣고 있던가요?"

마슈가 웃는 얼굴로 말했다.

"신나게 지내고 있는 것 같던데. 그 농원의 주인 부부는 자식 복이 별로 없어서 달랑 아들 하나만 있는데 그 아이가 노는 데 천부적인 재능이 있거든. 보아하니 미르차 군은 하루종일 그 아이와 놀러 다니는 모양이더라고. 이제 슬슬 일을 배워야 하는데 하면서 우차이 옹이 못마땅한 얼굴로 불평하더군."

두 사람의 모습이 눈에 선해서 아이샤는 피식 웃고 말았다.

"두 사람이 편지를 전해달라더군. 답장하고 싶으면 내가 전해주지."

마슈가 자리에서 일어나 등 뒤의 선반에 놓여 있던 두꺼운 봉투를 꺼내서 건네주었다.

봉투를 받기가 무섭게 편지를 꺼내서 펼쳐보니 미르차의 성격이 그대로 드러난 삐뚤빼뚤한 글씨로 '안녕 누이. 잘 지내? 나도 잘 있어'라고만 적힌 편지가 나왔다. 이어서 글자 교본 같은 할아범의 정자체 글씨가 빽빽이 적힌 5장짜리 편지가 있었다. 그것은 나중에 찬찬히 읽기로 하고 아이샤는 두 사람이 보낸 편지를 봉투에 도로 넣었다.

미르차가 걱정되었고 그쪽에서 둘이 어떻게 지내나 궁금했었는데 예전처럼 잘 지내고 있다는 사실을 알게 되자 딱딱하게 굳어있던 무언가가 풀어진 것 마냥 마음이 편해졌다.

"정말 고맙습니다. 오늘 안으로 답장을 써서 드릴 테니 잘 부탁드립니다."

고개 숙여 인사하자 마슈가 미소를 지으며 끄덕였다.

이런저런 잡담을 나누면서 신선한 채소와 과일까지 각자 덜어갔다. 이제 먹을 준비가 갖춰졌음을 확인한 올리애가 두 팔을 하늘을 향해 들었다가 다시 땅을 향해 내리면서 하늘과 땅의 신들에게 감사 인사를 올렸다.

"자, 그럼 맛있게 먹읍시다."

올리애와 마슈가 먹기 시작하기를 기다렸다가 아이샤도 수저를 들었다. 말랑하게 구워진 달걀과 소스가 스며든 밥을 숟가락으로 섞어서 입에 넣자 허브의 좋은 향기가 코 안으로 퍼졌다. 잘게 다진 허브를 닭 육수에 절인 짭짤한 소스가 아침에 갓 나온 싱싱한 달걀의 고소함과 잘 어울리며 기가 막히게 잘 지어져 밥알 하나하나가 탱글탱글한 쌀밥의 맛을 살려주었다.

식욕이 없을 줄 알았는데 한입 먹자마자 갑자기 엄청난 허기가 느껴져서 정신없이 숟가락을 놀렸다.

모두 한동안 말없이 먹는 데에만 집중했다. 그릇이 말끔하게 비워지고 나자 아이샤가 각자의 찻잔에 차를 따랐다.

"진짜 맛있게 잘 먹었다. 아줌마의 특제 소스는 최고라니까."

찻잔을 잡으면서 올리애가 말했다.

"난 이 산장에 올 때까지 밭에서 키운 쌀을 먹어본 적이 없거든. 우리 고향 틸라는 산속에 있는 분지여서 논농사로 오아레 벼를 키웠으니까. 그래서 처음 밭쌀로 된 밥을 먹었을 때 좀 놀랐지. 사실 오아레 벼로 지은 밥은 맛이 더 진하거든. 그러고 보니 너는 오아레 쌀도 먹어본 적이 없었다고 그랬지?"

"네. 옛날부터 산속의 밭에서 경작했던 보리나 메밀을 먹고 살았어요."

올리애가 미소를 지었다.

"그 보리나 메밀을 마슈의 사촌들이 날라주고 있었다니 인연이라는 게 참 신기하지?"

고개를 끄덕이려다가 아이샤는 순간 얼음이 되었다. 엉겁결에 마슈를 쳐다보자 그가 조용히 말했다.

"걱정 마라. 올리애도 다 알고 있어."

아이샤가 마슈를 응시했다.

"어째서……?"

마슈는 손에 들고 있던 찻잔을 식탁에 놓았다.

"너에게 사과부터 해야겠다."

"……."

"그날 밤 너를 살린 이유를 말해주기는 했지만 그건 이유의 극히 일부일 뿐이었다. 너에게 아직 말해주지 않은 진짜 이유가 있다."

마슈의 눈동자에 뭐라 형언할 수 없는 표정이 떠올랐다.

"아주 오래전부터 나는 그런 생각을 하곤 했지. 너 같은 사람이 지금 이 세상에 있으면 얼마나 좋을까 하고."

"저 같은 사람이요?"

"그래. 너처럼 냄새로 모든 것을 알 수 있는 사람."

그 말에 퍼뜩 놀라서 올리애 쪽을 보았다. 올리애는 쓸쓸한 표정으로 웃고 있었다.

"붉은 독나방, 얼룩나방 애벌레한테서는 독특한 냄새가 난다면서?"

"……."

"너는 어떤 냄새인지 알지?"

심장이 아플 정도로 빠르게 방망이질 쳤다. 아이샤는 긴장해서 굳은 얼굴로 끄덕였다.

올리애의 눈에 갑자기 눈물이 맺혔다.

"난 그걸 몰라."

6
《여행기》

아직 붉은 기가 남아 있는 올리애의 볼을 타고 한줄기 눈물이 흘렀다.

"어릴 적부터 후각이 민감한 편이기는 했어. 그래도 얼룩나방 애벌레 냄새나 문 맞은편에 있는 사람 냄새까지 알 수 있을 정도의 능력은 없어."

눈물을 머금은 채 미소를 지으며 올리애가 물었다.

"넌 내가 향군이라는 사실을 알고 있지?"

아이샤는 올리애를 똑바로 쳐다보면서 고개를 끄덕였다.

올리애도 끄덕였다.

"알고 있으려니 대충 짐작은 했지만 역시 그렇구나. 그때 발 안쪽에 있던 내 냄새로 알아차린 거야?"

"네."

올리애가 한숨을 쉬었다.

"대단한 능력이네. 그 넓은 마루를 가로지르는 발에서도 한참 안쪽에 있던 내 냄새를 분간해서 기억하고 있었다니."

올리애는 마슈 쪽을 흘깃 보더니 말을 이었다.

"마슈가 보낸 편지를 읽었을 때 '아아, 그래서 그랬구나……' 하고 생각했어. 산장에서 같이 지내다 보면 나에게 그런 능력이 없다는 사실을 언젠가는 네가 알아차리겠지 하고 예상을 했지만 생각보다 너무 부끄러운 형태로 알리게 되었네. 꽃이 참 예쁘게 피어있어서 가지 하나만 꺾어 이 방에 꽂아놓으려고 그랬는데."

아이샤는 숨도 쉬지 못한 채 올리애를 빤히 쳐다보고만 있었다.

놀랐다기보다도 지금 내가 들어서는 안 될 고백을 듣고 있는 게 아닐까 하는 불안감이 가슴을 짓눌렀다.

"이미 알고 있겠지만 난 살아있는 신이 아니야."

올리애의 목소리가 살짝 떨렸다.

"그해 가을에…… 향군궁에서 사자가 와서 선대 향군마마의 환생자를 찾아내는 마마 찾기를 했을 때 내 나이는 겨우 열세 살이었어. 사자들이 '다시 태어나신 향군마마를 뵈옵니다!' 하며 내 앞에 엎드려 절했을 때부터 내 인생은 완전히 달라져 버렸지. 이런저런 생각을 할 틈도 없이 나는 살아있는 신으로 떠받들어져서 내 뜻하고는 상관없이 가족과 헤어지고 고향을 떠나 향군궁으로 들어가게 되었어."

올리애는 먼 곳을 바라보듯 아련한 눈빛이 되었다.

"처음에는 나도 향군궁 사자들이 그렇게 말하니까 진짜로 내가 향군의 환생이겠거니 생각했어. 하지만 그런 실감은 전혀 나지 않았고 향군궁에 들어갔을 때도 그리운 곳에 돌아왔다는 느낌이 전혀 들지 않았어. 그래서 항상 마음속 어딘가에 남들을 기만하는 듯한 불안감을 안고 살았지. 언젠가 누군가에게 발각되어 이 자는 향군이 아니다, 향군인 척하는 사기꾼이다 라고 고발당하면 어쩌나 늘 두려웠어."

올리애는 자기 볼에 남은 눈물 자국을 살짝 닦아냈다.

"처음 반년 정도는 정말 너무 불안하고 힘들었어. 그런데 얼마 후에 라오 스승이 향군의 진실을 하나씩 가르쳐주셨지. 진실을 알았을 때는 너무 황당해서 아연실색했지. 하지만 마음이 놓이기도 했어. 가짜 향군이 나 혼자만이 아니라는 사실을 알았으니까."

올리애가 쓸쓸한 미소를 지으며 이야기를 이어갔다.

"아이샤, 향군은 말이야, 커다란 역할을 맡고 있는 아름다운 신상 같은 존재야. 그 존재가 생겨난 배경은 너무 복잡해서 지금 여기서 설명해도 네가 다 이해할 수 없겠지만 어쨌든 지금까지 있었던 향군들도 모두 냄새로 천지만물을 아는 살아있는 신이 아니었던 거야. 아마 초대 향군만 빼고."

마슈가 고개를 저었다.

"초대 향군도 내 생각에 신은 아니었을 거야. ……그녀는 아마,"

마슈의 눈빛이 강렬하게 빛났다.

"타향에서 온 외지인이었겠지."

마슈는 일어서서 벽걸이에 걸어놓은 등짐을 내리더니 안에서 얇은 책자를 꺼냈다. 접시를 치우고 마른행주로 재빨리 닦아낸 다음 그 책자를 아이샤 앞에 놓았다.

"이건 우리 아버지가 가지고 계시던 사본과 같은 내용의 책자다. 원본은 신구 양 카슈가 가문이 관리하는 궁전 도서채의 서고에 엄중히 보관되어 있고 황제 폐하나 신구 카슈가 가문 당주의 허락이 없으면 읽지도 못하지. 물론 필사본을 만드는 것도 원래는 금기인데 아버지는 그걸 만들어서 한시도 떼어놓지 않고 들고 다니셨다. 어린 시절 나무 그늘에서 이 책을 읽던 아버지에게 《여행기》는 누구 이야기냐고 물었더니 아버지는 웃으면서 네 조상님이 한 여행 이야기다 라고 하셨지."

책자를 바라보며 마슈가 말했다.

"나를 제국 수도로 보내고 2년 후에 아버지는 소식이 끊어졌다. 지금도 행방을 알 수 없지. 아버지가 소중히 간직하던 그 필사본 안에 행방을 찾아볼 만한 단서가 있지 않을까 싶었는데 소식이 끊겼을 때도 품 안에 갖고 계셨는지 아버지의 장서 중에는 보이지 않았다. 그래서 라오 스승에게 간곡히 부탁해서 원본을 읽어봤지. 오래된 고문서여서 이해하는 데에만 해도 오랜 시간이 걸렸지만 달달 외울 정도로 많이 읽고 요즘 말로 고쳐서 이 필사본을 만들었다."

마슈도 몇 번이고 이 책자를 읽고 또 읽은 모양이었다. 《여행기》라고 적힌 그 서적은 여기저기 보푸라기도 일고 누렇게 얼룩져 있었다.

"혹시 이 우마르 제국이 어떻게 생겨났는지 아나? 초대 황제의 영웅담 말이다."

마슈의 물음에 아이샤가 고개를 끄덕였다.

"아버지께 배웠어요. 초대 황제이신 알라이르 폐하와 카슈가 가문을 세운 아미르 카슈가가 신의 나라인 오아레마즈라에 갔다가 향군마마를 만나서 오아레 벼를 가지고 왔다는 이야기죠?"

"그래."

마슈가 고개를 끄덕이자 올리애가 부드러운 목소리로 노래하듯이 이야기하기 시작했다.

「먼 옛날, 산간의 작은 나라였던 우마르에서는 해마다 기근이 심해서 굶어 죽는 사람이 끊이지 않았습니다. 궁핍에 시달리는 백성들을 구하고자 왕의 막내아들이었던 알라이르는 한겨울의 얼어붙은 날씨에도 불구하고 백일동안 산속에 틀어박혀 하늘에 치성을 드렸습니다. 그러자 백일째 되는 날 하늘에 빛이 나타나 한 방향을 가리켰습니다. 하늘의 계시임을 믿은 알라이르는 가장 친한 벗이었던 아미르에게만 이 사실을 알렸고, 둘은 계시의 땅을 찾아 길을 떠났습니다. 이윽고 낮에는 하얗게 빛나고 밤에는 불꽃처럼 타오르는 신의 문인 유길라 산을 발견했고 그 산속으로 깊이 들어간 두 사람은 드디어 신의 나라인 오아레마즈라에 당도했습니다.

한겨울의 엄혹한 날씨 속에서도 봄꽃이 만발한 그 신의 나라에는 으리으리한 저택들이 많았지만 사람의 모습은 찾을 수가 없었습니다. 그런데 딱 한 명, 아름다운 소녀 하나만 광대한 화원에 둘러싸인 궁전에 살고 있었습니다. 그녀가 타향에서 온 강건한 젊은이들에게 말하기를 이 신의 나라를 약탈하여 지배하고 있는 마물魔物을 무찌르고 자신을 이곳에서 데리고 나가주면 한겨울의 메마른 땅에서도 자라는 강한 벼를 선물하겠다고 하였습니다. 알라이르와 아미르는 그녀를 구하기 위해 죽을 힘을 다해 마물과 싸워서 그녀를 데리고 오아레마즈라를 탈출하는 데에 성공하였습니다.

그녀가 머리 장식에 숨겨서 신의 나라 오아레마즈라에서 들고 나온 오아레 볍씨는 추운 고장에서도, 황폐한 토지에서도 무럭무럭 잘 자라 놀랄 만큼 많은 곡식을 거둘 수 있었습니다.

굶주림에서 해방된 우마르 백성들은 몸도 튼튼해져서 많은 자식을 낳았고, 나라도 점점 풍요로워졌습니다. 이윽고 알라이르는 여러 씨족을 하나의 나라로 묶어서 왕이 되었고 주변 나라들을 평정하면서 광

대한 국토가 생겼습니다. 이렇게 하여 산간의 작은 나라에 지나지 않
았던 우마르는 하늘과 땅의 은혜가 넘치는 풍요로운 제국이 되었습
니다.」

올리애가 이야기를 마치자 창문에서 불어 들어온 바람에 올리애의
머리카락이 산들산들 나부꼈다.

마슈는 손을 뻗어 책자를 가까이 가져갔다.

"어느 나라나 마찬가지지만 이 건국 신화의 영웅담에도 몇 가지 이
설이 있지. 그에 대한 기록을 모조리 찾아서 읽어봤지만 이《여행기》
가 제일 짧고 재미도 없다. 산속에서 기도한 이야기, 하늘의 계시, 오
아레마즈라에서 벌인 마물과의 사투 따위에 대해서는 한 마디도 적혀
있지 않아. 적혀 있는 것이라고는 여행에 대한 기록뿐이다. 더구나 이
상하게도 신의 나라에서 돌아오는 여정에 대해서만 묘사되어 있지. 그
런데 아버지는 아마도 이 기록이 실제로 일어난 일에 가장 가깝다고
여기셨던 모양이다. 그리고 내 생각에도 그렇다."

마슈가 책을 펼쳤다. 얼마나 여러 번 읽었는지 그 페이지가 바로 나
왔다.

"이 책을 쓴 사람은 초대 황제인 알라이르와 함께 여행을 한 아미르
카슈가의 증손인 요슈다. 나이 들어 눈이 먼 아미르가 어느 때 요슈를
불러서 초대 황제와 함께 한 여행의 기억을 기록하게 한 것인데 제국
수도로 돌아오는 중간까지만 기술되어 있고 미완성으로 남아 있지."

아이샤가 물었다.

"도중에 아미르 님이 돌아가셨나요?"

마슈는 고개를 저었다.

"아니. 아미르 카슈가가 사망한 해는 국력 58년. 이 책자의 마지막 구술口述 날짜는 그보다 5년 전으로 되어 있다."

마슈가 마지막 페이지를 펼쳐서 보여주었다. 아이샤는 거기 적힌 글자를 보았다. 그 말대로 국력 53년이라고 적혀 있었다.

"마지막 구술은 마나스 큰 강의 양쪽 기슭으로 펼쳐진 유이노 평야에 도착하는 것으로 끝나 있다. 유이노 평야는 우마르 사람들이 처음으로 오아레 벼를 심어 벼농사를 시작한 곳인데 초대 황제와 아미르가 당도했던 시절만 해도 황폐한 들판이었던 모양이다. 거센 바람이 귓가를 울리며 불어대는 넓은 불모지가 눈앞에 펼쳐져 있었다고 적혀 있지."

'……유이노 평야.'

흔들리는 마차 창문으로 보았던 풍경, 끝도 없이 펼쳐진 논의 황금 물결이 떠올랐다. 거기서부터 제국 수도까지는 얼마 멀지 않았다.

"신기하네요. 거기까지 썼을 바에야 그리운 고향으로 돌아온 일까지 기록했으면 좋았을 텐데."

마슈가 고개를 끄덕였다.

"그렇지? 그런데 그보다 더 이상한 점은 《여행기》의 시작 부분이다. 초대 황제와 함께 목숨만 간신히 건져서 신의 나라에서 이 세상으로 돌아와 보니 그곳은 하얀 바위가 여기저기 솟아있는 초원이었는데 아득히 높은 산에서 다도울라 같은 하얀 바윗길을 지나 그곳까지 내려온 수도자를 만났다고 적혀 있지. 그는 두 사람이 갑자기 나타나는 바람에 깜짝 놀라더니 이곳은 금기의 땅인데 너희들은 어디에서 온 것이냐고 추궁했다고 되어 있다. 그런데 내 마음에 자꾸 걸리는 부분은 이 다도울라 같은 하얀 바윗길이라는 말이다."

완전히 외워 버렸는지 마슈는 거침없이 그 부분을 읊었다.

「나무도 자라지 않는 높은 산중에 있는 하얀 바윗길, 깊이 파인 계곡 모양새가 다도울라 같구나. 산에서 내려오면 계곡 아래를 흐르는 강물이 옥보다 진한 녹색이네. 이 땅은 산의 낮은 지대조차, 강물도, 호수도, 있다가도 없고 없다가도 나타나는 신비한 땅이로다…….」

마슈의 이야기를 듣다 보니 문득 아득한 기억이 되살아나 아이샤는 눈을 가늘게 떴다.

'하얀 바윗길, 깊은 계곡, 그 계곡 아래 흐르는 녹색 강물…….'

어린 시절 산꼭대기에서 기도를 마치고 돌아온 마키시의 젊은이한테서 들은 이야기가 생각난 아이샤가 무심코 중얼거렸다.

"……토울라이라 같다."

마슈가 눈을 들고 미소 지었다.

"처음 읽었을 때 나도 온몸이 떨려오더군. 다도울라는 갈라진 떡을 의미하는 도울라우라의 옛말이다. 오아레 벼를 생산해서 떡을 먹게 된 아미르 카슈가 토울라이라를 둘러싼 산의 높은 곳에 있는 저 하얗게 갈라진 바윗길의 모양을 증손에게 묘사하면서 다도울라라고 표현했다 해도 이상할 게 없지.

토울라이라는 제국 서쪽에 있는데 영웅담에서는 알라이르와 아미르가 동쪽으로 향했다고 되어 있다. 나는 몇 년 동안 어떻게든지 기회를 만들어서 초대 황제의 영웅담에 적힌 동쪽 땅을 돌아다녀 봤는데 이런 모양새를 가진 계곡은 어디에도 없었다. 우리 아버지도 아마 나처럼 찾아보셨으리라고 생각한다. 나보다 더 오랜 세월 동안. 그리고 한 가지 결론에 도달했겠지."

마슈가 아이샤를 뚫어지게 쳐다보았다.

"신의 나라 오아레마즈라는 제국 수도의 동쪽이 아니라 서쪽에 있다. 영웅담에 묘사된 여행 이야기는 신의 나라로 가는 길을 숨기기 위한 허구였고, 아미르 카슈가는 자신의 죽음이 다가오는 것을 느끼자 후세를 위해 진실의 한 조각이라도 남겨야겠다는 마음이 생겨서 증손에게 이 《여행기》를 쓰도록 했다, 는 결론 말이다."

아이샤가 '앗!'하고 소리를 질렀다.

"그래서…… 그래서 아버님이 토울라이라로 가셨고, 그러다가……."

마슈가 고개를 끄덕였다.

"그래. 그래서 우리 아버지는 토울라이라로 가신 거지. 그리고 어머니를 만났고 내가 태어났다."

창문으로 비쳐드는 햇살에 마슈의 까무잡잡한 이마와 볼의 반쪽이 밝게 빛났다.

"어머니는 아잘레라는 일족의 족장 딸이었다. 마키시 중에서도 제일 오지에 사는 일족인데 많은 옛이야기를 구전하는 이야기꾼들이기도 하다. 너도 잘 알다시피 마키시는 워낙 배타적이고 완고한 사람들이라 외부인들은 이해하지 못하는 규율들이 산더미처럼 많고 그것을 일일이 지키며 사는데, 그중에서도 아잘레는 특히 많은 금기를 가진 사람들이다. 신분에 따라 구전할 수 있는 옛이야기가 정해져 있어서 똑같은 아잘레 사람이라도 구전해서는 안 되는 옛이야기, 듣는 게 금지된 옛이야기가 있지. 우리 외할아버지, 그러니까 어머니의 아버지는 아잘레 일족 시조의 직계자손이어서 옛이야기 중에서도 가장 비밀리에 구전되는 금기의 땅에 대해 이야기할 수 있는 자격을 가진 사람이었다."

마슈가 픽 하고 쓰게 웃었다.

"이 《여행기》를 읽고 아버지가 왜 토울라이라에 가셨는지 알게 되었

을 때 사실 속이 좀 심란하더군. 아버지가 어머니에게 접근한 이유가
그런 목적 때문인가 싶어서."

반질반질한 빨간 로미 열매를 손에 들고 껍질을 까던 올리애가 입을
열었다.

"전에도 말했지만 아무리 아버님이 그런 목적으로 다가가셨다 해도
어머님이 받아주신 거면 두 분 다 서로에게 마음이 있었던 거야."

올리애가 마슈를 보고 미소를 지었다.

"외지인을 극도로 싫어하는 일족이 혼인을 허락할 정도였고 당신도
태어났잖아."

마슈는 그 말에는 대꾸하지 않고 자기 얼굴을 한 손으로 쓸어 문질
렀다.

"……열다섯 살 때의 내가 아무 생각도 없는 어린애였다는 게 짜증
날 정도로 후회된다. 아버지한테, 그리고 외할아버지한테 더 많은 이
야기를 들었어야 했는데."

한숨을 푹 쉬더니 이야기를 계속했다.

"백부님의 양자가 되어 신 카슈가 집안의 아들로 살라는 소리를 들
었을 때 나는 화가 나서 펄펄 뛰었지. 아버지가 너무 자기 멋대로 결
정한다고 생각했다. 나는 산에서 사는 생활을 좋아했고, 일가친척들과
떨어지기도 싫었다. 게다가 저주받은 벼를 널리 퍼뜨린 카슈가 집안
사람이 되어야 한다니 생각만 해도 치가 떨리는 일이었다."

마슈가 아이샤를 바라보았다.

"너는 잘 알고 있겠지. 마키시는 오아레 벼를 저주받은 곡물이라며
아주 싫어한다. 그래서 나는 어렸을 때 아버지가 카슈가 집안 당주의
아들이라는 사실에 열등감을 느끼며 자랐다. 하지만 외할아버지를 비

롯한 외가 친척들이 자연스럽게 받아들여서 그랬는지 아버지의 출신 때문에 남들에게 무슨 소리를 들은 적은 없었다. 지금 와서 생각해 보니 그 이유를 외할아버지에게 물었어야 했어. 외할아버지는 아잘레 일족 이야기꾼들의 수장이었다. 다른 사람들은 대답할 수 없는 여러 가지를 외할아버지라면 조금이라도 대답해 주셨을 텐데. 아버지한테, 그리고 아버지의 결정을 허락한 외할아버지한테도 너무 화가 나서 한마디 말도 없이 고향을 떠나버리는 식의 치졸한 짓을 하고 말았지. 그러지 말고 그때 외할아버지께 물어봤다면 지금 내가 알고 싶어서 속이 타는 여러 가지에 대한 단서의 조각이라도 건질 수 있었을 텐데."

로미 열매 껍질을 벗기던 손을 멈추고 올리애가 말했다.

"마슈네 아버님과 외할아버님은 갑자기 자취를 감추셔서 지금도 소식을 알 수 없어."

"네? 외할아버님도요?"

마슈가 끄덕였다.

"내가 열일곱 살 때 두 분 다 사라지셨다. 귀향 허가를 받아 허겁지겁 돌아가 봤는데 일족 남정네들이랑 몇 번이나 산속을 뒤지고 다녀도 두 분 다 찾지 못했지. 어머니는 나보다 훨씬 잘 찾는 뛰어난 탐색자여서 어머니도 같이 찾아다녔으면 혹시 뭔가 찾을 수 있었을지도 모르지. 하지만 안타깝게도 그 무렵에 몸이 안 좋으셔서 수색대에 함께 하지 못했다. 어머니 말씀에 따르면 제일 먼저 행방이 묘연해진 사람은 큰할아버지, 우리 외할아버지의 형님이신데, 산에 들어가신 지 사흘이 지나도록 돌아오지 않았다는 사실을 알고 외할아버지와 아버지가 찾으러 나서셨다고 하더군. 다른 남정네들이 같이 가겠다는 것을 외할아버지가 말리면서 아버지만 데리고 산에 들어가셨다고 했지."

활짝 열린 창문 바깥에서 쌍둥이 형제의 목소리가 들렸다. 산장 아래층에 있는 가축우리에서 산양들을 풀어주는 모양이었다. '추추, 추추'하고 산양들을 내모는 소리가 바람을 따라 들려왔다.

"할아버지와 아버지를 찾지 못한 채 실망하며 축 처져서 돌아온 나에게 어머니가 '더 이상 두 사람을 찾아다니지 말라'고 하셨다. 이렇게 찾아도 발견이 안 되는 걸 보면 두 분은 찾을 수 없는 곳에 있는 게 분명하다면서. 어머니는 걱정 때문에 상해서 초췌해진 얼굴이었는데, 나는 왠지 모르지만 어머니가 언젠가는 이런 날이 오리라고 각오하고 있었다는 느낌이 들었지."

햇볕에 그을린 손으로 마슈는《여행기》를 천천히 쓰다듬었다.

"그날 밤 어머니는 나를 아버지의 소굴로 데리고 가셨다. 아버지는 우리 집 옆에 작은 오두막을 짓고 그곳을 서재로 쓰셨다. 수시로 바깥으로 돌아다녀서 집에 있는 일이 거의 없으셨고, 오랜만에 돌아와도 항상 그 서재에 콕 틀어박혀 있었지. 그래서 어머니는 종종 아버지를 겨울잠 자는 곰이라고 부르시며 그 오두막이 소굴이라면서 농담으로 불평하곤 하셨지. 그곳은 아버지만 들어갈 수 있는 곳이었고 아버지가 집에 안 계실 때는 자물쇠로 잠가놓았기 때문에 그때까지 나는 한 번도 들어가 본 적이 없었다. 어렸을 때는 아버지의 그 오두막이 어찌나 궁금하던지 어떻게든 몰래 들어가 보려고 이런저런 궁리를 한 적도 많았는데 그날 어머니가 나를 데려가셨을 때는 어머니가 문을 여는 모습이 보고 싶지 않더군."

잠시 숨을 고르더니 마슈가 다시 입을 열었다.

"아버지의 소굴은 놀랄 정도로 정리 정돈이 잘 되어 있었다. 궤짝 여러 개에 책들과 아버지가 적은 수기가 빽빽하게 들어 있었다. 아버지는 어머니에게 혹시라도 자기가 어디 간다는 말도 없이 소식이 끊기는 일이 생기면 나에게 이 소굴을 내주라고 미리 언질해 두셨다고 했다. 거기 있는 그 무엇도 일절 바깥으로 가지고 나가지 않는다는 조건으로. 그날부터 사흘 동안 나는 그곳에 틀어박혀서 아버지의 수기를 닥치는 대로 읽었다. 서적들은 손댈 수 없었지. 제국 수도로 돌아가야 하는 날짜가 임박해 있었으니까. 아버지의 수기는 양이 어마어마했고 일부러 생략한 듯한 표현도 많아서 겨우 사흘 가지고는 도저히 이해할 수 없었지만, 그래도 굉장히 인상 깊은 것들이 몇 가지 있었다. 그중 하나는 처음에 행방이 묘연해진 큰할아버지에 관한 기록이었지."

얼굴을 들고 마슈가 아이샤를 쳐다보았다.

"주쿠치의 천막에 있을 때 네가 나한테 리탈란이냐고 물었지?"

"네."

"왜 그렇게 생각했지?"

청향초 향기를 길게 풍기면서 산속으로 저벅저벅 걸어 들어가는 노인의 뒷모습이 문득 눈앞에 떠올랐다.

"마슈 님한테서 청향초 냄새가 나서요."

그 말을 듣더니 마슈가 씨익 웃었다.

"혹시 알고 있나? 청향초에는 냄새가 없다는 사실을."

7
어머니들의 과거

순간적으로 무슨 말인지 알아듣지 못한 아이샤가 되물었다.

"……냄새가, 없다고요?"

마슈가 고개를 끄덕이고 올리애 쪽으로 눈길을 돌렸다.

올리애가 품속에서 아름답게 수놓은 작은 주머니를 꺼냈다. 청향초 냄새가 더욱 진동하며 온 방 안에 퍼졌다.

올리애가 주머니를 코에 대고 냄새 맡는 시늉을 하더니 아이샤를 쳐다보며 말했다.

"나한테는 헝겊 냄새밖에 안 나는데."

아이샤의 눈이 휘둥그레졌다.

"네? ……그럴 리가 없는데. 이렇게 진한 냄새인데요?"

얼룩나방 애벌레는 어찌 보면 약한 냄새일 수도 있으니 올리애가 알아차리지 못했다 해서 그럴 수 있겠다 싶었지만 꺼내자마자 방안에 확

퍼질 정도로 강한 이 냄새가 안 느껴진다는 말은 믿어지지 않았다.

눈앞에 책상이 있는데 안 보인다는 소리를 들은 것 같은 황당함이었다.

"정말 모르시겠어요? 이렇게 진한 냄새인데?"

아이샤는 마슈 쪽을 쳐다보았다.

"마슈 님도 못 느끼나요? 이 냄새를?"

마슈가 고개를 저었다.

"아니, 나는 알아. 네가 말한 정도로 강한 냄새라는 생각은 안 들지만."

아이샤가 눈을 끔벅거렸다.

"네? ……그럼 냄새가 있다는 뜻이잖아요."

마슈가 조곤조곤 말했다.

"너하고 나는 느낄 수 있지. 우리 어머니도 알고 있었어. 하지만 친척들은 모두 청향초에는 냄새가 없다고 했고 나도 지금까지 어머니 말고는 이 냄새를 느끼는 사람을 본 적이 없다. 너 말고는."

'당신은 리탈란?'

그 말을 했을 때 마슈의 얼굴에 떠올랐던 경악의 표정이 생각나서 아이샤는 입을 다물지 못한 채 마슈를 멍하니 쳐다보았다.

"너는 그때 청향초 냄새가 나서 내가 리탈란이라고 생각했다고 했지?"

"네."

"누구한테 배운 거지? 리탈란의 뜻을?"

"마키시 아줌마요."

숲속에서 길을 잃어 청향초가 흐드러지게 핀 풀밭에 쓰러졌는데 리탈란 노인이 구해주었다는 이야기를 하자 마슈의 얼굴에 놀란 기색이 번져갔다.

"언제 있었던 일이지, 그건? 네가 몇 살 때야?"

"어…… 아마 여섯 살 때였을 거예요."

마슈와 올리애가 얼굴을 마주 보았다. 올리애도 흥분한 표정이었다.

"왜 그러는 건가요?"

아이샤가 묻자 마슈가 다시 그녀에게 고개를 돌렸다.

"너를 구한 사람은 우리 큰할아버지다."

아이샤가 '앗!'하고 놀랐다.

"처음에 행방이 묘연해지셨다는?"

"그래. 그 당시 마키시 중에 리탈란은 큰할아버지밖에 없었어. 게다가 네가 여섯 살 때면, 여섯 살 때 청향초가 피는 시기였으니까 너는 행방이 묘연해지기 직전의 큰할아버지 모습을 보았던 건지도 모른다. 그때 샘물가 풀밭에 쓰러졌다고 했지? 청향초가 많이 피어있는?"

"네."

"그렇다면……"

말하다 말고 마슈는 허공을 응시한 채 입을 꾹 다물고 골똘히 생각에 잠겼다.

"그렇다면 뭐?"

궁금함을 참지 못하고 올리애가 묻자 마슈가 입을 열었다.

"아무래도 우리가 전혀 엉뚱한 곳을 찾아다닌 모양이야."

"그게 무슨 소리야?"

마슈가 올리애를 보았다.

"큰할아버지는 우리가 호우일라라고 부르던 계곡을 자주 떠돌아다니시곤 했어. 그래서 우리는 호우일라를 기점으로 해서 그 주변을 찾아다녔는데 아이샤가 만난 날이 큰할아버지가 사라진 날이라면 큰할아버지는 호우일라와는 완전히 딴 방향으로 걸어가셨다는 뜻이야."

올리애가 고개를 갸웃거렸다.

"그렇지만 다른 날일 수도 있잖아."

아이샤도 거들었다.

"게다가 저를 구해준 날이 실종되신 날이라면 저를 집으로 데려다준 아줌마가 다른 분들한테 말하지 않았을까요? 큰할아버님이 행방불명 이라는 사실을 알았다면 틀림없이 거기서 봤다고 말했을 텐데요."

마슈가 고개를 저었다.

"그 뒤로 외할아버지와 아버지가 행방불명되었다는 소식은 다른 마 키시들도 알게 되었지만 그보다 먼저 행방을 알 수 없게 된 사람이 있 고, 그 사람이 큰할아버지였다는 사실은 아잘레 사람 중 누구도 입 밖 에 내지 않았을 거다."

"네? 왜요?"

"너를 집에 데려다준 아줌마처럼 아잘레 이외의 마키시에게는 큰할 아버지가 그저 서약을 지키며 사는 불쌍한 리탈란에 지나지 않았지만 아잘레 일족에게 큰할아버지는 위대한 금기의 사람이었으니까. 아잘 레 일족에게는 '말로 하면 그게 나타난다'라든지 '말로 하면 그게 따라 온다' 같은 이야기가 전해져 내려오지. 그래서 금기에 대해 이런저런 말이 외부로 흘러나가는 것을 아주 싫어한다."

그때 방 안이 갑자기 어두워졌다. 창문으로 들어오는 바람이 서늘해 지면서 비 냄새가 났다.

쌍둥이 형제가 바깥에 풀어놓은 산양들을 허겁지겁 불러 모으는 소 리가 들렸다.

마슈가 일어나서 창가로 가더니 활짝 열려 있던 창문을 닫았다.

산장의 유리창은 품질이 좋아서 꽉 닫아도 햇빛이 잘 들어오지만 그래도 창문을 닫고 나니 방 안이 훨씬 어두웠다.

눈에 보이는 얼굴이 희미해지자 냄새의 느낌이 강해졌다. 해가 떨어지면 모닥불의 색깔이 선명하게 보이듯 냄새의 윤곽이 뚜렷하게 떠올랐다.

"아이샤, 네 뒤의 찬장에 불 붙이는 상자가 있을 거야. 그걸로 불 좀 켜줄래?"

"네."

아이샤는 부싯돌을 꺼내서 불을 붙였다.

불을 켰더니 신기하게도 방 안이 저녁때 같은 분위기가 되었다.

창문을 닫고 돌아온 마슈가 의자에 도로 앉기도 전에 아이샤가 물었다.

"위대한 금기의 사람이 도대체 뭐예요? 만지면 안 되는 사람이라는 뜻인가요?"

마슈가 의자를 잡아당겨서 앉으며 대답했다.

"그게 아니다. 평소에는 그냥 평범한 일족의 남자로 생활했지."

양손을 깍지 끼고서 마슈가 이야기를 시작했다.

"내가 어렸을 때 큰할아버지는 나랑 자주 놀아주셨다. 말은 없지만 푸근한 분이었고 약초를 잘 찾아내는 달인이었지. 어린 마음에 신기했던 건 큰할아버지가 혼자 사신다는 점이었다.

물론 마을에도 배우자를 먼저 보내고 혼자가 된 노인이 있었지만 그런 사람들은 어김없이 손주나 형제자매와 함께 살았지. 그런데 큰할아버지는 완전히 혼자셨어. 아내나 자식이 있었다는 이야기도 들어보지 못했고 외할아버지나 어머니, 혹은 친척 누구도 그런 말을 일절 언급하지 않았다. 한번은 외할아버지한테 '큰할아버지는 왜 이 집에서 같이 안 살아?' 하고 물어본 적이 있는데 외할아버지는 그 물음에 대답하시지는 않고 그저 진지한 표정으로 '그런 말 큰할아버지한테 하면 안 된다'라고만 하셨지. 외할아버지가 그런 태도를 보이시는 경우는 물어서는 안 되는 말, 금기를 건드리는 말을 할 때였어. 그래서 나는 그 이야기를 다시는 꺼내지 않았고, 큰할아버지에게도 물어보지 않았지."

바람 부는 소리가 나면서 창문이 덜컹거렸다.

"아버지의 수기를 읽고 나서야 비로소 큰할아버지가 왜 금기의 사람이 되었는지 알 수 있었다. 그리고 외할아버지가 어째서 아버지와 어머니의 혼인을 허락하셨는지도 어렴풋이 짐작이 갔지. ……어머니는,"

마슈의 얼굴에 복잡한 심경이 드러났다.

"외할아버지의 딸이 아니라 큰할아버지의 딸이었다."

아이샤는 깜짝 놀라 눈이 휘둥그레졌다.

마슈가 살짝 쓴웃음을 지었다.

"혈연이 있는 아이를 거둬서 키우는 일은 그 마을에서 종종 있는 일이었어. 그런데 우리 어머니의 경우는…… 사정이 너무 특수했지."

툭툭툭 하며 창문에 큰 빗방울이 부딪치기 시작했다.

"젊었을 때 큰할아버지가 한 번 행방불명이 된 적이 있다고 했다. 비싼 약초를 찾으러 산속으로 들어간 이후 소식이 끊기더니 10년 이상 행방을 알 수 없어 다들 죽은 줄 알고 장례까지 치렀다지. 그런데 바람이 심하게 불던 어느 날 밤, 큰할아버지가 고향으로 돌아온 거다. 이상한 옷을 입고, 머리를 길게 기른 모습으로 여자아이 두 명을 데리고 말이지."

바람이 창문을 덜컹덜컹 흔들고 빗줄기가 유리창에 쫙 쫙 물을 뿌려

댔다.

"지금까지 어디 있었냐는 사람들의 물음에 큰할아버지는 대답하지 못했어. 그뿐 아니라 마치 말을 잊어버린 사람처럼 뭐라고 물어도 대답도 없이 그저 멍하니 사람들 얼굴만 쳐다볼 뿐이었다고 하더군. 큰할아버지는 넋이 빠진 사람 같아서 아이들을 키울 수 있는 상태가 아니었기 때문에 셋째 아들이 태어난 지 얼마 안 된 외할아버지가 키우기로 했지.

큰할아버지는 당시 아직 건재하시던, 나한테는 증조부와 증조모가 되시는 부모님의 집에서 살게 되었고 얼마 후에는 말도 하고 일도 할 수 있게 되었어. 그런데 이상하게도 두 여자아이만 보면 너무 괴로워하는 기색이 역력해서 외할아버지는 두 소녀를 큰할아버지에게 보내지 않고 계속 키우셨지.

그럴 즈음 2년 연속으로 메밀도 보리도 흉작이 되는 바람에 아잘레 마을 사람들은 입에 풀칠하기가 힘들어졌고 아직 젊은 나이였던 외할아버지는 다섯 명이나 되는 아이들을 먹여 살리는 게 보통 일이 아니었던 모양이야. 그래서 그랬는지 여자아이 둘 중에 외할아버지 집에서 딸처럼 같이 산 사람은 우리 어머니뿐이었다. 또 한 명의 여자아이가 언제 어디로 보내졌는지는 아버지 수기에 적혀 있지 않았다."

빗소리가 점점 심해졌고 틈새 바람으로 불빛이 흔들렸다.

"사실 나는 그런 소녀가 있었다는 사실도 전혀 몰랐고, 아무도 얘기해 주지 않았다. 외할아버지나 아잘레 사람들이 그 아이에 대해 언급하지 않은 이유는 어머니와 그 소녀의 출신에 대한 의심, 의심이라기보다는 두려움을 가지고 있었기 때문일 거다."

흔들리는 불빛에 춤추는 그릇 그림자들을 아무 생각 없이 바라보면서 마슈는 이야기를 계속했다.

"아잘레에는 신기한 이야기가 전설처럼 전해지지. 그 이야기 자체는 특별한 금기사항이 아니라서 나도 어렸을 때 할아버지한테 들어서 알고 있었다. 온 사방이 깊은 산으로 둘러싸인 아잘레에서는 가끔 산으로 들어갔다가 그대로 돌아오지 않는 사람들이 있는데 그중에는 몇 년씩 지난 다음에 홀연히 나타나는 경우도 있다더군. 그런 사람들은 모두 낯설고 이상한 옷을 입었고, 면도는 말끔히 했으면서 머리는 봉두난발인 상태로 여자아이를 데리고 돌아온다. 마치 혼을 어디 두고 온 사람처럼 멍한 상태로 돌아와서 얼마 안 가 바로 죽어버리는 사람도 있고, 오래도록 살다가 어느 날 갑자기 잃어버렸던 영혼의 조각이 돌아온 것 마냥 행방불명이 되었을 때의 기억을 되찾고는 무언가를 찾아다니는 사람처럼 날이면 날마다 산속을 헤매고 다니는 사람도 있다고 했다. 그런 사람들은 혼인을 하지 않고 평생 혼자 살았다고 하더군. 혼자 살면서 홀로 산속을 헤매고 다니는 모습이 마치 이번 생에서 자기 인생을 버리는 대신에 잃어버린 무언가가 돌아오기를 간절히 바라는 사람 같았다고 한다. 그들은 어김없이 청향초를 품에 넣고 다녔기 때문에 무언가 비참한 일을 당해서 서약을 한 자들까지 그 사람들 흉내를 내며 청향초를 품속에 넣고 다니게 되었다. 그리고 언제부터인가 서원을 하는 자들을 청향초를 품은 자, 즉 세이야 리탈란, 줄여서 리탈란이라 부르게 되었다고 한다."

마슈는 잠시 숨을 돌리고서 말을 이어갔다.

"그들이 데리고 온 아이는 아주 예쁘고 총명하지만 대개는 단명해서 가족을 이루지 못한 채 사망했고 오래 산 사람도 혼인을 하지는 않았다고 한다. 그런 이야기다. 처음 이야기를 들었을 때 나는 외할아버지께

'그 사람들은 행방불명이 되었을 때 어디 있었던 거야?' 하고 물었는데 할아버지는 고개를 천천히 가로저을 뿐 대답해 주시지는 않았다."

"……장소에 관한 이야기가 금기였군요."

아이샤가 중얼거리자 마슈는 약간 놀란 듯이 눈썹을 치켜올리더니 고개를 끄덕였다.

"너는 참 영리하구나. 그래 맞다. 그 이야기 자체는 금기가 아니었지만 행방불명이 되었던 그들이 '어느 곳으로 가서 무엇을 하고 있었는지'에 대한 이야기는 금기였던 거다."

입안이 바짝 말라 있었다. 아이샤는 완전히 식어버린 차를 한 모금 마셨다.

이야기를 듣는 사이에 어떤 한 가지가 자꾸 마음에 걸려서 속이 답답해졌다. 단명하고 아름다웠던 어머니의 얼굴이 불빛에 비친 그림자처럼 눈꺼풀 안쪽에 어른거렸다.

'아아……. 그래서 청향초 냄새가 났구나.'

산속에서 길을 잃었다가 돌아온 날 아이샤의 이야기를 다 듣더니 그렇게 중얼거린 어머니의 목소리가 귓가에 메아리쳤다.

"어머님께서는……"

갈라진 목소리로 아이샤가 물었다.

"큰할아버님께서 금기의 땅에서 데리고 돌아온 소녀였군요?"

아이샤를 빤히 쳐다보며 마슈가 고개를 끄덕였다.

"어머님께서는 잘 계신가요?"

"아니. 내가 열아홉 때 돌아가셨다. 겨우 서른다섯이셨는데."

쿵 하고 가슴이 무너졌다. 아이샤는 숨을 한 번 들이킨 다음에 말을 꺼냈다.

"우리 어머니도 일찍 돌아가셨어요. 서른넷에. 어머니는…… 청향초 냄새를 아는 분이었습니다."

찬물을 끼얹은 듯 정적이 흐르는 방 안에 비바람 소리만 요란하게 울렸다.

"네가……"

마슈가 입을 열었다.

"리탈란이냐고 물었을 때 온몸에 벼락을 맞은 느낌이었다. 머릿속에 수많은 생각들이 동시에 떠올랐지. 그때까지는 생각해 보지도 않았던 것들이 연달아 뇌리를 스쳤다."

"……."

"그중 하나가 혹시 네가 내 사촌이 아닐까 하는 생각이었다. 지금 너도 같은 생각을 한 것 아니냐?"

아이샤가 고개를 끄덕이자 마슈가 낮은 목소리로 말했다.

"아마 그게 사실일 거다. 너도 나도, 그리고 우리의 어머니들도 청향초 냄새를 아는 사람들이다. 다른 사람들보다 냄새를 분간하는 능력이 월등히 뛰어나지. 미르차 군은 어떻지? 그도 너처럼 후각이 뛰어난가?"

"저하고는 많이 다르지만 아버지나 할아범보다는 훨씬 나은 것 같아요."

"그렇군. 어쩌면 냄새를 느끼는 능력은 여인들이 더 뛰어난지도 모르지. 어쨌든 여러 가지 사실들을 맞춰보았을 때 우리는 사촌지간이 맞을 것 같다. 큰할아버지가 데리고 온 두 소녀가 자매였는지 어떤지는 알 수 없으니 혈연관계가 있는지 여부는 모르지만."

머릿속이 저릿저릿하며 마비되어버린 느낌이었다. 아이샤는 그저 망연자실한 채 마슈를 멍하니 쳐다보았다.

"그러나 확증은 없다. 아버지의 수기를 읽고 나서 다른 한 명의 소녀가 어떻게 되었는지 행방을 알아봤는데 도무지 찾아낼 수가 없었다. 어머니는 알고 계셨을지도 모르지. 하지만 그 당시에는 왠지 모르게 말을 꺼내기가 힘들더군. 게다가 그 무렵은 고향에 돌아갈 기회가 거의 없었던 시기였고. 다음에 가면 물어봐야지 하고 생각만 하며 미루다가 어머니가 돌아가시고 말았다."

마슈가 한숨을 푹 쉬었다.

"어머니한테 물어보고 싶었던 이야기가 많았는데. 결국 중요한 건 하나도 묻지 못했지만……. 너희 가족이 삼림지대에 살게 되었을 때 어머니가 가끔 너희 집으로 식량을 배달해주러 가시기도 했다고 삼촌이 말한 걸 보면 어머니는 너희 어머님이 동생이라는 사실을 알고 계셨는지도 모르지. 지금 와서는 진실을 알 길이 없지만. 나도 그렇고 삼촌들도 너희 가족은 억울하게 추방당한 진정한 왕 켈루안의 후손이라고만 알고 있었다."

아이샤는 식량을 가지고 오던 마키시 여인들의 얼굴을 떠올려보았다.

어머니가 그런 사람들과 한참 이야기하는 모습도 자주 봤는데 그중 한 사람이 마슈의 어머님이었을까?

"너희 어머님이 또 한 명의 소녀였다면 할아버지는 뭔가 이유가 있어서 마키시의 소중한 왕인 켈루안의 측근에게 그 소녀를 맡기셨겠지. 이제는 일이 어떻게 되었던 것인지 알 길이 없어졌지만."

갑자기 여태 가만히 있었던 올리애가 한마디 했다.

"……그런데,"

올리애가 험한 표정으로 마슈를 노려보았다.

"어째서 그 이야기를 먼저 한 거야? 그 이야기부터 해 버리면 아이샤의 마음이 거기 묶여서 자유롭게 판단하지 못하게 되잖아."

"네?"

아이샤는 깜짝 놀라 올리애에게 물었다.

"제 마음이 묶이다니 그게 무슨 말씀이세요?"

올리애가 대답하려는데 마슈가 옆에서 끼어들었다.

"지금부터 나는 너에게 위험한 일을 부탁할 작정이다. 올리애는 지금까지 한 이야기 때문에 네가 거절하지 못할까 걱정해서 하는 말이다."

마슈가 올리애 쪽을 보며 말했다.

"난 그런 계산을 해서 이 이야기를 꺼낸 게 아니야. 어차피 나올 이야기이기도 했고. 어느 쪽이 먼저건 아이샤의 판단에 영향을 주는 건 마찬가지다."

올리애가 눈살을 찌푸렸다.

"……그건 그럴 수도 있지만."

그러더니 한숨을 쉬었다.

"난 당신의 그런 부분이 정말 마음에 안 들어."

그 말은 들은 마슈가 픽 웃었다.

"왜?"

올리애가 눈썹을 치켜올리며 묻자 마슈는 고개를 저었다.

"아니, 쓸데없는 게 생각나서. 별것 아냐."

"뭐야, 궁금하잖아."

마슈는 포기한 사람처럼 쓴웃음을 지으면서 대답했다.

"'마음에 든다, 좋다고 빈말을 하느니 차라리 꼴 보기 싫다, 밉다고 대놓고 말해라.' 풋내기 시절에 그런 허세를 자주 부렸지 하는 생각이 들어서."

"못 말려"하고 어이없는 표정을 지으며 올리애는 한숨을 쉬더니 아이샤를 바라보았다.

"미안해. 갑자기 끼어들어서. 하지만 난 하기 싫었어. 아니, 싫다기보다는 자꾸 망설여지더라고. 너한테 이런 이야기를 하는 게."

아이샤는 어찌할 바를 몰라 그저 "네에" 하고 중얼거렸다.

"아직 그 위험한 일이 뭔지를 몰라서요……."

"그렇네. 미안해."

한숨을 쉬며 올리애는 고개를 절레절레 흔들었다.

"화가 나기는 하지만 마슈 말대로 어느 쪽을 먼저 이야기했건 마찬가지였을지도 모르겠네. ……그래도."

올리애가 아이샤의 눈을 똑바로 쳐다보면서 진지하게 말했다.

"지금부터 하는 이야기를 들을 때 이 한 가지는 꼭 잊지 말아줘. 우리가 하는 부탁을 들어주건 거절하건 그건 전적으로 네 자유라는 점 말이야. 절대로 마슈나 나한테 미안해서라든지 우리가 마음이 상할까 봐 싫은데도 알았다고 하면 안 돼. 이건 내 진심이니까 꼭 마음에 새겨 둬. 너에게 원하지도 않았는데 무조건 어떤 입장에 몰아넣는 짓을 할 생각은 절대로 없으니까."

8
초대 황제가 온 길

등불이 흔들리며 치지직 하고 작은 소리를 냈다.

아이샤가 일어나려고 하자 마슈가 손짓으로 말리며 대신 일어났다. 마슈는 찬장에서 기름병을 꺼내 등에 기름을 채워 넣으면서 말했다.

"큰할아버지 이야기를 먼저 한 이유는 네가 우리 아버지가 하셨던 생각의 흐름을 따라서 이 이야기를 들어줬으면 해서다."

기름병을 찬장에 돌려놓고 문을 꼭 닫은 다음 마슈는 다시 의자에 앉았다.

"아버지는《여행기》에 나온 기록을 따라 토울라이라에 오셨다. 어떤 경위로 어머니를 알게 되어 혼인까지 했고, 또 어떻게 큰할아버지가 어머니의 친아버지라는 것을 아셨는지는 몰라도 큰할아버지가 우리 어머니를 데리고 금기의 땅에서 돌아왔다는 사실을 알게 되셨을 때 아버지의 머릿속에 한 가지 가설이 생겼으리라는 짐작을 해 볼 수가 있다."

이제까지의 이야기를 돌이켜보면 마슈가 하려는 말이 무엇인지는 자명했다.

"토울라이라 어딘가에 신의 나라 오아레마즈라가 있다는 말인가요?"

마슈가 끄덕였다.

"그래. 아잘레에서 말하는 금기의 땅은 바로 신의 나라 오아레마즈라이고 행방불명이 된 사람들은 우연히 그 땅에 이르러 그곳에서 살다가 다시 돌아오지 않았을까 하고 아버지는 생각하신 거다. 초대 황제와 아미르 카슈가 또한 그런 사람들과 같은 경험을 한 게 아닐까 라고."

어떤 생각이 갑자기 머릿속에 떠올라서 아이샤는 얼떨결에 눈길을 올리애 쪽으로 돌렸다.

"그 사람들도 소녀를 데리고 돌아왔지요⋯⋯!"

올리애가 천천히 끄덕였다.

"맞아. 그 사람들도 소녀를 데리고 왔지. 초대 향군을."

우르릉거리는 천둥소리가 어두컴컴한 하늘을 따라 울려왔다.

"하지만⋯⋯"

아이샤는 미간을 찌푸리면서 고개를 갸웃거렸다.

"하지만 그런 거라면 어째서 그런 이야기가 전해지지 않았을까요? 아잘레 사람들에게 금기의 땅이어서? 초대 황제께서는 아잘레 사람들의 금기를 지켜주고 싶으셨던 걸까요?"

마슈가 입을 열었다.

"그게 걸리는 점이다. 그들은 사실을 있는 그대로 전하지 않았지. 이유가 뭘까? 아잘레가 금기로 해 둔 것처럼 신의 나라에 관한 일을 밝혀서는 안 된다고 생각했을까? 그럴 수도 있다. 지금에 와서는 진실을 확인할 길이 없지. 그런데 아버지는 그것과는 별개의 또 다른 이유가 있지 않았을까 하고 생각하셨다."

"별개의 이유?"

"그래. 아버지는 우마르 사람이랑 마키시가 예전에 같은 뿌리에서 나온 족속이 아닐까 하고 생각하셨지."

아이샤가 눈을 깜박거렸다.

"같은 뿌리요? 조상이 같다는 뜻인가요?"

"그래. 뜬금없는 말 같지만 나는 아버지의 그 가설을 읽으면서 그럴 수도 있겠다고 생각했어. 그 생각이 떠오르자마자 뭔가로 가슴을 강타 당한 것 같은 충격을 느꼈지. 제국 수도에 온 지 한 달도 채 되지 않았을 무렵 카슈가 집안과 인연이 있는 어르신이 돌아가셔서 장례식에 간 적이 있다. 너는 아직 우마르인의 장례식을 본 적이 없겠지만 우마르인의 장례 순서에는 해 질 녘에 하는 영혼 보내기 의식이라는 게 있다. 그건 망자의 영혼을 고향으로 돌려보내는 의식인데 기도자가 고인의 집 지붕 위에 올라가서 노을 지는 하늘을 향해 기도문을 암송하는 소리를 들었을 때 너무 이상한 느낌이 들었지."

마슈는 눈을 감더니 억양을 보태서 노래 부르듯이 낮은 목소리로 기도문을 외기 시작했다.

「무거운 몸에서 벗어나 홀가분해진 혼령아 귀를 기울여라.
아르샤이의 새가 날 듯 하늘 높이 날아올라 우선은 강을 찾아라.
하늘을 비추어 반짝이는 강물, 그것을 따라서 날아가라.
빛을 따라 날아가다 보면 머잖아 마나스 큰강이 나온다.

무거운 몸에서 벗어나 홀가분해진 혼령아 귀를 기울여라.

마나스 큰강에 당도했으면 마구리 언덕에서 잠시 쉬어라.

그리고 힘을 되찾으면 거대한 하늘의 빛이 저무는 곳으로 향해라.

미슐라 언덕을 넘고, 토도마 들판을 건너, 이아마 큰강을 지나

서쪽으로 서쪽으로 나아가라⋯⋯.」

마슈가 눈을 떴다.

"이 기도문을 들으면서 너무 이상한 느낌이 든 이유는 내가 여기 나오는 지명들을 다 알고 있었기 때문이다. 바로 얼마 전에 나는 이아마 큰강을 지나 토도마 들판을 건너 미슐라 언덕을 넘어서 얼마 후에 마나스 큰강으로 흘러드는 지류를 거슬러 올라 제국 수도에 도착했었다. 그러니까 기도문에 나와 있는 대로 혼령이 하늘을 날면 내 고향인 토울라이라에서 제국 수도로 오는 여정을 거꾸로 따라가게 되는 거지. 어째서 제국 수도에서 나고 자란 우마르인이 죽고 난 다음에 돌아가는 고향이 그런 여정을 따라가는 곳에 있다는 건지 너무 이상해서, 장례식이 끝난 다음 당시 나에게 제국 수도의 생활에 대해 여러 가지를 가르쳐주던 시종에게 물어봤더니 전혀 뜻밖의 대답이 돌아왔다."

"뭐라고 했는데요?"

"토종 우마르인이었던 시종은 기도문에 나오는 지명 중에 마나스 큰강 말고는 하나도 모른다고 대답했다. 마구리 언덕이니 미슐라 언덕이니 한 번도 들어본 적이 없는 지명이 계속 나와서 이 기도문을 들을 때마다 죽은 다음에 길을 못 찾으면 어떡하나 싶어 걱정된다고 진지한 얼굴로 말하더군."

"마구리 언덕, 미슐라 언덕⋯⋯."

중얼거리면서 아이샤가 고개를 갸웃했다.

"저도 그런 지명은 처음 듣는데요? 서칸탈에서 제국 수도로 올 때 그런 곳을 지나왔나?"

마슈가 씨익 웃었다.

"마울리하고 미시아는 들어본 적이 있나?"

"네. 어? 그 언덕이에요?"

"그래. 우마르어로 마울리 언덕, 미시아 언덕이라고 불리는 곳이 마구리와 미슐라다."

약간 혼란스러워진 아이샤가 지금 들은 이야기를 머릿속에서 다시 한번 찬찬히 정리해 보았다.

"어……그런데 마구리나 미슐라는 서칸탈어의 지명도 아니잖아요? 그런데 마슈 님은 어떻게 알고 있었어요?"

마슈의 눈빛이 묘하게 빛났다.

"서칸탈 말에는 그런 지명이 없지. 그러나 마키시 말에는 있다."

"네? 하지만……."

"너는 모르겠지. 산에서 내려가 서칸탈 사람들과 이야기할 때는 우리도 서칸탈어로 말하니까. 억양이 좀 이상해서 그렇지, 충분히 알아들을 수 있지 않았나?"

"네."

"하지만 평소에 우리끼리 있을 때는 마키시 말로 이야기하지."

"네?! 그럼 마키시 말이 따로 있어요?"

"그래. 전혀 알아듣지 못할 정도는 아니어도 많이 다른 언어다. 아버지도 산속에 있을 때는 우마르어가 아니라 마키시 말로 이야기하셨지. 제국 수도에 처음 갔을 때 우마르인들이 쓰는 언어가 이상할 정도로 내 귀에 친숙하게 들리는 것도 신기했다. 오히려 서칸탈어보다 우리가 쓰는 말에 가까운 것 같다고 생각했거든. 발음이 다른 단어도 있었지만 어떤 식으로 바뀌는지 변하는 형태를 익히고 나니 순식간에 술술 말할 수 있게 되었다. 마구리 언덕을 마울리 언덕이라고 부르는 것도 우마르 말다운 변화였지. 그래서 우리와 우마르인이 같은 뿌리를 가진 동족이 아닐까 라고 아버지가 쓰신 글을 보았을 때 그럴 수도 있겠다고 생각했다. 나중에 《여행기》를 읽고서 그 생각은 더욱 강해졌고."

마슈가 《여행기》를 들어 올렸다.

"어째서 아미르 카슈가는 토울라이라로 가는 여정이 아닌 토울라이라에서 오는 여정을 남길 생각을 했을까? 그건 토울라이라가 도착점이 아니라 출발점이었기 때문이라면?"

아이샤는 숨을 죽인 채 마슈를 응시했다.

"아버지의 가설은 이런 것이다. 아득한 옛날, 여름 냉해 등으로 토울라이라에 살던 사람들은 기근의 위기에 처했다. 그때 우연히 젊은이 두 명이 행방불명이 되었고 얼마 후 금기의 땅에서 한 소녀를 데리고 돌아왔다. 그들은 오아레 벼의 볍씨를 가지고 있었다. 오아레 벼는 이상하리만치 추위에 강하다. 더구나 벼를 키울 수 없는 토양인 토울라이라에서도 자란다. 그 무렵 토울라이라에 살던 사람들은 그 기적의 벼 덕분에 목숨을 유지할 수 있었을 것이다.

그러나 몇 년 후, 어쩌면 십몇 년 후일 수도 있지만, 무슨 일이 생겼다. 오아레 벼가 저주받은 곡물이라며 사람들이 싫어하게 된 원인을 만든 어떤 일이……. 그때 마키시들이 둘로 나뉘지 않았을까 하고 아버지는 생각하셨다. 한쪽은 그대로 고향에 남아 오아레 벼를 저주받은 곡물이라며 절대로 경작하지 않게 된 무리다. 그리고 다른 한쪽은 초대 황제 알라이르와 아미르 카슈가가 이끄는 대로 오아레 벼를 가지고 향군과 함께 신천지를 찾아 길을 떠난 무리다."

얇은 책자를 넘기더니 마슈가 마지막 부분을 읽었다.

"도도히 흐르는 큰강 마나스에는 수많은 지류가 있다. 라말 등이 큰 황무지, 유이노라고 부른 대평원은 풍요로운 수자원을 가졌으면서도 여름이 짧은 불모의 땅이다⋯⋯."

《여행기》를 읽던 눈길을 들어 마슈가 말했다.

"초대 황제 일행이 도착한 곳은 풍부한 수자원이 있어 추위만 극복할 수 있으면 풍작이 보장된 큰 들판이었던 거다."

거기까지 들었는데 어떤 생각이 머리에 떠올라 아이샤가 중얼거렸다.

"⋯⋯어쩌면,"

다음을 재촉하는 마슈의 눈짓에 아이샤는 말을 이었다.

"《여행기》가 그 부분에서 끝난 이유가 구술하다 말고 그만둔 게 아니라 그곳이 종착지여서가 아닐지⋯⋯?"

말이 끝나기가 무섭게 마슈가 파안대소했다.

"정말 예리한 아이구나!"

보푸라기가 일어난 책자를 휘두르면서 마슈가 말했다.

"이걸 읽었을 때 나도 그렇게 생각했다. 제국 수도를 지금 그곳에 세운 것은 나중 일이고 아미르 카슈가 일행은 우선 유이노 평야에 머물러 살지 않았을까? 그 사실을 암묵적으로 알리기 위해 너무 어중간하게, 마음에 걸릴만한 형태로 이 책을 끝마친 것이 아닐까, 라고."

아이샤는 황량한 대평원에 선 사람들의 모습을 상상했다.

하늘은 어두운데 지평선은 환하다. 바람은 살을 에듯 차가워도 그 추위 속에서도 잘 자라는 곡물의 볍씨를 팔에 소중히 안고 있는 사람들. 여자도 있고 아이들도 있었겠지. 고향을 멀리 떠나 미지의 땅에서 자기들 힘으로 다시 일어서야 하는 현실이 불안하고 버겁지 않았을까?

"유이노 평야에는 그 전부터 사는 사람들이 없었나요? 도적 떼를 만나거나 하지는 않았을까요?"

"원주민도 있었겠지. 초대 황제가 제국의 기초를 다졌다고 알려진 시대에 유이노 평야 근방에는 라말이라는 작은 나라가 있었다고 사서에 기록되어 있다. 이 작은 나라 백성들이, 최초로 초대 황제에게 복종하겠다는 뜻을 보였고 그 후로 함께 제국을 세웠다고 알려진 라말인이다. 그 무렵의 유이노 평야 일대는 지금보다 추웠고 1년의 태반이 겨울 같았던 해도 있었다고 전해지지. 그런 시대에 곡물을 경작하기는커녕 기껏해야 가축 방목 정도밖에 못 하는 땅에 세워진 나라였으니 국가라는 이름을 붙이기도 힘들 정도의 집단이었겠지."

"라말이면…… 라말 기마병단의 그 라말이요?"

"그래. 라말인들은 우마르 제국 기마병단의 주축을 이루고 있지. 대를 이은 충신 가문 출신으로 조정에 중용되는 사람도 많다. 그들은 원래 유이노 평야 근방에서 말이나 양을 방목하면서 살던 기마민족이었다. 아마 그들을 지배 아래 두고 기마병단을 만든 덕분에 초대 황제 일행은 영토를 확대할 수 있었을 거다."

"하지만……"

아이샤가 미간을 찌푸렸다.

"기마민족이고 싸움에 능한 사람들이었다면, 그렇게 강한 사람들이 만든 나라가 이미 자리 잡고 있던 곳에 나중에 들어간 초대 황제 일행은 어떤 방법으로 그 사람들을 복종시켰을까요? 라말 쪽이 훨씬 더 힘이 셌을 텐데."

그 소리를 듣자마자 마슈의 눈빛이 강하게 번득였다.

"무력으로는 꺾을 수 없는 기마민족을 복종하게 만든 존재가 향군이었다."

"……네?"

마슈가 올리애 쪽을 보자 올리애가 고개를 끄덕이고 입을 열었다.

"그 경위는《향군 정사》와《향군 이전》에 설명되어 있어. 이 두 책은 서로 전혀 다른 부분도 있지만 '라말의 복종'이라는 이야기만큼은 거의 같은 내용으로 적혀 있는 것을 보면 그게 사실에 가깝다고 볼 수 있겠지."

입술을 축이고 눈길을 떨군 올리애가 천천히 그 내용을 읊조리기 시작했다.

「먼 옛날 눈보라가 사흘 낮 사흘 밤 동안 계속되던 밤에 향군궁 문을 두드리는 자가 있었습니다. 시녀가 문을 열어보니 밖에는 여자와 아이들을 함께 데리고 온 열 명가량의 라말 남자들이 서 있었습니다. 그들은 굶주린 채 추위 속을 뚫고 오느라 말도 못 할 지경이었지만 향군마마께서 안으로 들여주시고 불을 쬐게 해 주시고, 갓 지은 밥에 물을 넣어 부드럽게 끓인 다음 귀중한 소금으로 간을 해서 주자, 모두가 크게 기뻐하며 정신없이 먹어 치웠습니다.

죽 한 그릇을 눈 깜짝할 사이에 먹어버린 아이들이 더 먹고 싶다고 울어대자 그 아버지들은 자식들을 엄하게 꾸짖으면서 오래 주렸던 배에 한꺼번에 많은 음식을 집어넣으면 탈이 난다고 말했습니다. 그들을 인솔해 온 남자는 향군마마 앞에 엎드려 감사 인사를 드리며 자신은 하르둔 로이 라말이며 로이 일족의 족장이라고 이름을 고했습니다. 로이 일족은 용맹한 유목 민족으로 이제껏 라말 왕의 방패가 되어 용맹을 떨쳐 왔는데, 이번 겨울에 일족의 남자가 조는 틈에 왕의 애마가 늑대에게 잡아먹히는 바람에 왕이 진노하여 일족의 영토를 박탈해 버렸고, 그래서 이 불모의 땅을 방랑하고 있었다고 눈물을 흘리며 이야기했습니다.

눈보라가 불어닥치기 전에 식량은 벌써 바닥을 쳤고, 아이들은 추위에 몸이 얼어 이제 죽을 일만 남았구나 했는데 그때 멀리서 깜박이는 불빛이 보여 이곳에 당도했다는 그들을 향군마마께서는 가엾게 여기셔서 우마르 백성들과 함께 살 수 있도록 선처해 주셨습니다.

그들은 우마르의 곡간穀間을 보더니 매우 크게 놀랐습니다. 일곱 개의 커다란 곡간에 황금색 벼가 넘치도록 저장되어 있었기 때문입니다. 우마르 백성들은 그들에게 아낌없이 쌀을 나누어 주었고, 잘 먹여주어서 긴 겨울이 끝날 무렵이 되자 모두가 건강을 되찾을 수 있었습니다.

봄이 되자 로이 일족은 팔을 걷어붙이고 나서서 단단하게 얼었던 논을 일구는 일에 앞장섰습니다. 그들은 가래를 몰랐지만 그들이 끌고 온 말에 향군마마께서 만드신 가래를 달아서 논을 갈자 논이 비옥해져서 가을에는 알차게 영근 오아레 벼를 모두 함께 추수하였습니다.

얼어붙은 대지에서도 무럭무럭 자라는 오아레 벼를 보고 로이 일족은 우마르 백성이 신의 가호를 받는 민족임을 깨달았고, 또한 향군마마의 신력을 알게 되자 자신들이 살아있는 신께 구제되었음을 알았습니다.

그들은 '아무쪼록 여기서 이대로 향군마마의 비호 아래 오래도록 살게 해 주십시오' 하면서 엎드려 애원하였고, 향군마마께서는 그 소원을 들어주셨습니다.

그러나 로이 일족 중에 나쁜 마음을 품은 자가 한 사람 있었습니다. 하르둔의 숙부인 우눈이었습니다. 라말 백성들에게 위신을 다시 세우고 싶었던 우눈은 오아레 벼의 수확이 끝나자 몰래 빠져나가 라말 왕에게로 가서 극심한 추위 속에서도 황금색 벼가 알차게 열매를 맺는 땅을 발견했다고 했습니다.

오래도록 굶주림에 시달리던 라말 왕은 그 말을 듣고 크게 기뻐하며 천 명이나 되는 기마 병사들을 이끌고 우마르 땅을 습격했습니다.

우눈이 이끄는 대로 우마르 땅에 도착한 왕과 병사들이 본 광경은 사람이 하나도 없는 빈 향군궁과 왕궁, 백성들의 집들까지 텅텅 비어 버린 도성이었습니다.

일곱 개의 곡간도 비어 있었는데 딱 한 군데의 곡간에만 산처럼 쌓아놓은 볍씨가 한 무더기 남아 있었습니다. 볍씨 옆에는 비료도 쌓여 있어 마치 이것으로 벼농사를 지으라고 말해주는 것 같았습니다.

라말 왕과 우눈, 그리고 라말의 중신들이 그 커다란 곡간으로 들어가자 산더미 같은 볍씨 뒤편에서 하르둔이 나타나 천둥과 같이 우렁찬 목소리로 말했습니다.

"추위에 얼어붙고 먹을 것이 없어 굶주리던 라말 백성에게 따뜻한 자비를 내려주신 향군마마의 은혜를 원수로 갚는 욕심 많은 자여, 그리고 그런 사악한 자와 탐욕으로 함께한 자들아, 잘 들어라.

살아있는 신이신 향군마마께서는 너희들에게 딱 한 번 회개하고 뉘우칠 기회를 주겠다고 말씀하셨다. 이 오아레 벼의 볍씨는 신께서 내리신 볍씨다. 신이 기뻐하시는 마음씨 고운 자가 뿌리면 언 땅에서도 황금색 결실을 맺을 것이나 사악한 자가 뿌리면 엄청난 재앙이 닥칠 것이다.

중신들은 잘 들으라. 그대들이 앞세운 왕이 진정으로 그대들을 행복하게 해 줄 왕인지는 이 벼를 추수할 때 알게 될 것이다."

하르둔의 엄청난 분노와 그 위엄을 보고 모두가 그 자리에 얼어붙은 것처럼 꼼짝도 하지 못했습니다. 하르둔은 위풍당당한 발걸음으로 그들 사이를 지나 멀어지더니 어디론가 사라져 버렸습니다.

라말 왕과 그 신하들은 봄이 되자 얼어붙은 땅을 일구어 곡간에 남아 있던 볍씨를 뿌렸습니다. 오아레 벼는 추운 여름에도 날씨에 지지 않고 무럭무럭 자라나 가을이 되자 곡간 일곱 개뿐만 아니라 넣어둘 곳이 모자랄 만큼 대풍작이 되었습니다.

라말 왕은 크게 기뻐하며 신이 자기의 왕권을 보증한 증표라고 사람들에게 말했습니다.

그러나 벼 이삭을 탈곡해 본 사람들은 깜짝 놀랐습니다. 벼 속이 모두 텅 비어 알맹이가 하나도 없었기 때문입니다.

빈 벼를 손에 든 라말 백성들은 놀라고 두려워하면서 깨달았습니다. 자신들이 알맹이 없는 자를 왕으로 섬기고 있었다는 사실을.

의심할 여지가 없는 신의 뜻을 직접 눈으로 본 라말 백성들은 왕을 권좌에서 끌어내린 다음 왕과 우눈을 포박하여 말에 태워서 눈보라 치는 대평원으로 쫓아내 버렸습니다.

그때 눈송이가 휘날리는 저 멀리서 백마를 탄 아름다운 여인이 나타나 두 사람을 실은 말을 손으로 살짝 만졌습니다.

여인의 손이 닿자마자 말은 고개를 숙이고 여인을 따랐습니다.

라말 백성들은 숨을 죽인 채 아름다운 여인이 죄인들을 데리고 돌아오는 모습을 바라보았습니다.

라말 백성들 앞에 조용히 선 여인이 부드러운 목소리로 말했습니다.

"참회하는 자에게 채찍은 필요치 않다. 나의 가호 아래 황금빛 벼를 키우며 살고 싶은 마음이 있는 자는 우마르 왕에게 복종을 표하고 충성을 맹세하면 된다."라고.」

긴 이야기를 다 들은 아이샤는 '휴우' 하고 한숨을 돌렸다.

"벼 안이 텅 비어 있었다니 어떻게 그런 일이 일어났지?"

아이샤가 작은 소리로 중얼거리자 마슈와 올리애가 한순간 서로의 얼굴을 보았다. 올리애가 작게 고개를 끄덕이자 마슈가 아이샤 쪽으로 몸을 돌려 입을 열었다.

"이 이야기에 나오는 빈 벼 이삭이라는 말은 아마도 비유적인 표현일 거다. 실제로는 어느 오아레 벼에서건 쌀을 수확할 수 있다. 다만……"

마슈가 말을 이었다.

"너도 잘 알다시피 그 쌀을 먹을 수는 있어도 수확한 벼 이삭을 볍씨로 사용할 수는 없지. 볍씨처럼 뿌려도 싹이 나지 않는다. 그래서 사람들은 매번 제국에서 지급되는 볍씨를 뿌려야 한다. 오아레 벼는 풍요의 대가로 종속을 강요하는 셈이지."

아이샤는 마슈의 목소리에 문득 아버지의 목소리가 겹쳐지는 것을 느꼈다.

'아바마마는 오아레 벼를 기쁨과 비탄의 벼라고 부르셨다.'

"오아레 벼에는 엄중히 지켜져 온 비밀이 있다. 싹 내기의 비밀이다. 그것을 아는 사람은 향군과 황제 폐하, 그리고 신구 양쪽 카슈가 집안의 당주와 그 직계 자손들 뿐이지. 그 외의 누군가에게 싹 내기의 비밀이 알려졌을 시에는 그것을 알게 된 자와 알려준 자 모두를 재판도 없이 그 자리에서 즉각 처형하게 되어 있다."

마슈의 목소리는 침착했으나 그 말에 담겨 있는 가차 없는 비정함이 아이샤의 가슴을 찔렀다.

아이샤를 바라보며 마슈가 말했다.

"내가 너에게 부탁하고 싶은 일은 싹 내기의 비밀을 포함한 오아레벼의 비밀과 깊은 관계가 있다. 그러니까 지금부터 하는 이야기를 듣고 내 부탁을 받아들이면 너는 처형당할 위험을 항상 안고 사는 위태로운 삶에 발을 들여놓게 된다."

"……."

"내 이야기를 듣고 그렇게 위험한 일에 끼고 싶지 않다는 생각이 들면 솔직히 말해주길 바란다. 그럴 경우 지금 여기서 한 모든 이야기는 없던 일이 된다. 무슨 일이 있어도 함구하겠다는 약속은 해 줘야겠지만……."

마슈에게서 복잡한 냄새가 풍겨오기 시작했다. 그 냄새를 맡고 마슈의 눈에 떠오른 표정을 보면서 아이샤는 마슈가 어째서 위험한 비밀을 털어놓으면서도 하기 싫으면 중간에 그만두어도 된다고 말했는지 그 이유를 짐작할 수 있었다.

'이 사람은 나의 모든 것을 손아귀에 쥐고 있다.'

미르차와 할아범, 그리고 아이샤. 세 사람을 없앨 작정이면 서칸탈의 내분을 원인으로 둔갑시켜서 얼마든지 해치울 수 있다.

그것은 아주 냉정한 생각이었다. 그러나 동시에, 바로 그렇기 때문에 중간에 그만두어도 된다는 마슈의 말을 믿을 수가 있었다.

아이샤는 여기서 알게 된 비밀을 남에게 알릴 수 없다. 그 사실을 이

자리에 있는 세 사람 모두가 확신하고 있기에 이야기를 듣고 난 다음에도 안 하겠다고 포기할 수 있다는 것이다.

'오아레 벼의 비밀.'

할아버지가 끝끝내 거부한 기적의 벼. 어머니를 포함해 많은 사람들의 목숨과 운명을 좌우한 기쁨과 비탄의 벼.

아이샤는 마슈를 쳐다보고 말했다.

"이야기해 주세요."

산 날씨는 변덕이 심하다. 그렇게 컴컴하던 하늘이 점심 무렵을 지나서는 언제 그랬냐는 듯이 화창하게 갰다.

단비를 흠뻑 빨아들인 초목의 향기를 맡으면서 아이샤는 숲을 지나 서쪽 밭으로 걸어갔다. 종종걸음으로 숲을 빠져나왔는데도 나뭇잎에서 똑똑 떨어지는 물방울로 머리며 얼굴이며 옷까지 축축하게 젖어버렸다.

밖에서 비가 그치면 그때부터 숲의 나무 그늘에서 비가 내린다. 어릴 때 어머니가 노래하듯이 입에 올리던 그 말이 문득 뇌리에 스쳤다.

서쪽 밭의 냄새는 여전히 떠들썩했다. 다쿠 아저씨가 허리를 굽히고 밭에서 무언가를 하고 있었다.

"아저씨!"

아이샤가 부르자 다쿠 아저씨는 허리를 펴고 이쪽을 보고는 "어어" 하고 대답했다.

아이샤는 아저씨한테로 가서 다른 지역에 있는 것보다 훨씬 생육이 느리고 아직 어린 느낌이 남은 오아레 벼의 파란 잎에 눈길을 주었다.

전에 봤을 때도 뭔가 마음에 걸렸는데 지금 이렇게 새삼 생육이 느린 오아레 벼 옆에 서자 그 냄새가 얼마나 약한지 알 수 있었다.

'무언가가 억누르고 있는 거야.'

예전에 본 경작지의 흙냄새와 이 밭의 흙냄새는 전혀 달랐다. 이 흙에 섞여 있는 무언가가 토질을 바꿔서 오아레 벼를 약하게 만들고 있는 게 분명했다. 자기 영역을 주장하는 냄새 소리가 조금 잠잠해져 있었다.

눈을 감았더니 여러 가지 냄새가 흙에서 뭉게뭉게 피어올라 바람에 흘러가는 모습이 느껴졌다. 그 냄새 중 몇 가지는 아는 풀이나 꽃의 냄새였다.

"……이치풀, 실마풀, 오키노풀."

중얼거리다가 눈을 떴더니 다쿠 아저씨가 입을 벌린 채 이쪽을 쳐다보고 있었다. 뭔가 말하려다가 '에헴' 하고 헛기침을 하더니 아저씨가 입을 열었다.

"짓이겨서 비료하고 섞은 다음에 뿌린 것들인데 거기 서 있기만 해도 무슨 풀인지 알 수 있는 거냐?"

아이샤가 끄덕이자 아저씨는 작게 숨을 내쉬면서 "그래?" 하고 말했다.

"그 풀들이 무슨 일을 하는지도 알고?"

아이샤는 적절히 표현할 단어를 고르면서 대답했다.

"오아레 벼를 약하게 해서 뿜어내는 강한 냄새도 약해지도록 만들고 있어요. 신기한 일인데 이 풀들이 흙에 들어가 있으니까 오아레 벼의 냄새가 원래 냄새하고 많이 달라지네요."

말하면서 아이샤는 다시 한번 눈을 감고 냄새를 맡은 후에 눈을 떴다.

"하지만 이치풀은…… 뭐랄까, 힘을 합쳐서 싸우는 데에는 적합하지 않고 자기 멋대로 행동하는 깡패 같은 냄새에요. 이치풀의 냄새가 다른 풀들의 냄새 효과를 흐트러뜨려서 제대로 힘을 쓰지 못하게 만드는 것 같아요. 오아레 벼를 약하게 하고 싶으면 이치풀이 아닌 다른 풀을 찾아서 섞는 편이 좋을지도 모르겠어요."

다쿠 아저씨의 얼굴이 천천히 벌게졌다. 손으로 얼굴을 만지려다가 흙투성이가 되어 있는 자기 손을 보고는 옷에다 문질렀다.

"……이야~ 정말!"

한숨과 함께 중얼거리더니 아저씨가 웃었다. 진심으로 기뻐하는 미소였다. 그 웃는 얼굴을 보고 아이샤는 느닷없이 가슴에 뜨거운 무언가가 퍼져나가는 느낌이 들었다.

그것은 기쁨이었다. 태어나서 지금까지 한 번도 느껴본 적이 없을 정도로 뜨겁고 깊은 희열이었다.

9
기쁨과 비탄의 벼

"이 세 가지 조합을 발견하기까지 정말 오래 걸렸단다."

바구니에 들어있던 풀과 꽃을 하나씩 들어 올리면서 다쿠 아저씨가 말했다.

"그런데 이제 알았네. 이치풀은 넣으면 안 되는 거였군. 참 신기한 일이네. 이게 원래 오아레 벼를 억제하는 힘이 제일 강했는데."

아이샤는 아저씨가 건네준 이치풀을 손에 잡았다. 아저씨의 말처럼 이 풀냄새는 상당히 시끄럽다. 오아레 벼나 오샤키처럼 말이다.

"다른 풀을 섞은 이유가 이것만 가지고는 힘이 모자라서였나요?"

"그래 맞다. 이치풀만 가지고서는 제대로 억제하지 못해. 그런데 이치풀과 다른 풀들을 섞은 비료를 뿌렸더니 오아레 벼의 생육이 느려지고 옆에 심은 다른 곡류가 싹을 틔우더구나. 그걸 보고 '이거구나!' 싶어서 신이 났었지."

다쿠 아저씨는 이치풀을 손바닥 위에 놓고 굴렸다.

"오아레 벼에 이삭이 나면 주변의 곡류가 순식간에 시들어버려. 밭에서 오아레 벼를 제거한 다음에도 흙을 전부 바꿔버리지 않는 한 다른 곡류는 자라지 않아."

한숨을 쉬더니 다쿠 아저씨가 오아레 벼를 바라보았다.

"나는 가끔씩 이놈이 괴물로 보일 때가 있단 말이야."

혼잣말하듯이 그렇게 중얼거린 다쿠 아저씨가 아이샤를 보았다.

"네 조부님이 오아레 벼를 거부한 켈루안 왕이라면서?"

아이샤는 깜짝 놀라며 몸을 긴장시켰다. 다쿠 아저씨가 미소를 지었다.

"걱정 마라. 알고 있는지 모르지만 난 라오의 사촌이야. 어릴 때부터 서로 묘하게 죽이 잘 맞아서 남에게는 절대 말할 수 없는 극비사항까지 서로에게 털어놓곤 했지. 난 이런 생활을 하고 있으니 내가 사정을 안다고 해서 뭐가 달라지는 일은 없다."

밭을 바라보면서 다쿠 아저씨가 말했다.

"서칸탈 번왕이 오아레 벼를 받아들이지 않은 바람에 왕위에서 쫓겨났다는 소식을 들은 게 언제였더라? 뭐 어쨌든, 그 이야기를 듣고는 많이 놀랐다. 그렇게 선견지명이 있는 분이 있다니 싶어서 말이야."

아이샤는 입을 다물지 못한 채 다쿠 아저씨를 멍하니 쳐다보았다.

아이샤의 할아버지 켈루안 왕에 대하여 그런 식으로 말하는 사람은 처음이었다. 아버지와 어머니가 겪은 일, 지금 자신의 처지, 그리고 할아버지가 죽음으로 내몬 수많은 사람들을 생각하니 반박해야 한다는 생각이 들면서도 가슴 저 깊숙한 곳에서 따뜻한 무언가가 조용히 번져나가는 느낌은 어쩌지 못했다.

다쿠 아저씨는 아이샤 쪽으로 시선을 돌렸다.

279

"서칸탈의 마키시는 오아레 벼를 저주받은 벼라고 싫어한다는데 켈루안 왕도 그리 생각하셨던 거냐?"

바람이 불어와 오아레 벼의 냄새가 훅 하니 강하게 풍겼다.

"모르겠어요. 할아버지는 제가 어렸을 때 돌아가셔서 사실 저는 할아버지에 대한 기억이 거의 없어요. ……그저,"

아이샤는 아버지의 얼굴을 떠올리면서 말을 이었다.

"할아버지가 오아레 벼를 기쁨과 비탄의 벼라고 부르셨다는 이야기만 들었어요."

다쿠 아저씨는 감탄하는 표정을 지으며 말했다.

"그건…… 좋은 표현이네."

어느새 붉은 빛이 돌기 시작한 햇살이 아저씨의 얼굴을 부드럽게 비추었다.

"아까는 괴물이라고 했지만 오아레 벼는 보물이기도 하지. 이게 없어지면 어떤 일이 벌어질지 생각만 해도 끔찍하다. 하지만 오아레 벼는 역시 괴물이기도 해. 이놈은 오로지 자기에게만 의존하도록 사람들과 대지를 바꿔버렸어……."

이치풀을 바구니에 도로 집어넣으면서 아저씨가 말했다.

"정말 큰일이다. 우리 조상님들은 단 하나의 곡물만을 초석으로 삼아 이런 거대한 제국을 세워버렸어. 그런 엄청난 짓을 저질러서는 안 되었는데. 이제 와서 이런 소리를 아무리 해 봐야 소용도 없지만."

아이샤는 제국 수도에서 본 장엄한 궁전이 생각났다. 오아레 벼의 황금색 물결 위에 하늘을 찌르듯이 솟아있던 거대한 궁전. 갑자기 눈앞이 어지러워졌다. 오아레 벼라는 초석이 사라졌을 때 얼마나 어마어마한 것들이 무너져내리게 될 것을 생각하니 두려움을 넘어서 허무감

마저 느껴졌다.

오아레 벼가 소멸하고 제국이 붕괴한다. 대부분의 사람들은 그런 일이 현실에서 일어나리라고는 꿈에도 생각지 못할 것이다.

그러나 마슈는 그런 날이 눈앞에 다가오고 있다고 했다.

✵

"아버지가 《여행기》와 함께 들고 다니셨던 《향군 이전》의 사본에는 이런 구절이 있다.

「굶주림의 구름이 하늘을 뒤덮고 땅은 온통 메말라 사람들은 입에 풀칠도 못 하네. 아아, 향군이여, 바람으로 천지만물을 읽어내어 중생을 구하소서…….」

마슈는 담담하게 읊었는데 그 구절을 들었을 때 이상하게 소름이 쫙 돋았다. 아주 오래전 어딘가에서 그런 말을 들은 적이 있는 듯한 느낌이 들어서였다.

"제국의 시조인 알라이르 초대 황제가 남부 아마야 습지에서 오아레 벼 농사를 시도했을 때 오요마라는 해충이 발생하여 오아레 벼가 막대한 피해를 입었다."

"네? 오아레 벼에 해충이 생겼다고요?"

깜짝 놀라 되묻자 마슈가 고개를 끄덕였다.

"해충의 피해를 받지 않는 곡물로 알려진 오아레 벼에 유일하게 피해를 주었다고 전해지는 벌레가 그 오요마다. 그 당시는 서둘러서 오아레 벼까지 통째로 불태운 덕분에 무사히 넘어갔지만 오아레 벼에 생긴 오요마를 보고 알라이르 초대 황제가 창백하게 질리며 혼잣말처럼 했다는 말이 방금 그 구절이다."

손가락으로 식탁을 문지르면서 마슈가 말했다.

"아버지는 오아레 벼에 오요마가 생긴 것을 본 알라이르 초대 황제가 고향에서 발생했던 대참사를 떠올린 게 아닐까 하고 추측하셨지. 마키시가 오아레 벼를 저주받은 벼라고 기피하게 된 이유도 오아레 벼에 오요마가 발생해서 사람들이 굶주리는 대참사가 일어났기 때문일 것이라고 생각하셨다."

"토울라이라에서요?"

"그래. 토울라이라 일각에 요마 같은 벌레들이 자주 발생하는 곳이 있지. 우리가 따뜻한 허방이라고 부르는 장소다. 아주 넓게 퍼져 있는 움푹 팬 땅인데 근처에 따뜻한 물이 솟아나는 곳이 있다. 어렸을 때 아버지를 따라 한 번 가 본 적이 있는데 그 따뜻한 물을 허방으로 끌어들이기 위해 만든 것으로 보이는 낡은 수로의 흔적이 있었지. 내가 갔을 때는 물이 흐르지 않은 지 한참 된 상태였는데, 아버지는 나에게 그 수로의 흔적을 보여주면서 옛날에 우리 조상들은 아마 여기서 곡물을 경작했을 것이라고 하셨다. 지금보다 추위가 혹독했던 시절에 온수를 이용해서 농작물을 경작하려 한 흔적일 것이라고. 그런데 그곳은 이제 절대로 곡식을 농사지어서는 안 되는 금기의 땅이다."

"어째서 금기의 땅이 되었죠?"

"모르지. 하지만 그곳이 경작을 금한 땅이라는 사실을 알았을 때 아버지는 틀림없이 흥분하셨을 거야."

"……?"

"초대 향군이 정한 《향사 제 규정》 중에 '고온다습 등에 의해 요마가 대발생할 징조가 보이면 비료에 시샤풀을 첨가하라'는 규정이 있지.

아마도 오요마를 발생시키지 않기 위해 정한 규칙일 것이다."

잘 알아들을 수 있게 하려는 듯 마슈가 조곤조곤 설명했다.

"요마는 고온다습할 때 대량 발생하는 일이 있다. 요마가 대량 발생했을 때 시샤풀로 억제되지 않은 상태의 오아레 벼를 먹으면 몸에 변화가 일어날 가능성이 있는 모양이다. 따뜻하게 데워진 허방은 그런 고온다습한 재배지와 비슷한 환경이지."

무슨 말을 하고 싶은지 짐작이 간 아이샤가 눈을 커다랗게 뜨자 마슈가 '그래 맞다'고 하듯이 고개를 끄덕였다.

"일찍이 초대 향군은 그 허방에서 오아레 벼를 경작했고 오요마가 발생했다. 그리고 사람들이 굶주리는 대참사가 일어난 것으로 보인다."

오아레 벼는 다른 곡류를 말라 죽게 한다. 그런 오아레 벼가 해충 때문에 시들어버리면 사람들은 먹을 게 아무것도 없게 된다.

"……그래도,"

하고 아이샤가 고개를 갸웃거렸다.

"채소는 오아레 벼 때문에 시들지는 않잖아요? 토울라이라에는 멧돼지나 사슴도 있고요. 입에 풀칠도 못 한다는 정도까지는 아니지 않았을까요?"

올리애가 끄덕였다.

"나도 이 이야기를 마슈한테 처음 들었을 때 그렇게 생각했어. 오요마가 채소에 붙는다는 이야기도 없고. 그래서 땅이 말라붙었다는 표현까지 쓰는 사태가 오요마 한 가지 때문에 일어났다는 건 말이 안 된다고 그랬지."

마슈도 고개를 끄덕였다.

"나도 처음에 아버지의 수기를 읽었을 때 그렇게 생각했다. 당시는 세금을 낼 필요도 없었고, 사냥도 가능했던 토울라이라에서 오아레 벼에 오요마가 발생한 일 하나만 가지고 기근이 생길 리가 없다고. 하지만 토울라이라에서 오아레 벼를 경작하기 시작하고 어느 정도 세월이 지난 후라면 채소나 산에서 나는 나물 정도로는 감당이 안 될 정도로 인구가 늘어난 상태였을 수도 있다."

《여행기》를 손가락으로 살살 쓰다듬으면서 마슈가 말했다.

"게다가 아버지의 수기를 찬찬히 다시 읽다 보니 아버지가 '오요마의 발생으로'라고 쓰지 않고 '오요마의 발생이 계기가 되어'라고 쓰신 점이 마음에 걸리기 시작했지. 오요마의 발생을 계기로 또 다른 무슨 일이 생기지 않았을까? 입에 풀칠도 못 하게 되었다고 한탄했을 정도의 사태가."

"또 다른 무슨 일……."

마슈가 끄덕였다.

"그게 도대체 어떤 일인지는 모른다. 아마 아버지도 모르셨던 것 같고. 다만 아버지는 오요마의 발생을 계기로 무언가 대참사가 일어났다고 생각하고 계셨다."

"하지만……"

아이샤가 또 고개를 갸웃했다.

"아주 옛날에 대참사가 일어났다고 해도 그 뒤로는 일어나지 않았잖아요? 그런데도 아버님께서는 왜 그토록 그 일을 두려워하셨을까요?"

"왜냐하면 오요마에 관련된 것으로 보이는 《향사 제 규정》이 변경되었기 때문이지."

마슈가 대답했다.

"아까 말했던 규정, 그러니까 초대 향군이 오요마 발생을 막기 위해 정했으리라고 짐작되는 규정도 지금은 실행되지 않고 있다."

"네? 왜요?"

마슈가 한숨을 쉬었다.

"수확량을 늘리고 작업을 효율적으로 하기 위해서야. 요마는 어디에나 있다. 제국 본토에도, 번왕국에도, 평야에도 산간지방에도 있지. 날씨가 따뜻하고 비가 많이 와서 풀이 무성해지면 대량 발생하는 경우가 있는데 별로 늘어나지 않을 때도 있다. 초대 향군이 살았을 당시의 좁은 국토라면 모를까 판도가 광대해진 지금 상황에서 제국의 영토 전역에서 요마의 증감을 조사하려면 엄청난 인력이 필요한데다 시샤풀을 비료에 첨가하면 오아레 벼의 수확량이 줄어버린다. 남은 시샤풀을 사들이는 데에도 비용이 많이 들지. 그래서 1년의 시범 기간을 거쳐서 이 조항을 없애도 문제가 없다는 결론을 내린 다음 삭제해 버렸다."

"……"

"당시 시범적으로 관찰한 재배지에서는 요마의 대량 발생이 일어나지 않았다. 환경이 달랐기 때문이라고 나는 생각한다. 대량 발생과 억제되지 않은 오아레 벼라는 두 가지 조건이 맞아떨어져야 무언가가 일어나는 것이겠지."

등줄기에 한기가 들어서 아이샤는 눈살을 찌푸렸다.

"……그런데도 지금은 오아레 벼를 억제하지 않는다고요?"

마슈가 고개를 끄덕였다.

"그럼 오요마가 발생할 수도 있겠네요?"

아이샤가 묻자 올리애가 입을 열었다.

"사실은 벌써 발생했어."

10
저녁 바람

"오요마는 벌써 발생했어. 오고다 번왕국의 라파 지방이라는 곳에서. 다행히 알 몇 개가 발견된 단계에서 바로 불태워버렸기 때문에 아직까지는 피해가 생기지 않았지만."

아이샤는 그 말에 안도의 한숨을 내쉬면서 어깨 힘이 빠졌다.

"다행이다!"

올리애가 천천히 고개를 저었다.

"일단 지금은 그렇지. 하지만 언제까지 괜찮을지는 모르는 일이야."

올리애가 말했다.

"생각해 봐. 라파에서 발생했다는 건 다른 지역에서도 발생할 가능성이 있다는 뜻이잖아. 요마가 대량 발생할 수 있는 조건을 가진 곳이 라파 한군데는 아닐 테니까."

"네? 그럼 요마의 대량 발생이 라파 말고 다른 곳에서도 일어난 거예요?"

올리애가 한숨을 쉬었다.

"그건 우리도 몰라."

"……네? 조사가 안 되었나요?"

"조사하고 있는 지역도 있지만 모든 경작지를 다 조사하는 건 아니야."

마슈가 입을 열었다.

"지금 있는 향사의 인원만 가지고 제국의 영토 전체를 빠짐없이 파악하기란 현실적으로 어려운 상황이다. 라오 스승이 각지의 농촌에서 요마 발생상황에 대한 보고를 올리는 제도를 만들었지만 향사에게 보고해야 할 필요가 있었던 시절이라면 모를까 그런 의무가 없어진 지금 농사에 바쁜 농부들이 벌레의 숫자까지 자세히 보고하려고 할까? 나는 솔직히 회의적이다."

마슈가 창밖에 펼쳐진 하늘로 시선을 돌렸다.

"오요마의 발생은 산사태 같은 것이겠지. 비가 많이 왔다고 꼭 일어난다는 법은 없지만 몇 가지 조건들이 겹치다 보면 어느 날 갑자기 들이닥친다. 올리애의 말대로 라파에서 발생했다면 비슷한 조건이 겹치는 다른 곳에서 언제든 같은 일이 벌어져도 이상하지 않다. 오요마의 알이 발견된 뒤로 경계를 강화했으니 한동안은 괜찮겠지만 제국의 영역 전체를 빈틈없이 계속 조사하기는 어려운 일이다. 조만간 어디선가는 알아채지 못하는 일이 일어나겠지."

"……오요마의 그림을 돌려서 마을 사람들에게 주의시키면요?"

아이샤가 말하자 마슈가 씁쓸하게 웃었다.

"그건 정치적인 이유로 하지 못한다. 기껏해야 요마가 대량 발생하면 즉각 보고하라는 명령을 내리는 정도밖에는 방법이 없지."

창문으로 다시 시선을 돌린 마슈가 말했다.

"안타깝고 답답한 일이지만 우리가 쓸 수 있는 방책은 한정되어 있다. 그런데 효과적인 대책을 찾지 못하는 사이에 오요마가 대량 발생한 사실을 미처 알지 못하고 소각을 제때 하지 못해서 주변으로 확산되는 사태가 일어나면, 그런 일이 동시다발적으로 제국 판도 전역에서 발생하면 상상하기도 싫은 사태가 벌어지겠지."

창문으로 들어오는 빛이 마슈의 얼굴을 울적하게 비추었다.

"지금 제국의 상황은 예전의 토울라이라와는 전혀 다르다. 제국 본토뿐만 아니라 번왕국까지 포함하면 수없이 많은 사람들이 오아레 벼에 의존하여 생활하고 있지. 오요마가 창궐한 다음에 제국이 나서서 대대적으로 대책을 편다고 해도 그 성과가 나타나려면 짧아도 몇 년은 걸릴 거다.

오요마가 발생한 곳은 소각하고 다른 경작지는 오아레 벼의 비료에 시샤풀을 넣으면 오요마의 발생을 예방할 수도 있겠지만 정치적인 이유 때문에 그렇게 하기는 어려울뿐더러 제국 전역에서 그렇게 했다가는 오아레 벼 수확량이 곤두박질치게 되지.

목축과 어업, 밭작물, 교역, 비축분의 방출 등 가능한 방도를 다 쓴다 해도 오아레 벼의 수확량이 극단적으로 줄어든 상태에서 번왕국을 포함한 모든 백성을 1년간 먹여 살릴 만한 식량을 마련할 길은 찾기 힘들다. 제국의 위기를 공격의 기회라 여기고 쳐들어오는 나라도 있겠지. 지금 상태에서 오요마가 각지에 창궐하면 대참사가 벌어진다. 수많은 사람이 굶어 죽고 전쟁의 참화 속에서 울부짖는 모습이 우리 미래가 되겠지."

너무도 암담한 이야기에 아이샤는 그저 망연자실하게 마슈를 바라보고만 있었다. 어린 시절에 배고픔에 허덕이면서 눈보라 속을 휘청이며 걸었던 기억이 되살아나 온몸에 소름이 돋았다.

올리애가 입을 열었다.

"물론 오요마의 피해는 일부 지역에서만 생겼다가 진정될 수도 있어. 그런데 마슈의 아버님께서 우려하셨던 것처럼 그 일이 계기가 되어서 무언가 다른 재해가 일어날지도 모른다는 거지. 우리는 그런 일이 일어날까 염려해서 몰래 대책을 강구해 왔어. 이 유기노 산장에서 하고 있는 일도 그중 하나지. 다쿠 씨네 가족은 오아레 벼를 수확하지 못하게 되어도 사람들이 먹을 수 있는 곡물을 생산할 방법이 없는지를 계속 연구하고 있어."

다쿠 아저씨와 쌍둥이 형제가 밤늦게까지 밖에서 일하다가 집에 와서도 뭔가 꾸준히 기록하던 모습을 떠올리며 아이샤는 '그랬구나' 하고 생각했다.

"오아레 벼는 타향에서 들어온 곡물이고 우리 상식으로는 이해할 수 없는 벼다."

차분한 목소리로 마슈가 말했다.

"너도 알다시피 오아레 벼에는 다른 곡류를 시들어 죽게 만드는 힘이 있지. 오아레 벼는 토질을 바꿔버린다. 그것도 아주 깊숙한 곳까지 광범위하게. 한 번 오아레 벼를 재배해버린 땅에서는 아무리 오아레 벼를 뿌리째 뽑아 없앤다 해도 토양 자체를 완전히 바꿔버리지 않는 한 다른 곡물은 싹도 나지 않지."

"……."

"그렇게 거칠게 날뛰는 힘을 가진 오아레 벼를 억제할 수 있는 건 오아레 벼에 쓰는 비료다. 비료는 일반적으로 토질을 바꿔서 채소나 곡류가 잘 자라게 하기 위해 쓰는데 오아레 벼의 경우는 다르지. 오아레 벼의 비료는 오아레 벼의 성질을 바꾸기 위해 주는 것이다."

"성질을 바꾼다고요……?"

"그래. 그 비료를 주지 않고 경작하면 오아레 벼는 맹렬하게 번성하게 된다. 그 번성하는 힘이 얼마나 대단한지 눈 깜짝할 사이에 온통 오아레 벼투성이가 되지. 더구나 그렇게 제멋대로 무성해진 오아레 벼에서 나는 쌀에는 강한 독성이 있다. 오아레 벼의 비료에는 오아레 벼가 그렇게 되지 못하도록 억제하는 힘이 있다."

아이샤는 마슈의 이야기를 듣다가 머리에 떠오른 생각을 말해 보았다.

"비료에 오아레 벼를 억제하는 힘이 있다면 좀 많이 준다든가 해서 양을 조절하면 오아레 벼가 다른 곡류에 주는 영향을 줄일 수 있지 않을까요?"

올리애가 고개를 끄덕였다.

"맞아. 우리도 그렇게 생각해서 우선은 비료 연구부터 시작했어. 지금 쓰는 오아레 벼의 비료에는 이상한 점도 있고."

"이상한 점이요?"

"그래. 오아레 벼의 비료는 초대 향군이 만드는 방법을 가르쳐주었다고 알려져 있는데, 지금 사용되는 비료는 초대 향군이 만든 비료하고 같은 게 아닌 모양이야."

그렇게 말한 올리애가 마슈 쪽으로 눈길을 주자 마슈가 입을 열었다.

"아버지의 수기를 읽다가 놀란 부분이 있다. 《서민기》라고 제국 초기의 서민들 생활을 기록한 책자에 초대 향군이 살아있던 시절에는 오아레 벼뿐만 아니라 보리나 메밀도 경작했음을 짐작하게 하는 부분이 있다고 적혀 있었기 때문이지."

"네~?"

"나는 당장 라오 스승에게 부탁해서 궁전의 도서채 서고에 들어가는 허락을 받아 《서민기》를 찾아봤다. 하루 종일 찾아도 안 보이더니 나중에서야 책장 제일 밑바닥에 끼어 있던 것을 발견했지. 하급 관리가 적은 일기인데 그런 책자까지 일부러 찾아본 사람은 아버지 정도밖에 없었는지 제대로 보관이 안 되어서 너덜너덜해진 상태로 읽기도 힘들 정도였다. 그래도 아버지의 기록대로 서민이 보리나 메밀도 먹고 있었음을 짐작하게 하는 부분이 틀림없이 있었다."

"……그렇다면 그 시절에는 오아레 벼를 경작하면서도 다른 곡류를 같이 생산할 수 있었다는 말이네요?"

"그렇다고 봐야겠지."

"그런데 어째서……?"

"그래. 그런데 어째서 지금은 그러지 못하는가, 그게 문제지."

마슈가 한숨을 내쉬고 말했다.

"아버지는 수기에 그 이유가 영토 확장과 관계가 있을 것이라고 적으셨는데 나도 그렇게 추측하고 있다. 초대 향군이 사망한 후에 이 나라는 영토를 점점 확대해 나갔다. 그러기 위해 오아레 벼의 수확량을 늘릴 필요가 있었을 거다. 보다 효과적으로, 더욱 많이 생산해야 했겠지. 실제로 《서민기》에 적힌 기록을 읽어보면 당시 오아레 벼는 1년에 한 번만 경작되었고 수확량도 지금보다 훨씬 적었다는 사실이 여기저기에 나와 있다."

"……초대 향군은"

하고 올리애가 말을 이어받았다.

"틀림없이 오아레 벼를 이 토질에 잘 맞도록 제어하셨을 거야. 작은 나라 백성들이 배불리 먹기에 충분한 수확량을 확보하면서도 다른 곡류를 말라 죽게 하지 않고 이 지역의 식물 생태를 무너뜨리지 않는 벼가 되도록."

"하지만 그런 향군이 사망한 이후에 이 나라 위정자들은 대대적으로 방향 전환을 해 버렸다. 오아레 벼를 억제하는 힘을 조절해서 수확량을 늘리는 방향으로 말이다. 아까 말했던 《향사 제 규정》의 개편도 그렇지만 수확량 증가와 효율화를 위해 비료 사용법을 점점 변화시켰을 것이다. 그렇게 한 결과 다른 곡류는 아예 자라지 못하게 되었는데 오히려 그것을 의도했으리라고 본다. 사람들이 오아레 벼 하나에만 의존해서 살도록 몰아가야 제국의 지배력이 더욱 강해질 테니까."

아이샤는 말을 잃은 채 그저 두 사람을 바라볼 뿐이었다.

"아이샤."

마슈가 불렀다.

"우리는 초대 향군이 했던 것처럼 오아레 벼를 제어할 방법을 찾고 있다. 오아레 벼와 다른 곡류가 공존할 방법을."

"……."

"물론 초대 향군이 살던 시절과 지금과는 국가의 규모가 다르다. 오아레 벼의 수확량을 현저히 떨어뜨릴 수는 없으니 단순히 비료의 양을 늘려서 오아레 벼를 억제하는 방법은 쓸 수 없다. 그러니까 초대 향군이 썼던 제어 방법이 비료의 양 조절이었다면 그걸 그대로 흉내 내지는 못한다는 뜻이다. 하지만 지금처럼 오아레 벼에만 의존하고 있어서도 안 된다. 그래서 우리는 일단은 비료를 조사하는 데에서부터 시작했다. 각각의 원재료가 하는 작용이나 배합에 따른 효과를 자세히 알아보면 다른 곡류를 침해하지 않고 오아레 벼와 공존하게 하는 방법을

찾을 수 있지 않을까 해서지. 그 방향성은 어느 정도 맞았다고 생각한
다. 다쿠 씨 가족의 노력이 결실을 맺어서 오래도록 싹조차 나지 않던
메밀에서 싹이 나는 데까지는 겨우 도달했으니까.”

갑자기 눈앞에 희망의 빛이 보이는 듯해서 아이샤는 자기도 모르게
소리쳤다.

“잘됐네요!”

마슈가 표정을 살짝 풀었다가 금세 다시 굳히며 고개를 절레절레 저
었다.

“그런데 싹이 나도 알곡이 맺히기 전에 시들어버린다. 우리는 벌써
오랫동안 높고 단단한 벽에 가로막힌 채 앞으로 나아가지 못하고 있
어. 이미 오요마가 발생했으니 남아 있는 시간이 얼마 없을지도 모르
는데.”

아이샤가 미간을 찌푸렸다.

“황제 폐하께서는 아무런 대처도 하지 않으시나요?”

아이샤는 어린 시절부터 백성을 구하는 일이야말로 군주의 사명이
라고 아버지에게 들으며 자랐다. 대참사가 일어날지도 모르는 지경인
데 황제가 아무런 행동을 하지 않고 있다는 사실이 너무 이상했다.

마슈와 올리애는 흘깃 서로의 눈을 보았다.

“그건 무리다. 지금 단계에서는.”

마슈가 말했다.

“오요마가 발생했다는 소식조차 복잡하게 얽힌 정치의 거미줄에 걸
려 황제의 귀에 제대로 들어가지도 못했으니.”

마슈가 쓴웃음을 지었다.

“대참사가 다가온다는 사실이 모든 사람의 눈에 자명했다면 황제 폐

하의 마음을 움직일 수도 있겠지만 근거가 《향군 이전》과 아버지의 수기밖에 없는 상황에서는 라오 스승이 믿어주고 움직여주는 것만 해도 신기한 일이라고 해야지."

올리애가 손을 뻗어 마슈의 손을 부드럽게 만졌다.

그리고는 아이샤에게 시선을 돌렸다.

"아이샤, 위기가 닥친다고 생각하는 사람들은 정말 소수에 불과해. 그렇게 몇 안 되는 우리가 하려는 것은 제국의 근간을 흔들어서 뒤집어엎을 수밖에 없는 일이고. 제국이 가진 통제력은 기적의 벼를 원하는 사람들의 마음이 있기에 성립되는 거야. 오아레 벼를 원하는 마음은 희망이기도 하고, 욕망이기도 하지만 동시에 종속을 받아들이는 납득과 체념의 족쇄이기도 해."

한숨을 작게 쉬더니 올리애가 말을 이어갔다.

"오아레 벼를 억제해서 다른 곡물도 경작할 수 있도록 해 버리면 사람들을 묶어두던 족쇄의 힘은 사라지지. 우리가 하는 일이 성공하면 이 제국의 기둥뿌리를 뽑아버리는 일이 될 수도 있어. 황제 폐하는 물론이고 위정자들이 그런 행위를 용납하겠니?"

'기적의 벼를 원하는 마음.'

문득 향군궁 정원에서 본 광경, 마음을 다해 기도하던 사람들의 모습이 눈앞에 떠올랐다.

그 순간 갑자기 떠오른 생각 때문에 아이샤는 망연자실해졌다.

'그 마음이 사라지면 올리애 님은⋯⋯?'

"오아레 벼를 억제해서 사람들이 오아레 벼에 의존하지 않고도 살아갈 수 있도록 해 버리면 올리애 님은, 향군마마는 어떻게 되는 건가요?"

올리애는 서글픈 미소를 지었다.

한동안 어찌 말해야 하나 궁리하는 듯하더니 이윽고 온화한 목소리로 말했다.

"나는 꼭두각시 향군일 뿐이지만 그래도 백성의 삶을 지킨다는 소중한 역할을 다하면서 살아왔어. 사람들을 굶주림에서 구할 수 있는 길이 있다면 나는 그 길을 갈 거야."

✳

다쿠 아저씨가 고생해서 만든 밭 위로 저녁 바람이 불었다.

서늘한 바람 속에 여러 가지 냄새가 났다. 이 냄새는 나에게만 느껴지는 것일까? 다른 사람들은 맡지 못하는 걸까?

'나는 누굴까?'

마슈와 올리애가 생각하듯이 진짜 향군일까?

'……아니야!'

냄새로 천지만물을 알아내고 중생을 구한다. 그런 일을 내가 어떻게 할 수 있을까? 더구나 살아있는 신이 아니라는 점은 누구보다도 스스로가 잘 안다.

문득 올리애의 서글픈 미소가 떠올랐다.

'나는 꼭두각시 향군일 뿐이지만 그래도 백성의 삶을 지킨다는 소중한 역할을 다하면서 살아왔어.'

그렇게 말하던 올리애의 모습은 아름다웠다. 눈부실 정도로 아름다웠다.

'향군에 진짜 가짜는 없다.'

마슈의 말대로 초대 향군조차 신이 아니었다면 중생을 구하는 향군의 모습은 틀림없이 사람들의 기도가 만들어낸 모습일 것이다.

'초대 향군은……'

어떤 삶을 살았을까? 자기가 이 세상에 가지고 온 오아레 벼가 나중에는 사람들을 굶주리게 할 수도 있다는 걸 알았을 때 무슨 생각을 하고 어떤 행동을 했을까?

다쿠 아저씨는 이치풀이 든 바구니를 옆에 두고 밭의 흙바닥에 무릎을 꿇고서 어린 오아레 벼를 꼼꼼히 살펴보고 있다. 붉게 물든 석양이 그 모습을 부드럽게 비추고 있다.

'초대 향군이 신이 아니었다면……'

그녀도 고민하고 생각하면서 살아가지 않았을까? 중생을 구하는 신으로 떠받들어진 무거운 책임감을 짊어진 채, 오아레 벼에 대한 지식을 가지고 다른 사람들에게는 없는 냄새 맡는 능력을 수단으로 사용하여 사람들을 구하려고 했겠지.

'그리고 그녀는 비료를 만들었다. 다른 곡물과 오아레 벼를 공존시키기 위해.'

이치풀을 빼는 편이 낫겠다고 말했을 때 보인, 다쿠 아저씨의 놀란 표정과 그 뒤에 나타난 환한 웃음이 떠오르면서 가슴 속에 무언가가 움직였다.

'……나도 뭔가 할 수 있는 일이 있지 않을까?'

저녁 바람 속에 오아레 벼 냄새가 강하게 풍긴다.

하늘과 땅에 가득 찬 냄새 소리.

천지만물을 다 알지는 못하지만 이 소리를 듣는 것으로 새로운 길이 열릴지도 모른다.

'나는 엄청난 죄를 지은 것이란다……'

귓가에 아버지의 목소리가 되살아났다.

할아버지를 말리지 못했던 아버지. 굶주림 때문에 병을 얻어 허망하게 돌아가신 어머니. 할아버지의 행동이 앗아가 버린 수많은 목숨. 그리고 그 끝에 태어난 나.

'살아있는 신이 아니더라도……'

할 수 있는 일은 있다.

"아저씨."

옆에 무릎을 꿇고 앉자 다쿠 아저씨가 깜짝 놀라며 고개를 들었다.

"아저씨 일을 돕게 해 주세요."

다쿠 아저씨가 아이샤를 빤히 쳐다보았다.

"이 일을 돕는다는 게……"

아저씨가 천천히 말했다.

"얼마나 위험한지 마슈한테 들은 거냐?"

"네."

"그래. 알고서 하는 말이구나."

다쿠 아저씨가 하늘을 우러러보았다. 그러더니 다시 한번 "그렇군" 하고 중얼거렸다.

11

향군의 〈세상〉

밤부터 새벽까지 내린 비가 땅속에 스며들어서 산길을 걷다 보면 이 따금 장화 밑바닥이 주르륵 미끄러졌다. 올리애는 넘어지지 않도록 천천히 산길을 따라 걸었다.

'여기서 넘어져서 다치기라도 하면 또 산장 사람들을 힘들게 할 텐데.'

미끄러져 넘어져서 진흙을 뒤집어쓴 자기 모습을 상상해보고는 픽 하고 웃었다.

숲 가장자리를 지나 환한 햇빛이 비치는 너른 곳으로 나아간 올리애가 발걸음을 멈추고 산에 있는 밭을 둘러보았다. 밭 가장자리에서 등을 굽히고 뭔가를 하는 아이샤의 모습이 보였다. 다쿠 아저씨와 쌍둥이 형제는 보이지 않았다.

말을 걸려고 하는데 아이샤가 휙 뒤돌아보았다.

"올리애 님!"

아이샤의 얼굴에 순간 환한 웃음이 떠올랐다. 그 웃는 얼굴을 보자마자 햇살이 비추듯이 마음이 밝아져서 올리애는 두 팔을 흔들었다.

신기할 정도로 마음이 잘 맞는 아이다. 만난 지 별로 오래되지 않았는데도 올리애는 아이샤와 함께 있으면 마음이 편해지고 밝아졌다.

"다쿠 씨는?"

가까이 다가가면서 묻자 아이샤가 대답했다.

"오늘은 남쪽 밭에 먼저 들렀다 오신다고 했어요. 불러 드릴까요?"

"아니, 괜찮아. 급한 볼일이 아니니까 신경 쓰지 않아도 돼."

밭에서 피어오르는 흙냄새를 맡으면서 올리애는 눈을 가늘게 떴다.

"날씨 좋다."

아이샤도 싱긋 웃었다.

"그러게요."

다쿠 아저씨의 일을 돕기 시작한 지 이제 한 달 남짓이었지만 아이샤는 벌써 햇볕에 많이 탔고 코끝의 피부가 벗겨졌다.

"모자를 등에 매달고 있지만 말고 제대로 쓰지 그래? 그렇게 피부가 벗겨져서 코끝이 쓰리겠다."

아이샤가 쓴웃음을 지었다.

"쓰라려요. 그렇지만 모자를 써도 바람에 금방 날려버려서 귀찮아서요."

말을 이으려다가 아이샤는 문득 시선을 남쪽으로 돌렸다. 그리고는 손을 들어서 소리쳤다.

"아저씨!"

아이샤가 보는 쪽으로 고개를 돌리자 남쪽 비탈을 올라오는 다쿠의 모습이 보였다.

다쿠는 올리애를 보더니 얼른 다가왔다.

"······왜, 무슨 일이라도 있어?"

그 물음에 올리애는 고개를 저었다.

"볼 일이 따로 있어서 온 건 아니에요. 이제 조금 있으면 궁으로 돌아가야 하는데 그 전에 아이샤가 일하는 모습을 봐 두고 싶어서요."

"아아~"

다쿠는 미소를 지으며 아이샤를 보다가 무슨 생각을 했는지 금세 그미소를 지워버렸다.

"방해가 되었나요?"

올리애가 묻자 다쿠는 깜짝 놀란 표정으로 손사래를 쳤다.

"방해? 아니, 아니."

그러더니 아이샤에게 물었다.

"어땠어? 뭔가 변화가 느껴졌나?"

아이샤가 자기에게 눈길을 돌리자 올리애는 말했다.

"작업 내용은 알고 있으니까 설명 안 해도 돼."

올리애는 다쿠 씨와 아들들이 오아레 벼의 비료를 사용해서 했던 여러 가지 시도에 대해서 잘 알고 있었다.

다쿠 씨는 우선 되도록 같은 조건으로 맞춘 밭을 5개 만들었는데 이게 정말 힘든 작업이었다. 만든 것은 아주 작은 밭이었지만 토양의 조건뿐만 아니라 일조량, 바람에 노출된 정도, 겨울에 눈이 쌓이는 모양, 관개 등 다양한 조건을 동일하게 맞춰야 할 뿐 아니라 서로 간에 상당한 거리를 두어야 하므로 적당한 장소를 찾는 것 자체가 힘들었다.

이 밭 만들기를 도운 사람이 당시 십 대였던 마슈였다. 마슈와 다쿠의 아들들은 다쿠의 지시를 받으며 우선은 조건을 동일하게 맞춘 다섯 개의 밭을 만들었고 그다음으로 조건을 달리한 밭도 다섯 개 만들었다.

마슈가 이곳을 떠난 이후에도 다쿠 가족은 작업을 계속하였고 이내 본격적으로 곡물 재배를 시도하기 시작했다.

오아레 벼의 비료에는 오아레 벼의 생육을 억제하는 힘이 있다. 그렇다면 이 비료를 잘 쓰면 오아레 벼의 영향력을 눌러서 다른 곡류도 키울 수 있지 않을까 하는 생각으로 비료의 조건을 바꿔가면서 오아레 벼를 키우는 한편 그 옆에서 다른 곡류도 키우는 실험을 시작했다.

그러나 그 작업에는 정신이 아득해질 정도로 어마어마한 시간이 필요했다. 오아레 벼에 뿌리는 비료의 양을 조절한 밭과 비료에 사용되는 소재를 다양한 조합으로 만들어 뿌린 밭에서 오아레 벼를 키우면서 그 옆에서는 곡류를 함께 키우는 시도를 시작한 지 벌써 몇 년이 지났다.

이제야 겨우 작은 효과가 나타나 작년에 메밀에서 싹이 났다. 그러나 싹은 났어도 알맹이가 생기지는 않았다.

메밀은 메마른 토지에서도 자라고 재배 기간이 짧아서 기근을 막기에 좋은 곡물이다. 그런데 오아레 벼는 아무리 메마른 토양에서라도 상관없이 잘 자라기 때문에 제국 국내와 변왕국을 막론하고 예전에 메밀을 경작하던 곳은 모조리 오아레 벼를 키우는 밭이 되어버렸다.

오아레 벼의 영향을 받는 땅에서 다른 곡물을 키우는 일이 과연 가능할까? 오랜 세월 한마음으로 이 일에 매진해온 다쿠조차도 내심 불안해한다는 사실을 올리애는 알고 있었다.

"아저씨, 이 밭에 뿌린 히키미의 양 말인데요."

아이샤가 가리킨 곳에는 오아레 벼가 자라고 있었다. 보통 오아레 벼보다 줄기가 훨씬 가늘었다.

"그래. 너무 모자랐나? 좀 더 늘릴까?"

"아니요."

아이샤가 고개를 저었다.

"좀 더 적은 편이 나을 것 같아요."

다쿠가 눈썹을 치켜올렸다.

"적게 한다고? 그렇게 했다가는 억제가 안 될 텐데."

"뭐라고 설명해야 할지 잘 모르겠는데요, 억제해야 하는 건 맞지만 그렇다고 너무 억누르면 안 될 것 같아요."

아이샤는 자기 생각을 제대로 전달하지 못해 답답한 표정이었다.

"……혹시,"

올리애가 엉겁결에 끼어들었다.

"설명하기 힘든 이유가 우리는 모르는 어떤 냄새 때문이야?"

아이샤는 당혹스러운 얼굴로 말했다.

"그게…… 두 분이 어떤 냄새를 모르시는지를 몰라서 뭐라고 대답해야 할지 모르겠어요. 냄새에는 색깔이나 모양이 없어서 어떤 냄새와 비슷하다는 식으로 다른 냄새에 비유해서 말할 수밖에 없는데 그런 식으로 말한다 해도 상대가 나랑 같은 냄새를 맡을 수 있는지 확인할 길이 없거든요."

"아아."

올리애가 끄덕였다.

"그건 그렇겠네."

"제가 히키미의 양이 너무 많다고 느낀 이유는 냄새가 변했기 때문이에요."

"냄새의 변화? 과일이 익을 때처럼?"

"아, 그러네요. 그런 것하고 비슷하기는 한데…….”

난처한 표정으로 고민하는 아이샤를 보던 올리애는 느닷없이 아이샤가 냄새를 통해 느끼는 것을 알고 싶다는 강한 충동에 사로잡혔다.

"있잖아, 아이샤."

"네."

"말로 하기 힘들지 모르겠지만 그래도 어떻게든 표현해 주지 않을래? 지금 이 밭에 서서 여기 가득 찬 냄새를 맡으면 어떤 느낌이 드는지."

아이샤의 눈에 환한 빛이 서렸다.

"아, 그게 제일 빠른 방법일 수도 있겠네요. 이해하기 힘드실지도 모르지만."

올리애가 생긋 웃었다.

"상관없어. 그냥 너의 말로 표현해 봐."

고개를 끄덕인 아이샤가 눈을 감았다. 그리고 숨을 깊게 들이쉬더니 천천히 설명하기 시작했다.

"지금 제일 잘 들리는 건 메밀 옆에 있는 풀들의 냄새 소리예요. 한여름이 지나고 조금 선선해지면서 늘어난 진드기가 달라붙어 갉아먹는 중이거든요. 아야, 아야 하고 계속 외쳐대서 시끄러울 정도예요. 그 소리를 듣고 아까부터 진드기의 천적인 무당벌레가 모여들어서 진드기를 먹기 시작했어요. 개미가 옆에 있으니까 개미가 무당벌레를 내쫓는 모습을 볼 수 있을지도 모르겠네요."

올리애는 메밀 옆에 자라난 풀에 시선을 떨구었다.

'……무당벌레?'

정말이었다. 풀 줄기를 오르면서 진드기를 먹고 있는 무당벌레가 있었다.

"이 풀이 내는 냄새 소리를 듣고 메밀도 냄새를 바꾸기 시작했어요. 무당벌레를 부르는 게 아니라 진드기한테 '오지 마라, 난 맛 없다' 하고

303

말하는 것 같아요. ……그런데,"

눈을 감은 채 아이샤가 오아레 벼를 손가락질했다.

"그런데 메밀은 진드기보다 오아레 벼의 냄새가 더 신경 쓰이는 모양이에요. 오아레 벼의 냄새가 약해지니까 메밀 냄새가 바뀌었어요."

아이샤는 눈을 감은 채로 이번에는 메밀을 가리켰다.

"지금 느껴지는 건 메밀 뿌리 냄새예요. 아주 복잡한 냄새예요. 뭔가 아주아주 작은 게 잔뜩 있는 느낌이에요. 아마 메밀이랑 같이 사는 무언가가 뿌리 근처에 있는 모양이에요. 이 냄새가 많이 날 때는 메밀이 힘이 있는 걸 보니 그 무언가는 메밀에게 힘을 보태주고 있는지도 모르겠네요. 토울라이라에서도 메밀을 경작하는데 마키시 아줌마를 따라서 그 밭을 보러 간 적이 있었어요. 거기 있던 메밀의 뿌리 냄새는 훨씬 분명하게 느껴졌어요."

올리애도 다쿠도 그저 멍한 얼굴로 아이샤를 쳐다보면서 그 이야기에 귀를 기울였다.

"그런데 오아레 벼 옆에 있으면 이 냄새가 약해져요. 그러면 메밀도 힘이 없어지고요."

다쿠는 눈을 가늘게 떴다.

"그렇군. 메밀이 제대로 안 크는 이유가 그것 때문이었구나."

아이샤가 눈을 떴다. 그리고 약간 난처한 표정으로 말했다.

"……지금까지는 그렇게만 생각했는데 어쩐지 원인이 그거 하나만이 아닌 것 같아요. 아저씨, 남쪽 밭에서 키운 메밀은 이만큼 자라지 않고 시들었다고 하셨죠?"

"그래. 그쪽은 여기와는 다른 비료를 썼던 곳이라 오아레 벼를 충분히 억누르지 못해서 메밀은 싹이 나자마자 시들어버렸지."

아이샤는 고개를 끄덕이며 "맞아요" 하고 맞장구쳤다.

"저도 그쪽에 있던 메밀 냄새를 맡은 다음 이쪽 메밀 냄새를 맡아봤을 때 뿌리 냄새가 다르다고 생각했거든요. 이 메밀의 뿌리 냄새는 토울라이라에서 힘차게 자라던 메밀 냄새보다는 약하지만 그래도 그때 일찍 시들어버린 메밀보다는 강해요."

아이샤는 쭈그리고 앉아 메밀을 살살 만지면서 말했다.

"이 밭에서는 남쪽 밭보다 오아레 벼를 강하게 억제하고 있어서 메밀에게 힘을 주는 무언가가 완전히 없어지지 않은 것 같아요. 그래서 이 메밀이 시들지 않고 살아남았는지도 모르겠어요. 하지만 그래도 이 메밀은 약해지고 있어요."

아이샤가 흙을 만졌다.

"왜 그럴까 계속 생각해 봤어요. 뿌리만의 문제라면 오아레 벼의 힘이 약해졌으니 메밀 쪽은 좀 더 강해져도 될법한데 오히려 약해진다는 게 이상해서."

"……."

"그러다 오늘 아침에 갑자기 이런 생각이 떠올랐어요. 어쩌면 흙 때문에 그런지도 모르겠다."

"흙?"

"네. 흙 속에는 뭔가 눈에 보이지 않을 정도로 작은 게 많이 있거든요. 그래서 어쩌면 그렇게 흙 속에 있는 무언가의 변화가 영향을 주는지도 모른다는 생각이 들었어요."

"……."

"그래서 여기 오기 전에 남쪽 밭에 가서 흙냄새를 맡아봤어요. 그랬더니 역시 생각대로 여기 흙과는 다른 냄새더라고요."

아이샤가 일어서서 다쿠를 응시했다.

"아저씨, 오아레 벼는 흙을 바꿔버린다고 했죠?"

"그래."

"무엇을 어떤 식으로 바꾸는지는 모르지만 아마 오아레 벼는 흙 속에 있는 것, 자기가 자라는 데 방해되는 것을 억누르거나 약하게 만드는 것 같아요."

아이샤가 밭쪽으로 시선을 옮기더니 말을 이었다.

"만약에 흙 속에 있는 것 중에 오아레 벼에게 해가 되는 무언가가 메밀에게도 해가 되는 것이라면? 그 점만큼은 오아레 벼와 메밀의 이해관계가 일치한다면?"

아이샤가 생각을 정리하려는 듯이 천천히 말했다.

"오아레 벼는 메밀을 약하게 만들지만, 한편으로는 메밀에게 해를 끼치는 흙 속의 무언가도 약하게 만드는 건지도 몰라요. 그런데 오아레 벼가 약해지면서 벼와 메밀 둘 다에게 해를 끼치는 흙 속의 그것들을 억제하지 못하는 바람에 메밀도 약해지는 게 아닐까요?"

다쿠의 눈이 휘둥그레졌다. 아이샤는 흙을 보면서 말했다.

"건강할 때는 아무렇지도 않은 일이 약할 때는 견디기 힘든 경우가 있잖아요. 토울라이라의 메밀밭에서 났던 흙냄새도 여기 흙냄새랑 비슷했어요. 그러니까 해가 되는 무언가도 잔뜩 있었다는 거겠지요. 그래도 메밀은 아무렇지도 않게 잘 자라고 있었어요. 마키시 아줌마가 메밀은 참 강하다고 했는데 아마 오아레 벼에 당하지 않았으면 이 메밀도 이 흙에 지지는 않았을 거예요. 그렇지만 약해져 버린 지금은 이 흙에서 살기 힘든 거겠죠."

다쿠의 볼이 발그스레해졌다.

"정말 귀중한 지적이네."

전에 없이 흥분한 말투로 다쿠가 말했다.

"오아레를 억제해야 하지만 그렇다고 너무 약하게 해서는 안 된다는 말이 그런 의미였구나. 오아레와 함께 키운다는 목표를 이루려면 단순히 오아레를 억제하기만 해서는 안 되는 거였어."

아이샤가 고개를 끄덕였다.

"그런데 오아레 벼에서 나오는 무언가는 뿌리뿐만 아니라 메밀 전체를 약하게 만드니까 오아레 벼를 억누르는 것도 정말 중요해요. 그래도 뭐랄까, 흙이나 뿌리나 그런 여러 가지가 어떻게 되어 있는지 알 수 있으면 무언가가 크게 바뀔지도 모르겠어요."

눈빛을 반짝이며 아이샤가 계속했다.

"아저씨, 오아레 벼가 없는 상태에서 자라는 메밀의 냄새를 다시 한 번 제대로 맡아보고 싶어요. 건강한 메밀이 자라는 흙의 냄새도 이 흙 냄새랑 비교해 보고 싶고요."

다쿠가 아이샤에게 미소를 지었다.

"알았다. 지금 당장은 아니겠지만 네가 냄새를 비교할 수 있도록 기회를 마련해 볼게. 그리고……, 맞다! 우선은 히키미의 양을 바꿔 봐야겠다. 조금씩 양을 바꿀 테니까 그때마다 냄새를 맡아서 확인해 보도록 해."

아이샤의 얼굴에 환한 웃음이 떠올랐다.

"네."

바람이 불어와서 머리를 흩날렸다. 바람에서 초가을 들판 냄새가 났다.

'……아이샤는'

이 바람 속에서 내가 전혀 알 수 없는 무수한 냄새를 맡고 있구나,

하고 올리애는 생각했다.

그뿐만이 아니다. 그 무수한 냄새가 가진 '의미'를 아이샤는 이해할 수 있다.

벌레에게 먹히고 있는 나무와 풀은 냄새를 뿜어서 그 벌레의 천적을 끌어들인다. 나무와 풀의 냄새가 벌레를 끌고 식물에 따라 흙도 변한다. 무수한 것들이 주고받는 어지러울 정도로 복잡한 상호작용이 지금 이 순간에도 이 세계에서 일어나고 있구나.

맑게 갠 하늘에 구름이 천천히 흘러갔다. 무심결에 그 풍경을 바라보면서 올리애는 한숨을 쉬었다.

'그게……'

서늘한 무언가가 온몸을 뒤덮는 듯한 느낌이 들었다.

'향군의 세상이구나.'

냄새로 천지만물을 안다, 그게 어떤 일인지 지금 잠시 엿본 셈이다.

문득 다쿠와 눈길이 맞았다. 그 표정을 본 올리애는 처음에 아이샤가 일하는 모습을 보러 왔다고 했을 때 다쿠의 안색이 어두워졌던 이유를 깨달았다. 아이샤도 이쪽을 보고 있었다. 진지하면서도 애달픈 눈길이었다.

올리애는 쓴웃음을 지으며 말했다.

"걱정하지 마."

손을 뻗어서 아이샤의 이마에 흘러내린 앞머리를 쓸어 올려주면서 마음속에 떠오른 말을 그대로 내뱉었다.

"나에게도 나름대로 역할이 있고, 그건 그것대로 가치가 있다는 사실을 충분히 알고 있으니까. ……아이샤."

아이샤의 따스한 볼을 만지면서 올리애가 말했다.

"난 지금도 여전히 꿈만 같아. 지금 이 순간 네가 여기 이렇게 있는
게……."

말을 잇지 못했다. 그저 뜨거운 눈물이 솟아나 볼을 타고 흘렀다.

제 **4** 장

오고다의 비밀

1
오요마

유기르는 마차 창문을 열고 후덥지근한 바람을 얼굴에 맞으면서 광대하게 펼쳐진, 불타버린 들판을 망연자실 바라보았다.

오고다 번왕국의 라파 군은 온난한 기후 덕분에 오아레 벼를 1년에 세 번이나 수확할 수 있는 풍요로운 곡창지대다. 그런데 평소 같았으면 추수를 앞두고 있을 논에 벼 이삭은커녕 풀 한 포기 보이지 않았다. 해충을 없애기 위해 철저하게 불태워버렸기 때문이다.

맞은 편 자리에 앉은 라파 군수가 말을 걸었다.

"정말 참혹한 광경이옵지요."

"오요마가 발생한 지 3년 만에 이 정도까지 피해 지역이 넓어졌습니다. 재작년에는 라파 남부 일부 지역에 한정되어 있었는데 작년에는 이 근방도 한 번도 수확할 수가 없었습니다. 이번에는 기필코 하고 기도하면서 모내기를 했다가 추수 때에 오요마가 다닥다닥 달라붙은 오아레 벼 이삭을 보고는 울면서 불을 지르고……. 그 짓을 반복하고 있습니다. 이 참상을 제발 아버님이신 부국대신 이르 카슈가 님께 전해주십시오. 이렇게 시커멓게 타버린 논이 끝없이 계속되는 광경을 보시면 아시겠지만 라파 백성들은 정말 한 치의 거짓도 없이 벼랑 끝으로 내몰려 있습니다. 그러니 아무쪼록……."

유기르는 애써 속내를 감추면서 덤덤한 시선으로 군수를 보았다.

"강가도 빠짐없이 불태우라고 했는데 그것도 철저하게 실행하고 있겠지?"

읍소를 하고 있는데 말이 중간에 잘려버린 군수는 살짝 김이 빠진 표정이 되었다가 금방 고개를 끄덕였다.

"예. 향사님의 지시에 따라 철저히 소각하고 있습니다. 강변에 난 갈대는 농사일에 필요한 소와 가축들의 여물이기도 하고, 지붕을 엮는데도 꼭 필요한 것이라 백성들이 명령을 따르게 하는 데 애를 좀 먹었습니다만 그래도 철저하게 불태우도록 했습니다. 농민들로서는 목숨줄이 걸린 양식을 태워버리는 일이니, 저도 명령은 그리 하지만 어찌나 딱하고 불쌍한지……!"

힘들게 겨우 처리했다는 표정을 짓고 있어도 실제로는 소각 명령을 따르지 않은 마을 사람들에게 이 군수가 얼마나 가혹한 처벌을 내리고 있는지 유기르는 알고 있었다.

유기르가 군수를 바라보면서 말했다.

"재작년과 작년에는 라파 남부의 네 개 마을에서 아사자가 나왔는데 올해는 라파 전체에서 아사자가 생기겠지. 게다가 마을 사람들이 뿔뿔이 흩어지는 일이 잇달아서 아예 없어져 버린 마을도 여럿 나온 상태다. 오고다에는 섬이 많다. 바다 가까운 곳에서는 오아레 벼를 경작하

지 못하니 이 라파가 번왕국 전체의 곡창지대, 말하자면 목숨줄이었는
데……. 제국을 속인 대가가 참으로 가혹하군."

군수의 얼굴이 얼어붙었다.

"그건……!"

쉴 새 없이 눈을 깜박이면서 군수가 말했다.

"천부당만부당한 오해이십니다. 라파 군수가 제국을 속이다니, 그건
절대 사실이 아닙니다! 보고 올린 바와 같이 그 일은 몰래 만든 비료를
간교한 속임수로 어리석은 백성들에게 팔았던 악덕한 장사치들의 악
행이었을 뿐입니다. 그런 놈들의 행위를 알아차리지 못한 점에 대해서
는 전 군수를 비롯해 군 관아 소속 관리들의 태만이 맞습니다. 이미 아
시겠지만 그래서 그 책임을 물어 전 군수 일족을 모조리 추방했습니
다."

유기르가 입술을 일그러뜨리며 비릿하게 웃었다.

"그래서 그걸로 할 만큼 했다고?"

표정이 딱딱하게 굳어진 군수에게 얼굴을 가까이 들이밀면서 유기
르가 목소리를 깔고 말했다.

"아무래도 내가 어지간히 쉬워 보이는 모양이군. 새파란 애송이 시
찰관이라 만만하다는 건가?"

군수가 입술을 바르르 떨었다.

"아니, 제가, 어찌 감히 그런……."

"그대가 악덕한 장사치라 했던 놈들의 이름뿐만 아니라 출신 성분,
조직, 조직에 관여한 자들의 출신까지 이미 낱낱이 알고 있다."

군수의 눈의 휘둥그레졌다.

"라파 군에서만이 아니라 오고다 번왕국 전체에서 어떤 음모가 꾸며

졌고 그 범위가 어디까지 퍼져 있었는지 속속들이 파악하고 있다는 말이다. 그러나 다 알면서도 그냥 전 군수 일족의 추방과 그 일을 직접한 실행자들의 처형만으로 넘어가 주었다. 왜 그랬는지 이유는 알고 있겠지?"

군수는 대답하지 않았다. 유기르는 천천히 마차 등받이에 다시 기댔다.

"그걸 안다면 나이가 젊다고 정에 호소하는 따위의 짓거리가 아무짝에도 쓸모없다는 것도 모를 리가 없겠지."

유기르는 다시 창밖으로 시선을 돌렸다.

"참담한 광경임에는 틀림이 없다. 하지만 바로 이게 너희가 저지른 짓의 결과다. 더구나 이 정도만으로 끝나지는 않을 것이다."

"……."

"오요마는 날개가 있다. 산을 넘어 다른 군으로, 그러다가 옆의 동칸탈에까지 날아가게 되면 사태는 라파 군만의 참사로는 끝나지 않는다. 휘몰아치는 비난의 폭풍을 어찌 감당할 수 있을까?"

새파랗게 질린 군수를 곁눈으로 흘깃 본 유기르가 혼잣말처럼 중얼거렸다.

"너희는 신을 거역한 것이다."

문밖에서 목소리가 들렸다.

"유기르 님, 상급 향사 올람입니다."

유기르는 젓가락을 내려놓고 말했다.

"들어오게."

문이 열리며 장년의 남자가 들어와서 식탁 옆으로 오더니 바닥에 한 쪽 무릎을 꿇고 예를 갖췄다.

"저녁은 했는가?"

"아직입니다."

"그래. 그럼 나랑 함께 하지."

유기르는 문가에서 대기하던 시종에게 올람이 먹을 저녁 식사를 가져오라고 명했다.

"감사합니다."

올람은 인사를 하고 유기르가 가리킨 의자에 앉았다. 그리고 술에 맞는 신선한 생선과 조개 등의 산해진미가 즐비하게 차려진 식탁을 둘러보더니 말했다.

"……진수성찬입니다."

유기르가 쓴웃음을 지었다.

"이걸 보면 알 수 있지 않나? 신임 라파 군수가 어떤 인물인지."

올람이 끄덕였다.

"맞는 말씀입니다. 전형적인 지방 관료군요."

"그저 위에서 오신 귀한 손님을 대접하려면 이 정도면 된다는 막연한 생각으로 차려놓았을 뿐, 그 이상의 배려를 할 줄 몰라. 딱 그 정도밖에 안 되는 그릇이지. 부국성에서 시찰관이 오면 무엇부터 챙겨야 하는지 개념도 없고, 생각도 못 하고……."

유기르는 아직 탱탱하고 촉촉하니 물기가 남아 있는 조갯살을 젓가락으로 들어 올렸다.

"여기서 제일 가까운 항구면 야카쯤이겠군. 야카에서 이런 상태의 신선한 조개를 여기까지 실어 오려면 상당한 수고와 돈이 들었을 거야. 자기 군에서는 지금 이 순간에도 백성들이 굶어 죽는 판국에 군수라는 자가 돈을 어떻게 써야 하는지도 모르고 말이야."

올람이 입술을 일그러뜨렸다.

"아니, 오히려 이게 가장 효과적으로 돈을 쓰는 방법이라고 생각했을 겁니다. 유기르 님의 환심을 사는 게 제국의 구제를 받는 지름길이라 여겼겠지요. 그렇게 믿는 게 당연하다고 볼 수도 있습니다."

유기르가 인상을 찌푸렸다.

"정말 그렇다면 그건 우리 탓도 있겠군. 우리가 오고다의 썩어빠진 특권계급 놈들과 똑같은 수준에서 놀아난다고 여겼다면 우리 뜻이 제대로 전달이 안 되었다는 말이 아닌가?"

올람이 난처한 표정으로 눈을 깜박거렸다.

"그것도 옳은 말씀이기는 합니다만……."

그 표정을 본 유기르가 눈썹을 치켜올리고는 피식 웃었다.

"왜? 내 생각이 너무 풋내기 같나?"

"그렇지는 않습니다만 사실 거기까지 생각이 미칠 겨를이 없었다는 게 현실일 겁니다."

유기르가 한숨을 쉬었다.

"그렇겠지. 그런데 내 눈에는 이런 식으로 나중으로 미뤄버린 소소한 일들이 쌓이고 또 쌓여 벽을 이루고 무슨 일을 하려고 해도 제대로 돌아가지 않는 것처럼 보인다는 거지."

그때 식사를 들고 온 시종이 방밖에서 들어가도 되냐고 묻는 소리가 들렸다. 유기르가 "들라" 하고 말했다.

유기르의 식탁에 있는 요리보다 가짓수는 약간 적지만 여전히 비싸 보이는 요리들이 차려진 쟁반을 보고 유기르와 올람이 쓴웃음을 주고

받았다.

"……새 군수 치다꺼리를 하는 게 만만치 않은 일이겠군요. 염두에 두겠습니다."

올람은 유기르가 먹기를 기다렸다가 젓가락을 들었다.

"그대는 산간부를 돌아보고 오는 길이었지? 어떤가, 그쪽 상황은?"

올람의 얼굴에서 웃음기가 사라졌다.

"말도 못 합니다. 상세한 상황은 차후에 문서로 따로 보고드릴 예정입니다만 잘 아시는 대로 산간부에서도 경작할 수 있는 땅이란 땅은 모조리 오아레 벼 경작지로 활용되고 있었기에 엄청난 타격을 받았습니다."

"소각이 시작되었다는 말이군."

"예. 재작년에는 아직 오요마가 발견된 바가 없어 유보해 두었는데 작년에는 산간부에서도 오요마가 발견되어서 만약의 경우를 대비해 아직 오요마가 발견되지 않은 논까지 모조리 소각시키고 있습니다."

"산간부 다섯 곳 전부 다 말인가?"

"아닙니다. 최남단의 두 곳은 태우지 않았습니다. 그 근방은 주변에서 뚝 떨어져 있습니다. 만에 하나 오요마가 발생한다 해도 주변으로 퍼지는 데에는 시간이 다소 걸리리라 판단되어 라오 스승님께서 조급하게 소각하지 말고 잠시 두고 보자고 말씀하셨습니다."

유기르의 표정이 흐려졌다.

"라오 스승님 판단에 잘못이 있을 리는 없겠지만 그냥 두고 봐도 괜찮을지 모르겠군. 그냥 다 같이 소각하는 편이 나중을 위해 좋을 것 같은 생각이 드는데."

"라오 스승님께서도 고육지책으로 내린 판단이라 하셨습니다. 다만 이렇게까지 불태워버리면 올해 굶어 죽는 숫자는 작년의 배도 넘으리라 예상됩니다."

"그거야 잘 알지만……. 과세를 줄여서라도 소각해야 하지 않겠는가?"

올람이 고개를 끄덕였다.

"제 생각에도 그렇기는 합니다만 미지마 님께서 엄중하게 감시하고 계셔서 발생을 간과하는 일은 없으리라 생각됩니다."

유기르의 표정이 밝아졌다.

"그래, 미지마 고모님께서……. 그럼 틀림이 없겠지."

그렇게 말하더니 유기르는 갑자기 무언가를 떠올리는 표정을 지었다.

"나도 향사를 해 보고 싶었는데."

올람이 씨익 웃었다.

"입장이 너무 달라서 그렇게 되시기는 어려웠을 겁니다."

"그런가? 미지마 고모님도 구 카슈가 집안 당주이신 라오 스승님의 따님 아닌가? 오르카슈가 집안으로 시집을 갔다고는 해도 라오 스승님의 자녀라고는 미지마 고모님과 그 위의 마키야 고모님밖에 없다. 마키야 고모님께 무슨 일이라도 생기면 미지마 고모님께서 당주를 물려받아야 하는 위치에 계시지 않은가?"

"그야 물론 그렇기는 합니다만……."

올람은 난감한 듯 고개를 절레절레 흔들더니 목소리를 살짝 깔았다.

"향사는 위험이 동반되는 일입니다. 유기르 님께서는 이르 님의 한 분밖에 없는 아드님이시지요. 구 카슈가 집안의 당주가 될지도 모른다는 미지마 님의 위치와 부국대신이 되시는 것으로 이미 정해져 있는 유기르 님의 위치는 아무래도 다를 수밖에 없겠지요."

유기르는 까무잡잡하게 탄 올람의 얼굴을 빤히 쳐다보다가 낮은 목소리로 말했다.

"오늘, 마을에 시찰을 갔었는데……"

"예."

"거기서 굶어 죽은 자를 보았다."

올람의 표정이 흐려졌다.

"군수가 일부러 보여드렸군요."

"그렇겠지. 나한테 비참한 상황을 보게 해서 정에 호소하려 한 거겠지."

얼굴을 일그러뜨리며 고개를 저었다.

"너무 처참했어. 젖먹이에다 어린아이들 시체를 보는 건 정말 힘들더군."

입술을 꽉 깨문 유기르는 무심한 듯한 표정으로 식탁에 눈길을 떨구었다.

"참담하지요."

올람이 낮은 목소리로 맞장구를 쳤다.

"오랫동안 향사로 일해 왔습니다만 이런 저도 굶어 죽은 자를 실제로 본 것은 재작년이 처음이었습니다. 저 역시 한동안 그 모습이 머릿속에서 떠나지 않아 악몽에 시달릴 정도였습니다."

숨을 한 번 크게 쉬더니 올람이 말을 이었다.

"그러면서 새삼 저의 책무를 실감하기도 했습니다. 번왕국의 백성도 제국의 백성이다, 한 사람 한 사람의 목숨이 오아레 벼의 수확에 달려 있다는 것을 다시 한번 깨달았습니다."

유기르가 고개를 깊이 끄덕였다.

"정말 그렇지. 나도 오늘 딱 그 생각이 들었다. 문서로 읽는 것과 이 눈으로 직접 보는 건 천지 차이야. 지금까지는 보고서에 적힌 아사자의 수를 보고는 그렇구나 싶었지. 그러나 그 숫자만큼 한 사람 한 사람이 다른 얼굴을 가진 사람이라는 생각은 하지 못했어."

그 말을 하다가 문득 아버지의 얼굴이 떠오르면서 목소리가 귓가에 되살아났다.

'국정을 책임지는 자는 백성을 숫자로 보아야 한다. 각각의 얼굴을 떠올리지 마라. 개개인의 얼굴에 초점이 맞춰지면 전체의 모습이 흐려진다. 전체를 파악하지 못하게 되면 제국이 뒤틀어진다. 너는 정에 끌리기 쉬운 성정이다. 그러니 이 말을 명심하도록 해라.'

'……그래서 아버지는 내가 향사가 되는 것을 허락지 않으셨는지도 모른다.'

개개인의 얼굴을 보고 그 삶의 모습을 잘 알고 나면 백성 한 사람 한 사람에 대한 정이 생긴다. 그들이 굶어 죽을 것을 뻔히 알면서 논을 불태우라는 명령을 내리기 힘들어진다. 그 괴로움이 판단을 그르치게 하는 일도 있을 것이다.

'아버지는 이번 시찰에서 내가 어떤 생각을 할지 주시하고 계시겠지.'

비참한 상황을 직접 눈으로 보고 난 다음에도 여전히 전체를 보며 생각할 수 있는 사람임을 보여드리지 않으면 아무리 하나밖에 없는 아들이고 후계자라 해도 가차 없이 내쳐버리시겠지.

문득 전 황제가 서거하면서 황태자 오드센이 황제로 즉위할 때 잔뜩 긴장해서 굳은 얼굴로 있던 모습이 떠올랐다.

즉위식이 진행되는 동안 그는 간헐적으로 흘깃흘깃 이쪽으로 시선을 보내곤 했다. 물론 유기르를 본 게 아니었다. 유기르 옆에 있던 아버지, 이르 카슈가의 표정을 살핀 것이다.

얼마 전까지만 해도 황태자 오드센과 황제의 동생 라갈랑의 세력이 비등비등하다고 여겨졌는데 언제부터인지 라갈랑 쪽에 붙는 자들이 줄더니 어느새 오드센의 기반이 반석처럼 튼튼해졌다.

이르의 힘으로 자신이 황제 자리에 올랐다는 사실, 그리고 이르의 눈 밖에 났다가는 황제인 자기조차 자리보전이 힘들다는 사실을 오드센은 잘 아는 것이다.

'황제 폐하도……'

얄궂은 마음이 가슴에 차는 느낌을 받으면서 유기르가 속으로 중얼거렸다.

'앞으로 주욱 아버지의 안색을 살피면서 살아가시겠지.'

한숨을 푹 쉬고는 고개를 들었다.

"미지마 고모님을 못 뵌 지 한참 되었는데 여전하신가?"

올람이 끄덕였다.

"예. 워낙에 강건하신 분이니까요."

"단독행동은 여전하신가 보지?"

"아, 그게 아니라……."

올람이 눈을 깜박거렸다.

"제자 한 명을 데리고 다니십니다."

유기르가 눈썹을 치켜올렸다.

"제자? 향사 견습생인가?"

"아닙니다. 이미 향사 자격을 딴 자입니다. 번왕국 출신이면서 특례로 리아 농원에 들어간 자인데 그 뒤로 이례적인 속도로 향사 시험을 차례차례 돌파해서……."

"아, 그 소녀로군!"

유기르가 올람의 말을 잘랐다.

"마슈 숙부님이 데리고 오셨다는?"

"예, 그 소녀가 맞습니다."

"이름이 아마 아이샤 로리키라고 했었지?"

올람이 놀란 표정으로 유기르를 바라보았다.

"이름까지 알고 계셨습니까?"

유기르가 쑥스러운 얼굴로 씨익 웃었다.

"숙부님께서 외가쪽 친족을 데리고 오셨다기에 흥미를 가졌던 것이다. ……그렇군. 그 소녀가 미지마 고모님을 따라다닌다는 말이로군."

예전에 지나치면서 흘깃 보았던 소녀의 옆얼굴을 떠올리며 유기르가 작게 한숨을 내뱉었다.

'부럽다.'

그런 생각을 하다가 '아니지' 하고 마음을 고쳐먹었다. 이런 참상을 보면서 산지 마을들을 돌아다니는 건 괴로운 일이겠지.

작은 몸집의 미지마와 그 뒤를 따라 걷는 소녀의 모습을 상상하면서 유기르는 식어버린 저녁을 다시 먹기 시작했다.

"내가 여기까지 오는 일도 흔치 않은데 미지마 고모님께서 근처에 계시다면 직접 뵙고 이야기를 들었으면 좋겠군."

"……."

올람이 바로 대답하지 않아서 유기르는 고개를 들고 올람을 쳐다보았다.

"뭐 문제라도 있는가?"

"아, 아닙니다. 안 그래도 보고 올리려 했던 사항이 지금 생각났습니다."

“뭔가?”

올람은 들고 있던 젓가락을 내려놓고 품속에서 작게 접은 종이를 꺼냈다.

“아직은 들은 대로만 적어놓은 초기 조사에서 나온 숫자일 뿐이고 차후에 제대로 된 조사를 진행한 후 보고를 따로 드릴 예정입니다만, 이것을 봐주십시오. 어떤 생각이 드십니까?”

올람이 건네주는 종이를 펼치자 올람의 달필로 산간부 다섯 개 마을에서 굶어 죽은 사람의 숫자가 적혀 있었다. 재작년에는 아직 아사한 사람이 없었지만 작년에는 두 개 마을에서 각각 몇 명의 아사자가 발생했다.

그러나 나머지 세 개 마을에서는 굶어 죽은 사람이 없었다.

“이렇게 아사자가 없는 마을은 소각을 하지 않은 마을인가? ……아니, 아니지. 소각하지 않은 곳은 두 군데 마을이었지. 그럼 이 한 마을, 얄라 마을은 식량 비축이라도 해 둔 건가?”

올람이 고개를 저었다.

“아닙니다. 얄라 마을은 산간부 다섯 개 마을 중에서도 제일 외진 곳에 있어 가장 가난한 마을입니다. 식량 비축은 어림도 없지요.”

“거기다 소각도 했고?”

“했습니다.”

“그런데 굶어 죽은 자가 없었다? ……세금 납부는 제대로 했지? 평지에서는 체납이 많았는데 어떻게 산간부 다섯 개 마을은 체납이 거의 없네 싶어 의아하게 생각했던 기억이 나는데.”

“예. 이 얄라 마을은 원래 오아레 벼를 재배할 수 있는 논의 면적이 작아서 다른 마을보다 수확량이 적었기에 약초 등의 특산물로 납세하는 것이 허가된 곳이었습니다."

"그래. 그랬지. 아무리 그래도 굶어 죽은 자가 하나도 없다는 걸 보면 마을 인구를 먹여 살릴 만큼 산에서 나오는 식재가 있었다는 말이 아닌가?"

"아닙니다. 산에서 나는 식재라면 다른 마을들도 비슷합니다."

유기르가 미간을 찌푸렸다.

"그럼 어떤 점이 달랐다는 거지?"

"저도 그 점이 마음에 걸려서 알아보았는데 이렇다 할 명확한 해답을 얻지 못했습니다."

"위치는 어떤가? 제국 본토로 약초를 밀수한다든가 하는 탈법적인 방법으로 이득을 얻었을 가능성은?"

"그 점이 가장 염려되어서 꽤나 면밀하게 조사해 보았습니다만 그런 사실도 없었던 것으로 보입니다. 다만……"

"뭔가?"

올람은 한참을 머뭇거리다가 이윽고 마음을 정했다는 표정으로 입을 열었다.

"마을 아이들이 묘한 말을 했습니다. 한 아이가 그러기를 신의 사자가 내려와 구해주셨다고 말했는데 그 말이 나오자마자 다른 아이들의 표정이 험악해지면서 '그 얘기를 하면 신의 사자가 다시는 와 주지 않으니까 절대 말하면 안 된다고 했잖아' 하고 화를 냈습니다. 어린아이들이 하는 말이니 믿기 힘든 부분도 있지만 반대로 어린아이가 입에 올린 말에서 어른들이 숨기는 일이 드러나는 경우도 있어 저는 잘 새겨들으려 하는 편입니다. 그 후에 그 마을 어른들이 있는 자리에서 이 이야기를 슬쩍 흘리자 다들 안색이 변했습니다."

"안색은 변했는데 아무 말도 없었다?"

"그렇습니다."

유기르의 눈빛이 반짝거렸다.

"흥미롭네. 그건……."

유기르가 말을 잇다 말고 입을 다물더니 생각에 빠졌다.

올람은 말없이 유기르를 바라보며 그가 다시 입을 열기를 기다렸다.

유기르는 이윽고 고개를 살살 저었다. 그 얼굴에서 웃음기라고는 찾아볼 수 없었다.

"흥미롭다는 말을 하면 안 되겠지. 누군가가 신의 사자인 척하면서 굶어 죽는 사람을 줄이는 방편을 썼다면 그건 보통 일이 아니지. 이대로 간과할 수는 없어……."

유기르가 올람을 쳐다보았다.

"올람."

"예."

"이 건을 잘 좀 파 봐. 물론 신중에 신중을 더해서."

올람이 끄덕였다.

"잘 알겠습니다."

2
소원의 비둘기

어두컴컴한 나무 사이로 휙휙 하고 무언가 움직였다.

"……왔다."

촌장인 무즈호가 중얼거리자 뒤에 있던 남자들 사이에 긴장감이 흘렀다.

산기슭에는 아직 저녁노을이 남아 있었지만 하늘은 이미 밤의 장막을 드리우기 시작했다. 주변에는 저녁 안개가 흘러 숲 안쪽에서 다가오는 그림자가 몽롱하게 흔들렸다.

이윽고 숲이 끊어지는 근처에 사람의 모습이 나타났다. 홀쭉한 그 그림자는 소리도 없이 이쪽으로 다가왔다.

그 모습이 분명히 보이자 마을 사람들은 일제히 숨을 들이켰다. 그가 두건을 덮어썼을 뿐 아니라 얼굴을 검은 천으로 가리고 있었기 때문이다.

이 어둠 속에서 등불도 들지 않은 데다 검은 천으로 얼굴을 가렸으면 한 치 앞도 보이지 않을 텐데 그는 아주 자연스러운 발걸음으로 좁은 산길을 내려와 밭 사이를 지나서 이쪽으로 걸어왔다.

마을 사람들은 그 자리에 얼어붙은 듯 꼼짝도 하지 못한 채 그가 자기들 앞으로 와서 발걸음을 멈출 때까지 가만히 지켜보고만 있었다.

바람이 불어와 그의 온몸을 감싸고 있던 검은 천을 살랑살랑 흔들었다.

"안녕하세요."

그림자에서 들려온 것은 젊은 처녀의 목소리였다.

"소원의 비둘기에 답하기 위해 왔습니다. 촌장님은 누구신가요?"

처녀는 오고다 말로 물었다. 무즈호가 한 발 앞으로 나섰다. 그러면서 한순간에 긴 꿈을 꾸듯이 지금까지 있었던 일이 뇌리를 스치고 지나갔다.

소원의 비둘기를 부리는 점쟁이에 대한 소문을 들은 것은 한참 전이었다.

도대체 어디에서 나온 소문인지 모르지만 처음에 들은 바로는 산간 마을에 비둘기를 바구니에 넣어 짊어지고 다니는 남자와 얼굴을 천으로 가린 젊은 처녀가 출몰하는데 이 처녀의 점술이 기가 막히게 들어맞는다고 했다.

'행방을 알지 못하던 어린 소녀를 발견해서 부모 곁으로 돌려보냈다더라' 라는 소문으로 시작해서 도둑을 알아맞혔다느니 잃어버린 물건을 찾아주었다느니, 아무튼 그 처녀 점쟁이의 말은 놀랄 만큼 잘 맞는다는 것이었다.

그 정도뿐이었다면 그저 가끔 나타나는 잃어버린 것을 찾아주는 흔한 점술사 이야기려니 대수롭지 않게 넘겼겠지만 그 처녀는 신기하게도 사례를 전혀 받지 않는다고 했다.

이상하게 여긴 마을 사람들이 까닭을 물어보자 처녀는 자기가 어느 분의 심부름을 하는 사람이고 당신들을 돕는 것도 자기가 아니며 돈을 벌자고 하는 일이 아니기 때문이라고 대답하면서 반드시 똑같은 말을 남긴다고 했다.

'라파에 기근이 찾아옵니다. 무시무시한 벌레가 오아레 벼를 먹어 치우는 날이 곧 옵니다. 그때 약간의 고생을 각오하더라도 도움을 청하고픈 사람은 소원의 비둘기를 날려 보내세요. 단, 이 이야기를 관리나 제국 사람에게 알리면 도움은 오지 않습니다.'

처녀가 남기고 간 비둘기를 소중히 기른 마을도 있었지만 대부분의 마을은 처녀가 가고 나자 어느새 그 말을 잊고 말았다. 처녀가 오라니 마을에는 오지 않았기에 촌장도 그런 이야기는 금방 잊어버렸다.

소원의 비둘기를 부리는 점쟁이가 생각난 것은 라파의 평지 논에서 오요마라는 해충이 발생했다는 난리의 소문을 전해 들었을 때였다.

그 벌레가 얼마나 대단한지 해충에 강한 오아레 벼가 맥도 못 추고 다 먹혀 버려서 추수하지 못한 논이 여기저기 생겨났다는 이야기가 산간 마을에까지 흘러 들어왔다. 그때도 얼핏 소원의 비둘기를 부리는 점쟁이가 했던 말이 떠올라서 '정말 그 말대로 되었네' 하고 신기해하면서도 한참 떨어진 평지의 논에서 벌어진 일이니 여기와는 상관없는 일이려니 여기고 말았다.

그러나 오요마 피해는 평지에만 머물지 않았다.

작년에는 산간의 몇 개 마을에서도 오아레 벼에 오요마가 발생했고 관리들이 와서 벼를 불태워 없애라고 명령하는 바람에 난리가 났다. 평지 마을들에서 굶어 죽는 사람이 생겼다는 이야기를 들었는데 작년에는 산간 마을에서도 굶어 죽은 사람들이 생겼다.

오라니 마을은 다행히 아직 오요마가 생기지 않았다. 그래도 제국의 향사가 와서 조사하고 갔을 때는 간이 오그라드는 줄 알았다.

산간지방에서도 식량의 대부분을 오아레 벼에 의존했다.

오아레 벼가 들어오기 전에는 밭쌀과 요기보리, 요기메밀 등 다양한 곡물을 경작했지만 오아레 벼를 재배하고부터 그런 곡물들은 심어도 자라지 않게 되어버렸다.

그래도 오아레 벼는 대단해서 그전까지는 상상해본 적도 없을 정도로 생활이 풍요로워졌다.

촌장은 다른 마을들에서 오아레 벼를 소각했다는 이야기를 들었을 때, 눈앞에 펼쳐진, 알차게 영근 황금색 오아레 벼 이삭이 바람에 일렁이는 논 풍경을 바라보면서 이걸 불태우게 되면 어떡하나 하는 생각에 온몸에 소름이 돋았다.

바로 그때 갑자기 떠오른 것이 소원의 비둘기를 부리는 점쟁이였다.

오아레 벼를 불태워야 했던 산간 마을 중에서 딱 한 곳, 얄라 마을에서만 굶어 죽은 사람이 나오지 않았다.

소문으로는 얄라 마을 사람들이 비둘기를 소중히 기르다가 평지 마을에서 일어난 참상에 대해 알았을 때 곧바로 비둘기를 날려 보냈다고 한다.

그 소문이 사실이라면 우리도 소원의 비둘기를 구해서 날려야 하지 않을까 하고 무즈호는 생각했다. 한 번 그런 생각이 들자 가만히 있을 수가 없었다. 그렇게 하려면 서둘러야 한다. 당장 비둘기는 수중에 없고, 먼 평지의 오요마가 산간부 논에까지 날아왔다면 옆 마을에서 여기로 날아오는 건 금방일 테니 내년에는 우리도 논을 불태워야 할지 모르는 일이다.

다행히도 얄라 마을 촌장은 먼 친척뻘이었다.

무즈호는 당장 선물을 가지고 얄라 마을을 찾아가서 얄라 마을 촌장에게 소원의 비둘기를 한 마리만 달라고 간절히 부탁했다.

얄라 마을의 촌장은 사람이 좋아 고개를 끄덕이면서 이야기를 들어주었다.

"우리는 비둘기를 다섯 마리 정도 기르고 있으니 한 마리 주는 것쯤이야 상관이 없는데……."

하고 말하며 눈치를 살살 살피더니 물었다.

"그쪽 마을에는 아직도 요기보리 씨앗이 있나?"

"요기보리?"

무즈호가 엉겁결에 되물었다. 예전에는 경작을 많이 했지만 오아레 벼를 재배한 이후로는 전혀 키우지 않게 된 보리다. 경작하지 않게 되었다기보다는 심어도 자라지 않아서 키우지 못하게 된 보리였다.

"글쎄, 아직도 그 볍씨를 가지고 있는 사람이 있으려나 모르겠네. 왜 그러나?"

얄라 마을 촌장이 무즈호를 빤히 쳐다보더니 말했다.

"소원의 비둘기 일도 그렇지만 우리가 지금 하는 이야기를 절대 딴데로 새어나가지 않게 하겠다고 맹세할 수 있지?"

"그야 당연하지. 그 점에 대해서는 걱정하지 않아도 되네."

"마을 사람들 입단속도 확실하게 하는 거지?"

"그럼."

고개를 끄덕이면서 무즈호는 가슴이 두근거리는 것을 느꼈다.

얄라 마을 촌장은 몸을 앞으로 약간 기울이더니 낮은 목소리로 속삭였다.

"우리 마을이 산 건 요기보리 덕분이네."

오라니 마을 촌장은 깜짝 놀라며 눈썹을 치켜올렸다.

"요기보리 덕분이라고? 아니 그럼 자네 마을에서는 요기보리를 키웠다는 말인가? 어떻게 그런 일이 가능한 건가?"

얄라 마을 촌장은 입을 열려다가 잠시 생각에 잠기더니 이윽고 목소리를 낮게 깔고서 말했다.

"그건 아마 내가 말해도 소용없을 거야."

"어째서? 그러지 말고 제발 부탁이니 속 시원하게 말 좀 해 보게."

"아니, 일부러 그러는 게 아니라니까. 그게 아니라, 마을에 따라서 방법이 다르다니까 내가 가르쳐줘 봐야 소용이 없다는 거지."

"방법이 다르다고?"

얄라 마을 촌장이 끄덕였다.

"그 점에 대해서는 밀사님께서 몇 번이고 강조하셨다니까."

"밀사님?"

"소원의 비둘기를 부리는 점쟁이 말이야. 어떤 높으신 분의 분부를 받고 오신 분이라 해서 우리 마을에서는 밀사님이라고 부르게 되었지."

그 말을 듣고 문득 중요한 일이 생각난 무즈호가 몸을 앞으로 내밀었다.

"그 밀사님 말인데, 사례를 받지 않는다는 게 사실인가?"

"아무렴. 우리는 그야말로 진심으로 감사해서 어떻게든 뭐라도 드리려고 제발 받아주십사 몇 번이고 부탁드렸는데도 절대 안 받으시더라고."

"그래?"

왠지 모르게 미심쩍은 느낌을 씻을 수가 없었다.

"……그래서 그 밀사님이 뭐라고 했는데? 이쪽 마을에서 하는 방법으로는 우리 마을을 구할 수가 없다는 건가?"

얄라 마을 촌장이 끄덕였다.

"다른 마을에서도 소원의 비둘기를 날리고 싶다고 할 때 우리 마을이 요기보리를 키워서 살 수 있었다는 이야기를 하는 건 상관없지만 그 방법은 얄라 마을에만 맞는 방법이어서 다른 마을이 똑같이 따라 해도 요기보리가 자랄 수 있다는 보장은 없다. 그러니까 도움이 정말 필요하면 소원의 비둘기를 날려 보내라. 비둘기가 자기에게 오면 반드시 그 마을을 도우러 가겠다고 전해 달라고 말씀하셨지."

무즈호가 인상을 찌푸렸다.

"그런 게 어디 있나? 그냥 아무것도 아닌 것 가지고 그럴듯해 보이려고 하는 말 같은데. 아니, 자네 말고, 그 밀사님인가 하는 사람 말이네."

그러나 얄라 마을 촌장이 고개를 저었다.

"아니, 그건 아니야. 자네는 아직 그 눈을 본 적이 없어서 그런 말을 하는 거겠지만 실제로 밀사님을 만나보면 대번에 알 수 있을 거야."

그러더니 진지한 눈으로 무즈호를 바라보았다.

"다시 한번 말해두는데 절대로 밀사님을 의심하면 안 되네. 그 말씀을 허투루 들어서도 안 되고. 자네도 알다시피 보리건 뭐건 자랄 때까지는 시간이 걸리지 않나. 해야 할 일은 이것저것 많고. 그렇게 이것

저것 꼼꼼하게 하는 게 중요하단 말이네. 조금이라도 의심하면 사소한 일 하나쯤은 안 해도 되겠지 하고 넘기는 인간이 나올 수도 있단 말이지. 우리 마을에서도 그런 일이 있어서 얼마나 힘들었는지 모르네. 그러니까 말해주는 거야. 잘 듣게. 촌장이 먼저 나서서 진심으로 믿고 밀사님께서 알려주신 대로 하게 하는 게 제일 중요해. 시간이 걸리고, 힘도 들고, 여기저기서 불평이 나와도 꾹 참고서 하나부터 열까지 꼼꼼히 챙기면서 다 해야 되네. 그러면 틀림없이 요기보리를 거둘 수 있어. 우리 마을에서는 굶어서 죽은 사람이 한 명도 안 나왔네. 그게 제일 확실한 증거 아닌가?"

몸을 앞으로 숙이면서 열성적으로 말하는 그 진지함에 눌려서 무즈호가 말했다.

"그래? 자네가 그 정도로 말하는 거면 믿어보지."

그 말을 하면서 갑자기 생각이 난듯 난처해 하며 말을 이었다.

"하지만 우리 마을에는 요기보리 볍씨가 이제 없을 텐데."

"그럼 우리가 가진 볍씨를 조금 나눠줄까?"

얄라 마을 촌장이 난처해 하는 무즈호에게 제안을 해 주었다.

"뭐? 정말인가?"

너무 좋아서 덥석 받으려다가 무즈호는 허겁지겁 다시 물었다.

"그런데 자네 마을은 올해도 오아레 벼를 키우지 못하지 않나? 그럼 요기보리 볍씨는 목숨줄이나 마찬가지일 텐데. 조금이건 많건 그걸 달라고 하기가 너무 미안해서……."

얄라 마을 촌장이 싱긋 웃었다.

"괜찮네. 이럴 때일수록 상부상조해야지. 게다가 우리 마을에서는 올해 요기보리에다 메밀도 키워보려고."

"뭐~?"

무즈호가 깜짝 놀라자 얄라 마을 촌장은 진지한 얼굴로 차분하게 일러주었다.

"자네 쪽도 막상 키우기 시작하면 이게 보통 힘든 일이 아닐 거야. 우선은 관리나 향사한테 들키지 않는 밭부터 어디에다 몰래 마련해야 하니까. 그것부터가 시작이네."

"촌장님이신 무즈호 씨죠?"

밀사의 물음에 무즈호가 고개를 끄덕였다.

"멀고 험한 산길을 와 주셔서 감사합니다. 우선은 이곳에서 편히 쉬십시오. 밀사님을 모실만한 좋은 집은 아니지만, 우선 그리로 모시겠습니다."

"감사합니다."

무즈호를 따라서 밀사가 걷기 시작하자 남자들은 옆으로 비켜서 두 사람이 지나가게 했다.

현관 앞에서 이쪽을 살피던 무즈호의 아내가 허겁지겁 집 안으로 들어갔다. 무즈호는 밀사를 안마당 맞은편의 화로가 있는 방으로 안내했다.

집안에 들어와서도 밀사는 검은 웃옷을 벗지 않았고 얼굴을 가린 천도 그대로였다. 신고 있던 신발만 자루에 넣어 들고서 방 안으로 들어가더니 손님 자리에 앉았다.

마을 남정네 중에 직책이 있는 사람들이 모두 들어와 화로를 가운데에 두고 밀사와 마주 보는 자리에 앉았다.

"여기 있는 사람들은 우리 오라니 마을에서 직책이 있는 자들인데……."

무즈호가 남자들을 하나씩 소개하는 동안 무즈호의 아내와 아들들이 먹을 것과 차 등을 들고 와서 사람들 앞에 차렸다.

무즈호는 밀사에게 우선은 목부터 축이시라고 권했는데 밀사는 정중히 인사만 하고는 무즈호의 아내에게 차와 음식을 도로 내가달라고 말했다.

깜짝 놀라 머뭇거리는 아내에게 밀사는 부드러운 말투로 설명했다.

"모처럼 상을 차려주셨는데 정말 죄송하지만 이것은 비밀 모임입니다. 만에 하나 관리가 찾아오거나 하면 차나 요리의 개수로 여러분 외에 한 사람이 더 있었다는 사실을 알게 됩니다."

그렇게 말하면서 밀사는 무즈호가 있는 쪽을 봤다.

"제가 드린 전언은 받으셨지요?"

남자들이 여기저기서 고개를 끄덕였다.

"예, 그야 듣기는 했지요. 하지만 아무리 그래도 귀한 손님인데 아무 대접도 안 하는 게 좀 뭐해서. ……자, 어서 내가게."

아내가 음식을 내가는 동안 무즈호는 지시를 받았던 또 한 가지가 생각나서 얼굴을 붉히며 일어서더니 "실례하겠습니다" 하고 말하며 밀사 옆에 앉았다.

그가 앉기를 기다렸다가 밀사가 말하기 시작했다.

"때가 다가오고 있습니다. 해야 할 일은 많은데 그 일이 이루어지려면 시간이 필요하니 바로 묻겠습니다. 지난번에 보낸 전언에 서쪽 계곡을 보고 와 달라고 부탁드렸는데 보고 오셨나요?"

"아, 네. 보러 다녀오기는 했습니다만……."

무즈호는 말하면서 남자들의 얼굴을 보았다. 그중 한 명이 무즈호의 뜻을 알아차리고 입을 열었다.

"실례합니다만 그 근처는 조상님 때부터 우리 산이라서 저부터 말하겠습니다. 거기를 요기보리 밭으로 만드는 건 좀 힘들 것 같습니다. 그 계곡은 마키 꽃이 파랗게 피거든요. 옛날부터 마키 꽃이 분홍색으로 피는 땅은 요기보리에 좋은 땅이고 파랗게 피는 땅에서는 요기보리가 안 된다는 말이 있어서요."

밀사가 고개를 갸웃거렸다.

"요기보리요? 저는 그곳을 요기보리 밭으로 하겠다는 말은 쓰지 않았을 텐데요?"

무즈호가 당황했다.

"네? 요기보리가 아니었나요? 얄라 마을 촌장이 요기보리를 지었다고 해서 우리도 요기보리를 키우는 후보지라고 생각했는데요."

밀사가 고개를 저었다.

"아닙니다. 마키 꽃이 파랗게 피는 땅에서는 보리가 자라지 않는다는 말은 사실입니다. 그리고 무엇보다 이 마을의 경우는 제가 들어온 시기가 늦어서 시간이 없습니다. 이 마을에서 키워야 할 것은 요기메밀입니다. 요기메밀은 수확을 빨리할 수 있고 게다가 그 서쪽 계곡의 땅에서도 자라니까요."

남자들이 웅성거렸다. 요기보리라면 얄라 마을 촌장이 나눠준 볍씨가 있지만 요기메밀은 씨앗이 아예 없었다.

더구나 서쪽 계곡은 마을에서 너무 가깝다. 거기에 비밀 밭을 만드는 건 힘들지 않겠냐고 난색을 보이는 자도 많았다.

"저기, 죄송하지만 서쪽 계곡보다는……."

"오고 계곡을 개간하고 싶다고 생각하십니까?"

정곡을 찌른 질문에 무즈호가 화들짝 놀랐다. 지금 바로 그렇게 말하려던 참이었다.

"네에, 아무래도, 그게 더……"

"마을에서 거리가 있어 관리들에게 들킬 염려가 없고, 오아레 벼의 영향을 받지 않을 만큼 거리도 있고, 넓은 면적을 쓸 수가 있어서요?"

자꾸 앞서 짚는 바람에 무즈호는 할 말이 없어졌다.

밀사가 고개를 저었다.

"오고 계곡이나 로키세 산의 허방이나 유마키 들판은 안 됩니다."

남자들이 다시 웅성거렸다. 모두 한결같이 후보지로 내세우려던 곳이었기 때문이다.

"……어째서 그런 곳들이 죄다 안 된다는 겁니까?"

"오고 계곡도, 로키세 산의 허방이나 유마키의 들판도 모두 마을에서 너무 멀리 있습니다. 더구나 밭은 지금부터 개간해야 합니다. 서쪽 계곡이라면 지금 계단식 채소밭으로 되어 있는 곳을 곡물 밭으로 바꾸기만 하면 됩니다."

무즈호가 미간을 찌푸렸다.

"아니, 하지만 그 밭은 오아레 벼의 밭과 너무 가까워서 거기서는 어떤 것도 자라지 못할 겁니다. 잡목 숲으로 가로막혀 있기는 해도 오아레를 나르는 길가이기도 해서 거기서 몇 번 떨어진 오아레 이삭을 뽑은 적도 있다니까요."

무즈호가 신음하듯이 말하자 남자 몇 명이 "나도 그런 적이 있어" 하고 거들었다.

제국에서 하사한 볍씨를 운반하는 짐마차가 지나는 길가에서 심은 적이 없는데도 자연히 돋아난 오아레 벼 이삭을 발견하는 경우가 있었다. 들쥐들은 오아레 쌀을 아주 좋아해서 짐마차에 숨어 들어가 볍씨 자루를 물어뜯곤 했다. 그렇게 되지 않도록 엄중히 대책을 세워도 완전히 막을 수가 없어서 어느 결에 흘러나온 볍씨가 땅에 떨어져 싹을 틔우는 일이 종종 있었다.

이것을 떨어진 오아레라고 부르는데 마을 사람들은 향사에게서 혹시 이런 떨어진 오아레를 발견하면 반드시 뽑아서 태우라는 지시를 받았다. 알아차리지 못하고 방치하면 점점 불어나서 주변 풀밭의 풀들이 시들어 가축을 방목하지 못하게 되기 때문이다.

자연히 생겨난 오아레 벼는 벼 이삭이 단단하고 알곡이 작다. 몰래 먹은 사람이 괴로워하다 죽었다는 소문도 있어서 발견하는 즉시 뿌리까지 모조리 뽑아서 태우는 게 관습이 되어 있었다.

"게다가 오아레 밭에 가까우면 향사님한테 들킬 위험도 있으니까요."

무즈호가 말하자 밀사가 고개를 저었다.

"오히려 그 점이⋯⋯"

밀사는 갑자기 말을 끊더니 현관 쪽으로 고개를 돌렸다.

그리고 벌떡 일어서서 자기가 앉아 있던 손님용 방석을 들었다. 그런 다음 소리를 죽여서 무즈호에게 속삭였다.

"향사가 옵니다."

"네?"

"보내드린 문서에 이런 경우 어떻게 대처해야 하는지 적혀 있었지요? 거기 적혀 있던 대로 해 주세요. 뒷문은 어디죠?"

밀사의 절박한 말투에 압도되어 무즈호는 방 오른편 여닫이문을 가리켰다.

"저쪽에 부엌이 있는데 그 안쪽에 뒷문이 있습니다."

밀사는 고개를 끄덕이고 방석을 든 채로 재빨리 문을 열고 안쪽으로 사라졌다.

남자들은 한동안 멍하니 밀사가 사라진 쪽으로 고개를 돌리고 있었는데 조금 후에 현관문을 두드리는 소리를 듣고는 움찔하고 몸을 떨었다.

"……올람 향사일세. 문 좀 열어주시게."

그 말을 듣더니 남자 중 하나가 눈이 휘둥그레지면서 "진짜로 왔네" 하고 중얼거렸다.

무즈호는 허겁지겁 일어나 앞마당으로 가서 문을 열었다.

어둠 속에 향사 올람이 서 있었다. 그는 손에 들고 있던 등불을 들어 올려 바람을 불어 불을 끄더니 등롱을 접으면서 말했다.

"오오, 무즈호 씨. 밤중에 미안한데 여기서 모임이 있다는 소리를 들어서 말이야. 잠시 들러 보았네."

"아…… 네에. 그, 그럼, 안으로 들어오시지요."

소리가 들리면 어쩌나 싶을 정도로 심장이 마구 날뛰며 가슴팍을 치고 있었지만 무즈호는 간신히 웃는 표정을 지으며 향사를 안으로 들였다.

"실례하겠네."

가볍게 고개를 숙인 올람은 마당으로 들어와 신발을 벗더니 방으로 들어갔다.

올람은 방 전체를 둘러보면서 웃는 얼굴로 물었다.

"직책 있는 남정네들이 모두 모였군그래. 무슨 모임인가?"

남자들은 하나같이 딱딱하게 굳은 표정으로 그를 올려다보고만 있었는데 장로 격인 노인 하나가 헛기침을 하며 입을 열었다.

"음, 그게, 그러니까…… 앞으로 어찌해야 할지, 뭐 그런 얘기를 하려던 참이었는데."

올람이 그 노인을 빤히 쳐다보더니 물었다.

"모라도 할배, 괜찮소? 땀이 많이 나는데 어디 안 좋은 것 아니오?"

"……아니, 뭐, 어디 안 좋은 건 아니고."

노인이 손을 저으면서 우물대자 옆에서 다른 남자가 도움의 손길을 뻗었다.

"솔직히 말해서 무서워서 그래요. 향사님이 오시면 아아, 이번에야말로 우리 마을에서도 밭을 태우라는 말을 하려는 게 아닐까 싶어 심장이 벌렁거린다니까요."

그 말을 들은 올람이 "아아" 하고 중얼거렸다.

"그렇군. 하긴 무서운 게 당연하겠지."

올람 뒤에서 무즈호가 말을 걸었다.

"자, 편하게 앉으시지요."

말하면서 손님 자리에 방석이 없다는 사실을 알아차리고 안쪽에 대고 아내를 불렀다.

"여기 방석 좀 가져다드려야지."

그렇게 부르면서 자기 방석을 들고 나간 밀사의 용의주도함에 속으로 혀를 내둘렀다.

3

약취略取

검은 그림자가 검푸른 어둠 속을 천천히 움직였다.

등불도 없이 움직여서인지 그림자는 신중한 발걸음으로 느릿느릿 산길을 내려왔다.

향사 올람은 나무 그늘에 숨어 그 그림자의 움직임을 지켜보고 있었다.

'……혼자인가?'

몇 명이 같이 움직일 것으로 예상했던 터라 좀 의외였는데 금세 다른 그림자가 뒤따라 나타났다.

'한 명, 두 명, ……셋, 넷, 다섯…… 다섯 명인가?'

다섯 명의 남자가 먼저 간 남자처럼 등불도 없이 내려왔다. 다들 뭔가 손에 들거나 짊어지고 있었다.

너무 어두워 얼굴 생김새가 안 보여서 남자들이 누구인지 분간이 되지 않았지만 올람은 그 점이 걱정되지는 않았다. 누구건 간에 얄라 마을 남자들인 것만은 확실하기 때문이다.

유기르의 명령을 받기 전부터 올람은 부하를 동원해서 이 마을 주변을 살피고 있었다.

오아레 벼를 불태웠는데도 불구하고 이 얄라 마을에서 아사자가 생기지 않은 이유는 어떠한 수단을 썼는지 몰라도 식량을 구했기 때문이라고밖에 생각되지 않았다. 그렇다면 가장 가능성이 높은 방법은 몰래 밭을 만들어 경작하는 것이다. 그렇지만 향사의 지도를 받지 못하는 비밀 밭에서는 오아레 벼를 경작하지 못한다.

오아레 벼의 볍씨는 엄중하게 관리되고 비료 배분도 엄밀한 관리 아래 이루어진다. 산골 마을 사람들이 비밀 밭에서 만들 수 있는 작물이라면 콩이나 요기보리, 요기메밀 정도다.

그러나 요기보리나 요기메밀 등과 같은 예전 곡물들은 한결같이 오아레 벼에 맥을 못 춘다. 콩 종류는 재배할 수 있지만 수확량이 충분치 않을 것이다. 무엇이 되었건 충분한 수확량을 얻으려면 마을에서 상당히 떨어진 장소여야 한다.

그런데 이 근방은 산이 깊어서 밭농사를 지을 수 있는 땅이 얼마 없다. 마을에서 떨어진 곳에 밭으로 개간할 만한 장소가 있다는 생각은 들지 않았지만 그래도 혹시 몰라 올람은 부하 향사들에게 마을의 밭에서 충분히 떨어져 있어 오아레 벼의 영향을 받지 않는 곳 중에 비밀 밭으로 만들만한 장소가 있는지 찾아보게 했다. 그러나 얄라 마을 주변에서는 아직도 비밀 밭을 찾지 못했다.

'비밀 밭이 아니라고 한다면?'

아니면 뭔가 다른 수단으로 은밀히 거래해서 식량을 구하는 방법밖에는 없다.

아이들이 말했던 신의 사자라는 말도 누군가가 얄라 마을 사람들과 접촉했음을 짐작게 했다.

그래서 올람은 비밀 밭을 찾아다니는 방법을 포기하고 향사들과 교대로 마을을 감시하기 시작했다. 비밀 밭을 찾아다니는 작업은 평소 업무를 하면서 틈틈이 하면 되었지만 마을 사람들의 움직임을 매일 감시하는 것은 한정된 인원밖에 동원할 수 없는 상태에서 지속하기가 매우 힘들었다. 감시하는 날에 움직임이 있으면 다행이다 싶을 정도의 마음으로 시작한 감시였는데 아무래도 운이 따라준 모양이다.

산길을 내려오는 남자들의 뒤를 밟으면서 올람은 문득 이상한 느낌이 들었다.

새벽이 밝아오면서 아까보다 남자들의 모습이 더 잘 보였다. 앞에서 걸어가는 남자들이 들고 있는 도구의 윤곽도 드러나서 모두 농기구임을 알아볼 수 있었다.

'……그럼 밀무역이 아니라 역시 비밀 밭이였구나!'

심장이 갑자기 마구 뛰기 시작했다.

남자들이 마을로 돌아가는 모습을 지켜본 후에 산길을 되돌아가다가 이윽고 전혀 뜻하지 않은 장소에 비밀 밭이 있다는 사실을 알았다.

올람은 자신이 지금 보고 있는 광경이 믿기지 않았다.

'어째서……?'

알곡이 맺혀 있을까?

벌써 이삭이 생긴 요기보리를 만지면서 올람은 망연자실한 채 그 비밀의 밭을 둘러보았다.

이곳은 채소밭이었던 장소다. 지금도 여전히 채소밭이려니 생각해서 굳이 찾아와 보려고 하지도 않았다.

게다가 이 밭의 바로 남쪽으로는 오아레 벼를 경작하는 계단식 밭이 있다. 모두 소각되어 지금은 아무것도 없지만 아주 가까운 곳에서 오아레 벼를 경작했었다.

오아레 벼를 불태운 다음 어느 정도 시간이 지나서 그런가?

'아니다.'

그런 일은 있을 수 없다. 오아레 벼가 다른 곡류를 죽여버리는 힘은 엄청나다. 오아레 벼를 매년 경작해온 밭 근처는 뭔가 이유가 있어 오아레 벼를 더 이상 재배하지 않게 된 다음에도 아주 오랫동안 아무런 곡물도 자라지 못한다는 사실은 향사라면 누구나 알고 있는 상식이다.

흙을 완전히 없애버리고 다른 흙으로 채우면 그나마 가능할 수 있을지 모르지만 논밭에 적합한 땅 대부분에는 오아레 벼를 심어놓은 상태다.

오아레 벼가 토질을 바꾸는 힘은 무시무시해서 재배지뿐만 아니라 주변 토질에까지 영향을 미친다.

오요마의 피해를 받지 않은 지역에서는 오아레 벼 경작을 우선해야 하기 때문에 오고다 번왕국 전체를 다 찾아본다 해도 오아레 벼의 영향을 받지 않았으면서도 논밭에 적합한 흙을 충분히 확보하기란 쉬운 일이 아니다.

올람을 비롯한 향사들도 오고다 사람들을 기근에서 구하기 위해 제국 본토에서 흙을 실어와서 오아레 벼를 소각한 논밭의 흙을 바꿔보는 게 어떤가 하고 제안했다. 그러나 그런 방법을 실행에 옮기려면 막대한 노동력과 비용이 드는 데다가 비료의 독자 제조를 시도했던 오고다에 대해서는 구제책을 내주지 않겠다는 것이 제국의 방침이어서 그 제안은 실행에 옮겨지지 않았다.

오고다 번왕도 백성을 구제하기 위해 일부 땅에서 흙을 교체하는 작업을 시작하기는 했지만 번왕국의 토대가 되는 곡창지대의 구제를 우선으로 하고 있기에 산골에까지 힘을 쓸 여력은 없을 테고 흙의 가격도 폭등한 상태였다.

이 마을 사람들이 자력으로 어디에선가 흙을 구해서 밭을 완전히 갈아엎었으리라고 보기는 힘들었고 그렇게 대대적인 작업을 했다면 눈에 띄지 않았을 리가 없었다.

'도대체 어떻게 된 일이지? 어떻게 요기보리를 키울 수 있는 거지?'

보통 일이 아니구나 하는 생각이 뱃속 깊숙한 곳에서부터 솟아올라 올람은 온몸을 부르르 떨었다.

올람은 오랫동안 향사로 살았고 무술 실력도 갖추고 있었다. 오고다처럼 제국에 종속되어 있기는 해도 빈틈이 조금만 보이면 자국의 힘을 키우려는 번왕국에서 조사를 하는 경우는 항상 조심하면서 신중을 기해 왔다.

그런데 그런 올람도 이때는 잠시 동안 생각에 빠져 있었다. 그리고 그 틈을 놓치지 않는 자들이 있었다.

몇 명이 뛰어오는 기척을 느끼고 돌아봤을 때는 이미 도망칠 시간이 없었다. 밧줄 같은 것이 얼굴을 향해 날아와서 순간적으로 팔로 막아 튕겨냈는데 다음 순간 사방팔방에서 날아온 쇠구슬이 달린 밧줄에 얻어맞고 온몸이 감겨서 꼼짝도 못 하게 되었다.

요기보리의 예리한 이파리가 땅바닥에 내동댕이쳐진 올람의 볼과 팔을 할퀴었다. 밭에 나동그라진 올람은 이제 막 떠오른 아침 해를 등지고 자신을 내려다보는 남자들을 올려다보면서 이를 악물었다. 뺨에 문신을 한 사나운 오고다 무인들의 얼굴을 올람은 마냥 쳐다보았다.

우라일리의 냄새를 느낀 아이샤는 일어나서 은신처의 문을 열어주러 갔다.

그가 문을 두드리기를 기다렸다가 열어주자 빗방울이 섞인 차가운 바람과 함께 우라일리가 들어왔다.

"마슈는?"

우라일리는 인사고 뭐고 긴장한 표정으로 대뜸 물었다. 젖은 머리카락이 이마와 얼굴에 들러붙어 있었다.

"안 계세요. 볼일이 있다고 오늘 아침 제국 수도로 가셨어요."

우라일리가 노골적으로 낙담한 표정을 지었다.

아이샤는 방 안으로 돌아가 두툼한 수건을 들고 나왔다. 그것을 우라일리에게 건네주고 비에 젖은 비옷을 받아 안쪽에 널면서 말했다.

"금방 따뜻한 차를 내드릴게요. 우선은 몸부터 데우세요."

우라일리는 고개를 끄덕이고 방으로 들어갔다.

이 은신처는 상인들의 숙소였던 건물을 개조한 곳으로 방이 많아서 여러 명이 한꺼번에 생활할 수 있었다. 마슈는 이런 은신처를 여러 곳에 준비해 두었는데 아이샤는 향사 일을 보는 틈틈이 밀사로서 은밀한 일을 수행할 때 여기저기에 있는 은신처를 이용하고 있었다.

우라일리는 지금 마슈의 소중한 '동지' 중 한 명으로 일하고 있었다. 번왕국 시찰관으로서의 임무도 있어서 이쪽 일에만 전념하지는 못하지만 현재는 우라일라와 마슈 둘 다 오고다 번왕국을 담당하고 있기 때문에 상당히 도움이 되었다.

'동지'는 조만간 일어날 대재앙을 극복하기 위한 방책을 실행에 옮기기 위해 라오 스승과 마슈가 의논하여 오랜 세월에 걸쳐 사람을 추려서 모아온 사람들이었다.

제일 먼저 합류한 사람들은 미지마와 다쿠 일가였다. 미지마는 라오 스승의 딸이고 다쿠는 라오 스승의 사촌인데 마슈와 더불어 가장 오랫동안 이 계획에 관여해 온 활동의 중심적인 존재였다.

우라일리와 오로키는 오요마가 본격적으로 발생한 뒤에 동지가 된 신참이기는 하나 마슈와 오랜 세월 동안 생사를 함께 해 온 전우여서 마슈과 끈끈한 유대관계를 가지고 있었다. 무술 실력은 물론이고 다양한 공작에 능한 믿음직한 남자들이었다.

마슈와 라오 스승을 포함해도 겨우 열두 명이었지만 모두 활동의 의미를 이해하고 대역죄인이 될 수 있는 위험을 감수하면서 일을 했다.

하지만 향군인 올리애가 동지라는 사실이나 아이샤가 동지 중의 하나가 된 진짜 이유를 아는 사람은 미지마와 다쿠 일가밖에 없었다. 우라일리와 오로키는 아직 몰랐다.

아이샤와 마슈가 가지고 있는 특별한 후각은 향군의 존재와 복잡하게 연관되어 있는 미묘한 사안이어서 지금 시점에서는 일부러 알릴 필요가 없다고 마슈는 판단한 모양이었다.

우라일리와 오로키는 아이샤가 마슈의 외사촌 누이일 가능성이 있다는 정도만 알고 있을 뿐이었다. 그 이야기를 들었을 때 두 사람은 눈이 휘둥그레져서 놀랐지만 금방 '그랬구나' 하고 납득이 된 듯한 표정을 지었다. 마슈가 위험을 무릅쓰면서까지 아이샤와 동생을 구한 것이 그런 이유 때문이었구나 하고 생각한 모양이었다.

충견을 데리고 다니는 오로키는 말수가 없고 얼굴에 감정이 드러나는 일이 거의 없는 사내였는데 반대로 우라일리는 표정이 풍부했다.

예전에 고향인 서칸탈에서 처음 만났을 때부터 정이 많은 사내라고 느꼈는데 같이 일을 하게 되면서 가끔 이 사람은 무인으로 사는 게 힘들지 않을까 하고 걱정될 때가 있었다.

뜨거운 차에 꿀을 넣어서 건네주자 난로 옆에 앉아 몸을 데우던 우라일리가 고맙다고 하며 받아서 한 모금 마시고는 휴우 하고 한숨을 쉬었다.

"무슨 일이 있었나요?"

하고 묻자 우라일리가 신음소리를 냈다.

"올람이 납치되었다."

아이샤가 깜짝 놀라 되물었다.

"납치요?"

"응. 오고다의 새벽에 잠입해 있는 밀정한테 연락이 왔는데 오늘 아침 얄라 마을의 비밀 밭을 조사하다가 오고다의 새벽한테 당한 모양이다."

올람의 반백의 머리와 온화한 풍모가 떠올랐다. 아이샤의 얼굴이 하얗게 질렸다.

올람은 신 카슈가 집안과 인척 관계에 있는 상급 향사로 이르 카슈가와 그 아들 유기르의 뜻을 받들어 일하는 남자다. 아이샤는 향사로서 가지고 있는 올람의 견식을 존경하고 있었고 그 인품에 친근감도 느끼고 있었기에 속이 뒤틀리는 듯한 불안감에 사로잡혔다.

올람이 습격당한 장소도 마음에 걸렸다.

"올람 님이 비밀 밭을 찾아낸 모양이네요?"

우라일리가 험한 표정으로 끄덕였다.

"오로키한테 연락이 올 때까지만 해도 우리가 노린 대로 엉뚱한 곳을 찾아다니고 있다기에 안심하고 있었는데⋯⋯."

아이샤가 미간을 찌푸렸다.

"어쩌다가 그렇게 되었을까요? 비밀 밭에서 습격을 당했다는 걸 보면 오고다의 새벽도 얄라 마을에 비밀 밭이 있다는 사실을 알았던 걸까요?"

우라일리가 '으음' 하고 신음 소리를 냈다.

"모르겠네. 올람을 습격하려고 뒤를 밟다가 비밀 밭에 이르렀는지도 모르지. 혹은 얄라 마을 사람 중 누군가가 오고다의 새벽과 관계가 있어서 비밀 밭을 지키기 위해 올람을 납치했을 가능성도 염두에 둬야겠지. 그렇다면 놈들은 비밀 밭을 만들게 한 밀사의 존재도 알고 있다는 소리고. 물론 마을 사람들이 알고 있는 정보는 한정되어 있으니 지금 단계에서는 지나치게 걱정할 필요가 없겠지만 앞으로는 더 조심해야겠어."

오고다의 새벽은 오고다의 독립을 위해 활동하는 무인들의 조직인데 그 실체는 아무도 몰랐다. 오고다 번왕은 그들이 반역자이며 발견 즉시 처형한다고 제국에다 말하고는 있지만 마슈에 따르면 번왕의 가족이나 친족이 조직을 이끌고 있을 가능성이 높다고 했다.

그들이 독립운동을 한다고는 해도 반란을 일으키는 등의 대대적인 활동은 아직 없었다. 오고다 번왕국 안에서 제국의 권위를 이용해 오고다 상인들에게 부당한 압력을 행사하는 우마르인 상인들의 상관을 습격하거나 제국에 아첨하려고 오고다 농민들한테서 착취한 뇌물을 바치고 있던 부패관리를 습격하는 등의 산발적인 움직임 정도밖에 없어서 제국은 얼마 전까지 그들에 대해 거의 신경을 쓰지 않았다.

우마르 제국의 위정자들이 그들의 움직임에 주목하기 시작한 것은 치치야 밀수사건 때부터였다. 제국 영토 지배의 근간인 오아레 벼의 독자적인 재배를 꾀하는 행위는 제국에 대한 대역죄이자 가장 주시해야 할 움직임이었기 때문이다.

황제는 이르 카슈가가 관장하는 부국성에 오고다의 새벽에 대해 조사하라는 명령을 내렸고 마슈를 서칸탈에서 소환하여 오고다 번왕국 시찰관으로 임명해 그에게도 상황을 살피게 했다.

황제는 마슈가 구 카슈가 집안 당주인 라오와 가깝게 지낸다는 사실을 알고 있어서 신구 카슈가 집안 어느 쪽으로도 기울어지지 않고 균형을 유지하기 위해 이런 방법을 쓰는 경우가 많았다.

이것은 마슈로서는 더할 나위 없이 좋은 기회였다.

당시 이미 오요마가 오고다의 오아레 벼에 막대한 피해를 끼칠 가능성을 예견하였고 아이샤를 소원의 비둘기를 부리는 점쟁이로 내세워서 농촌을 구할 계획을 실행에 옮기고 있었기 때문이다.

"그래서 올람 님은 지금 어디에 계신 거죠? 혹시 어디 다치시거나 해를 당하지는 않았나요?"

창백한 얼굴로 아이샤가 묻자 우라일리가 고개를 저었다.

"모르겠다. 밀정도 위치를 찾지 못했어. 해를 당했는지는…… 그것도 잘 모르지만 올람은 상급 향사다. 살해하면 엄청난 보복이 뒤따른다는 사실을 알고는 있겠지. 번왕국 전체에 누를 끼칠 수 있는 그런 행위를 쉽사리 저질렀을 것 같지는 않다."

"그러니까 더 위험하지는 않을까요?"

"……"

"향사의 몸에 손을 댔다는 것만으로도 이미 엄청난 죄잖아요. 납치했다는 사실 자체를 없던 일로 하려고 하지는 않을까요?"

우라일리는 대답하지 않았다. 하지만 그도 그 점을 걱정하고 있다는 사실은 표정만 보아도 알 수 있었다. 우라일리는 찻잔에 시선을 떨군 채 한동안 입을 다물고 있었다. 그러다가 말을 꺼냈다.

"비밀 밭의 존재를 제국에 들키지 않으려고 납치했다면…… 네 말대로 존재 자체를 없애버리려 하겠지. 그래도 바로 죽이거나 하지는 않을 거다. 비밀 밭의 존재를 제국에 들키지 않겠다는 의도밖에 없었다면 그냥 그 자리에서 죽여 묻어버리면 그만이다. 납치했다는 걸 보면 올람을 살려두었다가 따로 뭔가에 이용하려는 의도가 있는 거겠지."

그렇다고 해도 올람이 겪게 될 운명은 변함이 없었다.

'이런 일이 벌어지다니……!'

아이샤는 고개를 숙이고 입술을 깨물었다.

최근 몇 년 동안 오고다 사람들을 기근에서 구하기 위해 정신없이 일했다.

산골 마을 사람들에게 비밀 밭을 만드는 방법을 알려주는 것은 위험한 일이었다. 그래도 오고다의 위정자들이 백성들을 이 참화에서 구할 방도를 찾지 못하는 상황에서 뭐라도 할 수 있는 일이 있다는 사실에 아이샤는 스스로가 구제받는 것 같아 행복했다.

오요마의 피해를 입은 농촌 사람들의 참상은 차마 눈 뜨고 볼 수 없을 지경이었다. 아이샤는 향사로 일하면서 백성이 굶는다는 게 무엇을 의미하는지 뼈저리게 느낄 수밖에 없었다.

이제는 아버지의 마음을 실감할 수 있었다.

아무리 오아레 벼가 지배의 도구라고 해도 나라면 백성을 굶어 죽게 할 위험과 맞바꾸는 짓 따위는 도저히 할 수 없을 것이라고 아이샤는 생각했다. 눈앞에서 괴로워하는 한 사람 한 사람에게 목숨은 하나밖에 없다. 한 번 잃으면 돌이킬 수 없는 것이다.

할아버지의 결단 때문에 잃게 된 수많은 목숨과 사람들의 고통을 없던 일로 하지는 못하더라도 어떻게 해서든 눈앞에 있는 이 사람들을 살리고 싶었다.

그러나 오고다의 비극을 일으킨 배경은 워낙 복잡해서 사람들을 기근에서 구한다고 해도 그저 실행하면 되는 일이 아니었다. 이 재앙의 근본은 제국의 번왕국 지배구조와 깊은 연관이 있기 때문이다.

우마르 제국에게 오아레 벼는 전쟁 없이 영토를 넓힐 수 있었던 꿈의 벼였다. 하지만 아주 작은 벌레에 불과한 오요마 때문에 지금 그 지배의 토대가 송두리째 뒤집혀버릴 위기에 놓여 있었다.

오아레 벼를 죽게 만드는 해충이 라파의 논에서 대발생했다는 소식은 제국 전체를 경악과 불안감에 떨게 만들었다.

처음에 알이 발견되었을 때는 그 근방을 소각하기만 해도 오요마의 발생을 방지할 수 있었다. 또한 라오 스승이 요마의 대발생을 간과하는 일이 없도록 향사들에게 엄하게 지시하였고 경작지를 소각하는 경우는 농민에게 손실 보상도 해 주었기에 그 뒤로도 오랫동안 오요마는 발견되지 않았다.

그러나 근래 들어 각지에서 고온다습한 기후가 빈번하게 보이면서 모든 지역에 대한 철저한 감시가 힘들어졌다.

특히 온난한 기후의 오고다 남부에서는 종종 요마의 대량 발생이 일어났고 얼마 후 알을 발견하지 못한 경작지에서 오요마가 발생한 것이다.

일단 한 군데에서 대량으로 발생하자 오요마는 걷잡을 수 없이 빠르게 온 사방으로 퍼져갔다.

향사들이 온갖 종류의 살충제를 써 봤지만 오요마를 제거하지 못했다. 오요마가 생긴 오아레 벼를 송두리째 철저하게 불태우는 것 말고는 없애는 방법이 없었다.

오아레 벼 이외의 곡물을 경작할 수 없게 된 오고다 사람들에게 오아레 벼를 불태우라는 명령은 굶어 죽으라는 명령이나 다름이 없었다.

오고다 사람들은 이제 깨닫기 시작했다. 제국의 지배 아래 들어가 오아레 벼를 키우기 시작하지 않았더라면 이런 비극은 일어나지 않았으리라는 사실을 말이다.

오아레 벼가 들어오기 전까지 오고다 사람들은 요기보리나 요기메밀 등 다양한 곡물을 재배하여 먹고 살았다. 오아레 벼에 비하면 몇 분의 일에 불과한 수확량이었지만 그래도 사람들의 생활이 근근이 버틸 정도는 되었다.

그러나 오아레 벼를 경작해 버린 지금에 와서는 요기보리도 요기메밀도 키울 수가 없었다. 오고다 사람들은 엄청난 공포의 도가니 속에 빠졌다.

제국은 이 재앙의 원인이 오고다 번왕국의 반역 행위 때문이라고 선전해 왔다. '오아레 벼를 제대로 재배하기만 했다면 해충이 생길 리가 없다. 자체 제조가 금지되어 있던 비료를 몰래 만들어서 그것을 오아레 벼에 사용했기 때문에 오요마에 피해를 본 것이다'라면서 오고다 쪽을 비난했다.

오고다의 위정자들이 금기를 깨고 비료를 밀조한 것은 사실이었기에 모두가 아직은 제국의 지적을 믿고 있었다.

그것이 정말 해충 발생의 원인이라면 피해는 오고다 내부에만 한정

될 것이기에 다른 번왕국 사람들도 그 말을 믿고 싶어 했다. 그러니 한 동안은 이 논리로 번왕국 지배를 유지할 수 있을 것이다.

그러나 제국 본토에서 오요마가 발생하면 더 이상 이 논리를 쓸 수가 없다.

그 점은 황제도 이르 카슈가도 충분히 알고 있겠지만 그들은 지금도 잘못은 오고다가 저질렀고, 올바른 방법으로 재배하기만 하면 오아레 벼에 해충이 생길 일은 없다고 주장하고 있었다.

"제국은 대규모의 소 떼 같은 것이다."

마슈가 말했다.

"선두에 선 소가 위험을 감지해도 무리 전체의 방향을 바꾸기는 쉽지 않다. 방향을 바꾸는 바람에 발생하는 피해도 있다. 그래서 황제 폐하는 방향을 바꾸는 쪽보다 바꾸지 않아도 되는 방법을 모색하고 있다. 아무리 번왕국이 비판하는 목소리를 높여도 제국이 잘못을 인정하는 일은 없다. 잘못된 제조법으로 만들어진 비료 때문에 변질된 오아레 벼를 요마가 먹고 변이가 되어 오요마가 발생한 것이라고, 오고다에게 계속 책임을 떠넘길 것이다."

그렇게 말하면서 마슈는 한숨을 쉬었다.

"그 논리로 한동안은 제국에 잘못이 없다는 인상을 줄 수 있을지도 모른다. 그러나 근본적인 문제는 그대로 남아 있지. 사람들은 굶는다."

다쿠 일가와 함께 실험해 온 비료의 개량은 3년 전에야 간신히 커다란 벽을 넘을 수 있었다. 오고다에서 예전에 경작하던 요기보리와 요기메밀이라는 곡물을 키우는 데 성공한 것이다.

소원의 비둘기를 부리는 점쟁이라는, 약간은 허풍스러운 방법으로 오고다 산간부 사람들을 돕는 일을 시작했을 때 올리애가 비둘기 편으로 보낸 편지, 암호로 딱 한 마디, '고맙다'라고만 적힌 글을 아이샤는 언제나 품속에 소중히 넣고 다녔다.

비밀 밭에서 영근 요기보리를 보았을 때 마을 사람들이 참지 못하고 질러버린 큰 환호성과 웃는 얼굴도 잊을 수가 없었다.

언제나 위험을 안고 하는 일이었어도 하기 싫다고 생각한 적은 한 번도 없었다.

하지만 설마 그 행위가 올람을 위험에 빠뜨리게 할 줄이야……. 불안과 초조감 때문에 속이 타들어 가는 듯했다. 아이샤는 입술을 꼭 깨물었다.

벌써 늦어버렸을지도 모른다. 하지만 조금이라도 희망이 있다면 어떻게 해서든 구해내고 싶었다.

아이샤는 고개를 들어 우라일리를 보았다.

"우라일리 님, 미지마 님한테 가 주실 수 있어요?"

우라일리는 미심쩍은 표정으로 아이샤를 쳐다보았다.

"미지마 님? 뭐 하러?"

"비밀 밭의 존재를 알아차린 향사가 올람 님 혼자가 아닐 수도 있다고 오고다의 새벽 쪽이 생각하게 만들면 어떨까요?"

우라일리의 눈이 반짝하고 빛났다.

"그렇군."

허투루 정보를 흘리면 오고다의 새벽 내부에 밀정이 있다는 사실이 발각된다. 신중하게 해야 하지만 우라일리는 정보를 움직이는 일에 익숙한 사람이었다.

그러나 우라일리의 표정이 금세 흐려졌다.

"올람의 목숨을 구한다는 것에 초점을 맞춘다면 효과적인 방법일 수도 있겠지만……."

고개를 저으며 아이샤에게서 눈길을 돌렸다.

"나 혼자서는 결정을 내릴 수가 없어. 비둘기를 날려서 마슈의 대답을 기다려 봐야지."

우라일리가 그 말을 하기 전에 아이샤도 똑같은 생각을 했었다.

올람을 구하면 비밀 밭의 존재가 신 카슈가 집안 쪽에 알려지게 된다. 이르 카슈가라면 얄라 마을에서 어떤 일이 벌어져 왔는지 금방 알아낼 것이다.

그렇게 되면 지금까지 비밀리에 해 왔던 일들이 수포로 돌아간다.

얄라 마을 사람들도 벌을 받을 것이고 그 사람들 입에서 아이샤의 존재가 밝혀지면 아이샤 혼자만이 아니라 동지들 모두의 목숨이 위험해진다. 게다가 대재해를 막기 위한 활동도 실행에 옮길 방도가 없어질 수도 있다.

'마슈가 지금 여기 있었다면 …… 뭐라고 했을까?'

그런 생각을 하는데 문득 서늘하게 차가운 무언가가 가슴 속을 쓸고 지나갔다.

비밀 밭의 존재를 찾아낸 올람이 오고다의 새벽의 손에 아무도 모르게 살해된다면 우연치고는 너무 지나칠 정도로 우리에게 유리한 정황이 아닌가?

우리가 직접 손을 더럽히지 않아도 올람을 없애버릴 수가 있다. 더구나 나중에 발각된다 해도 손을 쓴 것이 오고다의 새벽이라면 비밀 밭을 만들게 한 것도 그들의 짓이라 여길 것이다. 비료를 만들려고 했던 사람들이니 비밀 밭을 만들었다 해도 전혀 이상하지 않다.

으스스한 느낌이 들어 아이샤는 핏기가 사라진 차가운 손가락을 비볐다.

'……이건 혹시 마슈가 그린 그림일까?'

그 정도로 냉혈한이라고 생각하고 싶지는 않았다. 하지만 더할 나위 없이 용의주도한 마슈가 신 카슈가 집안 쪽에 발각될 위험을 회피할 방책도 없이 소원의 비둘기라는 위태로운 방법을 실행에 옮겼으리라는 생각은 들지 않았다.

이것이 마슈의 예방책이었다면 아무리 비둘기를 날려봐야 올람을 구할 수는 없다.

찬장에서 비둘기 편지용 종이를 꺼내서 편지를 쓰기 시작한 우라일리 옆에서 아이샤는 계속 생각했다.

설사 구할 방법이 있다고 해도 올람을 구해서는 안 될 것이다.

그를 구하면 많은 사람들이 목숨을 잃게 된다. 벌써 살해당했을지도 모르는 일이고 자신의 힘으로는 아무것도 할 수가 없다.

생각은 그렇게 하면서도 불에 올린 냄비 밑바닥에서 거품이 부글부글 끓어오르듯이 올람을 구하고 싶다는 생각이 자꾸만 머리에 떠올라 온몸을 흔들어댔다.

지금껏 해 온 일들이 올람을 죽음으로 내몰았다는 생각 때문에 안절부절못할 지경이었다.

사람들을 구하기 위해 열심히 일해왔다. 그 행위가 이런 일로 이어질 수 있다는 사실을 알아차리지 못한 자신의 모자람에 화가 났다.

"비둘기 날리고 올게."

우라일리의 목소리에 아이샤는 퍼뜩 정신이 들었다.

우라일리는 아직 젖어 있는 비옷을 다시 입으면서 말했다.

"따뜻한 차 맛있었다. 고마워."

그리곤 우라일리는 밖으로 나갔다. 문이 닫히고 그의 냄새가 멀어지는 것을 느끼면서 아이샤는 멍하니 문을 쳐다보았다. 머릿속에 한 가지 생각이 떠오르고 자기 마음이 정해지는 것을 느끼면서.

'올람 님이 어떻게 되었는지 그것만이라도 알고 싶어.'

이미 살해당했다 해도 시신을 묻어주고 묵념이라도 해 주고 싶었다. 그냥 내 마음을 편하게 하기 위한 행동일 뿐이라 해도 상관없다. 아무도 그의 행방을 모른 채 인생을 끝나게 하고 싶지는 않았다.

아이샤는 벌떡 일어나서 서둘러 나설 채비를 시작했다.

4
추적

비밀 밭에 도착했을 무렵에는 비가 그쳤지만 바람은 아직도 사나웠다.

아이샤는 오후 햇살이 비추는 비밀 밭을 바라보면서 온몸을 축 늘어지게 하는 무거운 실망감과 싸웠다.

비가 내리면 숲의 초목에서 밭의 흙까지 모든 사물의 냄새가 변했다. 짐승들의 젖은 털 냄새 등 잡다한 냄새가 뒤섞인 바람이 불어왔지만 올람의 냄새는 느낄 수 없었다.

'……어디쯤에서 습격을 당했을까?'

밭과 숲의 경계를 천천히 걷다 보니 여기저기 짓밟아놓은 장화의 발자국들로 흙이 솟아있거나 파여있는 장소가 나왔다. 얄라 마을 남자들의 발자국일 수도 있다고 생각했지만 그런 것치고는 발자국들이 너무 난잡하게 널려 있었고 상당히 깊은 발자국도 있었다.

올람의 몸을 짊어진 남자들의 장화가 밭의 부드러운 흙 속으로 깊게 파고드는 모습이 상상되면서 아이샤의 가슴이 세차게 두근거렸다.

냄새를 잘 맡아보려고 쭈그리고 앉았을 때 훅 하고 뜻밖의 냄새가 났다.

달콤한 과자 냄새였다. 이상하게도 장화 발자국 중의 하나에서 과자의 향료 냄새가 은은하게 풍겼다.

'……이건 피샬르 아닌가?'

교역품 중에 피샤라는 향료를 넣어 구운 값비싼 과자가 있는데 산골 마을에서는 찾아볼 수 없는 고급 음식이었다. 교역선이 오가는 남부 항구도시에서도 부유한 사람들이 혼례나 승진 등을 축하하는 잔치를 열 때 초대 손님들에게 대접한다고 했다. 예전에 우라일리가 어딘가에서 받은 과자 세트에서 두 개 정도 아이샤에게 나눠줘서 먹어본 적이 있었다.

거기까지 생각이 난 아이샤는 문득 뭔가가 뇌리를 스치고 지나간 듯한 느낌에 눈을 가늘게 떴다.

'뭐지?'

피샬르와 관련해서 뭔가 묘하다고 여긴 적이 있었던 것 같다. 어떻게든 기억을 떠올리려고 끙끙댔더니 말 냄새와 볏짚 냄새가 머릿속에 되살아났다.

'……아!'

그렇다. 산골 마을에서 딱 한 번 피샬르 냄새를 맡은 적이 있었다. 얄라 마을이 아니라 평지에 가까운 아길라 마을에서 오아레 벼의 볏짚을 실은 짐마차가 지나갈 때 피샬르 냄새가 나서 어째서 이런 산간벽지에서 그런 냄새가 날까 하고 신기하게 여긴 적이 있었다.

'볏짚을 모아둔 짐마차.'

아이샤의 심장이 빠르게 두근거렸다.

볏짚이나 갈대 등을 모으러 다니는 상인은 어느 마을에 나타나도 아무도 의심하지 않는다. 게다가 짐마차에 모아들인 볏짚을 산더미처럼 쌓아 돌아다닌다. 오아레 벼를 소각해버린 지금은 볏짚 대신에 퇴비를 만들기 위한 잡풀이나 낙엽 등을 모으는데 어찌 되었든 사람 한 명을 몰래 실어 나르는 데에는 더할 나위 없이 좋은 운반수단이다.

아이샤는 벌떡 일어나서 뛰기 시작했다.

이 근방 산길은 폭이 좁아서 작은 짐마차 정도는 지나갈 수 있지만 대형 짐마차는 다니지 못했다. 짐마차를 두고 온 곳까지 사람이 운반해서 실었다면 제일 가능성이 높은 곳은 3번 물레방앗간 뒷길일 것이다. 물레방앗간 뒤쪽으로 난 길은 산길과 교차한다.

마을 사람들이 물레방앗간을 이용하는 시간대는 항상 정해져 있고 3번 물레방아는 마을에서 멀어서 거기까지 가는 경우가 많지 않았다.

당장 거기로 가서 확인하고 싶었지만 밀사의 옷을 입고 있지 않아서 얄라 마을에 가까이 갈 수가 없었다. 얄라 마을은 아이샤가 향사로 관리하는 지역이 아니라서 마을 사람들의 눈에 띄면 의심을 사게 된다. 이곳에 올 때도 마을을 우회해서 산속을 지나왔다.

그래도 할 수 있는 방법은 있다. 얄라 마을에서 다른 곳으로 가는 길은 두 갈래밖에 없다. 어느 쪽 길로 갔을지는 모르지만 평지로 내려가는 쪽을 따라가면 예전에 피샬르 냄새가 났던 아길라 마을이 있다. 다행히 아길라 마을은 향사로서 관리하는 지역이라 아이샤가 가도 의심받을 일은 없다. 아이샤는 기도하는 마음으로 그쪽에 운을 걸어보기로 했다.

산길 앞쪽에서 말 냄새가 났다. 빌린 말을 산속에 놓고 와서 걱정되었는데 다행히 늑대에게 당하지 않고 무사히 기다려 준 모양이었다.

아길라 마을에 도착할 즈음에는 해가 서쪽으로 기울어 마을의 초가집 지붕들이 황금색으로 반짝이고 있었다. 볏짚이 되어서도 오아레 벼는 냄새를 강하게 풍겼다. 일반적인 볏짚은 갈대보다 금방 상하는데 오아레 벼의 볏짚은 벌레도 생기지 않고 갈대보다 튼튼해서 오래 갔다. 오아레 벼의 볏짚이 마을 집들을 폭 안아서 지키는 듯한 모습을 바라보면서 아이샤는 마을 사람들이 모이는 장소인 광장으로 향했다.

슬슬 저녁 시간이라 광장은 한산했고 상인 몇몇만 팔고 남은 상품을 치우고 있었다.

얼굴을 잘 아는 신발 장수가 있어서 아이샤는 말에서 내려 고삐를 끌고서 그쪽으로 다가갔다. 신발 장수는 아이샤를 보더니 환하게 웃는 얼굴이 되었다.

"아이고, 향사님. 늦은 시간까지 고생이 많으십니다."

아이샤도 미소를 지으며 인사했다.

"아저씨야말로 늦은 시간까지 수고하시네요. 오늘은 비가 와서 많이 추웠죠?"

"아아, 그야 뭐, 하루 이틀 일이 아니니까요."

말하면서 신발 장수는 물건을 챙겨놓은 상자에 손을 얹고 물었다.

"신발 찾으십니까?"

"아, 미안해요. 아니에요. 사정이 좀 있어서 볏짚 장수를 찾고 있는데 혹시 오늘 어디서 보셨나요?"

"볏짚 장수요? 글쎄요, 어디서 봤던가……?"

신발 장수는 한참을 곰곰이 생각하다 대답했다.

"아이구, 죄송합니다. 생각이 안 나네요."

"그래요? 괜찮아요. 저야말로 미안해요. 치우시는데 시간을 빼앗아서."

아이샤는 신발 장수에게 인사하고 노점을 떠났다.

'그럼 어떡하지?'

벌써 해가 산자락 아래로 모습을 감추면서 마을 집들의 그림자를 광장에 길게 늘어뜨리고 있었다.

애초부터 모래사장에서 바늘 하나를 찾으려는 것이나 다름없는 일이었다는 생각이 가슴을 무겁게 짓눌렀다.

한숨을 푹 쉬고 말에 올라타려는데 뒤에서 부르는 소리가 들렸다.

"향사님."

돌아보자 초라한 옷을 걸친 노인이 서 있었다. 간혹 광장을 찾는 사람들에게 구걸해서 뭐라도 적선을 받는 모습을 보았던 걸인이었다.

"볏짚 장수를 찾는다던디?"

"네. 혹시 보셨나요?"

노인이 능글맞게 웃었다.

"봤다고 하든 뭐라도 내 손에 들어오려나~?"

아이샤가 노인을 빤히 쳐다보면서 대답했다.

"뭔가 받으려고 꾸며낸 거짓말이 아니라면 동전 한 개 드리지요."

노인은 얼굴에서 웃음을 지우며 말했다.

"진짜로 봤다고. 거짓말이 아니여~. 그 볏짚 장수는 말이여~, 이 마을 출신이랑께. 여그 오면 지 엄니헌티 꼭 찾아가서~ 다만 몇 푼이라도 쥐여준단 말이여~. 효자지~. 그 엄니도 얼마나 좋겠어~. 그치가 온 날에 그 엄니헌티 적선하라고 가믄 빈손으로 내쫓지는 않거든~!"

아이샤는 비스듬히 매고 있던 주머니에서 동전을 꺼냈다. 노인이 눈을 반짝이며 손을 내밀자 아이샤는 동전을 손에 쥔 채 말했다.

"그 어머니 집을 알려주면 두 개 줄게요."

노인의 얼굴이 순간 환해졌다.

"암! 알려주고말고! 따라와 보랑께!"

노인이 알려준 곳은 작은 집이었지만 창문이 유리로 되어 있었다. 창문이 살짝 열려 있었고 집안에서 풍겨 오는 연기 냄새로 산골 사람들이 흔히 쓰는 짐승 기름으로 된 초가 아니라 도시에서 파는 값비싼 초를 쓰고 있음을 알 수 있었다.

그리고 피샬르 냄새가 났다.

속에서 우러나오는 기쁨을 내색하지 않으려고 애쓰면서 아이샤는 노인에게 동전 세 개를 주었다.

노인이 신이 나서 어깨춤을 추며 광장으로 돌아가는 모습을 지켜본 후에 아이샤는 그 집 문을 두드렸다.

안에서 누군가 가는 목소리로 대답하더니 조금 있다가 문이 열렸다. 문을 연 사람은 아담한 몸집의 할머니였다. 피샬르 냄새가 강하게 풍겼다.

"누구슈?"

당혹스러운 표정으로 할머니가 물었다.

"이런 시간에 죄송해요. 저는 향사입니다. 물어볼 말이 좀 있어서 찾아뵈었어요."

그렇게 말하면서 아이샤는 향사의 증표인 팔찌를 보여주었다.

할머니가 더욱 심하게 당혹스러워했다.

"……예에. 근디 무슨 일이우?"

"아드님이 볏짚 상인이라던데 맞나요?"

"네에."

아이샤는 머리에 떠오르는 대로 말해 보았다.

"이쪽에서 필요한 일 때문에 볏짚 대신 모으고 있는 물건에 대해 알아보고 있어서요. 아드님을 좀 만나고 싶은데 지금 댁에 계신가요?"

할머니가 고개를 저었다.

"없수. 그 애는 번왕국 수도에 살지. 여기는 안 살아."

"아아, 그러시군요. 오늘 이곳에서 본 사람이 있다고 해서 찾아뵀는데요."

노인이 미소를 지었다.

"아아. 그랬구만? 안 그래도 오늘 아침에 찾아오긴 했수. 항상 오던 날이 아니라 깜짝 놀라기는 했는데 지나가는 길에 들렀다면서 피샬르를 갖다주더라고."

"세상에, 피샬르를요? 참 귀하고 맛난 과자죠?"

"아이고, 그럼. 얼마나 맛있는데. 내가 정말 좋아하거든. 얘가 그걸 알아서 지 애미가 좋아하는 과자라고 이 근처를 지나칠 때면 잠깐이라도 피샬르를 가지고 꼭 들린다우."

아이샤는 순간적으로 말문이 막혀서 그저 할머니를 바라만 보았다.

"……참, 착한 아드님이네요."

간신히 그렇게 말하자 할머니는 기뻐서 어쩔 줄 모르는 듯 만면에 웃음을 짓고서 고개를 끄덕였다.

"암만! 우리 아들이 을매나 착하고 을매나 애미를 위하는지 몰라. 내가 참 복이 많은 늙은이라우."

그 착한 아들은 아마 오고다의 새벽과 연관이 있을 것이다. 싱글벙글 웃는 할머니의 얼굴을 차마 보고 있기가 힘들어서 아이샤가 빠른 말투로 물었다.

"아드님을 만나서 직접 물어보고 싶은 게 있는데 죄송하지만 번왕국 수도 어디쯤에 사시는지 위치를 알 수 있을까요?"

노인의 얼굴에 문득 불안한 기색이 떠오르는 것을 보고 아이샤는 애써 웃는 얼굴로 다독였다.

"걱정하지 마세요. 아드님한테 해가 갈 만한 일은 아니니까요."

노인은 그제야 마음이 놓인 듯 긴장을 풀더니 아쇼로라는 길 이름을 가르쳐주었다.

"난 가본 적은 없다우. 그래도 우리 아들이 그러는디 뭐든 꼭 찾아올 일이 있으면 아쇼로 거리로 가면 거기 짐마차가 몇 대씩 서 있는 광장이 있으니까 금방 찾을 수 있다고 하더라고. 혹시 들어본 적 있수, 아쇼로 거리라고?"

아이샤가 끄덕였다.

"네, 알아요. 그 옆으로 지나간 적이 있어요."

"어떤 곳인지 모르겠네. 커다란 길거리겠지?"

"그렇죠."

아직도 뭔가 하고 싶은 말이 있는 듯한 노인에게 아이샤는 고개를 숙여 정중하게 인사하고 집에서 나왔다.

말을 묶어두었던 광장으로 돌아오면서 아이샤는 서글픈 기분에 사로잡혔다.

볏짚 장수 수입으로 어머니 집에 값비싼 유리창을 달거나 도시에서 파는 초를 평소에도 쓰게 하거나 올 때마다 피샬르를 갖다줄 수 있을 리가 없다. 틀림없이 오고다의 새벽을 위해 몰래 정보 수집 같은 일을 해서 뒤로 보수를 따로 챙기고 있을 것이다.

오고다의 새벽과 연관이 있다는 사실이 드러나면 무거운 벌을 받게 된다. 저 할머니를 생각하니 아들을 그런 처지에 내모는 일을 하고 싶지 않았다.

주위는 푸른 어둠 속으로 가라앉았고 말도 윤곽이 어슴푸레 보일 뿐이었다. 서늘한 저녁 바람에 집집마다 풍기는 저녁밥 냄새가 섞여 있었다. 새들이 시끄럽게 울면서 아직도 희미하게 누런 기운이 남은 하늘을 가로질러 둥지로 돌아갔다.

문득 깊은 피로감이 몰려오는 바람에 아이샤는 발걸음을 멈추고 어두컴컴한 광장을 둘러보았다. 은신처로 돌아가 화로 앞 의자에 앉아 쉬고 싶은 마음이 간절했다.

말고삐를 잡았을 때 향사의 팔찌가 안장에 닿아 찰랑 소리를 냈다. 그 순간 올람의 얼굴이 눈앞에 떠올라 흠칫 놀랐다.

복잡하게 얽혀 있는 사정을 생각하니 올람을 찾는 일에 망설임이 생겼다. 그래서 마음 어딘가에서 행동하지 않아도 된다고 스스로를 납득시킬 만한 이유를 찾았던 것인지도 모른다.

아이샤는 고삐를 꽉 붙잡고 말에 올라탔다.

바람이 또 불기 시작한 모양이었다. 그 바람을 얼굴에 맞으면서 번왕국 수도를 향해 말머리를 돌렸다.

5
생포

밤에 말을 타고 산길을 다니는 데는 익숙했지만 그래도 번왕국 수도
에 도착할 무렵에는 어느새 깊은 밤이 되어 있었다.

큰 길가에 아직 열려 있는 술집이 있는지 불빛이 흘러나오고 사람들
소리도 들려왔는데 아쇼로 거리는 어둠 속에 가라앉아 인적이라고는
찾아볼 수 없었다. 거리에 들어서자 말발굽 소리에 놀란 고양이 몇 마
리가 담장 위로 뛰어올라 도망쳤다.

짐마차 주차장은 금방 찾을 수 있었다.

예전에도 이 거리를 한 번 지나친 적이 있었지만 그때는 짐마차에
대해 아무 생각이 없었다. 짐마차 주차장을 찬찬히 보는 건 처음이었다.

문 안쪽으로 열몇 대 정도의 짐마차가 늘어서 있었다. 짐마차는 비
를 막기 위한 천으로 덮여 있어 밤의 어둠 속에서 보니 거대한 괴수가
웅크리고 있는 것 같았다.

말에서 내려 땅바닥을 디디는데 아이샤는 자기도 모르게 비명을 지를 뻔했다. 허리와 다리는 물론이고 등짝까지 부러질 듯이 아팠다. 향사 일을 하다 보면 워낙 말을 타고 이동하는 경우가 많아서 익숙해지기는 했지만 그래도 오늘은 전에 없이 먼 길을 다녔다. 말도 피로한 기색이 역력했다. 땀 냄새도 심했다. 너무 혹사한 것 같아 말에게 미안했다. 작은 소리로 말에게 미안하다고 말하며 목을 쓰다듬어준 다음, 담장에 만들어진 기둥에 줄을 묶었다.

짐마차 주차장 입구는 문이 없고 두꺼운 봉을 가로질러 막아놓았을 뿐이었다. 짐마차는 덩치가 커서 이 문을 지나지 않으면 밖으로 끌고 나올 수가 없다. 튼튼한 봉 하나만 있어도 충분히 도둑을 막을 수 있는 셈이었다.

아이샤는 욱신거리는 허리를 쓰다듬으면서 문 대신 걸쳐놓은 봉 아래를 지나 안으로 들어갔다. 그리고 눈을 감고 즐비하게 서 있는 짐마차 사이를 천천히 걸어 다녔다.

강한 바람이 불어 짐마차 위로 덮어놓은 비막이 천이 숨이라도 쉬듯이 부풀었다가 가라앉으며 펄럭펄럭 소리를 내고 있었다.

짐마차에서는 온갖 종류의 냄새가 났다. 그것을 찬찬히 맡으면서 걷다 보면 각자가 일한 하루의 일과에 대해 듣고 있는 듯한 기분이 들었다.

셋째 줄에 다다랐을 때 아이샤는 흠칫 놀라 그 자리에 멈춰 섰다.

피샬르 냄새가 났다. 그리고 또 한 가지 다른 냄새도.

'……올람 님!'

그 짐마차의 짐칸에서 올람의 냄새가 풍겨왔다. 낙엽이나 퇴비 냄새와 섞여 있기는 했어도 틀림없이 올람의 냄새였다.

온몸이 저리는 듯한 감동이 밀려왔다. 피샬르를 단서로 해서 어찌어찌 이어진 가느다란 실마리. 그것을 잡고 따라왔더니 진짜 올람에게로 이어진 것이다.

그 짐마차에서는 다양한 냄새가 났다. 짐칸의 냄새뿐만 아니라 바퀴에서도 많은 냄새가 풍겼다. 눈을 감고 그 냄새들을 맡으면 냄새에 자극되어 선명한 광경들이 차례차례 머릿속에 떠올랐다가 사라진다. 그러다가 의외의 광경이 뇌리에 떠올라 아이샤는 얼떨결에 눈을 번쩍 뜨고 말았다.

그것은 커다란 치아사 나무가 오후 햇살을 받아 반짝이는 광경이었다.

'번왕국 총무청?'

제국에서 파견된 관리들이 오고다 관리들을 총괄하여 번왕국의 총무를 이행하는 번왕국 총무청 청사는 옛 오고다 왕국 시절 왕의 별궁이었던 건물을 제국이 접수한 것으로 그 주변에는 예전 왕족들이 휴식하는 곳이었다는 정원이 남아 있다.

총무청은 제국에서 파견되어 온 사람들이 업무 때문에 드나드는 일이 많은 장소여서 아이샤도 자주 갔던 곳이다.

짐마차 바퀴 냄새를 통해 뇌리에 떠오른 광경은 바람에 가지가 흔들리는 치아사 나무와 그 맞은편으로 늘어선 창고들의 모습이었다.

치아사 나무등치 밑에는 톰치라는 빨간 열매가 열리는 작은 나무가 자라고 있어 이 무렵에는 바람에 떨어진 빨간 열매가 치아사 나뭇잎과 섞여서 지면을 뒤덮었다.

치아사 나무뿐이라면 다른 곳에도 있다. 그러나 지금 뇌리에 이 광경이 선명하게 떠오른 이유는 치아사 나뭇잎 냄새에 톰치 열매 냄새가 섞여 있었기 때문이다.

'……설마……'

번왕국 총무청 뒤편에 있는 창고들 어딘가에 올람이 감금되어 있는 걸까?

'하지만 거기는……'

제국의 많은 관리들이 일하는 청사다. 사람들의 출입도 잦고 올람을 알아보는 사람들도 많다. 그런 곳에 올람을 감금할 수 있을 것 같지는 않았다.

다만 냄새가 신선한 점이 마음에 걸렸다. 이 정도로 분명하게 남아 있다면 이 냄새가 붙은 건 아마 오늘이다.

'여기서 혼자 생각해 봐야 소용없겠지.'

아이샤는 뒤돌아 종종걸음으로 짐마차 사이를 지나 거리로 나왔다.

번왕국 총무청 근처에도 은신처가 한 군데 있었다. 말을 거기에서 쉬게 하고 도보로 총무청에 가 봐야겠다고 생각하면서 아이샤는 다시 말에 올라탔다.

"조금만 더 힘을 내자."

말에게 속삭이자 말은 한숨 같은 소리를 내쉬더니 목을 한차례 흔들고는 걷기 시작했다.

달빛이 강물과 기슭에 있는 길을 희미하게 비추었다.

번왕국 총무청 뒤편으로 흐르는 강의 기슭을 총무청 담장을 따라 걸으면서 아이샤는 반쯤 눈을 감은 채 불어오는 바람 냄새를 계속 맡았다.

이렇게 밤늦은 시간에 총무청 안으로 들어갈 수는 없다. 그래도 총무청 뒤편 창고 어딘가에 올람이 감금되어 있다면 풍향에 따라 냄새를 맡을 수 있을지도 모른다. 어느 창고인지 특정하지는 못해도 어쨌든 올람이 있다는 사실만 알 수 있으면 내일 낮에 무슨 이유를 대고서라도 총무청에 들어가 좀 더 가까운 곳에서 어느 창고에 있는지 알아볼 작정이다.

바람이 강해서 담장 너머로 불어오면 담장 안쪽 냄새가 잘 느껴졌다. 하지만 바람은 불안정해서 사물에 부딪히면 흐름이 바뀐다. 되도록 창고에 가깝고 더구나 가로막는 것이 없는 장소에서 맡을 수 있으면 좋겠지만 그 또한 마음대로 되는 일이 아니었다.

'……아, 치아사 나무.'

바람에 치아사 나뭇잎 냄새가 났다. 동시에 전혀 뜻밖의 냄새가 느껴져 아이샤는 깜짝 놀라 그 자리에 우뚝 섰다.

'오로키 씨?'

틀림없었다. 담장 안쪽에서 충견을 데리고 다니는 오로키의 냄새가 풍겨왔다. 다만 충견의 냄새가 희미한 것을 보니 개를 데리고 있지는 않은 모양이었다.

'오로키 씨도 올람 님을 찾고 있었구나.'

온몸에 안도감이 퍼졌다. 오로키는 탐색의 달인이다. 그가 여기에 온 것이면 마슈에게도 금방 전해질 것이다.

'……하지만'

비밀 밭에는 오로키의 냄새도, 개의 냄새도 없었고, 지금까지 따라온 길 어디에서도 그들의 냄새는 나지 않았다. 그렇다면 그들은 다른 단서를 따라 여기까지 왔다는 뜻일까?

바람이 더욱 세차게 불면서 나뭇잎들이 서로 쓸리는 소리가 커졌다.

그 바람이 얼굴에 닿았을 때 아이샤의 표정이 긴장으로 굳어졌다.

그 바람이 분 것은 한순간이었지만 그 순간 뇌리에 사람의 모습이 여럿 떠올랐다. 칼과 화살 냄새, 기름에 전 밧줄 냄새도 났다.

아이샤는 눈을 꽉 감고 오로지 냄새에 집중했다.

계속 변하는 바람 속에서 위치를 파악하기는 힘들었지만 흔들리는 화상처럼 사람의 모습들이 머리에 떠올랐다. 담장 너머에 여러 무인이 숨어 있는 게 틀림없었다.

그러나 오로키의 냄새에는 절박한 긴장감이 없었다. 그렇다면 무인들은 올람을 구하기 위해 오로키가 배치한 동료들이란 말인가?

'……아니야.'

그렇다면 밧줄은 필요 없다. 밧줄이 필요한 경우는 누군가를 잡을 때. 즉 오로키가 표적이다.

그리고 오로키는 그 사실을 모르고 있다.

거기까지 생각하자 망설일 게 없었다. 아이샤는 숨을 깊게 들이쉬고 있는 힘껏 손가락 피리를 불었다. '도망쳐!'라는 신호였다.

어둠을 가르며 날카로운 손가락 피리 소리가 나자 담장 맞은편에 긴장감이 흐르더니 순간 분주한 움직임이 느껴졌다.

바로 앞의 담장 위로 줄에 달린 갈고리가 걸렸다고 생각하자마자 담장 위에 그림자가 나타났다.

침입자를 막기 위해 못을 거꾸로 세워서 **빽빽하게** 박아 놓았는데도 그림자는 쇳조각이 붙은 장갑으로 교묘히 그 못들을 피해 순식간에 담장을 넘어 뛰어내렸다.

강기슭의 길에 착지하여 주위를 살피다가 아이샤가 있는 것을 본 오로키는 깜짝 놀란 표정을 지었다.

그러나 말을 주고받을 시간이 없었다.

남자 둘이 금방 오로키와 같은 방법으로 담장을 넘어서 이쪽으로 뛰어내렸다.

아이샤는 허리춤에서 투척용으로 만들어진 작은 칼날을 뽑아 남자들을 향해 던졌다. 오로키의 등 뒤를 바짝 따르던 남자의 오른쪽 어깨에 칼날이 꽂히자 남자는 휘청거렸다.

그 모습을 보기도 전에 아이샤는 달음박질쳐서 옆을 지나치며 오로키에게 재빨리 속삭였다.

"도망쳐요!"

한순간 오로키는 맞서 싸우려고 몸을 뒤로 돌리다가 남자 몇 명이 담장 위에 나타난 것을 보더니, "미안!" 하고 아이샤에게 말하고는 뒤도 돌아보지 않고 맹렬하게 뛰어갔다.

여기서 싸우면 둘 다 당한다. 뛰는 속도는 오로키 쪽이 월등히 빠르다.

멀어지는 오로키의 발소리를 들으면서 아이샤가 남자들 앞을 가로막고 섰다.

두려움도 뭐도 느껴지지 않았다. 그저 궁지에 몰린 들짐승처럼 격렬한 긴박감이 있을 뿐이었다. 남자들이 다가왔다. 오고다 무인들이 즐겨 사용하는 단도의 날이 어둠 속에서 희끗하게 보였다.

무인의 냄새가 가까이 다가왔다.

아이샤는 단검을 빼서 기합을 넣고는 두세 번 무인과 칼날을 부딪쳤다. 무인의 힘은 어마어마해서 칼날이 마주칠 때마다 손이 저릿저릿할 정도였다. 그래도 아이샤는 쉴 새 없이 계속 움직였다. 조금이라도 길게 시간을 끌어야 한다. 그것만 생각했다.

다행히 강기슭의 길은 좁아서 한쪽은 담장이고 다른 한쪽은 급경사였기 때문에 아이샤와 무인이 싸우는 동안 다른 남자들이 오로키를 뒤쫓을 수 없었다.

그러나 무인의 솜씨가 뛰어나 칼을 막는 게 점점 힘들어졌다. 땀 때문에 손이 미끌거렸다. 무인이 내리치는 칼을 막은 순간 손에서 단검을 놓쳐 버렸다.

무인의 눈이 번뜩였다.

당한다고 생각한 순간 어둠을 가르는 듯한 목소리가 울렸다.

"……죽이면 안 돼! 생포해!"

그 말이 떨어지자마자 눈앞의 무인이 단도를 돌려 잡고 손잡이 쪽으로 찔러왔다. 순간적으로 피하려 했지만 무인의 움직임은 번개처럼 빨라서 막을 새도 없이 명치를 맞았다.

몸속에서 무언가가 터지는 느낌이었다. 그대로 길바닥에 엎어지며 웅크린 채로 숨을 쉬려고 필사적으로 허덕이는데 누군가가 양팔을 잡고 억지로 끌어 세웠다.

"그놈은?"

"유기가 쫓아갔는데 놓쳤을지도 모르겠다."

그런 말이 들려왔지만 생각할 여유가 없었다. 그저 괴로울 뿐이었다.

고약한 냄새가 났다. 그게 얼굴 앞으로 다가왔다. 고약한 냄새가 나는 천이 얼굴에 닿자마자 아이샤는 정신을 잃었다.

6
오고다 법왕국의 대비大妃

띄엄띄엄 이어진 어둠 속에서 여러 가지 냄새가 났다가 사라졌다.

피샤 냄새가 났다. 올람의 냄새도.

덜컹덜컹 몸이 계속 흔들리고 있었다. 귀 바로 위에 뭔가 딱딱한 것이 부딪쳐서 아팠는데 정신이 제대로 들지 않아서 그 아픔도 느꼈다가 사라졌다 했다.

이윽고 흔들리는 방식이 달라졌다. 온몸이 이리저리 흔들렸다. 지금껏 경험한 적이 없는 흔들림이어서 속이 안 좋았지만 그조차도 꿈속일 같았다.

얼마만큼의 시간이 지났는지 모르지만 간신히 정신을 차렸을 때, 제일 처음 느낀 것은 한 번도 맡아본 적 없는 비린내였다.

"……괜찮아?"

목소리가 들렸다. 따뜻한 손이 어깨에 닿았다. 아이샤는 눈을 떴다.

올람이 있었다. 등 뒤로 창문이 있는지 역광 때문에 얼굴이 어둡게 보였지만 그래도 올람이 걱정하고 있다는 것을 알 수 있었다.

올람의 얼굴을 보자마자 숨 쉬는 게 좀 편해졌다.

"……괜, 찮아, 요."

목소리를 냈더니 곧바로 명치 주변이 욱신대고 아파서 아이샤는 자기도 모르게 얼굴을 찡그렸다.

"어디 아픈가?"

"명치가, 좀. 맞은 데라서요. 이제 괜찮습니다."

일어나려고 하자 올람이 손을 내밀어 도와주었다. 발이 이상하게 무겁다는 생각이 들어 그쪽을 봤더니 발목에 쇠로 된 족쇄가 채워져 있었다. 족쇄에는 사슬이 달려 있고 기둥에 묶여 있었다. 올람의 발목에도 마찬가지로 족쇄가 채워져 있었다.

높은 곳에 창문이 있었다. 텅 빈 커다란 공간에 비스듬히 비치는 빛줄기 속으로 먼지가 천천히 피어오르고 있었다.

여러 가지 냄새가 느껴졌다. 제일 분명한 것은 정체를 알 수 없는 비릿한 냄새와 말린 생선 냄새였다.

"여기는 건어물 창고 같은 곳인가요?"

"그런 모양이다. 지금은 사용되지 않는 것 같지만."

그렇게 말한 다음 올람은 자세를 바꿔서 양반다리를 했다.

"여기에는 어제 왔는데 역시 생각나지 않는 게로군."

아이샤가 깜짝 놀라 되물었다.

"어제 왔다고요?"

"그래. 역시 기억이 나지 않는군. 너는 몇 번이나 눈을 떠서 감시하는 여자와 함께 측간에도 다녀왔고, 국물 같은 마실 것도 마셨는데."

아이샤는 눈을 깜박거렸다. 그런 기억이 전혀 없었다.

"……전혀 생각나지 않는데요."

"그렇겠지. 나도 그랬으니. 여기서 정신이 들 때까지 몇 번이나 눈을 뜨고 움직였다는 소리를 들었지만 전혀 기억나지 않았다. 묘한 약이야."

약이라는 소리에 고약한 냄새를 맡았던 기억이 떠올랐다.

"올람 님도 그걸 맡았나요?"

"그래. 붙잡힐 때 맡고 나서 금방 의식을 잃어버렸다. 너는 눈을 떴을 때마다 뭔가 마시게 한 걸 보면 나하고 뭔가 다른 약을 썼을지도 모르지."

그렇게 말하더니 올람이 한숨을 쉬었다.

"그러나저러나 여기서 정신을 차렸는데 네가 옆에 있어서 깜짝 놀랐다. 너는 어디서…… 아니, 어떻게 하다가 잡힌 거냐?"

'당신을 찾다가 그리 되었다'고 말할 수는 없는 노릇이었다. 순간적으로 대답할 말이 떠오르지 않아서 가만히 있었다. 그랬더니 올람은 아이샤가 신 카슈가 집안 쪽 향사인 자기에게 말하지 못하는 사정이 있구나, 하고 지레짐작했는지 먼저 말을 꺼냈다.

"아니, 뭔가 사정이 있으면 말하지 않아도 된다. 물어봐서 미안하군."

"배려해 주셔서 감사합니다."

고개를 숙이고는 아이샤는 얼굴을 들어 올람을 바라보았다.

"여쭤봐도 될지 모르지만 혹시 올람 님은 어쩌다가……?"

올람은 바로 대답하지 않았다. 말하지 않으려는구나 하고 생각하는 참에 그 눈에 결심한 빛이 보였다.

"부탁이 있다."

낮은 목소리로 올람이 말했다.

"나는 무리여도 너라면 살아나갈 수 있을지도 모르지. 여기에서 나가게 되면 유기르 님께 이 말을 전해다오. 엄청난 일이 벌어지고 있다고."

올람은 그동안 답답했던 걸 일시에 터뜨리듯이 이야기하기 시작했다. 얄라 마을 근처에서 비밀 밭을 발견한 일. 오아레 벼 재배지에 가까운 곳인데도 이상하게 요기보리가 자라고 있었다는 사실.

"어째서 그런 일이 가능했을까? 오고다 번왕국에서 그런 기술을 발견했다면 이건 제국을 뒤흔들 수 있는 엄청난……."

아이샤는 조금 전부터 이쪽으로 다가오는 사람의 냄새를 느끼고 있었다. 올람에게 말을 그만하라고 전하고 싶었지만 그러려면 어째서 사람이 다가오는 걸 알았는지 설명해야 했다. 망설이는 사이에 등 뒤에서 문이 열리는 소리가 들리며 우락부락한 무인 세 명과 여자 하나가 들어왔다.

그중 두 명의 무인은 문 옆에서 칼을 빼든 채 대기하고 나머지 하나는 여자와 함께 다가왔다. 가까이 다가온 무인은 번득이는 칼날을 올람의 어깨 위에 얹어 언제든 목을 벨 수 있는 자세를 잡고는 여자에게 고개를 끄덕여 보였다.

여자는 손에 열쇠를 들고 있었다. 한쪽 무릎을 꿇더니 재빨리 올람과 아이샤의 족쇄를 풀었다.

그리고는 두 손을 앞으로 내밀라고 명령했다. 그렇게 하자 여자는 익숙한 손놀림으로 올람과 아이샤의 손에 수갑을 채웠다.

수갑을 다 채운 여자는 어깨에 걸고 있던 밧줄을 내려 올람과 아이샤의 목에 걸었다.

그것을 보더니 문 옆에 대기하던 무인들이 다가와 두 사람을 묶은 밧줄을 잡고 걷기 시작했다.

열린 문을 통해 바람이 들어왔다. 그 바람 냄새를 온몸으로 받은 아이샤가 자기도 모르게 그 자리에 멈춰 섰다.

"빨리 걸어."

강한 어조로 명령하며 밧줄을 확 잡아채는 바람에 아이샤는 다시 걷기 시작했다.

문밖에 나가자마자 압도적인 빛에 둘러싸였다.

"……!"

태어나서 처음 보는 풍경이 눈앞에 펼쳐졌다. 시야의 끝까지 푸른 수면이 이어지고 그 수면이 마치 누군가가 집어 올리는 것처럼 높이 일어나더니 이쪽을 향해 덮쳐왔다.

'……파도?'

파도라는 것은 알겠지만 수면에서 넘실거리다 높이 솟아올라 이쪽을 향해 다가오는 모습을 보니 호수 등지에서 본 적이 있는 파도와는 비교할 수도 없는 힘이 느껴졌다. 뭐라 형언할 수 없는 광경이었다.

"이, 이건 뭔가요?"

아이샤가 엉겁결에 올람에게 물었다. 올람은 놀라서 아이샤를 쳐다보았다.

"이거, 라니?"

"이 눈앞에 있는 거요."

아아, 하고 올람이 말했다.

"그렇군. 아직 본 적이 없었구나. 이건 바다다."

'바다……!'

그 말을 듣고 보니 그렇구나 하는 생각이 들었다. 하지만 이렇게 생겼다고 말로만 들어본 바다를 처음 눈으로 직접 본 아이샤는 엄청난 충격이었다.

향사는 섬에 가지 않는다.

오아레 벼는 추위에도 병충해에도 강하지만 바닷바람에는 약해서 바닷가에 심으면 시들어버리기 때문이다. 제국의 판도 안에 있는 섬에서는 오아레 벼가 자라지 않기 때문에 조언해 줄 필요도, 감시할 필요도 없었다.

우마르 제국 본토에는 바다에 인접한 지역이 있지만 육지와 가까운 바다에 사람이 살만한 섬은 없었다. 제국의 영역 안에서 사람이 살 수 있는 섬이 있는 곳은 오고다 뿐이었다.

오고다와 인접한 마잘리아 왕국의 영역에는 커다란 섬이 있지만 마잘리아는 우마르 제국의 번왕국이 아니다. 오고다 영토 안에 있는 섬들에는 모두 평지가 거의 없어 바닷바람의 영향을 받지 않고 오아레 벼를 경작할 만한 장소가 없었다.

그래서 바다를 본 적이 없는 향사는 아이샤 혼자만이 아니었다. 다른 향사 중에도 바다를 본 적이 없는 사람들이 있을 것이다.

"빨리 걸어!"

난폭하게 줄을 잡아당기는 바람에 아이샤는 앞으로 꼬꾸라질 뻔했다. 다시 균형을 잡고 걷기 시작했다.

바다에서 불어오는 바람은 건어물과는 다른 비린내가 났는데 어딘지 모르게 상쾌한 냄새이기도 했다.

발치는 하얀 모래땅이고 그 모래땅은 한참 멀리까지 이어져 있었다. 태양 빛이 하얀 모래에 반사되어 눈이 아팠다. 부스스, 부스스 하고 발밑에서 힘없이 무너지는 모래를 느끼면서 아이샤는 계속 걸었다.

모래언덕으로 끌려 올라가 꼭대기에 서자 눈 아래로 마을의 모습이 펼쳐져 있었다. 집들은 하얀 벽에 평평한 지붕이어서 흰 상자들이 늘어선 것처럼 보였다. 모래언덕과 마을 사이에는 녹색 나무들이 서 있는데 그 나무들은 허리가 구부러진 노파처럼 한결같이 마을 쪽으로 기울어져 있었다.

마을에서 약간 떨어진 곳에 성이 있었다.

성의 탑 위에서 펄럭이는 깃발을 본 올람이 중얼거렸다.

"……길람섬 왕기!"

"여기는 길람섬이군."

올람 만큼의 지식은 없었지만 아이샤도 길람섬이 어디에 있고 그 영주가 어떤 인물인지 정도는 알고 있었다.

암담한 느낌이 가슴 속에 퍼지는 것을 느끼며 아이샤가 올람을 쳐다보았다. 올람의 눈에도 같은 마음이 담겨 있었다.

성을 향해 걸어가는데 훅 하니 이상한 냄새가 얼굴에 부딪혀와서 깜짝 놀랐다. 그 냄새를 맡자마자 거대한 손이 뱃속을 꽉 움켜잡은 것처럼 엄청난 공포가 온몸을 관통했다.

말로 형언할 수 없는 공포였다. 느닷없이 느낀 공포에 사로잡힌 아이샤가 비틀거렸다.

"괜찮은가?"

올람이 말을 걸었다.

"……괜찮습니다."

간신히 대답했다. 아이샤는 입술을 꽉 다물고 계속 걸었다. 이윽고 성안으로 들어갔다.

환한 바깥에 있다가 성안으로 발을 들여놓자 한순간 눈앞이 캄캄해졌다. 그 무시무시한 냄새가 어둠 속에서 연기의 띠처럼 꿈틀거리며 풍겨왔다.

아이샤의 발걸음이 느려진 걸 느꼈는지 무인이 짜증스럽게 밧줄을 잡아당겨 할 수 없이 발걸음을 재촉했다.

두 사람은 이윽고 어떤 방문 앞에 서게 되었다.

"끌고 왔습니다."

무인이 말하자 안에서 천천히 문이 열렸다.

그 순간 그 냄새가 짙어졌다.

넓고 환한 방이었다. 왼쪽에 있는 창문이 바깥을 향해 있었다. 값비싼 수정을 마음껏 쓴 커다란 창문으로 대낮의 햇빛이 찬란하게 쏟아져 내리는데 수정이 두꺼워서인지 바깥 경치는 잘 보이지 않았다.

그 창가에 작은 몸집의 귀부인이 서 있었다.

"이쪽으로."

부드러운 목소리로 귀부인이 말하자 무인들이 재빨리 따랐다.

귀부인에게 너무 가깝지 않은 정도의 거리로 끌고 가서 난폭하게 어깨를 잡아 서게 했다. 그러자 귀부인이 천천히 이쪽을 향해 고개를 돌렸다.

깃발을 봤을 때부터 알았지만 그 얼굴을 가까이서 직접 보자 차가운 기운이 온몸으로 번져나갔다.

"……당신이……"

올람이 입을 열자 귀부인이 살짝 미소를 지으며 말했다.

"그래요. 내가 오고다의 새벽을 만든 사람이에요. 나를 만나 이 이야기를 듣게 되었으니 이제 죽은 목숨이구나 하고 생각하겠지요?"

반백의 머리를 기품있게 정리하고 화려하지는 않지만 값비싼 머리 장식 하나를 한 그 귀부인은 밀리야 오고다, 길람섬의 영주이자 오고다 번왕 아과의 어머니였다.

여러 개의 섬으로 이루어진 오고다에는 각각의 섬에 영주가 있어 패권을 다퉈왔다. 그런 오고다를 통일한 사람이 밀리야의 아버지인 말라과였다.

밀리야는 데릴사위로 맞은 남편이 죽은 다음에도 아들 아과를 잘 키워냈고 아과가 오고다의 왕이 되자 대비로서 아들을 계속 도왔으며 오고다가 번왕국이 된 지금도 그 운영에 강한 영향력을 미치고 있는 인물이었다.

"걱정하지 말아요. 목숨을 앗아갈 생각은 없으니까. 이곳은 아름다운 섬이지요. 평생 살아갈 장소로 절대 나쁘지 않은 곳이에요."

밀리야가 무인에게 시선을 주자 무인은 앞으로 나와서 아이샤와 올람의 목에 감겨 있던 밧줄을 풀었다.

"수갑도 풀어주고 싶지만 그랬다가 나를 인질로 삼아 한차례 소동을 일으키게 되면 곤란하니까 조금만 더 참아주세요."

무인들은 아이샤 뒤쪽으로 물러가서 대기했는데 칼을 칼집에 도로 넣지는 않았다.

올람이 다시 입을 열었다.

"향사를 납치하는 게,"

약간 갈라지기는 했어도 힘 있는 목소리였다.

"어떤 의미를 갖는지 잘 알고 있을 텐데 어째서 굳이 이런 일을 벌였는가?"

밀리야는 담담한 어조로 대답했다.

"물론 그럴 필요가 있었으니까. 안 그래도 상급 향사를 납치할 기회를 노리고 있었는데 비밀 밭의 존재를 알아차린 당신을 납치할 수 있었다니, 더할 나위 없는 행운이었지요."

올람이 눈살을 찌푸렸다.

"행운? 향사에게 위해를 가하는 것은 반역을 뜻하는 대역죄다. 이미 제국은 본격적으로 우리 행방을 찾고 있을 것이다. 번왕의 생모인 당신이 이런 일을 한 게 알려지면 오고다는……."

"당신의 행방이라……."

밀리야는 마지막까지 듣지도 않고 올람의 말을 중간에 잘랐다.

"수색하는 자들이 여기까지 오지 않기를 바라야겠네요. 우리도 다 눈이 있고 귀가 있답니다. 수색대가 이곳까지 찾아올 기색이 보이면 당신들은 바닷속으로 사라질 테지요."

품위 있는 얼굴에 미소를 지으며 밀리야가 말했다.

"우리는 바다 민족이에요. 바다는 우리의 길이지요. 어디에 어떤 조류가 있는지, 물결의 흐름이 언제 어떻게 바뀌는지 속속들이 꿰고 있답니다. 우리가 바다에 버린 것이 어딘가 해변으로 흘러드는 일은 절대 없어요."

창밖에서 비쳐드는 햇살에 머리 장식이 하얗게 빛났다.

"당신들이 발견되지 않으면 제아무리 횡포가 심한 제국이라 해도 향사를 납치했다는 것을 입증할 방법은 없지요."

"……."

아이샤는 두 사람의 대화를 거의 듣지 못했다.

창밖에서 그 냄새가 풍겨왔다. 그건 냄새가 아니라 두꺼운 이불처럼 얼굴을 완전히 뒤덮어서 숨을 쉴 수 없을 지경이었다.

아이샤의 안색이 심상찮음을 알아차렸는지 밀리야가 물었다.

"어디 안 좋아요? 지금 당장 죽이겠다는 말이 아니니까 쓰러지지 말아요."

아이샤는 멍한 눈길로 밀리야를 쳐다보면서 되물었다.

"⋯⋯그게 무슨 소리예요?"

밀리야가 눈썹을 치켜올렸다.

"어머, 아직도 약 기운이 안 빠졌나?"

아이샤가 고개를 저었다. 창밖에 무엇이 있는지 알고 있었다. 여기까지 온 이상 왜 이곳에서 그런 일이 벌어지는지도 상상할 수 있었다. 다만 어째서 이런 일이 가능한지 그 점을 알 수가 없었다.

아이샤는 밀리야를 바라보며 지금 마음속에 떠오른 질문을 했다.

"당신이 오고다의 새벽을 만든 건 오고다 사람들을 구하기 위해서인가요?"

갑작스러운 물음에 밀리야는 아주 잠깐 동안 상대방의 속내를 알아내려는 듯한 눈길로 아이샤를 쳐다보더니 곧바로 대답했다.

"그럼요."

"어떻게요?"

아이샤가 묻자 밀리야는 아이샤를 빤히 보다가 휙 돌아서더니 큰 창문으로 다가가 창문을 활짝 열어젖혔다.

바깥에 펼쳐진 광경을 본 올람이 '헉!'하며 숨이 멎을 듯이 놀랐다.

향기의 소리를 듣는 자

香君 上 서편에서 온 소녀

발행일 | 2023년 3월 3일 초판 1쇄
지은이 | 우에하시 나호코
옮긴이 | 임희선
펴낸이 | 장영훈
디자인 | 디자인글앤그림
일러스트 | (주) 이츠북스
인쇄 | (주) 교보피앤비

펴낸곳 | 사유와공감
등록번호 | 제2022-000216호
주소 | 서울특별시 강서구 화곡로 416 17층 1720호
대표전화 | 02-6951-4603
팩스 | 02-3143-2743
이메일 | 4un0-pub@naver.com
SNS 주소 | 블로그 https://blog.naver.com/4un0-pub/
　　　　　　페이스북 www.facebook.com/saungonggam
　　　　　　인스타그램 www.instagram.com/saungonggam_pub
　　　　　　홈페이지 https://www.4un0-pub.co.kr

ISBN | 979-11-980088-4-8(03830)

사유와공감은 항상 독자 여러분의 아이디어와 원고 투고를 기다리고 있습니다. 책으로 만들고 싶은 원고가 있으시면, 간단한 기획안과 샘플 원고, 연락처를 적어 **4un0-pub@naver.com**으로 보내 주세요.